LA ÚLTIMA CANCIÓN
DE PENÉLOPE

VIDIS

HISTÓRICA

Es posible que de todo lo que despierta nuestra curiosidad,
nuestro pasado, sea lo más intrigante. Porque es real
aunque poco sepamos de esos hechos y de esas personas
que vivieron años o siglos antes que nosotros.

Nos fascinan las películas históricas porque durante dos horas
somos verdaderos testigos, vemos hasta el detalle
lo que pudo ser en un auténtico viaje al pasado. *Hemos visto:*
eso quiere decir VIDIS, nuestro sello de novela histórica.

Cada libro te transportará desde la Antigua Grecia
a la Segunda Guerra Mundial. Descubrirás hechos, personajes,
costumbres, tragedias y emociones que pudieron ser reales.
Si te llegan como un relato imaginario, es porque
la Historia, para ser contada, debe ser imaginada.

Cuando acabes la última página, sentirás que además
de haber recorrido un viaje lleno de aventuras,
emociones y puro entretenimiento, habrás
descubierto un episodio de la Historia que no
conocías y estarás feliz por haberte enriquecido.

Te damos la bienvenida a VIDIS,
sabemos que ocupará un importante lugar en tu biblioteca.

¡Que lo disfrutes!

Título original: *The last song of Penelope*
Edición original: Little, Brown Book Group Limited.

Traducción: Federico Cristante
Corrección de estilo: Elena Rueda

Diseño de cubierta: Marina Rovito

© 2024 Claire North

© 2024 Little, Brown Book Group Limited

© 2025 Trini Vergara Ediciones
www.trinivergaraediciones.com

© 2024 Vidis Histórica
www.vidishistorica.com

España · México · Argentina

ISBN: 978-84-19767-75-2
Depósito legal: M-14294-2025

Primera edición en España: noviembre 2025
Impreso en Romanyà Valls S.A.
Impreso en España - *Printed in Spain*

LA ÚLTIMA CANCIÓN DE PENÉLOPE

Claire North

Traducción: Federico Cristante

VIDIS

HISTÓRICA

PERSONAJES

Los itacenses

Penélope: esposa de Ulises, reina de Ítaca.
Ulises: esposo de Penélope, rey de Ítaca.
Telémaco: hijo de Ulises y de Penélope.
Laertes: padre de Ulises.
Anticlea: madre de Ulises, fallecida.

Consejeros de Ulises

Medón: un consejero anciano y bondadoso.
Egiptius: un consejero anciano y menos bondadoso.
Peisenor: un antiguo guerrero de Ulises.

Pretendientes de Penélope y sus parientes

Antínoo: un pretendiente, hijo de Eupites.
Eupites: encargado de los muelles, padre de Antínoo.
Eurímaco: un pretendiente, hijo de Pólibus.
Pólibus: encargado de los graneros, padre de Eurímaco.
Anfínomo: un pretendiente, guerrero de Grecia.
Kenamón: un pretendiente egipcio.

Gaios: un mercenario.

Criadas y plebeyos

Eos: doncella de Penélope, peinadora.
Autónoe: criada de Penélope, encargada de la cocina.
Melanto: criada de Penélope, leñadora.
Melita: criada de Penélope, lavandera de túnicas.
Fiobe: criada de Penélope, amistosa con todos.
Euracleia: antigua nodriza de Ulises.
Otonia: criada de Laertes.
Eumeo: antiguo porquero de Ulises .
Priene: guerrera del este.
Teodora: huérfana de Ítaca.
Anaitis: sacerdotisa de Artemisa.
Ourania: espía de Penélope.

Mujeres de Ítaca y de más allá

Sémele: viuda anciana, madre de Mirene.
Mirene: hija de Sémele.

Micénicos

Electra: hija de Agamenón y Clitemnestra.
Orestes: hijo de Agamenón y Clitemnestra.

Diosas y divinidades varias

Atenea: diosa de la guerra y de la sabiduría.
Ares: dios de la guerra.

Afrodita: diosa del amor y del deseo.
Hera: diosa de madres y de esposas.
Artemisa: diosa de la caza.

Mascotas
Argos: viejo perro de Ulises.

CAPÍTULO 1

CANTAD, OH MUSAS, SOBRE AQUEL FAMOSO HOMBRE QUE saqueó la ciudadela de Troya y que luego deambuló durante muchos años por los mares. Las vistas que presenció fueron espectaculares y numerosas las desgracias que sufrió mientras las tempestades lo sacudían y lo arrojaban de aquí hacia allá, siempre en pos de un único destino: su hogar.

Cantad su canción a lo largo de las eras, cantad sobre corazones rotos y artefactos ingeniosos, sobre profecías y honor, sobre hombres mezquinos y sus necedades, sobre el orgullo de los reyes y su caída. Que su nombre sea reconocido por siempre, que su historia dure más que el gran templo que se eleva sobre la cima de la montaña, que todos los que la oigan hablen de Ulises.

Y recordad cuando contéis su historia: pese a que estaba perdido, no estaba solo. Yo estuve siempre a su lado.

Cantad, poetas, sobre Atenea.

CAPÍTULO 2

DE LOS NUMEROSOS REINOS QUE COMPONEN LAS ISLAS SA-
gradas de Grecia, suele considerarse que las islas occidentales son las peores. Y de las islas occidentales en si, que
constan de muchas partes de diverso mérito, todo el mundo
está de acuerdo en que Ítaca es la más terrible.

Se eleva de la mar como un cangrejo, con el lomo negro
y reluciente de sal. Cuenta con bosques ralos castigados por
los vientos tierra adentro, y su única ciudad no es mucho
más que una aldea de senderos retorcidos y casas inclinadas
que parecen apretarse y prepararse para resistir una especie
de tormenta perpetua. En las orillas de los arroyos retorcidos que ella osa llamar ríos, unas cabras greñudas mordis-
quean unas matas que brotan como barba de anciano por
entre las piedras caídas de una era olvidada. Las mujeres
llevan sus rústicas embarcaciones hacia el mar gris y espu-
moso para capturar su cuota matutina de inquietos peces
plateados que juegan contra las orillas, en la entrada de sus
numerosas ensenadas y bahías ocultas. Las pendientes de
Cefalonia, más ricas y verdes, se encuentran hacia el oeste;
los bulliciosos puertos de Hiria hacia el norte; las generosas
arboledas de Zacinto al sur. Es absurdo, sostienen aquellos
que se consideran civilizados, que esas tierras más ricas
deban enviar a sus hijos a rendir homenaje a la retrógrada

Ítaca, donde los reyes de las islas occidentales han construido su defectuoso intento de palacio.

Pero volved a mirar, ¿lo veis? ¿No? Pues bien, dado que yo soy la señora de la guerra y la astucia, me dignaré a compartir un poco de mi perspicacia y os diré que los taimados reyes de estas tierras no podrían haber elegido un mejor lugar para instalar su trono que el lomo del molusco: el territorio de Ítaca.

La isla descansa como una fortaleza en un lugar donde se cruzan muchos mares, y los marineros deben navegar bajo su mirada si desean vender su mercadería en Calidón o en Corinto, en Egio o en Calcis. Si hasta Micenas y Tebas envían sus embarcaciones mercantes por los puertos de Ítaca antes que arriesgarse a una travesía por las aguas del sur, donde unos guerreros disconformes de Esparta y de Pilos tal vez les saqueen hasta el alma. Tampoco es que los reyes de las islas occidentales no se hubieran permitido un poco de piratería en su época, en absoluto. Es necesario que un monarca demuestre ocasionalmente el poder que puede blandir para que cuando elija *no* hacer la guerra sino invitar a los emisarios de la paz, la paz se muestre por demás agradecida y cooperativa ante tan clemente moderación.

Otras acusaciones hechas contra Ítaca: que su pueblo es inculto, bárbaro, grosero, que en la mesa tiene unos modales peores que los de los perros y un repertorio de poesía cuya forma más elevada no pasa de alguna cancioncilla subida de tono que habla sobre pedos.

A lo que yo respondo: sí. Verdaderamente todo eso es cierto y, aun así, lo tuyo no deja de ser imbecilidad pura. Ambas cosas pueden ser ciertas al mismo tiempo.

Pues los reyes de Ítaca le han dado bastante utilidad a su aspereza y a su incultura: observad, cuando los bárbaros del norte llegan con cargamentos de ámbar y de estaño no se les cierra el paso en la entrada del puerto, ni se los regaña como a unos forasteros ignorantes, sino que se los lleva cortésmente a los salones reales, se les ofrece una o dos copas de un vino de no muy buena calidad (la mayor parte del vino de Ítaca es espantosamente ácido) y se los invita a hablar de los bosques brumosos y de las montañas oscuras que habitan, como diciendo "bueno, ¿acaso no somos todos hijos del mar y del cielo?, ¿acaso no estamos igual de curtidos por la sal?".

Los imbéciles civilizados de este mundo observan a los mercaderes del oeste; los ven allí de pie en la orilla con la túnica sucia, masticando pescado con la boca abierta. Los tildan de palurdos, de brutos, y no se dan cuenta de que esa opinión hace que sea muy fácil quitar la plata de los codiciosos dedos de unos hombres ataviados con seda y oro.

El palacio de sus reyes tal vez no sea elegante, quizá no tenga columnas de mármol ni recintos cubiertos de plata. ¿Por qué habría de ser así? Es un lugar para comerciar, para las negociaciones entre sujetos que le añaden la palabra "honesto" a su nombre por si cualquiera llegara a tener dudas. Sus muros son la propia isla, pues cualquiera que desee invadirla tendrá que maniobrar sus navíos entre acantilados escarpados y playas de piedras cortantes antes de que pueda desembarcar un solo soldado en las costas de Ítaca. Por tanto digo: los reyes de las islas occidentales tomaron decisiones astutas y sagaces a la hora de decidir dónde posar la cabeza en esta tierra escabrosa e irregular, y aquellos que los condenan son unos estúpidos que no me interesan en absoluto.

Ítaca debería haber resistido para siempre, defendida por piedras y mares contra todo intruso, salvo por el hecho de que los mejores de sus hombres zarparon a Troya junto con Ulises, y de todos aquellos que fueron a la guerra solo uno ha regresado.

Caminad conmigo entre las piedras relucientes de las orillas de Ítaca donde yace un hombre, durmiendo.

¿He de llamarlo "amado"?

Este término "amado" es un asesinato.

Una vez, hace mucho tiempo, yo estuve cerca de decirlo. Reí de regocijo ante la compañía de otra, grité alabanzas en su nombre, sonreí ante sus bromas y fruncí el ceño ante sus desgracias, y ahora está muerta y yo soy su asesina.

Nunca más.

Soy escudo, soy armadura, soy casco dorado y lanza dispuesta. Soy la mejor guerrera de estas tierras salvo quizás por uno, y no amo a nadie.

Pues bien, aquí está este hombre que lo es todo, nada, todo para mí.

Acurrucado, con las rodillas contra el pecho y los brazos cubriéndole la cabeza como si quisiera bloquear la brillante luz matutina. Cuando los poetas canten sobre él dirán que tiene el cabello dorado, la espalda ancha y fuerte, que sus muslos llenos de cicatrices son como dos árboles robustos. Pero también dirán que, con solo tocarlo, lo habré disfrazado como un anciano torcido y cojo, con su gran luz atenuada por una causa noble. La humildad del héroe: eso es muy importante para tornarlo memorable como hombre. Su grandeza no debe sonar inalcanzable, inimaginable. Cuando los poetas hablen de su sufrimiento, quienes los oigan deberán sufrir con él. Así es como convertiremos un relato en eterno.

Desde ya, la verdad es que Ulises, hijo de Laertes, rey de Ítaca, héroe de Troya, es un hombre un tanto bajo, con una espalda notablemente peluda. Su cabello alguna vez fue de un marrón otoñal, que veinte años de sal y de sol decoloraron hasta dejarlo del color del lodo, insulso y moteado de gris. Podemos decir, por lo tanto, que es de un color que ha crecido tan largo y desaliñado, que fue cortado con tanto estrés y que quedó tan descolorido por los viajes que ya casi no cuenta como color. Ulises lleva una túnica que le dio un rey feacio. Las negociaciones en torno a la calidad de la túnica fueron extremadamente tediosas, puesto que sus anfitriones tuvieron que insistir en que, por favor, su huésped debía estar ataviado con lo mejor, y él como huésped debía responder que no, ay no, no podría aceptar, que él solo era un mendigo en su mesa, y ellos dijeron que sí, pero tú eres un gran rey, y él dijo que no, que la grandeza es tuya gran rey, y así fue durante un buen rato, hasta que por fin se pusieron de acuerdo en esa prenda regular que no es ni demasiado elegante ni demasiado pobre, y así todos quedaron satisfechos con su rol social. Los esclavos ya habían ido por la túnica mucho antes de que se llegara a tal acuerdo y ya la tenían preparada, fuera de la vista, para presentarla. Tienen muchas cosas que hacer en el día para perder el tiempo en esas formalidades de los hombres civilizados y dignos de las canciones.

Ahora duerme, lo cual constituye un modo apto y apropiado para que el rey errante regrese a su isla; indicio, tal vez, del peso de la travesía que ha experimentado, de su carga, del agobiante paso del tiempo, que ahora serán compensados con las pacíficas brisas y los dulces perfumes de la querida Ítaca y todo eso.

La vulnerabilidad: eso también debe ser una parte vital de su historia si ha de perdurar por toda la eternidad. Él ha llevado a cabo tantas fechorías, tantos actos viles, que es esencial aprovechar cualquier oportunidad de encarnar algún atisbo del inocente, del hombre castigado con crueldad por las Moiras y demás. Agregad algunos versos sobre su encuentro con la forma hueca de su madre en los campos de los muertos para enfatizar sus cualidades de hombre valeroso que se esfuerza en pos de sus objetivos pese a la carga de un corazón que se le va rompiendo; sí, creo que eso servirá.

Eso servirá.

No espero que vosotros entendáis estas cosas. Si hasta los dioses, mis parientes, apenas logran pensar más de un siglo a futuro y, salvo por Apolo, sus profecías son defectuosas y abrumadoramente simplistas. Yo no soy profeta sino más bien una sabia de todas las cosas y está claro que todas las cosas se marchitan y cambian, incluso las cosechas del campo de Deméter. Mucho antes de que los titanes despierten, preveo una era en que los nombres de los dioses (incluso el del gran Zeus) quedarán apagados, ya no temerán la estampida de los truenos y la furia del océano, sino que serán usados como bromas y rimas para niños. Veo un mundo donde los mortales se perciben a sí mismos como dioses: toman nuestro lugar y elevan a los suyos a una posición de divinidad (una arrogancia asombrosa, una conclusión lógica), pese a que sus dioses tienen muchísima menos habilidad a la hora de modificar el clima.

Nos veo a nosotros marchitándonos. Nos veo cayendo, por mucho que nos enfurezcamos. No se derramará sangre en nuestro honor, no se harán sacrificios y, con el tiempo, nadie recordará nuestros nombres. Así perecen los dioses.

Esto no es una profecía, es algo mucho más potente: el curso inevitable de la historia.

No lo aceptaré y, por tanto, preparo mis artilugios. Erijo ciudades, templos, monumentos, instruyo sabios, extiendo ideas que durarán más que cualquier escudo roto, pero cuando todo lo demás fracase aún quedará una cuerda en mi arco: tendré una historia.

Una buena historia puede perdurar más que casi cualquier cosa y para eso necesito a Ulises.

Ahora se mueve en la playa; naturalmente, los poetas informarán que yo estaba aquí para recibirlo, un buen momento para que por fin apareciera Atenea, una revelación de mi rol, de mi apoyo (no lo llamemos así, llamémoslo… guía divina), mi noble presencia que siempre estuvo con él.

Si hubiera aparecido mucho antes la travesía se le habría hecho fácil, pues sería un hombre ayudado abiertamente por los dioses (eso no habría servido para nada); pero aquí, en las orillas de su hogar, es el momento indicado, es incluso una especie de catarsis. "Ulises por fin ve a la diosa protectora que durante todo este tiempo ha estado guiando su mano temblorosa"; es el momento narrativo perfecto para introducirme.

Bueno.

Apenas si necesito seguir relatando este asunto si los poetas han hecho su trabajo, si han cantado sus canciones como pretendo que hagan, entonces sus audiencias deberían derramar lágrimas con el corazón agitado mientras Ulises finalmente se mueve, despierta, ve esta tierra sobre la que no ha posado los ojos durante veinte años, se esfuerza por entender, grita de rabia por la traición, contra los marineros pérfidos que hablaron con tanta gentileza pero que acabaron abandonándolo una vez más en vaya a saber qué condenado lugar. Los poetas también pueden describir, entonces, que lentamente se calma, recupera el control, mira a su alrededor, olfatea el aire, se pregunta, se abraza a la esperanza y ve por fin mi forma divina, de pie a su lado.

Y yo diré "¿Acaso no conoces este lugar, extraño?", en un modo que será irreverente (pues yo no dejo de ser una diosa y él solo un hombre), sino también gentil y afectiva, y él al final gritará: "¡Ítaca! ¡Ítaca! ¡Dulce Ítaca!".

Lo dejaré tener su momento de pasión, de la mayor alegría, algo que también es una parte emotiva importante en la estructura general de este asunto, y luego lo guiaré hacia temas más prácticos y sus deberes aún inconclusos respecto de su tierra.

Esto cantarán los poetas y, cuando lo hagan, yo estaré en el centro de todo: apareceré cuando más importa y de esa manera, por degradante que sea, sobreviviré.

A veces esto me lleva a aborrecer a Ulises. Yo, que he enarbolado el rayo, reducida a un simple agregado en la historia de un mortal. Pero aborrecer no sirve de nada, por lo que procedo a tragarme mi amargura y me aboco al trabajo. Cuando todos mis hermanos se desdibujen, cuando los poetas ya no canten sus nombres, Atenea perdurará.

Los poetas no cantarán la verdad de Ulises. Sus versos se compran y se venden, sus historias están sujetas a los caprichos de reyes y hombres crueles dispuestos a usar esas palabras en pos del poder y solo del poder. Agamenón ordenó a los poetas que cantaran sobre su fuerza imparable, sobre la velocidad de su espada sangrienta. Príamo hizo que los poetas de Troya elevaran sus voces en alabanza a la lealtad, la devoción y los vínculos familiares sobre todo lo demás y ved dónde están ahora: deambulando por los oscuros campos de los muertos; las historias que cantaban de sí mismos los asesinaron tanto como las espadas que les quitaron la vida.

La verdad no me sirve, no conviene que se sepa.

Y sin embargo, mi naturaleza dual tira de mí, pues no solo soy la señora de la sabiduría sino de la guerra. Y pese a que la guerra rara vez es sabia, al menos es honesta.

La verdad, entonces, para satisfacer a la guerrera que yace dentro de mi pecho de filósofa.

Escuchad con atención pues esta es la única vez que lo contaré.

Un secreto susurrado, un relato oculto: esta es la historia de lo que en verdad sucedió cuando Ulises regresó a Ítaca.

CAPÍTULO 3

Por el borde de un escarpado acantilado negro, moteado con los nidos de unas aves, cae hacia el mar un arroyuelo estrecho y reluciente. Si se sigue el agua hasta tierra adentro puede hallarse un estanque donde, a veces, las criadas de Ítaca se bañan y cantan las canciones secretas que los hombres jamás oirán, pues se considera que la voz de mujer es algo impuro que conviene dejar para las endechas fúnebres. Allí las rocas musgosas brillan entre las aguas que fluyen frescas y unos árboles de ramas plateadas se reclinan como si tuvieran vergüenza de que los vean bañándose a la luz veraniega.

Si se trepa un poco por unas ramas llenas de maleza y por unas espinas rotas que se enganchan al dobladillo de quienes suban por allí, se llegará a un promontorio que se eleva de la tierra y mira hacia arriba como un niño travieso entre franjas de hojas descoloridas y piedras rotas, desde donde se llega a divisar el mar y la ciudad, los techos torcidos del palacio y unas arboledas caóticas de ramas grandes y ásperas. Este no suele ser un lugar perturbado por voces humanas, pues es una ubicación solitaria apta para el lince al acecho o para el ave de presa con su pico amarillo. Y sin embargo ahora, al acercarnos, tal vez escuchemos algo verdaderamente extraordinario para Ítaca, no solo unas voces, sino la combinación inusual de melodías: un hombre y una mujer en plena conversación.

El hombre dice:

—Pero son dioses.

La mujer dice:

—¿Mientras aún viven?

—Sí, claro.

—¿No son hijos de dioses? Verás, los hijos de los dioses son una característica bastante común de la nobleza griega.

—No, son los dioses en sí.

—Pero ¿qué sucede si son estúpidos?

—No lo son.

—Ay, claro que sí; o sea, algunos de ellos.

—Bueno, en ese caso, el faraón que los suplanta borra sus monumentos, roba el oro de su tumba y elimina su nombre del templo.

—Entonces son dioses hasta que se decida lo contrario.

—Exacto. Si fueron malos faraones y la inundación del Nilo fracasó, entonces es obvio que no eran dioses.

—Qué... flexible.

—Y Egipto se mantiene en pie hace una eternidad y permanecerá por otra eternidad, ¿no?

Miremos más en detalle a estos dos que descansan junto al agua. El hombre se llama Kenamón, un antiguo soldado de Menfis y la mujer es Penélope, reina de Ítaca.

Cuando ella se presenta no es eso lo que dice. Es Penélope, esposa de Ulises. La piedra sobre la que ella se sienta, el agua que bebe, la luz del sol que le roza la piel por la mañana... todas esas cosas, dice ella, son de él. Ella solo es la administradora de la tierra de él pues ella también es de él. Es muy amable llamarla reina, solo es la esposa de un rey.

Ella también ha unido su suerte al nombre de Ulises y por ese nombre ella vive o muere. Tenemos mucho en común en ese sentido.

Obviamente, las esposas de reyes no se sientan a solas con soldados de tierras lejanas mientras el sol se eleva por sobre la isla. Tal cosa sería un escándalo incluso para una mujer común que tenga el más mínimo sentido del decoro. Penélope lo sabe y, por lo tanto, se han tomado dos precauciones para que este encuentro tuviera lugar. En primer lugar están sentados muy por encima de la ciudad, lejos de los ojos de otras personas; llegaron hasta allí por caminos separados y por caminos separados partirán cuando la conversación termine. Él irá a recorrer la isla y a pensar en su hogar, ella irá a inspeccionar sus rebaños y sus arboledas, tal vez a visitar a su venerado suegro o llevará a cabo algún asunto como corresponde a toda buena administradora.

La otra precaución son las dos mujeres sentadas en las cercanías, a una distancia suficiente como para no entrometerse en la conversación, pero que les permita decir bajo juramento que "sí, claro que sí, yo estaba ahí, yo vi todo lo que sucedió, y por los dioses atestiguo que no hubo ni un roce de dedos, ni se mezclaron los alientos por la proximidad, y cuando nuestra señora rio (si es que se rio), fue con un tono triste, como diciendo, 'Y bueno, hay que reírse ante la adversidad, ¿no?'".

Estas dos mujeres son Ourania y Eos, y de ellas tendremos más que decir en breve.

—Se me ocurre —admite el hombre llamado Kenamón— que hay ciertas… similitudes en algunas de nuestras deidades. Puede que cambien los detalles pero siempre parece haber un renacimiento, un más allá, una gran batalla y una promesa de algo más por venir.

—Una promesa de algo más por venir es extremadamente útil —asiente Penélope—. No hay nada como que se te diga que el látigo que soportas solo es una sombra pasajera en camino a algún campo Elíseo para fomentar tu docilidad en medio del tormento. Es extraordinario lo que la gente está dispuesta a soportar por unas promesas incomprobables.

—No suenas… del todo ortodoxa con esas opiniones, mi señora.

—Las canciones de los sacerdotes son… *útiles*. —Ella dice esta palabra como a veces la digo yo: *útiles*. Una plaga útil en un campamento enemigo, un asesinato útil en un salón a oscuras, el hijo de un rey asfixiado en sus pañales, una hija arrastrada por el cabello hasta el altar matrimonial: es barbarie, por supuesto, una profanación y una crueldad, pero sí, son cosas *útiles*. Crueldades útiles para llegar a un final satisfactorio.

La sabiduría no siempre es amable, la verdad no siempre es gentil y yo tampoco lo soy. La piel de Kenamón tiene el color del atardecer, y sus ojos están jaspeados con ámbar. Afrodita lo llama "apetitoso", mezclando el deseo por la comida y por lo físico en un modo que me resulta francamente desagradable. Artemisa sostiene que las manos de él son más aptas para la lanza que para el arco y enseguida pierde interés. Los hombres de la isla hacen todo lo posible por ignorarlo por completo, pues no pueden evitar sospechar que él sí ha realizado algunas de las hazañas de las que los mezquinos muchachos de Ítaca solo se limitan a hacer alarde. Vino a estas islas para cortejar a una reina. La reina le informó amablemente que, por supuesto, era bienvenido aquí. Ella era una mujer que se encontraba sola, una viuda en todo sentido práctico, e Ítaca necesitaba un rey poderoso que custodiara sus orillas. Y siendo las cosas así, ella naturalmente no echaría a nadie que buscara su mano, en cierta medida porque si ese hombre estaba ocupado cortejándola, no estaría ocupado saqueando, invadiendo o esclavizando a su pueblo. Por otro lado, jamás se había hallado el cadáver de su esposo por lo que ella, naturalmente, no podía casarse con cualquier hombre que se apareciera para probar su suerte, pero que él no debería sentirse desanimado por semejante cosa, por insuperable que fuera. Después de todo nadie más se había mostrado desanimado en absoluto.

—Pese a que Ítaca no puede permitirse las riquezas de muchas otras islas de Grecia —continúa diciendo Penélope—, recuerdo que cuando yo era niña en Esparta oí que había cinco veces más hombres y mujeres viviendo en esclavitud que las que vagaban libres por las calles. Los guerreros castigaban y atormentaban de manera indescriptible a cualquiera que se atreviera a mostrar el menor atisbo de desobediencia: mantenían a raya a la población por medio del terror. Pero los sacerdotes... los sacerdotes ofrecían un susurro de otra cosa: ofrecían esperanza. Yo nunca olvido la fuerza de esas cadenas.

Cuando Kenamón abandonó su hogar, allí lejos hacia el sur, tenía la cabeza afeitada, joyas en los brazos y en el cuello, y la orden de su hermano de no regresar hasta haberse convertido en rey. Semejante orden era, claramente, absurda. No existía mundo en el que un forastero llegaría a ganarse la mano de la reina de Ítaca, pero ese no era el punto. La ausencia de Kenamón era algo deseado, y en el momento en que fue enviado lejos tuvo que elegir entre quedarse y pelear contra su propia familia, combatir a sangre y furia hasta que sus hermanos, sus primos y tal vez incluso sus hermanas fueran asesinados, o escabullirse por el océano hacia una tierra donde nadie conocía su nombre. Eligió el que consideró ser el camino de la paz. Él ya había visto demasiada guerra de muy poca relevancia.

El cabello ya le ha crecido, oscuro y rizado. Él quería afeitárselo, pues eso es lo apropiado, pero en esta tierra parece que los hombres le asignan una importancia significativa a la calidad de sus rizos naturales y a la magnificencia de sus barbas. Al principio Kenamón consideró que tales vanidades eran desagradables pero ahora, con el correr del tiempo, ve que no son nada más y nada menos que las comparaciones competitivas que los hombres de su propia nación llevarían a cabo, sea para expresarlas por medio del cabello, los dientes, la fuerza de los brazos, el ancho de las piernas, la firmeza de la mandíbula y otros atributos físicos. Los métodos que los mortales tienen para alzarse o para aplastar a otros son tan numerosos que por momentos hasta yo me sorprendo.

—Yo capturé esclavos cuando era soldado —deja escapar Kenamón y le sorprende oírse a sí mismo decirlo. Kenamón se suele sorprender seguido por las palabras que dice cuando se encuentra en la compañía de esta mujer; ella le produce ese efecto, a la vez estimulante y terrorífico para su corazón. Penélope espera, escucha, curiosa tal vez; toda valoración que ella puede llegar a tener se oculta detrás de la rigidez de su sonrisa—. Recuerdo que solía decirles que tenían suerte de haber sido capturados por mí. Me enojaba que no se mostraran más agradecidos.

Ningún poeta canta canciones sobre esclavos. Sería extremadamente peligroso dar voz a aquellos que son menos que personas en el mundo, no resulte que eran personas después de todo.

La guerra no es misericordiosa, la sabiduría no es justa y aun así la gente me reza en busca de bondad.

No lo harían si yo fuera hombre.

Surco la suave brisa del mar con los dedos, dejo que su frescura me recorra la piel, siento el calor del sol en la espalda. Es el mayor placer físico que me permito e incluso eso es peligroso.

A Penélope, reina de Ítaca, se le obsequió la muchacha esclava Eos como regalo de bodas. "Qué afortunada", le dijeron todos a Eos: "qué afortunada debes de sentirte porque te hayan arrancado del miserable nido de ratas que llamabas hogar y de tu familia ordinaria, de que te hayan cargado en un barco y te hayan llevado a una tierra lejana y te hayan dado una hermosa túnica para que sirvas a una reina".

El nombre de Eos no aparecerá en las canciones; su historia añadiría una complejidad que solo confundiría a las audiencias en un momento en que necesitan poner toda su atención en otros asuntos.

Junto a las aguas reina el silencio por un rato. Es un silencio que se les antoja extraño a las dos personas sentadas en este promontorio. Ya están acostumbradas a muchas otras clases de silencio; el silencio de la soledad, de la pérdida, del anhelo distante por cosas imposibles y demás. ¿Pero un silencio compartido? ¿Un silencio sostenido en la satisfacción de la compañía? Les resulta extraño a los dos aunque no del todo desagradable.

Finalmente:

—Anfínomo me invitó a practicar con él —dice Kenamón.

—Y rechazaste su invitación, ¿verdad?

—No estoy seguro. Se rehúsa a que lo vean comer o beber conmigo, pues eso podría dar a entender que sería su igual de alguna manera, o que mi amistad podría ofrecerle solidez a su causa en cuanto a la corte. Pero si somos dos guerreros interactuando en asuntos que trascienden a la corte o a la política (o sea, asuntos de guerra), entonces eso sería aceptable sin necesidad de que tenga algún significado. Creo que me invitó con buenas intenciones.

—Yo creo que si no puede reclutarte como un aliado, sería sensato por su parte mutilarte o herirte en un accidente en el campo de entrenamiento —responde ella, y sus ojos se posan sobre un fulgor repentino de color en un arbusto cercano; tal vez las alas de una mariposa, el lomo de un escarabajo brillante; a la reina de Ítaca ver algo hermoso de un escarlata brillante le resulta más novedoso que una conversación casual sobre traición y muerte.

—Yo no estoy convencido de que sea esa su intención.

Parece... sincero. Creo que siente cierta obligación desde todo ese asunto con Menelao y los hijos de Agamenón.

—Bueno, convengamos que él ayudó a Antínoo y a Eurímaco a intentar reunir una flota para asesinar a mi hijo cuando regresara a estas islas —musita la reina, buscando aún ese destello de luz, esa danza de vida que se movía por el aire en torno a ellos—. Tiene mucho trabajo por delante si quiere redimirse por ese emprendimiento en particular.

—¿Ha habido novedades de Telémaco? —Kenamón no hace esta pregunta con tanta frecuencia como quisiera. A él le gustaría hacerla todo el tiempo, dar saltitos frente a la puerta de Penélope exigiendo saber: "¿cómo está Telémaco?, ¿dónde está Telémaco?, ¿está a salvo el muchacho al que ayudé a entrenar con la espada? ¿hay novedades?". Le sorprende lo mucho que se preocupa por el joven; se dice a sí mismo que solo se trata de un afecto pasajero, una especie de fantasía solitaria elaborada por estar tan lejos del hogar. Se dice lo mismo cada vez que habla con Penélope y le preocupa sentir que tal vez se esté volviendo loco.

—Ourania tiene un primo en Pilos que nos informa que mi hijo regresó recientemente de su viaje hacia la corte de Néstor y que está buscando volver a embarcarse. Ella no sabe bien hacia dónde. Telémaco... no envía mensajes.

Telémaco, hijo de Ulises, zarpó hace casi un año para encontrar a su padre.

No ha tenido éxito.

A veces piensa que debería enviar algún mensaje a su madre para hacerle saber que está bien, pero no lo hace. Eso es una crueldad peor que si no se le hubiese ocurrido.

—Ten cuidado con Anfínomo —dice Penélope suspirando, moviendo levemente la cabeza como si todo esto (la charla sobre su hijo y sobre violencia, haber visto las alas de una mariposa) pudiera dejarse de lado con solo pensarlo—. Entrena con él si lo consideras necesario, pero si Antínoo o

Eurímaco te hacen la misma oferta, sin lugar a duda estarán conspirando para asesinarte en el campo de entrenamiento, donde podrán decir que fue un accidente y no una violación de las sagradas leyes de esta tierra.

—Soy consciente de ello —dice Kenamón suspirando—. Y si llegan a pedírmelo declinaré amablemente. Diré que no soy un guerrero apto para batirme con ellos. Pero creo que Anfínomo, a su modo, no es demasiado deshonroso. Y será agradable hablar en el festín con alguien que… —Sus palabras quedan a la deriva. No hay una buena manera de terminar la oración, pese a su riqueza en posibilidades. ¿Alguien que no es un pretendiente borracho, intentando levantar el dobladillo de Penélope? ¿Alguien que no es un niño adulador, desesperado por ganar la corona del ausente Ulises? ¿Alguien que no es una criada que pone los ojos en blanco mientras los hombres piden a gritos "¡más carne, más vino!"? ¿Alguien que no es una reina con la que solo se puede conversar en secreto, una reina a quien hay cosas que ningún hombre tendrá permitido decirle jamás?

Tal vez ninguna de estas, tal vez todas. Kenamón no ha oído la lengua de su pueblo hace más de un año, salvo en los embarcaderos en algunas ocasiones. Cuando vienen los mercaderes egipcios él se encuentra allí de inmediato, dándoles cháchara como un tonto, sin nada que decirles pero regocijándose, disfrutando en la comodidad del fluir de su lengua natal por entre sus labios. Entonces los mercaderes vuelven a zarpar; entonces él vuelve a quedarse solo.

Por un tiempo se paseó por entre las colinas de Ítaca por su cuenta y en su soledad podía cerrar los ojos, tal vez, e imaginarse que no estaba en este lugar, sino sobre las aguas del gran río que surca su tierra natal. Entonces se paseó por estas colinas con Telémaco, antes de que el joven zarpara; entonces Telémaco partió para forjar su propia historia, para dejar de ser un muchacho y convertirse en un hombre en una travesía por el mar (al menos eso es lo que dirán los poetas) y Kenamón volvió a quedarse solo. Pero ahora la reina de Ítaca, o digamos la esposa de Ulises, se sienta junto a él. Y Kenamón se siente un poco menos solo e incluso más perdido que antes.

—Debería seguir mi camino —declara Penélope moviendo la cabeza. Ella está de pasada hacia otro lado cada vez que se encuentran. Las islas están llenas de arboledas y de rebaños de cabras, barcos de pesca y talleres que trabajan con tesón en nombre de su esposo; ocupados, ocupados, siempre tan ocupados. Y sin embargo, en cada ocasión, la partida de ella se vuelve un poco más lenta, sus asuntos se tornan un poco menos urgentes. Nada debería alarmar a una monarca más que el momento en que se da cuenta que las personas a las que ha ascendido podrán trabajar perfectamente bien sin ella. Tales pensamientos deberían provocar preguntas incómodas sobre el valor de reyes y reinas. (Muy pocos monarcas tienen estos pensamientos y así es como mueren sus dinastías).

Hubo una época en que Penélope, reina de Ítaca, no me generaba interés alguno. Su papel era meramente el de servir como motivación para su esposo; la existencia de ella justificaba los actos más cuestionables de él. Mi mirada se encontraba centrada por completo en Ulises. Fue Hera, de entre todas las personas, quien señaló que las mujeres de Ítaca, pequeñas sombras en la historia de Ulises, tal vez fueran más que lo que aparentaban. Fue Hera quien sugirió que la reina de Ítaca tal vez mereciera un poco de mi atención después de todo.

Pues bien, echemos una mirada al interior de la mente de Penélope:

Se dice a sí misma que se sienta con Kenamón porque él le ha resultado de utilidad. Los defendió (a su hijo y a ella) en un momento en que unos hombres violentos vinieron a su isla. Ha mantenido secretos por los que, de haber sido otra persona, ella podría haberlo mandado matar. Él no la adula en busca de su mano cuando conversan, sino que habla con ella (qué cosa extraordinaria) ¡con casi la misma comodidad como si se tratara de un hombre!

Se dice a sí misma que él no le interesa como esposo, claro que no. Es completamente inaceptable siquiera imaginarse semejante cosa, por lo que no lo hace. No se lo imagina cuando lo ve caminando por la orilla, o cuando lo oye cantar en el pequeño jardín situado bajo su ventana, donde solo van él y las mujeres. No se lo imagina cuando él le dice gracias a una criada, ni cuando lo sorprende entrenando con sombras con una espada de bronce reluciente en su mano.

Penélope se ha pasado largo tiempo aprendiendo a no imaginarse toda clase de distracciones y cosas improductivas. Es otra de las cualidades que tenemos en común.

Ahora se pone de pie.

Ahora se pondrá en marcha.

En cualquier momento…

… en cualquier momento…

Le doy un empujoncito en la base de la espalda.

"De nada sirves si te permites soñar", le susurro.

Ella se tambalea un poco por mi contacto, un movimiento que se convierte en un paso que la conduce a alejarse. Pero en ese momento, en los labios de Kenamón se forma una pregunta, algo que tal vez la retenga por un momento más, una pregunta soltada en el preciso momento en que ella estaba por irse:

—Oí que un barco naufragó en la costa este, ¿un feacio?

Ella agradece que esa pregunta la haga detenerse, la irrita que se interponga en su camino.

—Peor: vino un barco y luego zarpó, sin siquiera anunciarse en el puerto, ni negociar por víveres ni comerciar. Alcínoo y su gente nunca me han causado problemas, pero si esto va a convertirse en un hábito, si creen que pueden esquivar mis puertos por completo, habrá que hacer algo al respecto. Su esposa no es una insensata, pero desde la muerte de Agamenón el miedo que mantenía a raya incluso a los reyes más ambiciosos se ha estado debilitando.

—Pensé que Orestes ayudaría, que recuperaría algo de la seguridad de su padre, que traería orden a los mares, ¿no?

—Tal vez —musita Penélope—. Pero Orestes es joven y aún está consolidando su poder tras refutar las afirmaciones de su tío. Tampoco le conviene del todo a Ítaca buscar constantemente el apoyo de Micenas. Nos hace parecer aún más débiles que lo que somos. —Mueve la cabeza, estira el cuello de un lado al otro—. Ya pensaremos en algo, tal vez no sea nada. Como digo: los feacios son más flexibles que muchos de los reyes mezquinos que buscan una tajada de las costas de Ítaca.

Kenamón asiente con la cabeza pero no dice nada más.

Considera que la belleza de Penélope se encuentra en su punto máximo cuando ella habla de política, cuando entrecierra los ojos para confeccionar alguna jugarreta que habrá de desarrollarse lentamente. A veces, cuando habla sobre negociaciones y acuerdos, sobre complots y príncipes mezquinos, él tiene que controlarse para no espetarle: vente conmigo. Ven a Egipto. No puedo ofrecerte mucho pero todo lo que tenga será tuyo.

No lo dice, por supuesto. Ambos tienen la sensatez suficiente para saber que eso sería una locura, que acarrearía muerte.

La sabiduría no es ruidosa, suele pasar inadvertida, sin recibir elogio alguno.

Tal vez, si yo no fuera también la señora de la guerra, sería lo bastante sabia como para sentirme satisfecha.

Por lo tanto permanecen unos momentos en silencio, pese a que ambos deberían encarar su día; pero este instante, por agradable que sea, no puede durar para siempre. Están sucediendo demasiadas cosas en la isla e incluso ahora el primer indicio de un gran cambio se acerca en la forma de una mujer de cabello de otoño y ojos de bosque, que marcha por el sendero sinuoso levantándose la túnica hasta las rodillas, con un odre de agua a la espalda. Su nombre es Autónoe, criada de Ítaca, y ha venido con novedades sobre el primer acontecimiento que hará pedazos estas tierras:

—El barco de Telémaco está en el puerto.

Y así comienza el fin.

CAPÍTULO 4

No es apropiado que una reina corra. Según la opinión de los poetas, las únicas veces en que es aceptable que una reina corra es para recibir a su esposo, que ha permanecido ausente durante tanto tiempo y que, aún reluciente con la sangre de sus enemigos asesinados y el sudor de la guerra, se arroja al pecho agitado de ella; o cuando ella, en un ataque de pasión incontrolable, se arroje sobre el cadáver mancillado del mencionado esposo antes de anunciar su intención de arrojarse sobre su espada, puesto que sin él no puede vivir. En este último escenario, es el deber de cualquier criada que se encuentre cerca quitarle la mentada espada de la mano antes de que pueda hacerse daño, en cuyo momento la señora se desvanecerá elegante pero profundamente, y luego se despertará apesadumbrada pero con menos tendencias suicidas.

Una reina también debería correr cuando los soldados de una potencia extranjera se han metido en su ciudad y están a punto de atacarla de un modo de lo más salvaje. Idealmente, su carrera debería tener como destino el borde de algún precipicio del cual ella pueda arrojarse, y si no hubiera algún precipicio conveniente, entonces ella directamente no debería correr, sino confiar en su absoluta dignidad y carácter matriarcales para convencer al menos a algunos de los soldados de mejor calaña de que no la violen allí mismo y que, en cambio, ella misma se ofrezca a su capitán, quien al menos tal vez resulte más exclusivo en sus crueldades.

Estas son las únicas circunstancias en que es aceptable que una reina corra si hemos de creer a los poetas, y buena parte de ellas tienden a enfocarse en la súplica y en la muerte.

Tales son las historias entretejidas por mi padre, Zeus, y por mis hermanos dioses, y qué poder que ostentan. Yo lo haría arder todo si tuviera la fuerza.

Penélope entiende sus deberes según lo establecido por los poetas y las palabras de los hombres, y no corre hacia el puerto donde acaba de atracar el barco de su hijo, Telémaco. Más bien, avanza con ese paso enérgico y acelerado que pude ver cuando se incendia una casa y la cabeza de la cadena de cubetas sabe distinguir entre el apuro y el pánico. Sus criadas más cercanas, Eos y Autónoe, la flanquean en su descenso por la ciudad, con la tercera dama de ese grupo, Ourania (que tiene algunos años más y bastante menos aliento), siguiéndolas a los tropezones murmurando "¡Esto no es digno!".

A Kenamón no se le ve por ninguna parte. Esta es la forma de proceder más sensata para todos los involucrados.

El barco de Telémaco es una embarcación potente, capaz de cargar unos treinta remeros y con espacio en la bodega para una buena reserva de agua fresca y carne seca. No es adecuada para la batalla y no tiene nada que se destaque en sus laterales azotados por el mar o en sus velas emparchadas, pero esa era una de las cualidades por las que la elegí al guiar al hijo de Ulises en su misión. Naturalmente Telémaco quiere ser un héroe tal como lo es su padre y qué abundante en heroísmo es el legado paterno. El valor que se le da a la historia de Ulises quedaría completamente socavado si su hijo fuera un mequetrefe inútil, pues implicaría tal vez que la gloria del padre es meramente algo pasajero, un sinsentido. Por lo tanto, es esencial que Telémaco tenga un mínimo de misión valerosa. Pero los grandes héroes primero deben sobrevivir para alcanzar el objetivo de su misión y la discreción es un bien valioso para quienes deseen vivir lo suficiente como para recibir alabanzas. Ulises lo entiende, comprende la fina línea que separa el hecho de que lo perciban heroico y tener la confianza suficiente para salirse con la suya. El intelecto del hijo es más dudoso.

Por tanto: un barco simplemente adecuado.

No debería sorprendernos con esta dicotomía en mente que, pese a que el barco que ha transportado a Telémaco desde Ítaca hace algunas lunas ahora flota como un orgulloso pato macho en el muelle, al propio Telémaco no se lo ve por ningún lado.

Penélope, sin aliento, aminora la marcha y pregunta:

—¿Dónde está mi hijo? Este es su barco, ¿dónde está él? ¿Alguien lo ha visto?

También tiene una pregunta en la punta de la lengua, en el borde de los labios que no puede susurrar, que no puede siquiera comenzar a darle forma; se le atora en el pecho, es como una piedra aplastándole el corazón. Ahora la diré yo por ella, la susurraré, la escupiré con el corazón en la garganta: "¿Está muerto? ¿Acaso el barco de mi hijo regresó sin él? ¿Acaso está perdido?".

Si algún marinero respetable de honestidad garantizada se fuera a acercar ahora a Penélope y le dijera: "bien mi señora, mis disculpas mi señora, yo vi el cadáver de tu *esposo* colgado de una pared blanca, era él, lo reconocí a la perfección y todos los que lo vieron coincidieron", Penélope escucharía su relato, asentiría una vez con la cabeza, le agradecería amablemente y se dirigiría de inmediato al palacio para comenzar sus siete días de luto requeridos y para elaborar unos planes muy detallados y muy bien pensados.

Si este mismo hombre de mar ahora se acercara a ella y le dijera: "mi señora, mis disculpas mi señora, vi a tu hijo ahogarse, con la misma seguridad con que veo la luna creciente", Penélope no sabe qué haría. ¿Acaso caería de rodillas entre sollozos? ¿Acaso se convertiría en piedra? ¿Acaso se lo agradecería amablemente y se alejaría sin proferir otra palabra? No lo sabe y pese a que yo soy una diosa de gran poder tampoco lo sé. Hay muy pocos pensamientos inconcebibles para la reina de Ítaca. Calamidad, destrucción y desastre; estas tres son reflexiones frecuentes. Pero ¿que muera su hijo? Jamás se ha permitido pensar en eso. Es uno de los muy pocos puntos ciegos en su notablemente clara visión.

Entonces ahora grita:

—¿Dónde está mi hijo? ¿Alguien ha visto a Telémaco?

Y la gente la mira, porque esto es algo inusual, desconcertante. Están acostumbrados a ver a su reina en el puerto, con el rostro cubierto y hablando en murmullos. Su figura inmutable es una regia estatua marmórea que ninguna tormenta puede sacudir. Y sin embargo ahora, algo casi vergonzoso, incómodo y embarazoso, parece que una mujer (una madre, de hecho) se encuentra en el muelle temblando, vociferando "¡Mi hijo, mi hijo! ¡¿Alguien ha visto a mi hijo?!".

No es una gran expresión de emociones, por supuesto. Penélope se ha pasado demasiado tiempo con actitud gélida como para saber verdaderamente cómo dejar arder una llama. Pero de todas maneras, las miradas se desvían, los pies se mueven para apuntar hacia otro lado, las voces murmuran mientras ella sujeta la mano de su criada más cercana y tartamudea:

—¿Dónde está Telémaco?

Telémaco está en camino a la choza de Eumeo, el viejo porquero. No ha encontrado a su padre ni tuvo noticias de su muerte. Telémaco es, por tanto, un fracaso, y no hay posibilidad de que enfrente la censura de las risas y las burlas de otros hombres. Mejor haberse ahogado, piensa, que ser menos que un héroe, pero también resulta profundamente menos que heroico arrojarse a las profundidades tumultuosas sin haber asesinado, como mínimo, a la propia esposa o a la madre, o haber hecho *algo* notable en el camino; hasta un jabalí de tamaño excepcional o algún toro de particular mal carácter servirían. Y así, desdichado y sin saber qué más hacer, ha regresado. Sencillamente, no tenía nada mejor que hacer.

Sentirá una gran conmoción cuando llegue a la choza y se encuentre a alguien más esperando allí, con sal en la barba y arena entre los dedos de los pies. Pero esa es una historia para los poetas. Por ahora, canto esta otra melodía, la de una madre buscando a su hijo que zarpó de su hogar y a quien no puede encontrar.

Es un marinero del barco de Telémaco quien por fin ve a la reina merodear frenética por la costa y baja hasta ella para decirle "perdóname, señora, si me permites, señora, yo navegué con tu hijo y puedo decirte que regresó a salvo. Sin duda se dirigió directo hacia el palacio para verte; seguramente no lo viste, pero él está bien, a salvo, y sin lugar a duda te estará esperando para cumplir con su deber contigo".

Entonces Penélope lanza un grito ahogado y dice:

—¡Pero claro! ¡Claro que estará esperándome!

Y juntas se apresuran a emprender el regreso al palacio, para disgusto de la canosa Ourania, que acaba de llegar a la orilla; no le gusta la idea de tener que volver a ascender la colina por la que acaba de bajar.

—¡Por todos los dioses, se trata de Telémaco! —dice chasqueando la lengua la criada Autónoe, quien, pese a que el hijo de Ulises no le cae particularmente bien, se sorprende al encontrarse con que le preocupa levemente el bienestar del muchacho, puesto que a ella le importan las cosas que le importan a Penélope.

Entonces, entre el ondeo de túnicas y velos, los pasos acelerados y los murmullos de la anciana Ourania, el grupo llega hasta el portón del palacio, donde Penélope no se molesta en entrar su hogar antes de vociferar:

—¡Telémaco! ¡Telémaco!

El palacio está rodeado por muros de la altura precisa como para ser un obstáculo para cualquier atacante, pero ni un palmo más. Los reyes de Ítaca no tenían ni los recursos ni el interés de construir por la gloria o para dar un mensaje; la funcionalidad es lo único que importa en los muros descoloridos de este lugar, en las piedras rasgadas y en las viejas puertas chirriantes. El patio que lleva del portón principal a la entrada del gran salón tiene el tamaño suficiente para albergar una pequeña cantidad de hombres armados que podría reunirse antes de una invasión, pero no es tan grande que resulte un incordio mantenerlo ordenado y limpio. El gran salón en sí solo tiene un fogón, al que aún están limpiando y preparando las criadas de la mañana. El asiento vacío de Ulises se eleva sobre un pedestal en su extremo norte con la altura precisa para que cualquier rey allí sentado pueda observar a todos aquellos situados en las largas mesas del lugar, pero tampoco está tan alto que resulte difícil subir a algún monarca anciano o que haya un gran peligro de sufrir la vergüenza de una caída. Los sectores más extensos del palacio son la cocina, los aposentos de las criadas, los chiqueros, los graneros, el taller del carpintero, el cobertizo para madera y las largas letrinas. Si bien junto a los muros tambaleantes hay numerosos recintos adosados e instalados precariamente sobre unas escaleras torcidas y sobre unos corredores combados, cada uno de ellos es mucho menos significativo en cuanto a dimensiones y atención que los demás. Es más probable que se sienta el olor de un pescado destripado o que se oiga el sorber de un hocico que el aroma del dulce incienso o la letra sonora de una canción suave. De niño, Telémaco a veces corría por estos corredores y se escondía en rincones ocultos, y las criadas que lo buscaban apenas si se molestaban en ir a buscarlo entre las sombras serpenteantes del palacio, sino que tan solo se limitaban a esperar que se aburriera y saliera por su cuenta pues esta opción era más segura que andar buscando.

Penélope rara vez iba en busca de su hijo. Siempre había demasiadas cosas que hacer. Ella prometía que se haría el tiempo, que estaría allí para él. Pero cada vez que encontraba un momento libre para jugar, para abrazarlo o para permanecer a su lado siquiera, aparecía otro mensajero de Troya, otro pedido de granos, oro, hombres, alguna otra cosa que una reina debía hacer. "Regreso enseguida", le decía entonces, y a la larga Telémaco dejó de esperar que ella cumpliera con su palabra.

Y sin embargo, ahora:

—¡Telémaco! —exclama—. ¡¿Telémaco?!

No hay respuesta.

Cuando Telémaco zarpó de Ítaca para buscar a su padre, lo hizo sin decir palabra. No logró ver qué posible beneficio podría haber en hablar a su madre de sus planes. Ella le diría que era un disparate, una imprudencia, que la estaría abandonando a ella por satisfacer su propio orgullo insensato, su propio deseo egoísta de ser un héroe, un *verdadero* héroe de las baladas y las canciones, en lugar de hacerle frente a la red de política e indignidad que reinaba en Ítaca. Se dijo a sí mismo que era mejor evitarle a ella sus lágrimas desdichadas y ahorrarse él el tedio de tener que discutir con una mujer. Cuando, durante la segunda noche en el mar, estalló sobre la embarcación una tormenta que amenazó con arrojarlos a todos a las aguas tempestuosas, él se mantuvo de pie en la proa y no parpadeó al ver los rayos. Cuando, al viajar con el hijo de Néstor hacia Esparta, fueron atacados por bandidos, él luchó con la furia de un león, ciego ante la sangre o el peligro, a diente y espada. Por lo tanto, no se considera un cobarde.

—¡¿Telémaco?! *¡Telémaco!*

Penélope avanza por los corredores de su palacio, pero él no está allí.

—¿Dónde está? ¿Dónde está mi hijo?

—Tal vez fue a ver a su abuelo…

—¿Antes que a su madre?

—Tal vez tenga… ¿novedades?

—¡Si tiene novedades debería haber vuelto con un ejército! Si su padre está vivo, debería traer un ejército; si su padre está muerto, ¡debería traer un ejército aún más grande! ¡Telémaco!

—Mi señora, no está aquí.

Penélope sujeta la mano de Eos cuando la criada se lo dice. No piensa tambalearse, no piensa caer. Eos es una mujer baja, de hombros anchos y mandíbula de bronce. Comparada con las numerosas criadas del palacio, sus manos no están ásperas por la madera ni quemadas por cocinar y sin embargo su piel está curtida como cuero seco, cálida y firme al tomar los dedos de Penélope entre los suyos. Afuera, algunos de los pretendientes haraganes, los muchachos desaliñados y los hombrezuelos desgraciados que plagan su corte se ven atraídos por el ruido de sus gritos. No piensa llorar delante de ellos. No piensa mostrar el menor indicio de desdicha. En cambio, levanta la barbilla, lo que le endereza el cuello, lo que le endereza la espalda, deja escapar un único suspiro, asiente con la cabeza una vez y recuerda volver a ser tan solo una reina.

—Bueno —dice. Y de nuevo—: Bueno.

No piensa especular sobre adónde habrá ido su hijo.

Tal vez tenga algún plan.

Tal vez tenga alguna jugarreta astuta.

Tal vez haya algún motivo por el que el muchacho que partió sin decirle palabra a su madre no la busque tras su regreso. Algún buen motivo de... de estado. De algún asunto importante, urgente. De... algo así.

Después de todo es el hijo de Ulises y ella es la esposa de Ulises.

Esas son las únicas cosas que importan ahora.

—Eos —susurra—. Creo que debíamos inspeccionar el grano, ¿verdad?

—Por supuesto, mi señora —responde Eos, y suelta los dedos de Penélope—. Ya preparé todo.

Los pretendientes observan desde las ventanas del salón, con los postigos abiertos, mientras la esposa de Ulises y sus criadas se alejan.

CAPÍTULO 5

En la choza del viejo porquero Eumeo, se oyen unas voces:

—Padre, yo... yo...

—¡Hijo mío!

—Hay pretendientes por todo el palacio, han estado...

—Serán castigados, hijo mío, lo juro...

Se derraman lágrimas.

Las lágrimas de mujer son lágrimas de autocompasión, de la débil desesperación, del impotente dolor, de la histeria que busca llamar la atención y de las emociones que nublan el sentido común. En el mejor de los casos, han de ser toleradas, pues las mujeres no pueden evitarlo; en el peor de los casos, ridiculizadas por tratarse de una complacencia patética. Eso dicen los poetas y hace falta muy poco tiempo, muy poco tiempo en verdad, para que las mentiras de los poetas se conviertan en la verdad de estas tierras.

Estas no son de esas lágrimas.

Estas son lágrimas varoniles que se acumulan cuando dos héroes que han superado y soportado tormentos en silencio y con la mandíbula apretada, liberan ahora unas emociones reprimidas que han estado acechando durante muchos años debajo de su exterior curtido. Tales lágrimas son aceptables para los hombres guerreros y son completamente distintas a los sollozos femeninos, tanto más débiles, y que nadie se atreva a sostener lo contrario.

Luego se elabora un plan.

Los pretendientes se están acomodando para el festín de la noche en el palacio de Ulises.

Son unos cien hombres y constituyen cierta novedad en la isla de Ítaca, en el sentido de que entre sus filas no solo hay extranjeros de tierras lejanas que han venido a cortejar a la reina de luto, sino que también hay hombres mayores de veinticinco años y menores de sesenta. Cuando Ulises zarpó hacia Troya, veinte años atrás, se llevó consigo la flor y nata de las islas occidentales; todo potencial guerrero con más de quince años y todo aquel a quien le faltaran algunos años para convertirse en un anciano de barba gris zarpó con el rey, y durante los diez años en que él ejerció su labor, se enviaron muchos más niños con cascos demasiado grandes para sus cabezas y sacos de granos bajo los pies para satisfacer las inacabables demandas de la sangre y de la guerra. De aquellos que zarparon muchos murieron en Troya. algunos fueron comidos por caníbales en su regreso al hogar, o eso dirán los poetas, o se perdieron mientras se dedicaban a saquear en su recorrido hacia el oeste. Uno tropezó y cayó del techo de la casa de Circe de un modo en el que, francamente, incluso a mí me cuesta encontrar algo de valor poético; algunos fueron arrancados de sus asientos por la monstruosa Escila mientras remaban por debajo de su guarida en los acantilados tumultuosos. Los demás se ahogaron. Sus nombres serán cantados solo para ayudar a dar un contexto al valor del gran Ulises, el último hombre con vida. Los poetas se mostrarán muy ansiosos por señalar cómo mueren los hombres orgullosos, ambiciosos y desconsiderados. Solo el hombre sabio regresa al hogar.

Los más jóvenes de los pretendientes que ostentan la túnica de Penélope son itacenses. Cuando Ulises partió eran aún unos niños en brazos de sus madres, tan cachorros como lo era Telémaco. Eran demasiado jóvenes para luchar en Troya, y tras ser criados con las historias sobre los actos heroicos de sus padres ausentes, hoy ríen, se dan empujones, gruñen, gritan; cada uno de ellos ansioso por demostrar que él también es un hombre, un soldado, un proveedor de grandeza, y a ninguno de ellos se le ha puesto a prueba jamás su pequeño coraje, cosa que solo los hace rebuznar más fuerte. Se requiere fuerza para que un hombre se muestre confiado en sus silencios. Kenamón suele guardar silencio, pero eso obedece en gran medida al hecho de que hay pocos dispuestos a hablar con él, dado que es un extranjero y tal vez hasta una amenaza.

De todos estos niños imberbes dispuestos a ser reyes, los dos considerados más prominentes son Antínoo, hijo de Eupites, y Eurímaco, hijo de Pólibus. Así es como hablan:

—¡Eurímaco, eres un ratón de lo más tonto! ¡Haz una apuesta como corresponde y demuestra que eres un hombre!

—No necesito apostar contigo para demostrar nada Antínoo, muchas gracias.

—¿Acaso tu papi sigue molesto contigo? Puedes decirnos, no te juzgaremos.

—¡Vete, Antínoo!

—*¡Vete, Antínoo!*

Los imbéciles serviles que han ligado su suerte al ascenso o caída de estos dos pretendientes, unas catervas de niños apretados a sus espaldas, respectivamente ríen o hacen una mueca. Esta es la calaña de imbéciles que últimamente reside en Ítaca. Sus madres no pueden entender cómo sucedió, ¿cómo criaron a sus hijos para que se convirtieran en semejantes hombres?

(De hecho, fue su propio amor, desacertado. Pues ellas

mismas le dijeron a cada niño que sería grande, valiente y fuerte y poderoso, que nunca debía permitir que nadie le dijera que estaba equivocado, nunca debía encogerse o mostrar debilidad, nunca debía gritar cuando tuviera algún dolor, alguna herida, cuando estuviera quebrado o asustado; solo las niñas hacen eso. Con su amor envenenaron a sus hijos, y aquí estamos. Aquí estamos en verdad, y yo no soy inocente en esta creación).

Unos hombres de lugares más lejanos en las mesas un tanto alejadas del hogar. Aspirantes a príncipes de Atenea y de Pilos, de la Cólquida y de Micenas, terceros hijos de segundos hijos, todos enviados en plan de cortejo a las islas occidentales para intentar ganarse un reino, dado que no hay de momento ninguna buena guerra donde puedan ganarse algo más llevando a cabo hazañas más varoniles. Se han acostumbrado a la dieta de las islas (pescado) y a la insuficiencia de la compañía (retrógrada, incivilizada), e incluso aquellos que alguna vez fueron soldados están engordando, se están volviendo haraganes en el desfile de agua y vino que se vierte en sus copas bajo las órdenes de su anfitriona, siempre distante.

—Pues entonces, ¿por qué no te vas? —pregunta Anfínomo, que alguna vez fue un guerrero con unas motas doradas en su baba rojiza y una mandíbula parecida a la proa del barco en el que llegó a esta isla—. Si estás tan harto de esperar que una mujer se decida, el mar es extenso y el mundo aún está lleno de maravillas. ¡Zarpa de aquí!

—Pero —gimotea su compañero de bebida—, ¿y si resulta que ella iba a elegirme a mí?

—No serás el elegido —opina otra. No va a elegir a nadie.

Ella, la señora del palacio, se sienta apartada de todos ellos en el extremo más lejano del salón. El trono de su esposo, una silla modesta de madera tallada, sin joyas ni ornamentos llamativos, está colocada detrás y un poco por encima de ella. Nunca se sentó allí. Su prima Clitemnestra se sentó en el trono de su esposo Agamenón cuando él zarpó hacia Troya, gobernó como una reina ¿y dónde está ahora? Deambula gris y vacía por los campos de los muertos, con el corazón aún sangrando por donde su hijo le clavó la espada. No, Penélope se limita a sentarse *cerca* del trono de su esposo como su guardiana perpetua, la esposa leal que se aferra a la memoria de su amado y ausente Ulises. Hubo un tiempo en que ella se mantenía ocupada durante esos festines tejiendo un sudario para su suegro, Laertes. El hecho de que Laertes seguía con vida era tan solo un inconveniente menor en el emprendimiento; las mujeres de Ítaca suelen decir que siempre es mejor hacer planes por adelantado. El hecho de que por la noche destejiera el trabajo que había hecho durante el día, tras haber jurado casarse con uno de los hombres del salón cuando terminara de tejer, resultó un asunto mucho más serio y controvertido.

Mañosa, dijeron los pretendientes de Penélope cuando su engaño quedó a la vista de todos. Es una reina muy, muy mañosa.

Realmente debería haberse casado con uno de ellos cuando se descubrió su pequeña jugarreta. Debería haber puesto un final a todo aquel lamentable asunto. Pero ¿con qué hombre habría de casarse?

Penélope está sentada sobre el festín y sus ojos recorren el salón. Antínoo no le devuelve la mirada; no la ha mirado a los ojos durante muchos meses. Ha dejado de fingir que no la detesta; no sabe lo suficiente de ella como mujer (nadie de entre los presentes la conoce verdaderamente como mujer) como para odiar un fragmento de su humanidad. Por tanto, aborrece lo que siente que ella le hizo *a él*. Debería ser un rey guerrero, un hombre sobre el que se cantan baladas, que procede a tomar lo que quiere, a conquistar a quienes lo desafían. Pero ella lo convirtió en menos que un hombre, lo convirtió en alguien que debe esperar por los caprichos de una mujer, todas sus carencias son culpa de ella. Él nunca se lo perdonará y ha jurado que, si llegaran a casarse, le haría conocer sus sentimientos en el lecho matrimonial.

Eurímaco sonríe, con sus dientes torcidos y sus extremidades colgando flojas, cuando la mirada de ella pasa por sobre él. No se hace ilusiones de ser un rey guerrero como hace Antínoo. De algún modo, considera que es una buena señal lo leal que ha sido Penélope a la memoria de su esposo muerto. Es una mujer que conoce su deber, lo que significa que, si se casan (cuando se casen), ella mostrará el mismo deber para con él. Tal vez ella le acaricie el cabello como solía hacer su nodriza cuando él era un niño, y escuchará pacientemente los gemidos y las quejas mezquinas que desbordan su pecho pero que él no se atreve a decir en voz alta, dado que son cosas demasiado pequeñas como para pretender que los adultos les presten atención. A él no le importa que se esté poniendo vieja y que seguramente ya sea estéril; podría ser agradable, piensa, tener a una mujer mayor cuidándolo. La madre de Eurímaco murió dando a luz a un niño que no pasó de aquella noche. Después de eso su padre, Pólibus, no volvió a disfrutar de la compañía femenina.

Los ojos de Penélope dejan atrás a Eurímaco sin dar señales de haberlo visto. Anfínomo hace un gesto con la cabeza, adelantando la barbilla; un amable reconocimiento que parece dar a entender cierto grado de equidad, de respeto mutuo y de entendimiento entre ellos que Penélope considera que no ha sido ganado.

No mira a Kenamón. Su insignificancia es lo que lo mantiene a salvo y ella siente, con una extraña ferocidad, que se le aferra a la garganta el deseo de que él permanezca a salvo.

La luz vespertina que entra por las ventanas del gran salón está moteada de escarlata y de fuego ardiente. Empuja a las sombras por las paredes pintadas y proyecta las formas distorsionadas de estos pretendientes sobre los pintarrajos y los frescos del valiente Ulises en sus heroicas hazañas, que Penélope ordenó para adornar cuanta superficie pública del palacio pudiera. Ulises de joven matando a un jabalí, Ulises zarpando hacia Troya. Ulises cruzando espadas con enemigos temibles, Ulises abatiéndolos. Ulises con su arco. Ulises diseñando el caballo de madera. Ulises luchando en la compañía de grandes reyes, que son sus aliados jurados. Hay una adición reciente a estos frescos pero no representa a Ulises. Más bien muestra al hijo de Agamenón, Orestes, sosteniendo la espada ensangrentada de su padre, con los ojos oscuros mirando hacia afuera de la pared con una expresión decididamente resuelta, mientras que a su lado soldados y reyes le rinden homenaje. En estos tiempos tan cambiantes a Penélope le parece buena idea recordar a sus huéspedes cuán poderosos son sus nuevos aliados.

No hay imágenes de Telémaco.

Penélope no sabe qué mostrarían si las hubiera. El bardo canta una balada de Troya junto al hogar. Canta sobre la valentía de hombres perdidos, sobre su valor, de una era de héroes como no habrá otra. A Penélope le gusta esa parte en particular pero, por desgracia, su posición la obliga a aparentar que los ojos se le ponen llorosos cuando llega esa parte, la obliga a gritar con cierta frecuencia "¡Ay, qué desdichada soy, se me rompe el corazón por mi pobre y valiente esposo!", por las dudas de que alguno de los del salón llegue a olvidarse por qué, por qué, por qué están esperando. Ahora llega el estribillo. Usualmente ella comenzaría a prepararse para desvanecerse un poco y retirarse temprano, con Eos allí para atajarla cuando ella se deje caer en medio de su femenina angustia. Esta noche no parpadea, no se encoje, pues sus pensamientos están en otra parte.

Las criadas se pasean por el salón sirviendo platos de

lentejas y pescado, carne y pan para que los hombres les pasen a sus cuencos. Hay casi cuarenta mujeres en la casa de Ulises, desde la joven Fiobe de los ojos risueños y los labios alegres hasta la anciana Euracleia, la antigua nodriza de Ulises, que hierve de furia entre las sombras de un rincón. A Fiobe no le molestan los numerosos hombres que permanecen en el palacio; disfruta las historias de lugares lejanos y la atención de los jóvenes tímidos que no tienen la menor esperanza de ver el trono de Ítaca, mucho menos de sobrevivir la guerra inevitable que se desataría si Penélope llegara a nombrar a un hombre. Ellos, por su parte, disfrutan su compañía llevadera y su alegre sagacidad. Euracleia detesta a los hombres, a las criadas y todo lo que sucede en la casa. Es desagradable. Es una desgracia. Es una traición a todo lo que significa su amado Ulises. Y pese a todo, no culpa totalmente a los hombres por su accionar; no son más que hombres, ambiciosos y atrevidos en su búsqueda de ser nombrados reyes. Son más bien las mujeres, ¡las *mujeres*! Las criadas y sí, apenas si se atreve a decirlo, pero Penélope también, quienes miran a los hombres y les sonríen como si de alguna manera les estuvieran *dando permiso* con los ojos. Como si hubiera alguna especie de… *acuerdo* entre ellos. Euracleia se estremece solo de pensarlo y por lo tanto no lo piensa.

Euracleia le cae mal a Penélope. Si su finada suegra, Anticlea, no la hubiera obligado a jurar cuidar de la vieja nodriza, la habría despachado a alguna casita indefensa en Cefalonia hace mucho tiempo para que viviera sus años de vejez regañando a patos y a gansos en lugar de a criadas y hasta a reinas en la casa de Ulises.

Telémaco no está en el festín.

Penélope envió un mensaje a ciertas mujeres de su entorno para que encontraran a su hijo: a la vieja Sémele y sus hijas, a Anaitis, sacerdotisa de Artemisa, y a Teodora, que conoce los senderos secretos de estas tierras casi mejor que nadie. Recibió una respuesta bastante rápido de Mirene, la hija de Sémele, que dijo haber visto a Telémaco en la casa del viejo Eumeo, el porquero. Parece encontrarse ileso y sobrio. Al parecer no tiene prisa por regresar al palacio para saludar a su madre.

—Ah —dijo Penélope al oír las novedades—. Entonces no encontró nada y fracasó en su intento de ser un hombre. Eso es un alivio en cierto modo.

Es el resultado menos perjudicial que se le ocurre desde el punto de vista político; que las cosas se mantengan como están, que su esposo no esté ni vivo ni muerto, que no haya respuestas claras hacia una opción o hacia la otra.

También es algo a lo que ella, desde lo emocional, se puede aferrar por poco que sea. Pues si Telémaco ha fracasado en su misión, entonces claro que se siente avergonzado, destrozado, con el corazón partido al medio, y eso explica en cierta manera (y hasta ahí) por qué no se encuentra junto a su madre. Eso es, al menos, lo que se dice Penélope. Es lo único que puede decirse.

El bardo llega al estribillo en el gran salón. No es nada fuera de lo normal: un lamento por las numerosas vidas perdidas a causa de la traición de Helena, por los grandes soldados abatidos en su valor, los reyes asesinados, los héroes que no volverán a respirar y demás. La mejor parte está al llegar, la que cuenta que Ulises aún está en su camino de regreso a Ítaca, guiado por el honor, guiado por el amor. Algunos de los pretendientes que llevan más tiempo aquí se mueven un poco, echan una mirada a Penélope. Son conscientes de que este es uno de esos momentos musicales en los que ella es propensa a ponerse nerviosa para luego retirarse a sus aposentos dominada por una debilidad femenina que curiosamente la deja exenta del persistente tedio del festín. Kenamón también mira, con sus largas pestañas negras. Observa a Eos separando un poco los pies, moviendo los hombros, una mirada oculta que intercambian señora y criada como diciendo "aquí vamos"...

Una sombra, una presencia en la puerta.

Esta presencia es suficiente como para llamar la atención, y una vez llamada la atención las voces se callan. El silencio se esparce por el salón como la última ola de la marea alta que barre con todo a su paso; atrae todas las miradas hasta que, junto al fuego, el bardo vacila, tiembla, tose hasta llegar a una última nota tartamudeada. Penélope también mira en dirección al muchacho (él insistiría en que se lo llame "hombre") que le da la espalda a la menguante luz del día. Contiene la respiración, y es un acto sincero.

Telémaco, con su espada en la cadera, la capa sobre la espalda, el cabello oscuro rizándosele por sobre el cráneo, una fina barba haciendo lo mejor posible por hacerse notar sobre el hoyuelo de la barbilla, echa un vistazo por el salón de su padre. El hijo de Ulises no es particularmente alto y tiene algo de la palidez de su madre, un atisbo del océano en su piel. Pero un año de sal y travesía le ensanchó la espalda, le quitó un poco de suavidad de las mejillas, le engrosó las muñecas y le entrecerró un poco los ojos, como si ahora se esperara tener que recorrer una tierra hostil llena de peligro a la tenue luz de la luna, o atravesar la furia de una tormenta de verano.

Al verlo, los últimos pretendientes hacen silencio. No están armados. Es una de las reglas sagradas de este lugar que tanto huéspedes como anfitriones anden sin armas, pese a que muchos lleven dagas secretas ocultas en la túnica. La mano de Telémaco se abre y se cierra en torno a la empuñadura, sus ojos recorren el salón hasta que finalmente se posan sobre su madre.

Penélope se pone de pie, sujetando el brazo de Eos.

Telémaco camina hasta el fuego.

Se calienta las manos, pese a que el aire está templado y no hace un frío mordaz; da la espalda al recinto, a su madre, al mundo.

Se vuelve.

Estudia a los pretendientes.

Ellos lo observan y no se mueven. Algunos de entre ellos (incluidos Antínoo y Eurímaco) en un momento conspiraron para interceptar a Telémaco en su viaje de regreso a Ítaca y asesinarlo en el mar, lejos de la vista del puerto de donde zarpó. Pero sus planes se vieron truncados; los poetas dirán que fueron los dioses, la sagrada Atenea, aunque, tal vez un poco más pragmáticamente, quizás digan que fue la madre de Telémaco que les requisó la embarcación de guerra y luego la hizo incendiar hasta que solo quedó un esqueleto de maderos ennegrecidos cuyos huesos aún hoy mancillan la entrada al puerto. Sin embargo, que una madre salve a su hijo no sería una buena fábula heroica, a menos que dicha madre muera después en un magnífico acto de autosacrificio para enseñar al mencionado hijo una valiosa lección, y por tanto la ignoraremos. Telémaco sin duda lo hará, si es que se molesta en investigar el asunto. (No lo hará).

Es Antínoo quien por fin se atreve a hablar, pues quien lo haga primero claramente será el más audaz de los pretendientes, incluso si lo que dice es una estupidez. El volumen tiene más valor que el contenido. Por lo tanto:

—¡Telémaco! —exclama—. ¡Nos honras con tu presencia!

Una vez, en este mismo salón, Telémaco estuvo a punto de dar un puñetazo en el rostro a Antínoo, una acción que habría dado pie a una carnicería que habría teñido a estas islas de escarlata. Naturalmente yo intervine antes de que pudiera desatarse algo demasiado dramático, pero esta vez, cuando los ojos del joven se clavan en los de Antínoo, no siento ninguna necesidad de actuar. Se le curvan los labios, echa hacia atrás los hombros; no es una expresión de desprecio la que se instala en el rostro de Telémaco, como podría haber sucedido en el pasado. Más bien, es una mirada que parece decir "qué extraño me resulta haberte despreciado, ya que la energía que requiere odiar a alguien tan ruin como tú excede por mucho el esfuerzo que tú mereces".

Me resulta familiar esta expresión, pues la he visto ocasionalmente en mi propio semblante, al ver su reflejo por el rabillo del ojo. A diferencia del insensato de Telémaco, yo me he esforzado por borrar esa expresión de mi cara.

—Antínoo —responde—. Me alegra ver que aún te siguen atendiendo con tanta gracia mientras comes en la mesa de mi padre. Es un gran consuelo para mí regresar a la casa de mi padre y veros a todos vosotros tan relajados junto al hogar. Verdaderamente, la hospitalidad de Ítaca es inquebrantable.

Esta no es la respuesta que Antínoo se esperaba. Él entiende el odio, la furia, la pasión, la ira, los celos, la indignidad, pues en Antínoo todas estas cosas arden con gran intensidad, el mismo escarlata furioso que ardió en los corazones de Aquiles y Áyax, de Agamenón y Menelao. Aún no entiende que estas cosas pueden crujir como el hielo, un glaciar frío, lento, que atraviesa el corazón. Tales cosas lo confunden. No reacciona bien cuando se siente confundido.

—¿Y podemos preguntar dónde estuviste, Telémaco? Tu presencia se extrañó terriblemente en el festín. ¡Estoy seguro de que tu madre derramó ríos de lágrimas por ti!

Telémaco posa brevemente los ojos sobre Penélope, pero desvía la mirada de inmediato para concentrarse en asuntos más importantes.

—Vaya, mi honrado huésped —dice alargando las palabras—. Me alegra que lo preguntes. Viajé a Esparta para reunirme con el hermano jurado de mi padre, Menelao, y a Micenas para hablar con Orestes, el gran rey. Viajé con los hijos de Néstor, recorrí la tierra en busca de novedades sobre mi padre y ahora he regresado con vosotros.

—¿Y qué novedades tienes? ¿Viste su cadáver? ¿O acaso tu misión fue un fracaso?, ¿una pequeña... salida familiar más que algo que tuviera una importancia real?

La sonrisa que aparece por un instante en los labios de Telémaco es un destello tan rápido que Penélope cree que la imaginó, no puede creer que estuvo allí, pero sabe que así fue. Pasa en lo que le lleva aletear a una mariposa. Telémaco hace caso omiso de la pregunta con un gesto de la mano.

—Tengo bastante información que dar y he averiguado muchas cosas —dice—. Pero ahora no es el momento para eso. Por favor, estáis comiendo, estáis disfrutando el banquete. Continuad, sois los invitados de mi madre.

Ahora camina hacia la puerta chirriante que lleva al interior del palacio, mientras a su alrededor los pretendientes se ponen de pie y comienzan a murmurar y a farfullar "¡Telémaco, Telémaco! ¡Qué novedades, Telémaco! No puedes venir aquí y decir que hay novedades y no decirnos, ¿dónde estuviste, qué viste, qué novedades tienes de tu padre, *Telémaco*?".

Cuando sus pasos lo llevan junto a la silla de su madre, se detiene un momento y se inclina un poquito; lo mínimo necesario como cortesía y respeto, tan mínimo que es completamente irrespetuoso. Luego gira la cabeza y se dirige al interior del palacio de su padre.

CAPÍTULO 6

Conmoción.

Penélope está conmocionada.

Es una sensación inusual para ella.

Ha hecho frente a príncipes y a reyes. Ha defendido sus islas de piratas y de veteranos de la gran guerra de Troya, se midió en una lucha de agudeza con el rey de Esparta y ganó, fue maltratada y amenazada en su propio hogar, y aun así no podría afirmar que alguna vez se haya sentido particularmente estupefacta. La peor de todas las cosas siempre pareció una posibilidad probable en el gran juego de reyes. Entristecida, podría decir ella, decepcionada por la situación pero nunca particularmente sorprendida.

Penélope siempre fue ciega en cuanto lo relacionado con su hijo. Es una de sus pocos fallos como reina y su mayor remordimiento como madre.

Telémaco abandona el salón y, por un momento, todo se vuelve aturdimiento, todo queda en silencio. Penélope se queda allí de pie, congelada como una criatura del bosque asustada que cree que si no se mueve no será percibida. Los pretendientes no hablan, los bardos no cantan. Es Kenamón quien, por fin, rompe el hechizo, tosiendo y exclamando en un tono más fuerte que el que le corresponde:

—Un trago de bienvenida para el hijo de Ulises, ¿no?

Nadie quiere beber a la salud del hijo de Ulises, pero las palabras en sí son el ruido que echa abajo el muro de silencio que ha descendido como una piedra sobre el lugar. Antínoo resopla; Eurímaco murmura que a Telémaco se lo ve muy raro; Anfínomo dice que bueno, bueno, ¿acaso no se lo ve... no se lo ve bien...?

El bardo comienza a cantar de nuevo. Los dedos de Penélope están blancos por la fuerza con que sujeta el brazo de Eos y la criada no dice nada sobre el intenso dolor que le produce el agarre de la reina.

Las mujeres siguen a Telémaco hacia el interior del palacio. Él no se ha quedado esperándolas más allá de la puerta.

No está en sus aposentos ni en la cámara del consejo.

Melita, una criada de caderas anchas que lleva una oveja sacrificada sobre la espalda, comenta que lo vio ir por allí. Autónoe se les acerca mientras recorren los salones del palacio y les susurra que vio a Telémaco dirigirse al arsenal. Penélope y Eos apuran el paso, van a toda prisa por los corredores serpenteantes hasta el recinto oscuro donde los pocos soldados del palacio guardan sus escasos escudos y armamentos.

La puerta está abierta, y en la última luz del sol vespertino que entra por una ventana cuadrada en lo alto de la pared, Telémaco inspecciona una lanza y tantea el peso de un escudo. De hecho, esa podría ser la misma lanza que él sostuvo entre sus manos cuando, muchas lunas atrás, se propuso luchar contra unos piratas y casi es asesinado como recompensa. Ese podría ser el mismo escudo que quedó abollado por la espada de un invasor cuando los jóvenes de su efímera milicia lucharon y murieron contra aquellos hombres brutales dispuestos a tomar estas islas. Esa noche Kenamón le salvó la vida y en el momento él se mostró agradecido, pero ahora entiende que la gratitud no beneficia a un héroe, mucho menos a un rey.

Los muchachos están muertos, pero también los hombres que los mataron. Cayeron en lo que a los poetas se les ordenó llamar "las flechas de Artemisa", si es que llegan a hablar de eso. Por lo general no lo hacen. Hay muy pocas personas en el palacio que en verdad entienden cuál fue la fuerza que asesinó a los invasores de Ítaca, y no consideran prudente debatir el tema en ningún lado salvo entre las sombras de la medianoche. En ese asunto, como en tantos otros, Penélope prefiere que se cuente una historia creativa en lugar de la verdadera.

Ahora Telémaco examina estas pocas armas en el oscuro recinto, mientras su madre se detiene sin aliento en la puerta. Él siente su presencia, levanta la mirada, la ve allí de pie, le hace un gesto con la cabeza como diciendo "ah, sí, también está este asunto".

—Madre —dice mientras le pasa el dedo al filo redondeado de un hacha.

Eos se queda un poco más atrás. Ella estuvo presente en el nacimiento de Telémaco, lo sostuvo por las axilas cuando de niño se orinaba encima, conoce todos los secretos tanto de la madre como del hijo. Pese a todo, este no es su lugar. No según la opinión de él, al menos.

—Telémaco —dice vacilante Penélope. Ella se yergue un poco más alto cuando él no responde. Tanto la madre adoptiva de ella, Policasta, como su suegra, Anticlea, fueron princesas y reinas. Pese a que diferían en muchas de sus cualidades, ambas coincidían en un punto: que como reina, cuando una se está desmoronando y considera que puede llegar a quebrarse, es en ese momento en que hay que enderezar la espalda—. Entonces estás vivo —le espeta con dureza, con osadía, no como lo haría una madre.

—Sí. Vivo. —Una daga es desenvainada, examinada, regresada a su lugar.

—Te fuiste sin decir una palabra.

—Era necesario, los pretendientes habrían intentado impedírmelo.

—¿Y eso significa que no podías decírselo a tu madre?

Se encoje de hombros, resuena el sonido irrespetuoso del bronce deslizándose hacia el interior de la vaina.

—Tú también habrías intentado impedírmelo.

—Porque mi palabra habría sido suficiente, ¿verdad? Mis lágrimas, mis advertencias... ¿todo eso te habría detenido?

Un suspiro, un resuello. Euracleia resuella y suspira así. Penélope siente que el estómago se le retuerce de náuseas, con un nudo de vergüenza. Sus madres solo le enseñaron cómo ser una reina, como a ellas mismas las enseñaron sus madres. La ternura no formaba parte del arte de ser monarca, sus niños eran entregados a nodrizas y a criadas para esos asuntos, y ahora Penélope tiene... muchos remordimientos. Más que los que ella misma sabe.

Telémaco se vuelve hacia ella, no queda nada del niño ingenuo y atolondrado que ella conocía cuando zarpó de estas costas. Algo cambió en él, pero ella no puede saber cuán reciente ha sido ese cambio.

—¿Dónde está el arco de mi padre?

—¿Qué?

—El arco de mi padre. ¿Dónde está?

—En la cámara del consejo, en la pared. Está colgado allí como recordatorio de...

Telémaco chasquea la lengua, mueve la cabeza y la interrumpe. —No debería estar ahí, no es bueno para la madera.

La última vez que Penélope se fijó, Telémaco no sabía nada sobre el mantenimiento del arco de su padre, y el tema le importaba tanto como a ella le importan las vidas de los calamares. Su boca da forma a sonidos que no salen, gritos de indignación que no tienen significado, imprecaciones, súplicas. Ella debería estar corriendo hacia él. Debería estar envolviéndole el cuello con los brazos. Debería estar llorando sobre su hombro, "¡mi hijo, mi hijo, estás vivo, mi hermoso muchacho!".

Quiere hacer todas esas cosas. Si a su lado se encontraran Hera o Afrodita, tal vez la empujarían en pos de ese accionar, en pos de que se arroje sobre él y grite "¡mi hijo, mi hijo, mi corazón vuelve a estar completo, mi hijo!".

Pero solo yo estoy aquí, la diosa de la guerra y la sabiduría, y en esos aspectos soy… deficiente.

Hubo un tiempo, hace mucho, en que Penélope tal vez podría haber mostrado ternura y su hijo se lo habría agradecido. Ese tiempo ya pasó.

Telémaco devuelve una espada a su lugar, asiente con la cabeza; está satisfecho con su inventario. Se mueve para irse pero Penélope está en la puerta. Él lanza un resoplido de irritación mientras espera que ella se mueva, pero ella se queda quieta.

—Tengo asuntos de los que ocuparme —les espeta a los pies pesados e inmóviles de ella.

—¿Qué asunto podría ser más importante que ver a tu madre?

—Hay muchas cosas en esta isla que fueron descuidadas —responde, haciendo un gesto con la mano—. Me fui durante demasiado tiempo. Por esto… —Por esto debería disculparse. Sería lo más caballeroso. Aparta ese pensamiento—. Deberías atender a tus huéspedes, ve a hacer de anfitriona.

—Telémaco, yo…

—Me bloqueas el paso, madre.

Si la hubiera empujado, apoyándole ambas manos en el pecho y haciéndola caer al suelo, el golpe no le habría dolido tanto como esto. Se oye un grito ahogado desde las sombras donde espera Eos. Penélope siente algo caliente y extraño en las mejillas, picándole los ojos. Es imposible, inaceptable y no debe verse. Las reinas no ceden. Es este instinto, este entrenamiento, esta verdad que debe alzarse sobre todas las otras verdades, lo que la obliga a hacerse a un lado, no como madre sino como reina. Telémaco sale por delante de ella y se aleja por el corredor.

CAPÍTULO 7

Más tarde, Penélope llora.

Autónoe hace guardia en la puerta de sus aposentos para que nadie pueda entrar.

Eos está sentada en la cama que Ulises talló para él y su esposa entre las ramas aún con vida del olivo, y abraza a su señora mientras Penélope solloza. Mientras Penélope berrea, tiembla y se sorbe los mocos húmedos y se sacude y llora un poco más, Eos le acaricia el cabello, le aprieta los hombros con fuerza, no dice nada, pues no hay palabras que puedan remediar la situación.

Penélope trata de decir "es mi culpa, es mi culpa, por qué no dije lo que tenía que decir cuando hacía una diferencia, por qué no pude estar allí como una madre; ¡es mi culpa!", pero las palabras se traban entre las bocanadas de aire y, al igual que con la mayoría de las cosas relacionadas con sus deberes maternales es demasiado, demasiado tarde.

Intenta decir "Lo amo demasiado, cuando nació era el más hermoso, el más hermoso, pero mi esposo partió y yo tuve que ser reina tuve que mantener unido el reino tuve que… ¡mi hijo era tan hermoso!".

Eos le da unas palmaditas en la espalda. Ha despreciado en silencio a Telémaco desde que al niño, a la edad de trece años, se le enseñó el concepto de "puta". Adoptó la noción con una fascinación avergonzada, espiando constantemente por las puertas para ver si aquí, sí aquí, había una puta haciendo sus putadas habituales, lo más escandaloso del mundo, lo más repugnante, lo más asqueroso; vaya si estaba dispuesto a averiguarlo, tenía que ser muy meticuloso en sus investigaciones.

Telémaco nunca se acostó con una mujer. Una vez, en sus viajes con el hijo de Néstor, estuvo a punto; los sonidos del acto que le llegaban de la habitación de al lado despertaron incluso sus fláccidas partes pudendas. Pero en el momento de la verdad se encontró con que la buena disposición de la señorita en cuestión le provocaba repulsión, que el hecho de que ella disfrutara la experiencia le causaba asco, por lo que se apartó de ella. Nada de esto debe llegar a las canciones sobre el hijo de Ulises. Los hombres de nuestras canciones son incapaces de imaginarse a sí mismos como menos que vigorosos y viriles, y si bien los órganos sexuales de la mayoría de los héroes entran dentro del inofensivo promedio, y hasta el último hombre experimentará en algún momento cierta flaccidez, la portentosa violencia que caerá sobre todo aquel que ose siquiera susurrar esta verdad a veces me sorprende hasta a mí, y eso que yo soy difícil de asombrar. No; lo máximo que puedo hacer es asegurarme de que, cuando los poetas canten sobre las hazañas de Ulises, estas estén teñidas con un dejo de cortesía para con aquellas con quien él se acueste, si es que eso es lo que desea escuchar el oyente.

Hubo un tiempo en que los hombres se encogían de miedo ante el nombre de Hera, la diosa madre. Cuando los guerreros se arrodillaban ante la mera mención de Atenea, cuando los reyes se humillaban bajo la señora cielo, la señora tierra. Eso ya no sucede. Ahora la cortesía es lo máximo a lo que aspiran tanto las damas de arriba como las de abajo, y dicen "gracias, mi buen señor" y "ay, me halaga, mi buen señor", royendo los restos de dignidad que nos arrojan.

Yo he intentado quitar a la mujer de mi alma, a lo femenino de mi piel, pero nunca es suficiente. Nunca llega a ser suficiente.

Para cuando Penélope termina con sus lágrimas, la luna se eleva por los cielos, el sol ya se ha puesto.

La reina se endereza un poco, evita la mirada de Eos para evitar volver a llorar, asiente una vez con la cabeza en dirección al reflejo distorsionado de su propio rostro en el imperfecto espejo de bronce que tiene cerca de la puerta y dice:

—Muy bien. Es obvio que mi hijo tiene la intención de matar a los pretendientes. ¿Qué haremos al respecto?

Eos ha estado esperando esta pregunta, este regreso a lo pragmático, desde la primera lágrima con mocos.

—Envié un mensaje a Ourania, a Anaitis y a Priene. Se reunirán esta noche.

—Bien. —Otro resoplido involuntario, que Penélope y Eos deciden ignorar, y que Penélope se apresura a limpiarse con el dorso de la mano. Una inhalación larga, temblorosa. Un soltarse. No queda más tiempo para el pesar. Fue un momento de debilidad, nada más. Nada más. No volveremos a hablar de eso—. Averiguad cuántas lanzas ha reunido Telémaco. Si no podemos evitar que lleve a cabo esta locura, bien podemos brindarle la mayor probabilidad de no morir en el intento.

—Deberías huir —murmura Eos—. Incluso si tu hijo tiene éxito, desatará una guerra que no puede ganar. No sin la ayuda de Micenas; y dudo que haya acudido a Orestes. Anaitis puede darte santuario en el templo de Artemisa, luego podrías ir a un templo del continente, o con Electra.

—De ninguna manera. Si mi hijo ha de pelear y morir, todo habrá terminado de cualquier modo. He tenido una buena vida, si vamos al caso. Tendremos que aprovechar al máximo cuanto podamos.

Ahora es Eos quien se queda conmocionada. Esta

criada, que fue dada a Penélope como obsequio de bodas, una compañera joven que pudiera brindarle comodidad a la reina en su travesía a su nuevo dominio, nunca oyó a Penélope hablar de la muerte con tanta facilidad. Nunca la ha visto descartar con tanta liviandad una ardid astuto o dejar de lado un plan tan a la ligera. Dicho esto, tampoco la ha visto llorar demasiado; no, ni siquiera cuando Ulises zarpó hacia Troya. Siempre ha habido trabajo que hacer, negocios que atender, asuntos que resolver, que mantuvieron ocupadas a las mujeres de Ítaca. Las lágrimas tendrían que quedar para otra ocasión, para algún día de descanso en que todas las dificultades amainaran.

Ahora Telémaco ha regresado y Eos no puede evitar preguntarse: si él causa la muerte a todos los pretendientes con sus propias manos, entonces ¿qué les sucederá a las criadas? Usualmente, tales preguntas también se le habrían ocurrido a Penélope, pero esta noche... esta noche Eos no sabe a qué conclusión llegar respecto de su reina. Ella conoce los defectos de Penélope; una esclava siempre sabrá cuando su ama se muestra falible. Pero esta noche... esta noche es el peor de todos los momentos posibles para que su reina comience a cometer errores.

Alguien golpea a la puerta. Se oye la voz de Autónoe.

—¿Mi señora?

Autónoe rara vez dice "mi señora" a Penélope, mucho menos "mi reina". El hecho de que haya pasado a este tono particularmente respetuoso es una señal de cuánto la alteró la inesperada efusión de sentimientos de Penélope.

Penélope se limpia la última lágrima de los ojos, vuelve a colocarse el velo sobre el rostro, retira la mano de la de Eos y le da la espalda a su reflejo en el espejo deforme.

—Adelante.

Autónoe no entra, como si pasar a una habitación aún cargada de sal pudiera, de alguna manera, contaminarla de sentimientos. En cambio murmura, asomando la cabeza por la puerta:

—Abajo hay un mendigo con Eumeo pidiendo que se lo atienda.

—Pues atiéndelo.

—Los pretendientes no están respondiendo bien a su presencia.

Penélope suspira, pone los ojos en blanco, pero de inmediato adopta una pose más erguida, un tono más firme en la voz. En su fuero interno sabe que fracasó como madre y, por ese motivo, piensa que es probable que muera. Pero si bien esta identidad maternal en particular se le ha escapado de las manos, aún brotan otras manifestaciones de su naturaleza, dada su fuerza. Ella sigue siendo una reina y, más que eso, sigue siendo una anfitriona consumada.

—¿Acaso no pueden hacer algo Medón o Egiptius? Estoy ocupada contemplando el inminente asesinato sacrílego de mi hijo y el final violento que eso nos acarreará a todas nosotras.

—Medón está durmiendo y no encontramos a Egiptius por ningún lado.

Otro suspiro, pero en cierto modo, Penélope agradece estas noticias. Hacer algo práctico es mucho, mucho más fácil que sentir esta gran fuente de vergüenza, dolor y consternación que sigue bloqueándole la garganta.

—¿Dónde está Telémaco?

—Abajo.

—¿Ya ha hecho algo insensato o bárbaro?

—No. Está llamativamente tranquilo. Incluso se muestra amable. Le dijo a Melanto que le gusta lo que se hizo en el cabello. Todos están desconcertados.

—Bajaré de inmediato.

CAPÍTULO 8

Hay cuatro dioses que tienen un gran interés en la isla de Ítaca.

Artemisa, diosa de la caza. La atrajo a Ítaca el sonido de las flechas en vuelo y el chasquido nocturno de las trampas en el bosque. Las presas a las que se daba caza eran hombres, no conejos, y las cazadoras que colocaban sus flechas en el arco despachaban a su presa moviéndose completamente a escondidas, y la diosa aprobaba.

Afrodita, señora del amor y de la lujuria. Su mirada se vio atraída por su juguete, su pequeña mascota mortal, su espejo hecho carne, Helena de Esparta, Helena de Troya. El motivo por el que su mirada pasó de Helena a su prima Penélope es, y me avergüenza decirlo, un misterio para mí. Yo, que soy sabia en todas las cosas, nunca he llegado a comprender del todo qué es lo que mueve a la señora del amor. A veces reflexiono sobre eso y me causa dolor pensar cuánto se ha alejado mi alma de la compañía ajena, pero no me estremeceré. Atenea jamás se estremece.

Hera, reina de los dioses. Ella vino a esta isla cuando lo hizo su querida Clitemnestra, le sostuvo la mano y le limpió la frente cuando la vengativa reina cayó bajo la hoja de su hijo. Ella dijo que había venido a Ítaca a proteger a las madres de las islas, pero yo la desestimé sin siquiera pensarlo.

—¿A quién le importan las madres? —exclamé puesto que, desde ya, a nadie. Ningún poeta canta sobre ellas, o cuando se las nombra se limitan a aparecer como motivación, como un accesorio de la historia de algún héroe.

En este asunto estaba equivocada.

La sabiduría debe ser honesta consigo misma, incluso si a veces es sabio mentir a los demás.

Pues pese a que nadie cantaba sobre ellas, fueron las madres, las hijas y las esposas quienes mantuvieron al mundo girando, los fuegos encendidos, las luces ardiendo.

—Hija adoptiva —dijo Hera chasqueando la lengua una noche sin luna, mientras mirábamos el mundo adormilado desde el límite del Olimpo—. Has olvidado que tú eres mujer.

Hera suele importarme muy poco, pero en ese momento sentí que el cuerpo se me tensaba como si me hubiera alcanzado un trueno.

—Yo entiendo esto de tu persistente castidad —continuó diciendo mientras giraba distraídamente su copa de ambrosía, como si pudiera habérsele acumulado algún sedimento imposible en el fondo de la bebida dorada—. Eres una mojigata aburrida, pero al menos si finges que eres como un hombre, puede que algunos hombres se lo piensen dos veces antes de intentar un avance contigo. Pero claro, no funcionará nunca; para algunos hombres eso solo es un desafío, algo que romper. alguien a quien romper. A mi esposo le gusta romper cosas. Es lo único que en verdad le queda que lo haga sentir como un hombre.

Por desagradable que fuera, yo no podía más que estar de acuerdo con la aseveración de Hera sobre las inclinaciones de mi padre.

—Y por lo demás… bueno, puedes actuar como si fueras un hombre, pero ellos jamás te aceptarán. Puedes gruñir más que ellos, pelear, matar más que ellos, lo que tú quieras de hecho, pero eso no significa que pertenecerás a su grupo. No hay una banda de hermanos esperando por ti. No hay compañerismo ni compañía ni confianza; en absoluto. No entre ellos y no para ti. Vaya, ¿acaso no aprendiste nada de mirar a Aquiles y a Agamenón hacerse pucheros enfurruñados sobre quién tiene la verga más grande y dónde la meten? Y este asunto con Troya solo va a empeorar las cosas. Una caterva de espantosos muchachitos idiotas con la cabeza llena de espantosas nociones idiotas de lo que significa ser un *verdadero* hombre. ¿Y en quién basan su comportamiento? En viles asesinos de mierda y viles violadores de mierda que solo entienden el poder lanzando sus viles puñitos de mierda contra el rosto rechoncho de su hermano, solo para demostrar su vil argumento de mierda. Es patético.

—No Ulises —dije yo—. Él no es así.

—¿Ah no? ¿Realmente me estás diciendo que no es vengativo, orgulloso, mentiroso, manipulador, que no está decidido a que todos sepan que él es el hombre más astuto del recinto? Tal vez no sea tan evidente como entrar al palacio con el escroto al aire, pero sigue siendo una historia que se canta con el mismo objetivo. Poder. Posición. Por sobre otras personas. Por sobre todos los otros hombres. Y también, por supuesto, por sobre todas las mujeres. Había tenido la esperanza de que Circe lo hiciera entrar en razón, o incluso tal vez la puta de Calipso, pero no. Él sigue teniendo que ser más grandioso que todos los demás. Si no te cuidas, terminará siendo más grandioso que tú también.

Nos quedamos en silencio por un momento, ella y yo, por sobre el borde del mundo.

Se me ocurrió que, si yo fuera Afrodita, habría roto en llanto. Habría envuelto mis brazos alrededor del cuello de Hera lloriqueando: "¡es todo verdad, es triste, tan triste, se me rompe el corazón!". Y tal vez Hera habría suspirado y puesto los ojos en blanco y me habría dado unas palmaditas en la espalda y por un rato nos habríamos abrazado en un pesar mutuo, hasta que volviéramos a recordar el desprecio intenso que sentíamos la una por la otra y nos fuéramos cada cual por su lado.

Y se me ocurrió que si yo fuera Zeus, la habría golpeado allí mismo por atreverse a cuestionar mi sabiduría y mi poder. "Puta", le habría dicho. "Perra. Nadie te amará. Yo soy el único. Mira lo que tengo que tolerar contigo. Mira lo que me obligaste a hacer".

Eso es lo que se esperarían los poetas, y a veces es más fácil hacer lo que todos piensan que deberías hacer, pues se pierde menos tiempo y hasta se gasta menos energía, hasta que el relato se convierte en la verdad.

CAPÍTULO 9

Un mendigo llega al gran salón del palacio de Ulises.

Tiene el cabello enmarañado y apelmazado con tierra, los hombros caídos y envueltos en harapos. No levanta la vista para mirar a la criada Melita cuando esta lo recibe en la puerta; mantiene los ojos bajos, con la barbilla contra el pecho como si temiera recibir golpes pero pide algunas sobras, algo que le alivie la travesía.

Melita lo hace pasar. La noble tradición de la casa es asegurar que a nadie, sin importar su posición, se le cierren las puertas. También resulta útil, o eso siente Penélope, que ocasionalmente el banquete de los pretendientes se vea interrumpido por lo más bajo de lo más bajo, un recordatorio de que, para ella, el lugar de ellos no difiere tanto del de un vagabundo hambriento arrastrándose a los pies de otra persona.

El mendigo pasa de mesa en mesa. Anfínomo dice:

—Ay, lo siento tanto, ya me he comido…

Eurímaco dice:

—¡Qué sucio! ¿Qué está haciendo aquí?

Kenamón dice:

—Por supuesto, señor; espero que no le moleste el sabor a pescado.

Antínoo le golpea la frente por la impertinencia de existir, de respirar en este lugar. El mendigo cae y se arrastra un poco por el suelo. A Antínoo le gusta eso. A veces, Antínoo se arrastra de la misma forma, cuando lo golpea su padre. Su padre parece tener un gran tamaño cuando él mira desde el suelo el rostro encendido del anciano. Por lo tanto, Antínoo debe de ser grande también cuando derriba a otro. Así es como son las cosas.

Telémaco corre hasta el anciano para ayudarlo a levantarse y recibe varios empujones. Tiene el rostro rojo de rabia, indignación, cólera y una furia que los pretendientes no reconocen como tales por el sencillo hecho de que no tienen referencia de haber visto jamás algo de eso en sus rasgos. Si alguien se acercara a escuchar podría oír un murmullo de "¡Matémoslos ahora!", pero el barullo de las risas y el regocijo de los pretendientes es demasiado fuerte para que se oigan los susurros y tapan el enérgico "¡Aún no!" del mendigo.

El mendigo se pone de pie.

Cuando los poetas canten sobre esto, añadirán otro mendigo a la escena; alguien que no está debilitado y que no se muestra agradecido por las sobras que le arrojan. Pues los ricos y poderosos, aquellos que pueden comprar las historias que se cantan, prefieren que el mundo sepa que si eres básico y humilde y ruegas sumiso por las sobras, tal vez seas recompensado con algo de carne desechada, y más te vale retorcerte de agradecimiento por tal presente. Pero si vociferas y te muestras indignado y te enciendes de rabia por la injusticia de la crueldad de tu posición, por la barbarie de un mundo en que los poderosos pueden darse un festín y los pobres pueden morir, convertidos en piel y huesos a la puerta del rico, pues entonces te mereces todas las cosas terribles que te vayan a suceder, ¿no es así?

Es sensato que dioses y reyes cuenten esta historia. La

sabiduría no es una verdad universal; cumple. Y vaya si cumple.

¿Qué más? Mientras Telémaco se aleja del mendigo, con sangre en el cráneo y fuego en la lengua, me parece percibir otra presencia. Congelo el aire, ralentizo el tiempo hasta casi detenerlo, busco y busco para encontrar eso que... no. No es "eso". Es *él*. Él no debería estar aquí, no es bienvenido, los poetas no dicen su nombre; y sin embargo miro, escucho y creo percibir su aroma metálico en los límites mismos de esta escena. Otro dios de la guerra, una mácula repugnante en este banquete.

—*¿Ares?* —susurro.

Pero ya no está.

Mi hermano será un problema por resolver antes de que esta canción sea canción.

Entonces Penélope está en la puerta y la velocidad de los mortales regresa a esta ajetreada historia.

—¿Qué os pensáis que estáis haciendo? —grita, mientras Antínoo se prepara para dar otra patada al anciano caído. Antínoo casi se tropieza con sus propios pies; no interrumpirá su agresión por una mujer, por supuesto, pero tampoco se siente particularmente cómodo al ser regañado por una y mucho menos en público. Resopla, se hincha, se detiene, se encoge. Quiere decirle que lo que haga él no es asunto suyo pero claro, incluso si ella no fuera una mujer, sigue siendo la anfitriona, así que todo esto *es* asunto suyo. Vuelve a sentarse. Telémaco se retira encolerizado a un rincón y observa las venas que laten en los cuellos de los hombres que están comiendo. Eos y Melita ayudan al mendigo a ir hasta un taburete cerca del fuego. Él se tambalea un poco entre las manos que lo sostienen, pese a que hay algo que no cuadra con ese movimiento. Los músculos de los brazos, de las muñecas, fuertes de tanto remar, aún no están venidos a menos por las privaciones y la pobreza.

Debería aplastar a las criadas con su corpulencia. Pero se mueve con ligereza, avanza de una manera asombrosa que no es ni marchita ni plena, ni minusválida ni fuerte. Eos aprieta los labios, pero no dice nada mientras Melita busca comida para el mendigo.

Entonces Penélope llega a su lado y las palabras ya están saliendo de su boca antes de que haya tenido oportunidad de echarle otra mirada al sujeto.

—Mis humildes disculpas señor por la forma en que te trataron —está diciendo—. Es por demás inaceptable que se te reciba tan mal en la casa de mi esposo. Por favor, debes comer, debes descansar, mis criadas se encargarán de…

Y entonces ella pone toda su atención en él, pues hasta ahora había estado ocupada lanzando miradas iracundas hacia el malhumorado Antínoo y sus muchachos descarados. Entonces sus palabras se interrumpen. Mira al mendigo. El mendigo no la mira a ella. Masculla, con los labios flojos y la lengua pesada:

—Gracias, mi señora, pero no hay necesidad, en absoluto; ya has sido muy amable.

Penélope mira al mendigo.

Mira a su hijo, del otro lado del recinto.

Vuelve a mirar al mendigo.

Pues ahora puede que haya sido de utilidad que haya derramado tantas lágrimas por Telémaco.

Tal vez sea una gran ventaja que haya visto a su hijo acariciando el filo de una espada de bronce, que lo haya observado con un brillo asesino en el rabillo del ojo.

Con razón, piensa. Con razón.

Con razón se envalentonó tanto.

Con razón encontró por fin su coraje.

Debería decir algo. Su silencio ha durado demasiado, será señalado, notado. Abre la boca, pero sabe qué es lo que dirá, y la salva por un momento el regreso de Melita con un cuenco lleno de pan blando y pescado, que coloca entre las manos del mendigo. Esas manos, sin embargo, sucias de lodo, con tierra bajo las uñas, los dedos torcidos como si jamás pudieran volver a enderezarse, torpes en su uso, curtidos y callosos a causa del tiempo y del mar. Y pese a todo, como con el resto del sujeto, hay un desequilibrio en la imagen, un artificio tal vez detrás de su aparente debilidad, un acto detrás de su supuesta deformidad. De pronto, Penélope siente un gran interés por sus manos (es más fácil sentir interés por las manos del mendigo que por su rostro) y esa curiosidad le da espacio para susurrarle:

—Me pregunto, viajero, de dónde vienes.

—Soy un marinero de Creta —responde el mendigo mientras mastica enérgicamente una cucharada de pescado con la boca abierta—. Mi embarcación se perdió en el mar, yo fui el único sobreviviente y a duras penas llegué a tus orillas.

—Eso es… terrible —opina Penélope, y la palabra carece de sentido en su lengua, la emoción que debería acompañar a tal sentimiento se encuentra completamente fuera de lugar—. No había oído hablar de ningún naufragio por aquí cerca, ¿estás seguro de que no hubo otros sobrevivientes?

—Disculpa a estos ojos viejos —responde el hombre, con su mirada aún clavada en sus pies mugrientos y en su túnica harapienta—. Si sobrevivió alguno además de mí, no lo vi.

—Se te atenderá —proclama Penélope—. Tendrás un lugar cálido donde dormir y ropas nuevas.

—No podría…

—Por favor. Ahora estás en Ítaca y la hospitalidad es nuestro bien más preciado. Pero me pregunto, si no es demasiada carga, ¿puedo hacerte algunas preguntas? Debes de haber viajado muy lejos, debes de haber oído muchas cosas.

—He viajado un poco, mi señora, aunque solo era un humilde marinero.

—¿Y oíste algo en tus viajes sobre mi esposo, Ulises? Sé que es una tontería preguntar, pero disculpa a una esposa. Le pregunto a toda persona que llega a mi puerta.

—Ulises… —murmura el mendigo—. Creo que lo vi una vez, hace muchos años, cuando zarpó hacia Troya. Tenía una capa púrpura sostenida con un prendedor. Recuerdo el prendedor; nadie que lo haya visto podría olvidarlo. Recuerdo que tenía un tallado de un perro sosteniendo un cervatillo. Un acabado muy fino, un prendedor precioso.

A Penélope se le corta la voz en la garganta y no es nada falso, fingido.

—Yo le di ese prendedor. Fue un presente de bodas.

—Era muy delicado y él un buen hombre, que hablaba de su reina con gran afecto —murmura el mendigo.

—Por desgracia ha de haberse perdido con mi amado esposo.

El mendigo se mueve en su asiento, mueve la cabeza.

—No lo creo, mi señora. Pues no hace más de cuatro lunas oí que tu esposo ha sido visto con vida, que en este momento está viniendo hacia aquí, regresando a Ítaca con grandes riquezas para reclamar su trono.

—Es muy amable de tu parte pensar eso, pero ¿por qué no enviaría un mensaje si así fuera? ¿Por qué dejarme sufrir todos estos años, asediada por pretendientes y hombres crueles dispuestos a deshonrar el nombre de Ulises en su propio hogar? No. Mi esposo no haría una cosa así. Sería demasiado insensato para su reino y, me atrevo a decir, cruel para conmigo, si es que en verdad me ha amado como estoy segura de que me amó.

El mendigo no responde nada. Por un breve instante se siente molesto. No consigo *per se*, sino con la reina, de todas las personas posibles. No es un hombre acostumbrado a informar algo como cierto y que inmediatamente se rechace esa información como algo falso, imposible. No está acostumbrado a ser desafiado ni por mujer ni por hombre, y son pocos entre los que lo han hecho los que vivieron lo suficiente para disfrutar la experiencia. Sin embargo, el enojo no es una emoción útil en este momento para un hombre humilde de espalda encorvada y cuello inclinado, por lo que mueve la cabeza un poco y murmura:

—Bueno, mi señora, yo soy, como dije, tan solo un humilde marinero.

—En absoluto —responde ella un poco más suelta, un poco más fuerte, mientras se endereza para estudiar el recinto, como si este mensaje fuera para todos los presentes y no solo para el mendigo frente a ella—. Tú eres mi invitado de honor. Ordenaré que te preparen una cama y agua fresca para que puedas lavarte los pies, para quitarte la sal...

—Mis disculpas —suelta él, y de inmediato gira la cabeza, pues es completamente inaceptable que un mendigo interrumpa a una reina—. Mis disculpas —repite con más suavidad y lo intenta de nuevo—. Estoy tan acostumbrado a dormir en cubiertas duras, a no tener más cobija que las estrellas, que no sé si me sentiría cómodo en algo más blando. Y en cuanto al baño, no quisiera que tus mujeres se deshonren con mi estado. Tal vez si hubiera una dama más vieja en el palacio, que no se fuera a ofender con mi desfiguramiento...

Penélope aprieta los labios.

Kenamón la está observando al otro lado de la estancia. No como la observan los otros, que la miran de soslayo con resentimiento o con un hambre mezquina, sino con la atención de quien ha visto a su señora ponerse tensa y oye el susurro de la palabra "peligro", pero sin saber de dónde proviene ese peligro. Por lo general, Penélope levantaría la cabeza, miraría al egipcio a los ojos, asentiría sin sonreír (pues nunca le sonríe a un pretendiente en público) y se alejaría. Eso sería una conferencia mucho mayor con la reina itacense que lo que la mayoría de los hombres imaginaría jamás. Pero no ahora. Tal vez nunca más.

En cambio, por un momento, Penélope considera abofetear al mendigo, con fuerza, una vez, en la mejilla. Si lo va a hacer, ahora es el momento. La única oportunidad que tal vez vaya a obtener. Nunca golpeó a un hombre. Se pregunta cómo se siente. Solo sería una bofetada, un buen golpe, para sacárselo del sistema; nada de agitar las manos sin sentido como a veces se ve en una mujer que se ha cabreado lo suficiente como para querer expresarlo con las manos, pero demasiado temerosa de hacerlo valer. Se imagina el sonido, se pregunta si sería suficiente para acallar al resto del salón. Piensa que Clitemnestra golpearía al mendigo poniendo todo el peso de su cuerpo, con el brazo extendido y continuando el movimiento, y tal vez lo completaría golpeándolo con el dorso de la mano en el movimiento de regreso. No sabe bien qué haría su prima Helena, pero se imagina que sería con una sonrisa tímida.

No golpea al mendigo. No sonríe. No hace una mueca. En ese momento, la amo, eso me aterroriza y nunca nadie deberá saberlo. En cambio, con una leve exhalación, Penélope murmura:

—Por supuesto. Hay una en esta casa, una mujer leal llamada Euracleia; no me cabe duda de que ella podrá atenderte. La enviaré contigo y me ocuparé de que se te prepare un lugar junto al fuego. Por favor, no te preocupes por los pretendientes. Pronto estarán demasiado ebrios para hacer algo más que tambalearse y fruncir el ceño. No te harán ningún daño.

—Eres muy amable, mi señora, muy amable. Había oído hablar de tu generosidad, pero no me había atrevido a abrigar esperanza alguna.

La sonrisa de ella es el filo de un cuchillo.

—Bienvenido, señor, al palacio de mi esposo.

El mendigo extiende una mano en dirección a la de ella para apretársela en un gesto de gratitud, para llevársela a la frente y sentir su textura, pero ella ya le ha dado la espalda y se dirige a la puerta.

CAPÍTULO 10

EN EL GRAN SALÓN, EL MENDIGO OBSERVA EL BANQUETE nocturno.

Antínoo:

—Oí que ayer fue visto un barco feacio cerca de Fenera, ¿y bien?, ¿dónde están ahora? Malditos feacios...

Eurímaco:

—Cuando yo sea rey, los feacios sabrán su lugar, ya veréis, les... —Un hipo de vino fuerte de una copa casi vacía—. ¡Melita! ¡Vino! ¡Más vino!

Anfínomo:

—Telémaco se ve... diferente. Como cambiado.

—¡Pues claro que está cambiado! Se fue de aventuras, ¿no es así? Fue a hablar con Néstor y con Menelao, a ofrecer las lisonjas que tan bien le salen a su familia. Deberíamos haberlo eliminado antes de que regresara a Ítaca; deberíamos habernos deshecho de él en el mar, pero ahora... ahora todos tenemos un problema.

—Melita, ¡¿dónde está el vino?!

El porquero Eumeo cava un pozo en un rincón sin marcas para el perro del viejo rey, Argos fuera del palacio de Ulises. El animal anciano vivió el tiempo suficiente para oler la mano de un amigo y luego murió. Eso es lo que cantarán al respecto los poetas. Es importante que sus historias se entretejan con temas de lealtad, deber, el salvajismo de los humanos corruptos en contraste con el sencillo afecto de las nobles y tranquilas criaturas de la tierra. Esto también tiene su poder y estoy tan desesperada por ese poder que toleraré, de entre todas las cosas, uno o dos versos sentimentales sobre un perro si eso ayuda a mi causa.

Kenamón exclama:

—¡Telémaco! ¡Telémaco, mi buen amigo! ¿Cómo estás? ¿Dónde has estado? Cuéntamelo todo, cuéntam...

Telémaco lo interrumpe.

—Estaba atendiendo asuntos reales —le espeta—. No lo entenderías. —Y entonces, como el rostro de Kenamón deja entrever un sentimiento de traición e incluso de pesar al oír al joven a quien tan recientemente instruyó en asuntos de lanza y espada, Telémaco vacila. Baja la voz—. Me sorprende que sigas aquí, egipcio. Pensé que ya habrías regresado a tu hogar.

Kenamón abre la boca para dejar escapar... no sabe bien qué va a decir, tal vez solamente "¿Telémaco?", un sonido que invite a dar una explicación, que parece exclamar "mi muchacho, mi más querido amigo, ¿qué te ha sucedido?".

Por un momento, tal vez Telémaco diga algo. Algo como "qué bueno verte, me alegro de que estés bien, hay cosas que deberías saber, cosas que debería decirte...".

Pero estoy a su lado y le giro apenas la barbilla para que vuelva a ver al mendigo junto al fuego y, al verlo, cierra la boca. Mueve la cabeza. Le da la espalda al egipcio sin decir otra palabra.

"Bien", le digo al muchacho, mientras el corazón de Kenamón se rompe un poquito más entre los huecos astillados de su alma errante. "Estás tomando una decisión acertada".

El mendigo observa a los pretendientes junto al fuego, observa a las criadas.

Melita se ríe cuando Eurímaco intenta pellizcarle el

trasero y ella lo esquiva con facilidad. Ella y él han mantenido una relación complicada de tira y afloje, una relación que él apenas si llegó a comprender, pese a que a veces ha disfrutado algunas de sus consecuencias. La boca se le afloja por la noche, y más de una vez ha ido dando tumbos hasta los brazos de ella y rio y lloró y se quejó sobre tanta injusticia, y ella le acarició la frente y le dijo "Vamos, vamos, muchacho adorable", y luego desapareció para seguir con sus deberes del palacio, sin que existiera el menor indicio de que había habido un momento de ternura entre ellos.

Fiobe se sienta sobre el regazo de un tal Nisas, un joven pretendiente que sabe que jamás será rey, le pellizca la mejilla y le dice:

—Eres graciosísimo, ¿te han dicho que eres graciosísimo? —Se ríe y se aleja antes de que él pueda rodearle la cintura con los brazos.

Autónoe se encuentra en la puerta de la cocina y proclama con una mueca irónica en la comisura de los labios:

—Siempre quieres más, ¿no, Antínoo?

Melanto hace bromas sobre el largo de la espada de un pretendiente; Eurínome no puede ocultar la sonrisa que le causa una gracia que no debería resultarle divertida.

El mendigo observa a los pretendientes.

El mendigo observa a las criadas.

Entonces Euracleia viene y se queja, gruñe, con la voz teñida de resentimiento.

—Me enviaron a que te atienda, señor.

El cuello de Euracleia sale casi horizontalmente de entre sus hombros, y hoy en día le cuesta levantarlo, por lo que sus ojos recorren el suelo constantemente. De su cabello solo quedan algunos mechones que brotan de un cráneo con manchas, pero sus manos, cuando fruncen las trenzas de alguna joven tunante, son sorprendentemente cálidas, suaves y hermosas, notables por su contorno y por la historia de vida que cuentan. Ellas son, por desgracia, lo último que queda de su naturaleza que aún retiene un aspecto agradable. Le resulta despreciable que ella, ¡ella!, la más vieja y sabia, la que alguna vez fue la más querida de todas las criadas de la casa, deba ser enviada a atender a un *mendigo*. A atender a un vagabundo acabado, a un indigente sucio y empapado de mierda que llegó hasta sus puertas. Es una prueba más, como si Euracleia la necesitara, de que las altaneras criadas de Penélope la detestan, que la orgullosa Eos y la cruel Autónoe se burlan de ella. Pero ella les enseñará. Cumplirá con su deber como debe hacer una criada porque ella sabe lo que significa servir. Y así, guía al mendigo y lo lleva del fuego a un lugar donde se ha preparado un cuenco de agua.

—Por favor señor siéntate —le dice—. Te lavaré los pies…

La puerta se cierra detrás de ella y así permanecerá, por el momento.

Otra puerta se abre.

Es una puerta lateral que lleva de los aposentos de las mujeres a un jardín donde, en la fragante luz del día, las abejas zumban por entre flores púrpura y se adivina el dulce aroma de la miel en la brisa matinal. Es un rincón silencioso y oculto durante la noche, alejado de paredes y ventanas, con profundidades de ramas entrelazadas y hojas retorcidas que pueden disimular reuniones mantenidas entre faroles tapados, y donde se han elaborado muchas intrigas, un complot tramado a lo largo de estos extensos años de declive.

Aquí unos pasos se apresuran sobre unas piedras gastadas, se ciñen capas por sobre unos hombros apretados, unas voces susurran en la leve brisa de la medianoche. Miro la oscuridad, aparto las sombras de los rostros encapuchados de las mujeres aquí reunidas; las conozco a todas.

A algunas ya las hemos visto. Autónoe, Eos, criadas de Penélope. Ourania, con el cabello como la nieve, lapislázuli en sus muñecas retorcidas. Ella servía a la antigua reina de la casa, Anticlea, madre de Ulises, hasta que Penélope llegó a un acuerdo por su libertad. Ourania le ha resultado mucho más útil a Penélope como una mujer de mundo que como una esclava del palacio; los numerosos "primos" que tiene en diversos lugares hacen llegar constantemente noticias del mundo exterior a las islas occidentales.

¿Quién más? Anaitis, sacerdotisa de Artemisa, en cuyo templo a veces se reúnen aquellas mujeres reservadas cuyas flechas listas y pies rápidos atrajeron la atención de la cazadora a estas islas. Huele a hojas viejas y a humo, apenas si nota el modo en que se mueve el cuchillo cuando despelleja un conejo, no entiende las cosas que la gente le pide a la diosa, y sin embargo ve las bendiciones de Artemisa en cada amanecer y en cada puesta del sol con la misma certeza que tendría si la cazadora fuera su hermana, riendo a su lado.

Priene, que se lleva su cabello rubio bien corto, pero descontrolado en torno a las orejas, con una capa que apenas si llega a cubrir la colección de espadas y cuchillos que lleva en las caderas, en las pantorrillas, en la espalda, en el cinturón. Esta mujer guerrera debería ser mía pero, por desgracia, Priene tiene dos cualidades que evitan que sea verdaderamente amada por Atenea: en primer lugar no proviene de las islas de Grecia y aún envía sus plegarias a las señoras del serpenteante río del este y de la estepa abierta de césped amarillo. En segundo lugar tiene el corazón lleno de pasión, furia, amor, miedo, regocijo, esperanza y deseo… y no es sabia. A veces se lo envidio.

Priene es la capitana de las mujeres que se reúnen en el templo de Artemisa. Esas mujeres fueron cuarenta alguna vez, luego cincuenta, luego cien, todas reunidas en secreto por la noche. Ahora, además, hay otras; cónclaves secretos de viudas e hijas que nunca serán esposas, que se reúnen todo a lo ancho de las islas. Su trabajo mantiene ocupada a Priene pero, para su sorpresa, no lo siente como una labor.

Este es el consejo de medianoche de Penélope.

Hay un consejo que se reúne al mediodía, por supuesto, un consejo de ancianos de buena educación, nombrados por Ulises antes de partir, y que en estos veinte años han berreado y bramado algunas proclamaciones ruidosas en cuanto a la isla. Pero solo son de una utilidad limitada para una reina, por lo que se formó este otro consejo, esta asamblea oculta de mujeres que se reúne donde nadie pueda verlas.

Penélope es la última en llegar a esta reunión, se escabulló entre la oscuridad del jardín dormido acompañada por Eos. La leal Ourania escruta las sombras al verla, y le pregunta cuando se acerca:

—¿Encontraste a Telémaco?

—Telémaco —responde Penélope, un tanto agitada no solo por la carrera en la oscuridad— es el menor de nuestros problemas.

Se genera un leve movimiento por entre las mujeres, llevan el peso de un pie lodoso al otro. Que Telémaco sea un fastidio meramente moderado, en lugar de la espina persistente que siempre amenazó con ser, no puede augurar nada bueno.

Penélope respira profundo, exhala y al terminar la exhalación, proclama:

—Mi esposo ha regresado.

El silencio desciende como la noche sobre el mar.

Es Ourania quien finalmente logra decir:

—¿Que qué?

—Mi esposo —repite Penélope, más para ella misma que para las demás, como una confirmación de que estas palabras que dice son ciertas— ha regresado.

Una vez más es Ourania, quien es lo más cercano que

llegará a estar alguna mujer de ser amiga de la reina y que, por ende, siente cierta libertad de decir las cosas que otras solo se limitan a gritar en su fuero interno, quien exclama:

—Ulises. Tu esposo. Ulises. Aquí. ¿Estás segura?

—Me preocupaba un poco haber perdido la cordura y haberme vuelto loca —musita Penélope, y quienes la oyen no son mucho más que un espejo de su propio desconcierto ante esta escena—. Pero entonces pidió que lo atendiera Euracleia con, si puedo decirlo, la sutileza de un pescado. De todas las mujeres de este palacio, es lógico que solo iría a confiar en su vieja nodriza, así que, desde ya, la envié a que lo atendiera. Autónoe se quedó escuchando detrás de la puerta cuando entraron al recinto. ¿Autónoe?

—Oí toda una ristra de murmullos sobre lo indigno que le resultaba atender a un mendigo —dice Autónoe—. Y a eso le siguió un chillido, un golpeteo de cobre y un chapoteo de agua derramada. Desde entonces Euracleia estuvo procurando fingir no estar exultante, pero fracasó de manera espectacular.

Las mujeres del consejo se miran entre sí, intentando leer las expresiones en medio de las sombras. Finalmente Anaitis, sacerdotisa de Artemisa, una mujer a quien le interesa más la simpleza del bosque que el desconcertante ruido de la ciudad, levanta la mano.

—¿Y eso sería... prueba? —pregunta—. O sea, si Ulises regresó, ¿qué sucedió con lo de desfilar por las calles con lanzas y tambores y todo eso? Pensé que eso hacían los reyes.

—Bueno —dice Penélope suspirando—, me imagino que él *preferiría* hacer el desfile con lanzas y tambores, y preferiblemente una buena cantidad de riquezas de oro, si tuviera algo de eso. La única conclusión a la que puedo llegar es que el hecho de que haya regresado solo y harapiento se debe a que todo su ejército ha muerto y que él ni siquiera cuenta con una copa de plata a su nombre.

Otro silencio. Muy pocas de estas mujeres conocieron a los hombres que zarparon a Troya con Ulises. Eos y Autónoe apenas si eran unas niñas de labios rosados y lanzando risitas juveniles cuando Ulises partió con los más grandes hombres de Ítaca. Priene tal vez haya conocido a algunos de los guerreros de las islas occidentales, pero ella los conoció como enemigos ubicados en el extremo incorrecto de su lanza, unos hombres sin rostro que ella debía eliminar en la furia de la batalla, en la desesperación ciega de la escaramuza mancillada de sudor, donde cada segundo es una eternidad y cada eternidad pasa en un abrir y cerrar de ojos. A Anaitis la compañía de los hombres le resulta más desconcertante que la compañía general de las mujeres, y por tanto le toca a Ourania entrecerrar los ojos y pensar un poco sobre algunos de aquellos guerreros a los que vio partir con Ulises. No llora por ellos, no hace luto por ellos; ha tenido veinte años para acostumbrarse a su ausencia. Ha ofrecido libaciones por los pocos que a ella le importaban hace ya muchas lunas; pasó a considerar que todos los otros estaban muertos y ahogados mucho antes de este momento. De hecho, le habría sorprendido más que Ulises regresara con grupos de guerreros a sus espaldas, vivos y pregonando su gran éxito que lo que la sorprende pensar en sus muertes. Pero igual. Igual. Parece resultarle importante que alguien ofrezca una plegaria por los hombres de Ítaca, sea como fuere que hayan muerto, sea donde fuere que moren sus fantasmas.

A Anaitis no le avergüenza hacer preguntas, pues no se da cuenta de que es considerado de simple no entender de inmediato todas las cosas, no sentir orgullo de las propias deducciones, incluso cuando son incorrectas.

—Entonces, si Ulises no cuenta con un ejército y está disfrazado de mendigo… ¿qué significa eso?

—Significa que está tramando algo —vocifera Priene,

cruzando los brazos llenos de cicatrices—. Eso es lo que hace Ulises.

A Priene, quien alguna vez fue en el carruaje con Pentesilea, la reina guerrera que debería haber sido una de las mías pero que nunca le ofreció sus plegarias a ningún dios, no le cae bien Ulises. Supo que no le caía bien Ulises mucho antes de ponerse al servicio de su esposa, pues Ulises era un griego y, por ende, un enemigo. La certeza que ella tenía de que estaba muerto era uno de los pocos factores atenuantes en el pacto que hizo con Penélope al aceptar ser una capitana secreta de la reina.

—A veces los griegos me pagan para que mate griegos —dijo aquella noche en que llegaron a su acuerdo.

—Priene, creería que es precisamente eso lo que te estoy ofreciendo —respondió Penélope.

Desde entonces se han agregado algunos matices a su acuerdo, pero aun así, la posibilidad de que Ulises esté con vida y sobre todo que ahora se encuentre en estas costas, es una fuente de conflicto interno para Priene, y ella siempre ha preferido sus conflictos justos, sangrientos y en el exterior.

Penélope lo ve, lo sabe y mira a Priene a los ojos.

—Tienes toda la razón —dice—. Y es más que evidente que mi hijo es parte del plan. Comenzarán masacrando a los pretendientes.

Priene no sabe bien cómo responder a esto una vez más. Ella está naturalmente a favor de masacrar a los pretendientes, puesto que es algo de lo que siempre se ha mostrado a favor, pero eso fue antes de que el regreso de una tiranía de condenados reyes pudiera tomar para sí el beneficio de tal acción. Ahora se queda quieta, con el ceño fruncido, sin decir palabra.

—Cuando hablas en plural, ¿te refieres a Ulises y Telémaco? —murmura Ourania—. ¿Dos hombres?

Penélope mueve la cabeza.

—Ulises llegó al palacio acompañado por Eumeo, y Telémaco regresó con una docena de hombres que debo suponer le son leales. Eumeo tal vez pueda reunir cuatro o cinco lanzas más, así que tal vez…. ¿quince, veinte hombres?

—Siguen siendo veinte contra cien —dice Ourania con tono pensativo—. Con todo el respeto a la fuerza varonil de tu esposo, no veo cómo puede terminar bien.

—Estoy de acuerdo —le dice Penélope—. Era una locura cuando mi hijo iba a hacerlo; es una locura ahora, que mi esposo está involucrado. Sin embargo, no veo que tengan alguna otra alternativa. Si Ulises no regresó con un ejército, no puede marchar al palacio con pompa y exigir que los pretendientes se vayan por la mera amenaza de su presencia. No tiene el poder para persuadirlos de que se vayan. Ellos dirán que ese no es Ulises, me tildarán de mentirosa si juro que lo es, declararán que fue una conspiración planeada entre mi hijo y yo y desfigurarán su cadáver antes de que pueda venir alguien de la nobleza o digno de mención para identificarlo. Entonces nos encontraríamos precisamente donde ya estamos, pero con mi esposo verdaderamente muerto y mi hijo con él. No. Ulises debe matar a los pretendientes antes de que se den cuenta de que se trata de él. Incluso si no existiera la necesidad inmediata de hacerlo por su seguridad, es un acto de poder. Ante la ausencia de un ejército, debe demostrar que aún debe ser temido, que aún es el gran guerrero de estas islas. Debe usar su nombre, crear una historia sobre sí mismo, el poderoso Ulises, para mantener su reino a salvo. Debe decirse que Ulises regresó con la fuerza de un guerrero enfurecido, que asesinó a cien hombres, que recuperó a su esposa y que con lanza y furia volvió a gobernar este reino. La historia: la historia es su seguridad.

—Las historias están muy bien —dice Priene con un gruñido—, pero no matan a cien hombres.

—Es cierto. Claramente, debemos ofrecer algo de ayuda.

—Puedo reunir a las mujeres, juntas podemos…

—Sin que nos vean. La seguridad de mi esposo, de mi reino, depende de que la victoria parezca completamente suya.

La mueca de Priene se intensifica. Autónoe se aclara la garganta.

—Tenemos esas tinturas que tu prima Helena tan amablemente nos envió de Esparta —dice pensativa—. Un poquito de eso que colocó en el vino de los hombres cuando tu hijo visitó su corte y también algunos brebajes más… potentes.

—Deberíamos asegurarnos de que esas pociones sean administradas al mismo tiempo en que Ulises esté listo para hacer su jugada —añade Eos—. Si la idea es que sean efectivas… y que no se sepa de su existencia.

Penélope asiente con la cabeza mientras lo piensa.

—Creo que podemos encontrar una manera de que esas cosas coincidan. ¿Qué más? Sin duda los pretendientes intentarán correr hasta el arsenal cuando vean que son atacados. Mi esposo pensará en eso e intentará defenderlo, a menos que los años le hayan socavado el ingenio; pero tal vez podamos ayudar con eso también.

—Si pensamos hacer todo esto, ¿no sería más fácil hablar directamente con Ulises? —pregunta Anaitis y recibe como respuesta una leve inhalación de parte de Eos.

Penélope sonríe a la sacerdotisa de Artemisa y su sonrisa es la mueca macabra de los condenados.

—De ninguna manera —dice suspirando—. De ninguna manera.

—Em… ¿por qué?

—Porque mi esposo también me está poniendo a prueba a mí. Todo este asunto de disfrazarse como mendigo, esa tontería de ser un marinero de Creta… es todo una prueba.

Sin duda habrá oído hablar de lo que le sucedió a Clitemnestra, por no mencionar los diez años que se pasó atascado en una playa en nombre de mi prima Helena. Está muy bien hacer que los poetas hablen de la devota Penélope, la leal Penélope, la Penélope de la cama fría, la infértil, la desconsolada y solitaria Penélope. Pero él sigue siendo un hombre, y su honor depende del dominio que tenga sobre sus reinos, sobre sus guerreros y sobre su esposa. Necesita determinar por sí mismo si es que soy casta. Necesita observar mi inocencia, una mujer desesperada que se pasó estos veinte años ocupada en llorar la muerte de su querido esposo sin siquiera tener un resquicio de placer, llevando a cabo valientemente su deber, en honor a él.

"Naturalmente, puedo tener cierto grado de inteligencia, siempre y cuando sea en defensa de su nombre y de su hijo, pero ¿astucia? ¿Poderío bélico, fuerza de voluntad, el poder de gobernar, una mente que me permita tener éxito? En absoluto, es demasiado peligroso. Pues si tengo esta astucia en mi papel de reina, ¿para qué otra cosa podría llegar a tener astucia? Si puedo engañar a toda Grecia, formar un ejército de mujeres, manipular y conspirar para tener éxito, ¿cómo saber que no me acosté con total astucia con algún hombre?, ¿o que no tengo una trampa a la espera de la llegada de mi esposo? La menor sospecha de que pueda serle desleal de algún modo alcanzará para que me corte la garganta. Y claro que lo hará, claro que sí y nadie se lo cuestionará. Penélope la puta, Penélope la esposa que pensó que podía ser reina. Si todas las otras señoras de Grecia lo hicieron, ¿por qué no yo también? Eso no mancillaría su historia en lo más mínimo. De hecho hasta podría beneficiarlo. El pobre Ulises errante, que durante todos estos años atravesó los mares en su viaje desesperado por regresar al hogar, superando sin duda numerosísimos obstáculos que habrían detenido a cualquier hombre inferior, se encuentra con que su esposa es una traidora de su cama. Naturalmente, tendría que matarme, sería una debilidad que no lo hiciera. Una puta más que debería haber sido custodiada, otra mujer en la que no se puede confiar, otra traición en manos de nuestro sexo débil. Así que, ya veis, debemos jugar este juego si he de sobrevivir.

Las mujeres piensan en todo esto. Priene y Anaitis hablan al mismo tiempo y sus verdades atraviesan su discreción:

—Deberíamos matarlo.

—Este juego es estúpido.

La sonrisa de Penélope no vacila ante ninguno de estos sentimientos.

Estas ideas le han pasado por la mente.

No se le ocurrieron sino hasta el momento exacto en que vio más allá del disfraz del mendigo, pero en ese segundo surgió la idea: "¿y si...?".

¿Y si se le diera por gritar "¡este mendigo, este hombre infame y corrompido! ¡Intentó tocarme! ¡Intentó besarme los labios! ¡¿Cómo se atreve?!"?

Los pretendientes siempre están hambrientos; tienen hambre de carne, de poder, de sangre, de cualquier cosa que los haga demostrar su valía como hombres importantes, y Telémaco habría sido tomado desprevenido, sin poder hacer más que chillar y lamentarse mientras se llevaban a su padre al patio y la muchedumbre lo mataba de una paliza.

Entonces las cosas podrían haber vuelto a la normalidad.

Una cama vacía, un reino tranquilo, la promesa de la guerra pospuesta. Habría sido muy sencillo, muy, muy sencillo.

Pero entonces, esa palabra: "pospuesta".

Se derramará sangre. Esto es algo que ella también sabe. En algún momento la paz se quebrará y se derramará sangre, y no importará si Ulises está vivo o muerto, de todas formas sucederá. Pero si está muerto, y peor, si ella participó de alguna manera en su asesinato, ¿qué hará su hijo entonces? Se convertirá en otro Orestes, piensa ella, enloquecido por tanta sangre.

Y eso no puede ser.

Entonces su mundo, en cambio, debe terminar.

—Tuve unos buenos veinte años —susurra a la noche, al silencio, a la suave brisa del mar, a nadie en particular—. He sido una reina, no importa si la gente lo reconoce o no. Podría haber nacido como esclava, como una mujer de Troya. Esto fue mejor. Damas: haber sido una reina con vosotras como mi consejo ha sido mejor. Pero sabíamos que este día llegaría, de un modo u otro. O se hallaría el cadáver de Ulises, y a mí no me quedaría opción que volver a casarme y ver a mis islas sumidas en la guerra; o Ulises regresaría, yo cedería mi poder (este poder, esto que hemos hecho juntas) y volvería a ser su esposa. Ulises regresó y sí, es una sorpresa para todas las aquí reunidas y no, su regreso no ha sido particularmente práctico, puesto que no ha regresado con un ejército de hombres leales que hagan valer su reinado. Pero ha sucedido. Está sucediendo. El modo en que lidiemos con ello ahora lo es lo más importante.

El ceño de Priene ahora está bajando hacia su nariz. Quiere matar a Ulises. Lo sabe en el fondo de su ser. De todos los reyes de Grecia que zarparon hacia Troya, él fue uno de los que menos sentimientos le generaron pues le pareció que, incluso en el fragor de la guerra, solo era un rey insignificante que no tenía más opción que obedecer cuando el matón que era su vecino más poderoso le exigía ayuda. Pero ahora este rey insignificante ha regresado a Ítaca, estas islas donde inexplicable e inesperadamente, Priene encontró una especie de hogar, una especie de paz, cuando todo lo que tenía antes ardió. Él lo hará arder todo de nuevo. Ella lo sabe. Tiene los nudillos blancos por la fuerza con que sujeta la empuñadura de su espada y sin embargo no la desenvaina, no grita, no muestra los dientes ni lanza su grito de batalla. Tal vez mi dama guerrera pueda volverse sabia después de todo. Tal vez oiga mi susurro al oído antes del final.

Entonces Ourania levanta una mano arrugada y manchada, y dice:

—Disculpa la franqueza, pero incluso si se da una especie de milagro y Ulises sobrevive a una lucha contra cien hombres tal vez intoxicados, ¿qué sucede entonces? Estos son los hijos de los príncipes y nobles de Grecia. Son los hijos de los grandes hombres de las islas occidentales. Pólibus controla el grano de Duliquio, Eupites controla los barcos de Hiria, la flota mercante de Léucade. ¿Qué sucede cuando Ulises asesine a esos hijos en su propio palacio? Sí, ya sé que se trata de su palacio y que técnicamente, a los ojos de los dioses, tendrá el derecho a matar a cuanto hombre mire siquiera de soslayo a su esposa; todo eso está muy bien. Pero ¿en verdad creemos que la batalla terminará allí? Eso dará comienzo a la mismísima guerra que te has pasado diez años intentando evitar. Los padres que eran enemigos se convertirán en hermanos jurados para vengar a sus hijos masacrados, ¿y entonces qué? Tal vez Ulises y veinte hombres puedan sorprender y matarlos ebrios en un salón atiborrado pero Ulises y veinte hombres no pueden defender el palacio. ¿Qué sucede entonces?

Nadie tiene una respuesta. Ourania resopla, levanta las manos hacia el cielo.

—Bueno, si bien estoy contigo hasta el fin, espero que entiendas si estoy contigo desde la proa de un barco rápido. Por supuesto, estáis todas invitadas a venir conmigo. Tengo un primo en Pilos que tiene una encantadora…

—Hay que hacerles entender —interrumpe Penélope levantando un poco la voz, que carga con leve atisbo de incertidumbre—. Esos padres enviaron a sus hijos a mendigar a mis pies. A tomar aquello que aún no me correspondía dar. Ya era algo obsceno. Como dices, según las leyes de los dioses, mi esposo está en su derecho a masacrarlos a todos. Debemos... hacerles entender. Si yo matara a los pretendientes, estaría quebrando todos mis votos como mujer y como anfitriona. Mi esposo no está atado según mis reglas. Pero tienes razón, el dolor de un padre... habrá consecuencias.

—¿Qué deberíamos hacer? —pregunta Eos.

Penélope entrecierra los ojos, asiente con la cabeza, aunque a nada en particular.

—Envíale un mensaje a Electra, en Micenas. Discretamente, por supuesto. Ourania, ¿cuánto te puede llevar enviarle un mensaje?

—¿Con buen viento? Tres o cuatro días si los dioses están con nosotros.

El viento será bueno; Poseidón no notará mi presencia en la brisa.

—Hazlo. Hemos brindado una gran ayuda a Orestes y a Electra, una ayuda considerable... más allá del deber normal de unos meros aliados. Están en deuda con Ítaca y están en deuda *conmigo*. Debemos rezar para que respeten esa deuda y actúen como corresponde y a tiempo.

—Eso no pareciera apropiado para la historia de Ulises —refunfuña Priene.

—¿Que unos aliados leales vengan a celebrar su regreso? ¿Que los hijos de Agamenón, en su alegría, envíen embajadores y emisarios para homenajear al gran héroe? Esa es la historia que se contará —responde Penélope—. Heroísmo y valor, no guerra civil.

—¿Y si Micenas no viene? —murmura Eos.

—Entonces debemos resistir. Priene... yo sé que peleaste por Ítaca, no por mí, y no por mi esposo. Yo lo sé. Pero creo que ahora tal vez pelees por otra cosa. Llegado el momento, ¿tendremos el apoyo de las mujeres?, ¿tendremos tu apoyo?

Priene nunca desvió la mirada ni de los ojos de la muerte ni de monarca alguno y ahora tampoco. Se toma un buen rato en contestar, quiere asegurarse de tener razón al hablar, de tener certeza. Tanta certeza como pueda. Por fin declara:

—Peleamos por Ítaca. No conozco a tu esposo y no me cae bien tu esposo. Pero si podemos pelear una batalla para evitar una guerra que haría arder a estas tierras hasta los cimientos… la pelearé. Por ahora.

Penélope asiente con la cabeza, una pequeña reverencia, un pequeño reconocimiento.

—Gracias Priene. Di a las mujeres que se preparen.

Un gesto con la cabeza a modo de respuesta, apenas un cambio en la oscuridad de las sombras.

Las mujeres de este consejo no se toman de las manos al partir, no se apoyan frente contra frente ni hombro con hombro. Hay algunas que lo harían felices en un momento más tranquilo. De hecho, Anaitis una vez convenció a Priene de que bailara junto al fuego que ardía ante el templo del bosque, que cantara, riera y girara con las alegres mujeres de las islas. Y con los años, Eos y Autónoe aprendieron que el hielo de una y el fuego de la otra forjan una amistad muy fuerte al combinarse. Pero esta noche no hay tiempo para gestos de afecto, no hay lugar donde puedan decir "hermana, mi querida hermana, que te acompañe la buena fortuna, mi corazón canta por ti, mi alma arde con solo pensar que tu tierna gracia pueda recibir daño alguno".

Penélope piensa que son los mismos modos, el mismo peso de una crisis que aún debe desarrollarse, lo que la convirtió en una madre terrible. La misma necesidad inacabable del trabajo, la misma cobardía de susurrar cosas que podrían partir un alma en dos lo que la silenció cuando debería haber contenido a Telémaco. Ese pensamiento la hace volverse, desea gritar a las mujeres de su consejo "¡mis más queridas, mis amigas, mi verdaderos corazones!".

Pero ya se están alejando en pos de sus labores y el momento, como tantos otros, ya pasó.

CAPÍTULO 11

Un barco zarpa a hurtadillas de la isla de Ítaca al amanecer y se dirige hacia el oeste, hacia Micenas. El mensajero es un hombre que tuvo un pequeño contratiempo con los servicios que le debía a una persona que carecía de sentido del humor. Ourania intervino y canceló la deuda, y ahora él tiene una nueva clase de deuda con una nueva clase de ama, aunque ninguno de los dos lo describiría de esa manera.

—Creo que podríamos sernos de mutua utilidad —le había dicho Ourania mientras bebía una copa de vino aguado—. Creo que existen beneficios mutuos para todos.

Ourania no podía hacer tales promesas cuando era una esclava del palacio. Cuando fue liberada fue como si desplegara sus alas encadenadas y se reveló como el cisne blanco. Es un patrón desagradable que por momentos Penélope ha observado en más de una de las mujeres que fueron liberadas del servicio, pero sobre el que no conviene que indaguen demasiado los reyes y reinas de esta ni de cualquier otra tierra.

—Busca a Electra —ordena Ourania—. No pierdas el tiempo pidiendo una audiencia con su hermano, ve directo a la princesa de Micenas. Di que Penélope le pide ayuda.

El mensajero asiente, ni siquiera piensa en cuestionamientos al deber.

Cerca del fuego de la cocina se ha tendido una cama de paja sobre la que duerme el mendigo.

Telémaco no duerme y salta de la cama a la primer luz del día para correr por los acantilados, para merodear junto al mar, para desenvainar, envainar y volver a desenvainar su espada lejos de las miradas de los hombres, para reír, para ahogarse con un sonido que casi podría pasar por llanto; pero que sin dudas no puede ser tal cosa, puesto que él ahora es un hombre y ya pasaron sus días de llanto. Para correr de sitio en sitio tan temerario y vacilante como el palpitar de su corazón. Pronto recordará su lugar, se recompondrá, se escabullirá hasta la granja de cerdos de Eumeo (y se corrige, la granja de cerdos de su padre, la granja de cerdos que el porquero ha mantenido como un bien de su padre todo este tiempo), y allí se encontrará con un pequeño puñado de muchachitos y de esclavos entrados en años en quienes, según la sensación de Telémaco, se puede confiar para lo que debe hacerse. Los poetas no cantarán sobre estos hombres de piernas chuecas, ataviados con piezas de bronce recuperadas, sosteniendo viejas espadas desafiladas. Mientras menos personas ayuden a Ulises, más valeroso resultará su regreso y naturalmente me dejará más lugar para mí, para que obtenga cierta participación prominente, reconfigurando los asuntos según mis necesidades por amargos que sean.

Eos peina el cabello de Penélope durante la mañana. La luz del amanecer se refleja sobre el mar ante la ventana de sus aposentos y dibuja sombras en el techo a medida que el día avanza; acaricia la cama que debería ser para dos, que tan poco uso ha recibido y que en estos veinte años solo alojó a una. Eos no es muy ducha con el cabello. Sabe dos o tres cosas que puede hacer con él, que aprendió de Ourania, que las aprendió de Euracleia, quien consideraba que dos o tres cosas eran más que adecuadas para cualquier tipo de recato. Eos ha perfeccionado estos estilos de bucles anticuados y fuera de moda, pero no le interesa demasiado intentar cosas nuevas, dado que todo el asunto es absurdo cuando lo único que realmente importa es mantener el cabello fuera de los ojos al marchar por la isla revisando las cabras y cruzando las aguas hasta Cefalonia para examinar algún olivar.

Pero alguien debe peinar el cabello a la reina y es una posición que confiere un gran honor y una mayor intimidad, ya que el movimiento de las manos sobre un cráneo y las caricias de los dedos en torno a una oreja o a un cuello largo y manchado por el sol pueden conducir a conversaciones sobre verdades secretas y complejas, y sobre cosas sencillas y difíciles. Es en esto último donde brillan los dones de Eos; el silencio mientras el peine se mueve, en el que oye los pensamientos de Penélope, su silencio juicioso mientras considera una respuesta, su evaluación objetiva sobre alguna cosa peligrosa, sus palabras sobre asesinato y traición expresadas con el roce suave de los dedos acomodando algún mechón rebelde. A Eos no le interesa el cabello pero le encantan esas mañanas cuando solo están ella y la reina de Ítaca hablando abiertamente sobre lo que harán para resolver una crisis, para alimentar a unos hombres codiciosos, para eliminar una amenaza, todo murmurado mientras desliza un peine de caparazón entre el cabello.

Nadie ha tocado el cabello de Eos desde que era una niña, antes de que fuera vendida como esclava. A veces toma el peine de Penélope y lo usa para desenredarse sus bucles enmarañados, pero sabe que la sensación no es la misma. Una vez pensó pedir a Autónoe que le peinara el cabello, o incluso a Melita, pero no llegó a juntar el coraje necesario. Ni a la ama ni a la criada les sienta bien la vulnerabilidad salvo tal vez cuando están juntas, ¿y qué puede ser más vulnerable que desear el roce afectivo de otra persona, brindado con ternura, para satisfacer un antojo humano? ¿Qué puede ser más peligroso que admitir que una no es una criatura hecha de piedra, con el alma de cobre, sabia sobre todas las cosas, sino que es de carne y hueso, que posee un corazón que puede romperse, un alma que puede amar y ser traicionada, una mente que ansía la compañía y un cuerpo que desea ser algo más que una herramienta rígida e inflexible?

Nada, piensa Eos, mientras peina el cabello de su ama.

Nada, coincide Penélope, mientras observa su reflejo desfigurado en el espejo borroso.

Nada, les aúllo yo a las estrellas y al sol, a la noche infinita y al cruel día que comienza. No hay nada tan peligroso como la necesidad de ser amada, como el deseo de ser vista, de ser abrazada, de que se conozcan las propias carencias y ser amada a pesar de ellas. No hay nada que parta el corazón, que desnude el alma, como amar y ser amada, y ser vista cuando una ríe y ser vista cuando una llorona, y que se sepa que una tiene miedo, así que ¡basta de eso, ya no más!

Es cruel ser sabia y, pese a eso, tener anhelos.

Los pretendientes siguen roncando en una bruma de carne y de vino cuando se reúne el consejo; el consejo del mediodía, el consejo de hombres. Estos son los ancianos de Ulises, unos caballeros que ya eran demasiado viejos para zarpar a Troya hace veinte años o que tenían tales inclinaciones que Ulises decidió que sería mejor no llevarlos para que no arruinaran el ambiente de su ejército en su travesía por el mar sombrío.

Egiptius, un hombre retorcido como un sauce con manchas amarillas en su cráneo irregular, dice:

—Entonces, ¿dónde está Telémaco? ¿Por qué no está

aquí? ¿Por qué no ha traído noticias de su padre? ¿Acaso no se da cuenta de que todos están especulando? Dicen que Ulises ha de estar muerto o sin duda Telémaco habría regresado con él; ¿acaso no entiende lo peligrosa que está la situación?

Egiptius no es propenso a alterarse por nada, pero al igual que la mayoría de los hombres de esta reunión se ha pasado los últimos diez años con más consciencia cada vez de que su poder depende de la autoridad de un rey que bien podría estar muerto, y que cuando Ulises muere también muere ese frágil resquicio de relevancia que Egiptius tan toscamente ha de haber retenido.

—Estuvo hablando con algunos de los sobrevivientes de la milicia —murmura Peisenor, un veterano manco de cien antiguas invasiones, antes de que Agamenón dijera a los reyes de Grecia que ya no era aceptable invadirse entre sí y que debían mantener la mirada en otras recompensas, más abundantes y lejanas—. A mí me parece que si Telémaco está intentando reunir hombres su padre debe de estar muerto.

Egiptius palidece, lo cual es una imagen notable dada la insistencia del anciano por evitar la exposición al sol.

—¿Entrar en batalla? ¿En nuestras islas? ¿Contra los pretendientes?

—El muchacho no puede ser tan estúpido, ¿no? —Medón, el último de los consejeros, con un rostro cálido como el sol sobre una barriga que es una luna llena, con el cabello ralo que se está convirtiendo en un helecho invernal flacucho sobre su cráneo, echa un vistazo hacia el rincón donde se encuentra sentada, en silencio, la última parte de esta comitiva. Penélope no suele decir gran cosa en estas reuniones de consejo puesto que no le corresponde, pero asiste como muestra de voluntad para dejar en claro que es una esposa leal a su esposo ausente y que se interesa profundamente sobre los asuntos que él encararía si estuviera aquí. No se espera de ella que tenga sus propias opiniones sino que contribuya como cierta decoración bonita a estos asuntos. Autónoe está sentada a su lado con una lira sobre el regazo que, solo por esta vez, no está tocando. Tiene la frente arrugada, con los ojos puestos en algún lugar distante. Los de Penélope también; sus pensamientos huyeron, se fueron a otra parte. Medón es el único que lo nota; el único a quien le importa.

—Deberíamos buscar a Telémaco —dice gruñendo Peisenor, que también siente que hay cierta mortalidad escurriéndose por los bordes de aquellas paredes descoloridas—. Exigirle que nos diga lo que sabe. Tal vez su abuelo...

Las palabras del viejo soldado quedan interrumpidas por unas pisadas, el roce de una túnica, una voz de mujer que se eleva de indignación; "no podéis, esperad, no debéis...". Pero no alcanza, no llega a ser suficiente. La puerta de la cámara del consejo se abre de par en par. La intención era tal vez dar un portazo; entrar raudos en el pequeño recinto con su mesita redonda, cuyos caparazones incrustados brillan más que cualquiera de los consejeros reunidos a su alrededor; írseles encima con un grito dramático de "¡Ajá, ahora os tenemos!". Pero la puerta del recinto, como tantas otras del palacio, es pesada, deforme y con los años se ha salido de quicio en su marco, del mismo modo en que el propio palacio se ha ido meciendo y asentando, por lo que la emoción del momento se pierde un poco con un arrastre lento, como el chasquido de la mandíbula de un muerto.

Peisenor ya está reaccionando antes de que sea evidente quién está parado en la puerta; un grito de "¿Cómo os atrevéis, señores?, ¿cómo os atrevéis a interrumpir...?".

Lo hacen callar los dos hombres que entraron en el recinto flanqueados por esclavos, antes de que él pueda continuar lo que ya era una manifestación bastante débil. Ambos son ancianos, los ojos se les están poniendo brumosos y la espalda se les está comenzando a encorvar con el tiempo. Alguna vez fueron amigos, incluso aliados, sirvientes queridos de Ulises y de su familia, esposos que valoraban a sus esposas y padres que se han preguntado en voz alta cómo serían sus nietos. Pero esos días pertenecen al pasado. Eupites, padre de Antínoo, ahora es más bajo que su hijo de cabello oscuro, pero eso solo lo hace gritar con más volumen, despreciar con más intensidad y golpear con más fuerza. Nunca debe permitir que su hijo se dé cuenta de que se siente avergonzado, no solo por la persona en que su hijo se ha convertido sino por su propia participación en crearlo. Nunca debe permitir que su hijo sepa que el padre ocasionalmente desea arrojarse a los pies de Antínoo, llorar y decirle "perdóname, perdóname, perdóname, mi querido niño, no sabía qué hacer cuando tus hermanos no regresaron de Troya, te quiero aunque solo me limité a hablar de ellos, perdóname". Hacerlo rompería el alma a Eupites, y por lo tanto jamás lo hará, jamás podrá y morirá sin mostrar arrepentimiento, sin que vaya nadie a llorarlo a la tumba.

Pólibus, padre de Eurímaco, es alto y delgado como un remo al igual que su hijo. Su cabello dorado se convirtió en una melena blanca y le faltan varios dientes, que disimula evitando mover los labios al hablar y sonriendo solo cada tanto. Amaba a su esposa más que lo que nunca supo expresar y cuando ella murió, una parte de él murió también, una parte que él no puede nombrar, que apenas si recuerda. Él no sabía cómo ser un padre sin una esposa. Cuando mira el interior de su corazón se queda perplejo al descubrir que aún siente el dolor de la pérdida, pese a que apenas si puede recordar el rostro de la mujer a la que ama, tan solo el dolor de su ausencia.

No es noble que los hijos de hombres nobles se corrompan en competencia por una corona; o peor, en competencia por una corona cuyo poder se encuentra en las manos de una mujer. Pero Ítaca debe tener un rey y ¿qué clase de padres serían Eupites y Pólibus si no se imaginaran la diadema para su descendencia? Es una clase de ambición extraña, una forma cruel de la nobleza, que para convertirse en el más grande de entre los hombres, sus hijos deban rebajarse a complacer a una mujer. Ningún hombre puede resignarse a eso. Y tras haber fracasado en resignarse a eso, los padres de Antínoo y Eurímaco no pueden resignarse a gran cosa ni en su corazón ni en su cabeza.

Por desgracia, estos hombres compensan lo que les falta de inteligencia con poder: administran los barcos, administran los graneros. No tienen gran pericia con las velas o con el grano, pero ambos poseen una cualidad singular que les ha permitido permanecer en su posición: la absoluta convicción de su propia valía y la voluntad de destruir a cualquiera que se interponga en su camino. Así suele ser con los más grandes.

Aprieto los dientes ante su presencia, silencio las crepitaciones de mi desagrado.

—Finalmente, Ulises está muerto —dice Pólibus.

—No lo sabemos con… —comienza a decir Peisenor.

—Pero claro que está muerto —le espeta el anciano padre—. No regresó con Telémaco, lo que significa que Telémaco no lo encontró, lo que significa que está muerto. Aun si los otros todavía no lo han entendido, pronto lo harán. Se acabó.

Eupites, siempre reacio a coincidir con su rival paternal en cualquier clase de asunto, se cruza de brazos y asiente con la barbilla, solo una vez, apenas un reconocimiento a medias de que, pese a su enemistad, considera que la lógica de Pólibus no tiene falla alguna. Sus hijos no están presentes en este encuentro. Están en sus respectivas camas durmiendo la borrachera. Los deseos de estos jóvenes aspirantes a rey son irrelevantes en estos asuntos de estado.

—Aún no hay un cuerpo… —intenta Egiptius.

—¿Y? —espeta Eupites—. No hay un cuerpo para ninguno de los hombres que Ulises arrastró hasta Troya. Ninguno de nuestros hijos fue enterrado pero entendemos que están muertos. Hemos llorado su pérdida durante muchos años. ¿Qué importa entonces si no está el cuerpo de Ulises? Telémaco se fue a buscar a su padre y regresó sin él, así que eso ya está resuelto. Podemos cortar con este sinsentido femenino y elegir un rey. Ítaca necesita un gobierno, y si no hay un líder fuerte ahora habrá guerra. Vosotros lo sabéis. *Ella* lo sabe. —Inclina la barbilla hacia Penélope, que permanece sentada en su rincón, pero no la honra con la más mínima mirada.

—Todo está sucediendo demasiado rápido...

—¡Veinte años! —brama Eupites, y hasta Pólibus se encoge. ¿Acaso Pólibus oye la pasión en la voz de Eupites?, ¿oye el dolor por los hijos perdidos en la mar?, ¿oye la rabia, la desesperación, el corazón roto de un alma que sabe que, después de todo, no vivirá lo suficiente para llegar a ver a sus anhelados nietos? Tal vez lo oiga pero no, no. No puede permitirse oír la humanidad en ese padre rival que alguna vez fue su amigo. Eso lo obligaría a hacerse demasiadas preguntas sobre sí mismo—. Veinte años —repite Eupites, en voz un poco más baja, con su corpulencia estremeciéndose como si hubiera un terremoto solo debajo de sus pies—. Ítaca necesita un rey.

Penélope se aclara la garganta. Es un sonido leve, educado, y cuando Penélope habla se dirige al techo, como si solo las rajaduras fueran una corte digna de asistencia, un asunto que necesita su más urgente e intensa consideración.

—Estos buenos hombres tienen razón.

La mandíbula de Medón cae hasta tocarle el pecho. Los dedos de Egiptius se retuercen en torno al borde de la mesa, Peisenor siente el fantasma donde solía estar su mano del escudo. Estos son sentimientos que ninguno de los presentes en el recinto se esperaba oír de parte de la esposa de Ulises. Lo romperán todo.

"Rómpelo", le susurro apoyándole una mano en la espalda. "Rómpelo todo".

—Tienen razón —repite ella, dándoles vueltas a las palabras en la boca como si le causaran curiosidad, tanteando su peso, sintiendo su calor—. Mi hijo ha regresado y no trajo a su padre consigo. Por lo tanto, mi esposo está muerto o fuera del alcance de los hombres mortales y durante la ausencia de su padre, mi hijo no ha demostrado ser capaz de reunir un ejército para conquistar estas islas, y por lo tanto no tiene el poder suficiente para retener el trono. Por lo tanto, debo resolver este asunto lo más rápido posible y casarme para prevenir, como decís, la inevitable carnicería.

—Penélope —comienza a decir Medón por lo bajo, con un tono de advertencia, pero su voz es interrumpida por Egiptius.

—Este es un asunto importante, demasiado importante si me disculpas que lo diga, para los antojos de una mujer.

—Antínoo es el único que tiene la fuerza suficiente para mantener unido el reino —brama Eupites.

—Antínoo es el hombre más odiado de las islas occidentales —replica Pólibus—. Si hablas en serio cuando dices que deseas evitar una guerra, Eurímaco es la única opción.

—El consejo decidirá… —vuelve a intentar Egiptius, con voz débil.

—No. —Penélope se pone de pie al decir la palabra y es el primer golpe del ariete contra las puertas de la ciudad. Los hombres se encogen, pues no pueden recordar haber oído semejante sonido dicho de manera tan directa, tan firme, en los labios de esta mujer.

—Pero... —Expresó con duda en su voz Egiptius, y fue interrumpido.

—No —replica Penélope en voz más alta, levantando

la barbilla como solía hacer a veces su suegra, echando los hombros hacia atrás. Allí está: el atisbo de una princesa espartana, la prima de Clitemnestra, la hija de una náyade de los mares embravecidos—. Este asunto no será decidido por vosotros. Yo determinaré el modo más justo de elegir a mi esposo: el modo que garantice la seguridad y la legitimidad de mi elección. Esta noche declararé mis intenciones en el banquete. En el ínterin, haré sacrificios en el nombre de mi finado esposo y rezaré. Vosotros no seréis tan brutales de negármelo.

Varios pies se mueven incómodos, lentos, sobre el suelo polvoriento. Estos hombres estaban más que listos para mostrarse completamente brutales y evitar que Penélope dejara escapar la menor noción que no fuera el nombre de un nuevo hombre, del nuevo rey, pero el sacrificio y las plegarias son una jugada astuta más de esta reina tan mañosa. Según los ritos y rituales de estas tierras, Penélope debería contar con al menos siete días para llorar y desgarrarse las vestiduras, siete días para caer al suelo entre sollozos y gritar "¡Ulises, Ulises, Ulises!".

En el esquema más general, su voluntad de comprimir este proceso a una mera tarde es bastante razonable. Es una actitud prácticamente cooperativa, piensan. Después de tantos años de espera, de pronto los acontecimientos se desencadenan rápida, caótica, peligrosamente. El aliento que esta tierra ha contenido durante todo este tiempo es exhalado e incluso estos ancianos, que se consideraban preparados, son arrastrados por la tempestad.

Los consejeros se han pasado mucho tiempo sin elegir deliberadamente un candidato, manteniéndose a salvo deliberadamente en su neutralidad. Se pensaban que tenían toda la eternidad y no se prepararon para cuando se les fuera a acabar el tiempo.

Los padres no tienen esa preocupación. Para ellos el

tiempo ha sido el enemigo, como si todo este mundo, toda esta gloriosa extensión, fuera apenas una barrera hacia una imaginaria gloria mezquina.

Así son las cosas con los mortales. Con frecuencia, así son las cosas también con los dioses.

—Esta noche —concuerda Pólibus.

—De acuerdo —dice Eupites—. Es el momento de que Ítaca tenga un rey poderoso.

Hay gestos mutuos de asentimiento y ni una palabra. No hay nada que las palabras puedan añadir en absoluto para distender esta situación. Entonces los ancianos padres se vuelven, salen del recinto y se marchan por el corredor del palacio. Nadie presta atención al mendigo reclinado cerca de la puerta, sin duda demasiado estúpido, demasiado torpe para haber prestado atención a las palabras apenas audibles que se dijeron en el recinto.

CAPÍTULO 12

MEDÓN DICE:

—Será una masacre, será la guerra y Telémaco…

Le está costando seguir el paso a Penélope, que marcha a través del palacio. Se dirige al chiquero, un lugar que difícilmente sea apropiado para que una mujer rece y llore por su amado esposo en un momento de duelo intenso y reducido, pero Medón no va a cuestionarlo ahora.

—Dime que tienes un plan —suelta él sin aliento mientras avanza tambaleándose detrás de la reina—. Dime que tienes alguna clase de plan.

—Tengo un plan —declara ella, y sale a la luz del patio donde vagan los animales.

—Esto está sucediendo demasiado rápido —gime Medón, mientras Penélope va de aquí para allá inspeccionando el ganado para el banquete, sin que haya escapado la menor plegaria devota o gemido desesperado de su persona, supuestamente en duelo—. ¿Dónde está Telémaco? ¿Acaso Laertes lo sabe? No importa a quién escojas, Telémaco lo desafiará, lo… ¿Acaso estás abrazándote a la esperanza de un combate singular? ¿Crees que tu hijo pueda ganar? Anfínomo es un buen luchador, y sé que le tiene aprecio al muchacho, pero si Telémaco se enfrenta a él…

—¡Medón! —Allí está de nuevo, esa extraña cualidad

en la voz que resonó cuando Penélope dijo "no"; algo sobrecogedor, duro, inesperado. Me inclino hacia la reina, le apoyo la mano en el hombro y la siento estremecerse por mi contacto.

"Te veo", le susurro al oído. "Aquí estoy".

—Medón —repite con más suavidad, en un tono más bajo, y le toma ambas manos—. Tú has sido... Cuando vine a Ítaca, hace tantos años... Yo era una niña. Una criatura. Mi deber era engendrar un heredero y eso hice. No fui mi prima Helena, no fui Clitemnestra casándose con Agamenón, no fui la hija de un gran rey. Mi madre, mi herencia fue... hasta mi esposo me menospreciaba a veces. Me llamaba "cosita encantadora", una "criatura cautivadora". Nosotras no... Yo no estaba aquí para ser una mujer y a duras penas una reina, pero tú me trataste como ambas cosas. Tú me hablaste sobre asuntos serios como si fuera digna de toda sinceridad. Tú respondiste mis preguntas sin menospreciarme por preguntar, tú fuiste... He vivido más tiempo en Ítaca que en Esparta, y si bien no sí si mi padre habría... si con el tiempo y la edad tal vez habría mirado a su hija con... Tú siempre me hablaste como si valiera la pena hablar conmigo. Por mí misma. Por quien soy. No soy... No me corresponde decir cosas que son... pero creo...

Aquí está de nuevo, el lugar donde la reina limita con la mujer y donde solo una de ellas puede vivir. La madre que debería gritar a su hijo "¡Telémaco, Telémaco, mi Telémaco! ¡Mi amor, mi querido muchacho, mi hermoso hijo!". La hija que debería tomar a Medón de la mano y decir "amable Medón, generoso Medón, he tenido muchas madres y muchos padres, pero ninguno de ellos fue como tú. Si yo hubiera podido elegir el padre que quería tener, te habría elegido a ti. Te habría elegido a ti".

Eos jamás le pedirá a otra mujer que le peine el cabello y Penélope ha fracasado. Ha fracasado como madre, como hija. Lo único que le queda es ser una reina, incluso tal vez una esposa. Esas son las únicas cosas que importan ahora.

Su mano cae de la de Medón. En cambio, le da una palmadita débil en el hombro, con la mirada fija en otro lado, dice:

—Creo que hace tiempo que no te ve Ourania, ¿no es así? Tal vez deberías visitarla. Tiene una casa en Cefalonia; el aroma de las flores por la tarde es divino, es un lugar bastante tranquilo, un lugar muy tranquilo. Por algunos días, tal vez, solo unos días.

Y ahora es cuando Medón debería decir: "Penélope. Yo no tuve una hija. Yo no tuve una hija, pero si todo ha de terminar, si el mundo ha de ser destruido, déjame permanecer a tu lado". Estas son las palabras que él debería decir, pero hoy la mujer que se encuentra ante él no es la princesa asustada de Esparta que él conoció, no es la muchacha recién casada ni la reciente madre desconsolada. No es Penélope quien le dice que vaya sino la reina. Medón no pensó que el corazón podía rompérsele. Se siente sorprendido y casi aliviado al darse cuenta de que puede.

—Mi señora —dice y se encuentra con que no sabe qué más agregar. Entonces—: Mi reina. —Su mano aprieta la de ella y se acumula agua en los senderos bajos de sus ojos.

En respuesta, ella le da un apretón pero no sabe qué palabras decir que sean significativas y verdaderas.

Echemos un vistazo rápido a esos otros asuntos que se están desarrollando en el palacio y en particular a una esclava de quien los poetas tendrán algunas cosas positivas que decir. Euracleia.

Euracleia no está en la cocina.

Euracleia no está en la gran salón.

No está recogiendo aceitunas en la despensa, ni moliendo

granos, ni limpiando pescado, ni regañando a las criadas más jóvenes que traen el agua del pozo.

Su ausencia no es notada por muchos. Más bien es percibida como una leve mejora del día, un lugar donde debería haber una lengua mordaz y una mirada ardiente. Rara vez nos detenemos a observar la belleza del amanecer, el brillo de una gloriosa mañana veraniega, la caricia de un suave viento vespertino, y nos concentramos, en cambio, en la tormenta, en la lluvia torrencial. Lo mismo sucede con la ausencia de Euracleia.

Autónoe es la única que, un poco después de que el sol alcanzara su cénit, echa un vistazo por las paredes del palacio y se pregunta dónde habrá ido la vieja nodriza. Se lo susurra a Eos, quien asiente con la cabeza sin levantar la mirada de su trabajo, responde que no deberían decir nada ni dar indicio alguno. "Estas cosas deben ser como deben ser. No te preocupes por la vieja criada".

En un lugar más oscuro, un lugar oculto donde el aire es siempre frío, indemne de todo ángulo de la luz del sol, se oyen unas voces:

—¿Y qué hay de las criadas?

—Putas. Rameras. Todas ellas.

—Imposible. ¿Cómo podría permitir ella que...?

—¿Permitir? ¡Ella no puede detenerlas! Ya has visto cómo son con los pretendientes. Tocan. Sonríen. *Manosean.* Y eso es solo una parte.

Euracleia jamás se imaginó ser otra cosa que no fuera una esclava. Jamás se le permitió tener la libertad de soñar. Poco a poco le fueron socavando el optimismo de su niñez: no se casaría, no sería una esposa, no sería la madre de un bebé con vida y aliento nacido de su propia sangre, no criaría un niño que fuera suyo, no reiría ante el contacto de un hombre, no se regocijaría con la compañía de desconocidos, no poseería nada que fuera suyo, no correría libre por las colinas, no envejecería rodeada de una familia cariñosa, no amaría, no se maravillaría, no tendría esperanzas. A medida que cada parte le era arrebatada, cercenada, las únicas cosas de valor que le fueron quedando fueron las prohibiciones de su vida. Se ha ido enorgulleciendo de las cosas que no tiene: no es una soñadora, no está llena de esperanza, no es alegre, no es compasiva. Estas ausencias se han convertido en su totalidad sagrada. Sagrada para ella y, por lo tanto, sagrada para el mundo que ella percibe. Así es como tanto los mortales como los dioses intentan dar un significado a la vida que viven, incluso cuando una bebé recién nacida ha sido despojada de la más simple bondad.

Los poetas amarán a Euracleia cuando se cante esta historia. Los reyes que compren las canciones de los poetas se asegurarán de ello.

Me cuesta mirarla, incluso cuando no está susurrando ponzoña en la oscuridad, pues me da la sensación de que a veces levanta la mirada de su lugar de sumisión y llega a ver las partes más secretas de mi alma.

—*Putas* —susurra, con los ojos brillando en la oscuridad—. Son todas putas y traidoras.

Por la noche, un banquete.

El último gran banquete de Ítaca.

El rumor se ha esparcido, susurrado por Pólibus y Eupites a sus hijos, y de sus hijos a sus hombres, y de sus hombres a aquellos muchachos que saben que nunca serán reyes y por lo tanto le han prometido su lealtad a cualquiera, a todos los que pudieran, para tener una mayor probabilidad de sobrevivir los cambios venideros.

Los pretendientes llegan al salón ataviados de gala. No se

han adornado así desde que Menelao, rey de Esparta, visitó el palacio, y vaya si esa no fue una experiencia desagradable para todos. Brazaletes de oro, cabelleras aceitadas y cinturones de plata reluciente adornan las mesas largas y bajas del palacio de Ulises. Antínoo y Eurímaco se sientan adelante de todo, en mesas opuestas, rodeados por sus séquitos de hombres que no pueden ser rey. Anfínomo también, con su pandilla de príncipes y parásitos extranjeros, con una copa de oro entre sus enormes manos entrelazadas, como diciendo "¿qué, esto? Ah, lo encontré debajo de la cama. Qué cosa curiosa".

El rey y los príncipes de Troya también se adornaron con galas la noche en que su ciudad ardió. Tal vez se imaginaron que habían ganado. Se imaginaron que su sufrimiento tenía sentido, que la sangre, la pérdida, el dolor había tenido algún valor. Algún valor en absoluto. Pero cuando el sol se puso sobre el mar escarlata aún no sabían decir qué valor era ese. No podían ver un motivo ni encontrar ninguna verdad que hiciera que su sufrimiento fuera más o menos que una rasgadura brutal en sus almas, un alarido de furia, un grito de desesperación y promesas rotas.

Entonces se ataviaron con oro.

Pensaron que tal vez la envidia de los demás ante el fulgor del metal amarillo fuera a llenar la oscuridad infinita y ruinosa de sus corazones.

(No la llenó).

Esta noche, el único pretendiente que, al parecer, no recibió el mensaje sobre el final de todas las cosas es Kenamón. El egipcio está notablemente menos adornado que sus pares, pese a que cuando vino a Ítaca lo hizo con grandes regalos para ofrecer e indicadores de la grandeza de su familia. Con el tiempo, al igual que los demás, se fue tornando más informal en el salón de Penélope, con más predisposición pues mantenerse erguido y rígido entre el tumulto de hombres significaría estar siempre solo, y ni el más noble de los corazones puede soportar la soledad por mucho tiempo. Ahora vuelve a sobresalir, no solo por su piel más oscura y sus ojos grandes y profundos, sino por la ausencia de destellos en la estética de su cuerpo. Perplejo, pasa la mirada de hombre en hombre y su mano inquieta descansa a su lado, en el lugar donde debería tener una espada.

El mendigo también está allí, desde ya. Telémaco insistió en que permaneciera en el salón, por apestoso y desdichado que fuera.

—Es mi invitado de honor —espeta—. Un hombre tan bueno como cualquiera de vosotros o mejor.

Telémaco tampoco llega a comprender del todo por qué los pretendientes están adornados esta noche. No asistió a la reunión del consejo y no estuvo en el palacio en todo el día. Y aun si hubiera estado, ¿quién le habría dicho lo que estaba acaeciendo? Pues no sus rivales, desde ya; y no se le ocurrió preguntar a las criadas.

Y así, cuando Penélope aparece en el salón antes de que se haya servido el vino o presentado la carne, sin cubrirse la cabeza con un velo y con la frente pintada con cenizas, el grito ahogado que más fuerte se oye es el de Telémaco. Esta cálida noche, a Penélope no la flanquea solamente la leal Eos, sino Autónoe y Fiobe, Melanto y Melita. Todas las mujeres de la casa, excepto Euracleia, se mancharon la piel con ceniza, se frotaron las manos con ella y se la arrojaron sobre la túnica. Ahora se forman detrás de Penélope, con la cabeza inclinada y las manos entrelazadas, una muralla silenciosa de mujeres de luto.

Los hombres jamás vieron así a las mujeres. Tal vez no se habían dado cuenta de cuántas era, ni se detuvieron a considerarlas como una entidad colectiva. No solo "esa mujer" sirviéndoles en la mesa y esquivando sus dedos traviesos, susurrando promesas entre sonrisas. Sino "esas mujeres", un cuerpo colectivo que comparte objetivos, esperanzas, necesidades. Los traseros se mueven inquietos sobre las largas bancas de madera. Algunas lenguas lamen unos labios que de pronto se sienten secos, los ojos descienden y se apartan de esta presentación solemne.

Penélope permite que el momento se alargue. Rara vez alguien le ha prestado atención tan silenciosamente en este salón, mucho menos tantos pretendientes a la vez. Sus ojos los recorren a todos como la luz de la luna errante, hasta que se posan sobre Kenamón.

¿Qué es esto?

¿Una nada diminuta en la comisura de su boca?

¿El más leve suspiro de aliento?

¿El vuelco silencioso de un corazón?

Ningún mortal habrá de verlo salvo quizás uno.

Entonces Kenamón aparta la mirada y los ojos de Penélope ya se han apresurado a seguir su recorrido.

—Pretendientes —declara, y su voz es como el chasquido de un látigo en el silencio del salón—. Ha llegado el momento. Durante diez años estuve esperando noticias de mi esposo. Durante diez años he llorado por él, he observado el horizonte del este, he rezado, me he lamentado, he hecho sacrificios, les he gritado a los dioses. Sé que fue... egoísta de mi parte. Cuando él partió, me confió estas tierras, la protección de su reino. Ítaca necesita un rey, pero yo débil como soy, sentimental como soy, no estaba esperando que regresara un rey. Estaba esperando a mi esposo. Permití que mi propio deseo y mi propio corazón roto fueran más importantes que la necesidad del querido pueblo de Ulises. Eso debe acabar hoy. Debo aceptar que además de una esposa fiel e insensata soy una reina y debo hacer lo correcto para mi reino. Debo elegir un nuevo esposo y él será rey.

Deberían oírse gritos, pisotones triunfales, bramidos,

una precipitación de alientos y cuerpos varoniles en dirección a ella, una estampida de júbilo. Eso que han estado esperando, de lo que dependían sus vidas, ¿es esto? Fue imaginado tantas veces que, ahora que está aquí, parece un tanto disminuido de lo que se imaginaban en sus fantasías, una nota decepcionante al final de una balada jactanciosa. Se creyeron sus propias historias de lo que sucedería cuando llegara este momento; en eso, como en tantas cosas, fueron unos idiotas. Además, los pocos que ostentan algo de sabiduría entre ellos saben que esto es solo el comienzo. Este es el primer golpe del tambor fatal.

Telémaco tiene los nudillos blancos, la respiración muy agitada. Quiere gritar, quiere dar alaridos, que su palma golpee la mejilla de su madre. "¿Cómo te atreves?", brama su corazón, "¿Cómo te atreves? ¿Cómo te atreves a hacer esto, ahora, *cuando sea*, cómo te atreves?".

Pero cuando comienza a moverse, la mano del mendigo le sujeta la muñeca con la dureza del mármol y lo mantiene en el lugar.

—Está traicio… —susurra Telémaco.

—Observa —responde el mendigo, con los ojos oscuros brillando detrás de una melena de cabello sucio y una barba greñuda—. Observa.

Antínoo es el primero en ponerse de pie en el silencio que sigue al discurso de Penélope.

—Mi señora —declara—. ¡Nos alegra mucho que por fin hayas entrado en razón! Permíteme ser el primero en decir…

Ella lo hace callar levantando una mano. Él se siente indignado, irritado, pero no del todo sorprendido. Antínoo se está acostumbrando a que en este salón sus palabras sean interrumpidas.

—Cuando mi esposo partió —declara Penélope—, me ordenó proteger su reino hasta que nuestro hijo fuera un hombre. Telémaco, como podéis ver, ya es un adulto y yo estoy orgullosa… —Trastabilla con la palabra, se tropieza; ¿acaso lo que le quiebra la voz es un sentimiento profundo, una fuente de emoción? ¿O es la mentira? Como siempre, probablemente sean ambas cosas—… Estoy orgullosa del hombre en que se ha convertido. Se hizo a la mar y demostró ser un guerrero, un gran príncipe, honrado tanto en Esparta como en Micenas. Pero la sangre por sí sola no alcanza para gobernar. Un hombre debe demostrar que es verdaderamente grande, digno de sentarse en el trono de mi esposo.

Se hace a un lado. Detrás de ella, Eos y Autónoe avanzan sosteniendo entre ellas un objeto envuelto en tela, que Penélope desenvuelve doblando lentamente la tela como si cada esquina estuviera embebida en un veneno que ella apenas si se atreve a tocar.

Adentro, un arco.

No es un diseño griego. Laertes, padre de Ulises, lo obtuvo de un guerrero de la estepa oriental, que podía dispararlo desde la parte trasera de un carruaje en movimiento a una velocidad por la que hasta el orgulloso de Apolo habría mostrado respeto. Las flechas que lanza, si se elige cuidadosamente las puntas, son capaces de penetrar hasta la mejor armadura de bronce, lo que lo convierte en algo así como una novedad en el campo de la guerra, tal como se libra entre los reyes griegos. Por este motivo, y también por asuntos de honor poético, tanto Laertes como Ulises tendieron a mantener el arco lejos del campo de batalla, por temor a que generara la siguiente conversación con sus pares de la realeza:

—Caramba, Ulises, ¿dices que ese arco puede matar a un hombre con armadura completa?

—Pues sí, Aquiles, así es.

—¿Y cuánto tiempo le lleva a un hombre aprender a apuntar y a dispararlo?

—Yo diría que se requieren unos buenos meses de entrenamiento, pero que si se equipara una tropa de, digamos, unos cien esclavos con esta arma, podrían convertirse en una eficiente máquina de muerte en cuestión de semanas si usaran la estrategia de disparar y echar a correr.

—¿Un ejército de esclavos, dices? ¿Quieres decir que la guerra podría ser librada por los oprimidos y los humildes?, ¿por los pisoteados y los meramente indignados, sin necesidad de pasar años de preparación y extensa inversión de bienes y de energía? ¿Tan solo armándolos con herramientas básicas e ilusiones? ¿Que las historias de guerra podrían dejar de ser historias de grandes reyes y héroes demostrando su fuerza, su honor y su coraje para volverse inmortales en el corazón de los hombres?, ¿que pasarían a ser líneas de don nadies a cien pasos unas de otras, arrojándose entre ellas una muerte impersonal e ineludible por motivos que *no sean* la gloria personal de un único hombre brutal?

—Supongo que podrías verlo de esa manera...

Y así mis hermanos y hermanas del Olimpo, cuando intento explicarles esta noción se ríen sin entender, sin concebir el final de un mundo que pueden acarrear tales cosas. Solo Hefesto, quien entiende que una buena herramienta en las manos indicadas puede cambiar más que tan solo una rueda rota en el lodo pantanoso, hace una mueca y asiente con la cabeza y da muestras de un mínimo de consideración sobre el asunto. El resto solo lo entenderán cuando sus héroes y luego sus dioses sean barridos ante la arquería a caballo y las filas innombrables de hombres marchando.

Por ahora, entonces: el arco.

—Este es el arco de mi esposo —dice Penélope apoyando una mano en la madera como si pudiera sentir el contacto de su dueño ausente por entre las vetas—. Mañana probarán su suerte con esta arma en una prueba de su habilidad marcial. Me casaré con quien gane. Por ahora os invito una última vez a disfrutar el banquete, a beber y a honrar el nombre de mi querido esposo mientras yo guardo luto y preparo mi corazón roto para hacer lo que se debe hacer.

Su intención era que en esas últimas palabras hubiera un temblor en su voz, un leve grito ahogado, un giro de la cabeza, tal vez una lágrima o dos; eso sería apropiado. Pero en el momento está tan ocupada pensando en sus planes, en las labores necesarias y en las eventualidades importantes que deben prepararse, que no logra concentrarse en la producción de una mísera lágrima salada. En el instante en que las últimas palabras son pronunciadas, lo recuerda, y casi se sobresalta de sorpresa y horror tras descubrirse tan distraída para mostrar la humedad de sus ojos en una actuación apropiada. Es Autónoe, siempre un poquito más rápida y temeraria que Eos, quien lo ve y, en el hueco donde debería oírse el suspiro de Penélope, lanza un gran sollozo. Se lo traga tan pronto como lo produce, como si le diera vergüenza haber sido sorprendida mostrando una debilidad femenina tan frágil en este momento y antes que su ama, pero es suficiente para dar a Penélope el tiempo para llevarse una mano a la frente como si se estuviera desvaneciendo, lo que permite a Melita dar un paso y colocar su propia mano bajo el codo de Penélope para darle apoyo por si el desmayo no llegara a concretarse. Todo esto da lugar a un ajetreo de actividad femenina y, como una nube negra, las criadas cubiertas de ceniza avanzan hacia su ama para cubrirla con sus cuerpos, rodeándola con murmullos suaves de "Ay, Ulises" y "¡Nuestro querido amo!" y demás.

La actuación de varias es mediocre, superficial. El sollozo de Fiobe está a un paso de convertirse en una risita mientras chilla "¡Ay, no, el querido Ulises!"; un hombre al que ella ni siquiera llegó a conocer, pues nació demasiado tarde para cruzarse con el rey desaparecido. Melanto casi pone los ojos en blanco mientras prosigue con la actuación.

Los pretendientes ven un leve atisbo de esto, claro, pero ninguno de ellos será el primero en interrumpir una actuación devota de dolor femenino; mucho menos en semejante momento. No cuando tienen la mirada clavada en el arco que Eos está envolviendo y que ahora se apresura a llevarse, o en los rostros de sus enemigos, rivales y antiguos amigos potenciales.

El mendigo lo ve todo, por supuesto. O, al menos, le parece que ve suficiente.

CAPÍTULO 13

Esa noche, Penélope no regresa al salón para el banquete.

De hecho, varios de los hombres reunidos se van lo más temprano que les permite la cortesía para intentar encontrar un arco propio y un lugar donde practicar, o para urdir algo con sus pares ya que saben que esta es una habilidad que no podrán dominar en tan poco tiempo.

Antínoo es uno de los primeros en irse y su partida provoca que Eurímaco también se vaya inmediatamente, pues si Antínoo está tramando algo, Eurímaco debe tramar algo también, incluso si todavía no sabe bien qué pueda llegar a ser.

Anfínomo se queda tan tarde y durante tanto tiempo como puede.

Él es bueno tirando con arco.

Y lo sabe.

Artemisa resoplaría ante sus habilidades, Apolo no se molestaría a considerar la calidad de sus tiros mediocres.

Pero comparado con los otros pretendientes, hasta donde sabe...

Anfínomo es mejor que ellos.

El corazón le late con fuerza, la sangre le retumba en la cabeza. ¿Acaso esto significa que ella lo eligió a él? ¿Acaso ha optado por un desafío que lo beneficiará específicamente a él?, ¿que le dará la mayor probabilidad de ser rey? ¿Acaso se trata de una jugarreta astuta en la que prácticamente lo anuncia como nuevo gobernante de Ítaca, sin decir su nombre en voz alta? Está claro que no puede mostrar una preferencia hacia él, debe parecer distante, pero un desafío con un arco, *con un arma de guerra* que él domina ampliamente, sin duda significa algo, ¿verdad?

Se pregunta si ella lo ama.

Cuando vino a Ítaca tenía la esperanza de que así fuera.

Esa esperanza se fue desvaneciendo, pero no terminó por desaparecer del todo. Anfínomo quiere ser un buen rey, quiere ser un buen hombre, un buen esposo. No sabe si puede ser las tres cosas, pero si hay algo que se ha prometido a sí mismo es que lo intentará. Pase lo que pase, lo intentará. ¿Acaso Penélope lo ha notado por fin? Su mente vuela, pero aún es lo suficientemente sensato para saber que hay otros que también habrán pensado todo esto. No será seguro para él abandonar estos muros esta noche.

—Me preguntaba si, tal vez, podría dormir en el palacio —murmura cuando Autónoe pasa junto a él.

A Autónoe no le molesta Anfínomo. Comparado con los otros pretendientes no es un miembro particularmente ofensivo de la tribu. Ha mostrado una notable indiferencia respecto de las criadas, salvo por la vez que se sentó con Eos a la luz de la luna y le dijo lo mucho que su corazón anhelaba regresar a su hogar, ver la tierra de su niñez y conversar sinceramente con sus queridos amigos y con sus familiares que aún estaban con vida. Desde entonces no ha vuelto a ser tan indiscreto, pero eso casi no ha sido un problema, dada la cantidad de sus acompañantes en el palacio que han estado dispuestos a abrir el corazón y la mente por una palabra de cariño y la caricia traviesa de una criada.

Ella sabe que lo más sencillo sería echarlo, dejar que sea

asesinado por algún hombre celoso en la oscuridad de las calles de la ciudad, que su cuerpo sea arrojado al mar; "Ay, no, ¿acaso el querido Anfínomo no vino a probar su suerte con el arco?", dirán. "¿Qué le habrá pasado? Tal vez sea un cobarde, después de todo".

—Haré que te preparen un lugar —le dice en cambio y se sorprende al notar que el corazón le palpita un poco al darle la espalda, y que en la boca tiene como un gusto que casi podría ser... ¿remordimiento?

"Qué extraño" piensa, y decide no seguir pensando en eso.

Melita llora.

—¡Basta! —le espeta Eos—. ¡Basta de llorar! ¡Alguien podría verte!

—Eurímaco no es un mal hombre —gimotea la criada—. No es un *mal* hombre. Es que su padre no le da la oportunidad de ser quien él quiere ser, encontrar su...

—¡Basta! —repite Eos, pasando la mirada de la oscura noche a las ventanas abiertas del palacio—. ¡Detente de inmediato!

Cuando Melita no deja de llorar, Eos le toma ambas manos entre las suyas, acerca el rostro al de la criada llorosa y susurra:

—Si Eurímaco fuera rey, habría una guerra y él moriría. Tú morirías. Todas moriríamos. Y no le importaría a nadie. A nadie le importa si morimos. ¿Entiendes? A nadie le importa.

Melita se sorbe el moco que tiene en la punta de la nariz, asiente con la cabeza. Todas entienden, siempre han entendido.

Regresan a la frescura del interior del palacio mientras un mendigo observa desde las sombras.

Kenamón de Menfis encuentra a Telémaco en los muros, observando el horizonte como si con su sola fuerza de voluntad pudiera ordenarle al sol que salga, que se ponga.

No había salido a buscar al muchacho; aún le duele horrores el corazón a causa de su primer encuentro. Y sin embargo la mente rara vez actúa con honestidad, incluso para sí misma, y pese a que decidió no salir a buscarlo, Kenamón fue directamente al sitio donde era más probable que se encontrara el príncipe a esta hora, su lugar predilecto para mirar hacia el mar. Hay algo sin resolver, una angustia ardiente, un deseo de gritar "¡¿acaso no me conoces, muchacho?!". Un deseo de implorar "¿no somos amigos?". Y debajo de todo eso, un miedo creciente, un terror corrosivo: "¿qué vas a hacer ahora?".

"¿Vas a hacerme daño?".

"¿Vas a desenvainar tu espada, llamarme enemigo, ahora que todo está cambiando?".

"Y si me hieres, ¿iré yo a herirte a ti?".

"¿De verdad es así como morimos?".

Kenamón no ha pensado esto concretamente; no en voz alta, no con la "mente que está formada por palabras". Pero si le interrogaran dejaría escapar estas preguntas y de inmediato se taparía la boca con la mano como si le horrorizaran las ideas que brotaron de su interior.

Suspiro cuando pasa a mi lado en dirección a la almena, pero no me interpongo en su camino.

—¿Telémaco?

El muchacho se sobresalta, lleva la mano al costado en busca de una espada (no está armado, pues está en el palacio después de todo; sería algo ridículo, obsceno), vacila al ver al egipcio.

Por un lado Kenamón enseñó a Telémaco cómo pelear. Como su padre estaba ausente, fue este desconocido proveniente de una tierra lejana quien entrenó con él en las colinas, quien le ordenó "¡muévete, *muévete*! ¡Si retrocedes, te seguiré! ¿Por qué me atacas la espada cuando deberías estar atacándome la cabeza? ¡Muévete!".

Kenamón no peleaba como Telémaco consideraba que debían pelear los héroes. Era algo vulgar y sin aliento, centrado tanto en la mente como en el cuerpo.

"Tienes dos manos, ¿no es así? ¡Pues sujeta la condenada lanza!".

Telémaco siente… *gratitud* para con este hombre.

La gratitud es una experiencia increíblemente incómoda para Telémaco. Toda su vida fue llevada en dirección al resentimiento, a una historia de traición y crueldades. Esta narrativa, tejida a partir de ofensas mezquinas y mentiras descaradas, es la única manera en que él puede explicar por qué él es tan inferior al hombre en el que él cree que debería haberse convertido.

—Kenamón —dice después de un momento, demasiado tarde para sonar cortés—. ¿Qué quieres?

—Telémaco, yo… —Demasiadas emociones pueden detener una boca con la misma facilidad con que la abren—. ¿Cómo estás? —Esto es todo lo que logra decir, pero hay una genuina curiosidad, casi un afecto, en la voz del egipcio. Por un momento de absoluto terror, Telémaco piensa que tal vez Kenamón esté a punto de abrazarlo. La idea es una tortura, sus ojos se desvían de inmediato y ven que cierto mendigo está observando—. Tu travesía, tus aventuras. Te ves… bien. ¿Estás bien?

"¿Qué sucedió?".

"¿En qué te has convertido?".

No es sensato hacer estas preguntas.

Pero también es completamente esencial que sean hechas.

La sabiduría rara vez es fácil, con frecuencia resulta una visita inoportuna.

Por puro instinto, Telémaco retrocede un paso antes de

que Kenamón pueda acercarse demasiado. Es lo bastante pequeño como para que no sea nada, pero el egipcio lo ve, vacila y casi parece encogerse.

—Este… este asunto del arco —aventura Kenamón, ahora más lento, y su acento se nota un poco más en su discurso, sus dedos de pronto se tornan torpes a sus costados—. Tú sabes. Sea cual fuere el resultado. Pase lo que pase. Siempre defenderé a tu madre. Yo… si hubiera alguna forma… si hubiera… la tengo en mi más alta estima, pero nunca buscaría desheredar. Yo… yo sé que no puedo ser rey, pero si hubiera alguna clase de servicio que… que pueda ofrecerte a ti. A tu familia. Sería un honor para mí.

Durante un instante, Telémaco quiere decirle todo, correr hacia el abrazo que parecía ofrecido hace tan solo un momento, gritar "¡Mi amigo, mi amigo, mi más querido amigo, mi alma es la tormenta y no sé hacia dónde volverme!".

Entonces ve al mendigo.

Siempre está el mendigo.

Observando desde la puerta.

Por lo que, en cambio, le da la espalda.

—Gracias. Tomo nota de tus palabras. Ya veremos qué trae el mañana.

Kenamón se queda allí un momento más, aguardando, abrazándose a la esperanza, reteniendo las manos para que no se extiendan y toquen al muchacho en el hombro. Telémaco no lo mira, no acusa recibo de su existencia, y así, por fin, el egipcio inclina la cabeza, se aleja.

Penélope está revisando tinturas, polvos y perfumes de aroma dulce que guarda en frascos y botellas de arcilla en sus aposentos.

Se las envió su prima Helena desde Esparta. "Esta te

blanquea la piel; es terrible cuánto has dejado que te dé el sol. Esto es para dibujar una gran ceja que vaya casi de oreja a oreja; muy a la moda, muy elegante. Esto es para pasarte en las mejillas, esta para dar brillo a tus ojos, ¿y esta…?".

Penélope recoge una botella cuyo propósito desconocía el mensajero que la entregó.

La prima Helena es muy habilidosa con muchas plantas y polvos que sirven para alterar el estado del ser de una persona. Cómo se la ve. Cómo podría ver. Trucos de mujeres. "Qué extraño", podría musitar Helena, "que nuestros esposos nos exijan que nos veamos hermosas pero que nos menosprecien por hacer un esfuerzo en pos de la belleza".

Penélope coloca una botella en la mano de Eos.

—Esto será suficiente —murmura—. No mucho, solo lo suficiente.

Eos se guarda la botella en la túnica.

—Mañana los pretendientes traerán cuchillos.

—Algunos, no todos, y puede que no les resulte una ventaja si lo hacen.

—Anfínomo ha solicitado dormir abajo esta noche. Autónoe se lo permitió.

—No me imaginé que tuviera tal debilidad por el sujeto. ¿Y dónde está Euracleia?

—Atendiendo al mendigo. Insiste en traerle los mejores dulces del palacio, miel y frutas blandas. Cree que no nos damos cuenta y él los devuelve sin siquiera tocarlos, la regaña tras puertas cerradas, le dice que lo arruinará todo.

—¿Él está acostado entonces?

—Sí, pero sale a hurtadillas apenas considera que es seguro hacerlo. Conoce el palacio, sabe cómo moverse por las sombras.

—Claro que lo sabe —dice Penélope suspirando—. Gracias, Eos. Por… Gracias. Buenas noches.

Eos le acaricia el cabello a Penélope. Desea enredarlo en

torno a sus dedos, señalar otro mechón gris, apartarlo de la oreja de Penélope. No lo hace.

—Buenas noches, mi reina —dice.

CAPÍTULO 14

PENÉLOPE YACE EN EL MEDIO DE UNA CAMA HECHA PARA dos y no duerme.

Su esposo le mostró esta cama cuando llegó a Ítaca, tallada a partir de un árbol de olivo que crecía a través de la propia casa. Un monumento vivo, la llamó.

Los detalles prácticos del objeto han resultado absurdos. El árbol causó incontables rajaduras y grietas en la estructura de la habitación mientras aún vivía, lo que condujo a que una noche colapsara una pared completa, lo que casi asfixió a Penélope y a su hijo pequeño en una nube de lodo y polvo. Las mujeres del palacio más duchas en construcción chasquearon la lengua, miraron los escombros y dijeron: "Ya vemos cuál es el problema, mi señora. Tu problema es que, al crecer, el árbol se está metiendo en tus aposentos. Ese es el problema". "Pero esta cama es un monumento vivo" objetó la joven Penélope, y las mujeres le dijeron que bueno, que puede que así sea, que es un gesto amoroso y demás, pero sigue siendo un peligro.

Penélope ordenó al final que se cortara el tronco del olivo y que se plantara un nuevo árbol junto a los restos del anterior de tal manera que, al crecer, pareciera como si estuviera absolutamente entrelazado con las propias paredes pero sin los inconvenientes arquitectónicos de tener las ramas de un árbol brotando entre las sábanas. Así sintió que se seguía honrando la esencia del objeto tanto emocional como visualmente (lo cual tal vez fuera lo más importante) por si alguien llegara a preguntar, aunque hubiera sido necesario aplicar cierto criterio práctico para resolver el problema.

Ulises se las arregló (cuando compartió esta cama con Penélope) de alguna manera para dominar la mayor parte. Había comenzado intentando dormir solo de un lado, pero daba muchas vueltas y a ella, cuya barriga se iba hinchando con Telémaco, no le pareció que le correspondiera a una esposa quejarse de que su esposo fuera trasladándose cada vez más diagonalmente hacia su espacio. También roncaba de manera horrible, un rugido tan fuerte como los bufidos de los jabalíes que solía cazar. Penélope yacía despierta imaginándose que esas exhalaciones guturales, esos estruendos, eran como el romper suave de las olas; pero, por desgracia, se daban tan a trompicones que apenas ella había comenzado a dormitar cuando un trueno de flema la despertaba y volvía a desvelarla.

Ella siguió durmiendo solo de su lado cuando él zarpó hacia Troya, apretada y compacta cerca de la cuna de Telémaco, como había acostumbrado a hacer. Quería dormirse llorando porque sentía que eso era lo que debía hacer una reina con su dolor, pero la verdad es que, ya la primera noche de la ausencia de Ulises, el hecho de que la habitación no se estremeciera por los ronquidos le produjo tal alivio que se durmió de inmediato con una suave sonrisa en el rostro. Sintió una vergüenza indescriptible a la mañana siguiente, y verdaderamente logró sacar algunas lágrimas por su terrible hipocresía. El hecho de que había dormido bien no le hizo más fácil recurrir a las profundidades del tormento emocional requerido para tal lloriqueo, pero ella estaba decidida a hacer el esfuerzo.

La propia Penélope comenzó a deslizarse por la cama

con el paso el tiempo. Primero una pierna estirada un poco hacia un lado, luego la otra. Al día siguiente de ordenar que se cercenara de su fuente de vida el tronco del árbol del que crecía la cama, ella finalmente se extendió por todo el espacio: estiró brazos y piernas tan solo para ver cómo era la experiencia. Llegó a la conclusión de que era tan deliciosa como desconcertante. Un lujo para nada digno de una reina.

Ella regresó a su lado de la cama y trató de dormir hecha una bolita cuando llegó la noticia de que Troya había caído, para poder volver a acostumbrarse a tal noción. Cuando después de un año su esposo no había regresado, intentó dormir en el suelo una noche, imaginándose cómo se sentiría Ulises en su terrible travesía, por lo que rehusó toda comodidad para su cabeza o manta para sus delgadas extremidades. El experimento duró menos que lo que tarda en cazar el búho nocturno, hasta que regresó a su cama con la piel irritada, la espalda dolorida y temblando de frío. Después de unas míseras semanas de esto, su orientación volvió a desplazarse hacia el medio y allí yace esta noche, mirando la luz de la luna que se extiende por el techo, una mujer en una cama hecha para dos.

Se mueve hacia un lado después de un rato.

Entonces no está segura si el lado en el que se encuentra es el de ella o el de su esposo.

Ha pasado demasiado tiempo; estas cosas que antes le resultaban tan naturales como respirar, tan sencillas como parpadear, ahora son un tanto más misteriosas.

Se mueve hacia el otro lado.

Ninguno de los dos se siente correcto.

Regresa al medio.

Estira los brazos, los dedos de los pies.

Piensa que debería sentirse culpable por lo mucho que lo disfruta, cuánto valora el espacio que tiene para sí misma.

No se está volviendo más joven; las extremidades que de joven se conformaban con apretujarse en una bola ahora disfrutan cierto espacio para deambular, y su cuerpo se está volviendo cada vez más exigente en cuanto a los ángulos en que yace.

Penélope intenta reunir un poco de remordimiento, regañarse a sí misma por su egoísmo.

No lo hace.

Considera tocarse. Se enteró de la masturbación tras escuchar los susurros intuidos a medias de las criadas. Nadie pensaba hablarle de eso, o si alguien lo consideraba sin duda le habría dicho que era algo asqueroso, grotesco, malo. La primera vez que experimentó un regocijo sensual por su propios medios se sintió aborrecible y le preocupó estar destruyendo su capacidad de tener más niños, que la gente podría oler la blasfemia en ella. Entonces una noche descubrió a una criada y a un hombre en medio de la copulación y ya fue demasiado en verdad, y entonces volvió a tocarse y pensó en Ulises de principio a fin, lo que, si bien no tuvo un efecto particularmente perjudicial en cuanto a la experiencia, tampoco le resultó un estimulante ni significativo. En ese momento su rostro ya se le estaba borrando en la memoria, los recuerdos iban quedando tapados por año tras año de seguir viviendo.

Si Afrodita tuviera que hablar sobre este asunto, chillaría sobre fantasías y placeres de éxtasis que la reina itacense podría permitirse, y sin duda se volvería por demás anatómica en sus aseveraciones sobre lo que Penélope debería hacer después.

Yo considero que pronunciarse sobre estas cosas es burdo e innecesario, excepto cuando los pensamientos de una mujer presagian el destino de un rey. Naturalmente, mis hermanos y hermanas jamás deben saber que yo considero los asuntos sexuales incluso en los tonos más enérgicos, pues ¿y si yo quiero placer? ¿Y si necesito el confort, y si deseo intimidad, y si anhelo compañía?

Adiós entonces a mi poder.

Adiós a la sabiduría, a la fuerza de las armas.

Adiós a la mente que tomará las decisiones, las decisiones crueles, las decisiones difíciles, las decisiones que deben quemar, incendiar y partir el mundo en dos, irrefutables en sus cálculos, imparciales frente a los asuntos mezquinos como la esperanza, la confianza, la lealtad, el deseo, el temor, el anhelo o el amor.

Adiós a mi fuerza, al escudo y a la lanza.

Por supuesto, el amor es el más inaceptable.

Hubo una vez alguien con quien yo consideré compartir mi corazón, pero ella murió por mi propia mano y por el placer de mis familiares, que no hay nada que adoren más que engrandecerse minimizando a los demás, y yo hice un juramento: nunca más.

Nunca más.

Ergo, en los términos más simples: Penélope considera darse placer más que nada por curiosidad, para ver si aún puede recibir placer. Se imagina que en los días venideros, algún hombre llevará a cabo actos sexuales sobre su persona. Piensa que, si su esposo muere mañana, los pretendientes no sentirán tapujo alguno sobre violarlas a ella y a las criadas. El fracaso de Ulises por comenzar una masacre exitosa casi sin duda provocará una reacción violenta en aquellos que sobrevivan, una reacción que volcarán sobre la criatura más cercana que vean. Así son las cosas. La idea destroza hasta la menor oportunidad de placer que ella podría haber experimentado, se le atora en la garganta, le retuerce el estómago y le hace doler los pulmones. Ya ha decidido que luchará hasta la muerte, con las fuerzas que le queden. No se atreve a pensar qué les sucederá a las mujeres que sirven en su casa. Es un tema más del que la reina de Ítaca desvía sus pensamientos y, por lo tanto, vemos que los sentimientos vuelven a obnubilar la mente. No quiero saber nada al respecto.

Ella no está segura de qué irá a hacer su esposo con ella si sobrevive. Fue un amante muy tierno y cortés cuando se casaron, pero también estaba claro que serían amantes. "¿Estás lista?", le preguntó cuando yacían juntos bajo el olivo, con la mano sobre su pecho, con su pierna peluda ya avanzando sobre la de ella.

"¿Estás lista?" no es preguntar "¿Estás dispuesta?" o "¿Quieres que me detenga?". Se han hecho ciertas suposiciones que van más allá de esas indagaciones. Es difícil regresar de semejante lugar. Ulises la había mirado a los ojos al hacer lo suyo. Ella no supo del todo qué vio allí, pero agradeció de cierta manera indefinida que él no desviara la mirada. Después se preguntó que habría discernido él en su rostro. Ni Anticlea ni Policasta le habían dado instrucciones sobre lo que debería hacer, más que quedarse quieta y obedecer, pero Clitemnestra le había dicho que, cuando un hombre hacía lo suyo, se suponía que una debía gemir como si sintiera placer y que era posible que, en ese caso, él terminara más rápido. En verdad dependía del hombre. "Los hombres, convenientemente, tienden a dar por sentado que todo ruido que hagas son sonidos de placer", le había explicado ella. "Así que si solo quieres gimotear, él probablemente piense que lo está haciendo bien y con eso alcanza".

Eso había sido antes de que Clitemnestra fuera arrancada por el cabello del cadáver de su primer esposo, a quien Penélope siempre había considerado bastante inofensivo aunque un tanto corto, y se encontrara entre los brazos de Agamenón.

Pensar en Clitemnestra no tranquiliza a la reina de Ítaca.

Penélope se levanta de la cama.

Se vuelve a acostar.

Se levanta de nuevo.

Va hacia la ventana.

Mira hacia el mar.

Se coloca una capa sobre los hombros.

Abre con cuidado la puerta de sus aposentos.

Afuera, Eos duerme sobre un catre de paja. Ha habido una criada durmiendo delante de los aposentos de Penélope durante todo el tiempo en que su esposo estuvo ausente. Cuando Anticlea, la madre de Ulises, aún vivía, esa criada solía ser Euracleia. Penélope pasó a elegir a sus propias criadas cuando Anticlea murió, que se turnaron noche tras noche para custodiar su puerta.

Eos también ronca, pero sus ronquidos son mucho menos sonoros y más uniformes que los de Ulises. Al oír los suaves suspiros de la criada, una en verdad podría imaginarse las olas rompiendo suavemente con su espuma sobre una playa de guijarros. Penélope la esquiva con pisadas ligeras y se mueve por el palacio sin necesidad de faroles o de guías. Conoce cada paso, podría recorrer el lugar con los ojos vendados, orientándose por el tacto de los pies y los olores familiares de cada corredor. El tufillo de los corrales, de cerdos durmiendo y de cabras peludas. El aroma del humo de los hornos de la cocina, del gran fuego, se va consumiendo en el hogar. El intenso aroma del aceite de un farol que aún titila, la seca fragancia del lodo y la arcilla de una pared reparada hace poco tras una tormenta, de la paja húmeda de un techo emparchado, de las túnicas recién lavadas y puestas a secar. Avanza por el tacto y la memoria por los corredores estrechos y serpenteantes hasta una puerta que lleva a su jardín de medianoche, que huele un poco a florecitas blancas que derraman su polen amarillo sobre sus hojas pálidas, a flores púrpura que parecen tragarse completas a las laboriosas abejas, a hojas verdes y anchas que capturan el rocío matutino con sus puntas filosas, a la tierra negra y húmeda cuya barriga centellea con unos gusanos animados y felices. Un búho chilla en lo alto, observa la oscuridad con sus penetrantes ojos amarillos; no es el mío, pero lo saludo de todas maneras. Las gaviotas dormitan en las salientes de los acantilados, los cuervos han dado fin a sus riñas del día y se disponen a dormir.

Penélope se desliza por el aroma de su jardín, oye el borboteo del pequeño arroyo que corre por detrás de aquel espacio hacia el risco escarpado que hay más allá de los muros del palacio y baja hasta llegar al mar. Este lugar solía ser de Anticlea, un refugio de fragancias y protección donde la vieja reina se sentaba con los ojos cerrados y se reclinaba al sol. Nadie la molestaba cuando venía aquí, y a medida que se fue tornando más vieja y más frágil, Penélope y sus criadas la traían a cuestas hasta su confort, colgaban mantas entre las paredes para brindarle sombra cuando se quedaba dormida sobre una banca de madera, con las manos entrelazadas bajo las mejillas y las rodillas contra el pecho como si fuera una niña.

Cuando Anticlea murió, lo primero que pensó Penélope fue convertir el lugar completo en una extensión de jardín de vegetales que va desde la parte trasera del palacio hasta los límites de los muros, pasando por el gran pozo. Siempre había bocas que alimentar, incluso después de que tantos hombres partieran de la isla. Pero pasado un período muy corto de tiempo, aprendió a valorar este lugar igual que su suegra, a valorar un rincón de su vida que no estaba completamente definido por las cosechas y el excremento, la abundancia o falta de agua en un campo o en la delgadez de una cabra. Un pequeño rincón de lujo honesto, que le pertenecía por completo a ella. Eso la hacía sentir un poco traviesa; después de todo, ella era una reina y estaba por encima de los mezquinos deseos y sentimientos personales.

—Por todos los dioses —le había espetado Ourania

chasqueando la lengua cuando Penélope se lo explicó—. ¿A quién crees que estás engañando, niña?

Nadie más se habría atrevido a decir estas palabras a Penélope, ni de ese modo, y por un momento ella consideró reprender a la vieja criada. Pero entonces, tras considerarlo, se detuvo y llegó a la conclusión de que tal vez en este asunto particular Ourania tenía razón.

Ahora atraviesa este jardín que le pertenece por completo, anonadada de descubrir esta noche una fuente de gratitud que nunca supo que tenía por contar con este silencio, esta oscuridad, esta paz de encontrarse a solas.

Pero resulta que no está tan sola. Pues a la vez que ella se mueve por la oscuridad, una voz dice:

—Ehm...

Penélope se detiene en seco, parpadea intentando ver entre las sombras del jardín y sus ojos se adaptan lentamente a la tenue luz de la luna. Una figura se mueve, abre los brazos en una clase de disculpa, vuelve a intentarlo.

—Yo, eh... pensé que todos estarían durmiendo.

Kenamón de Menfis, un soldado que está lejos de su hogar. Todo lo que puede decirse de la acogida que este jardín le brinda a la reina de Ítaca durante el día puede decirse del placer que le da a este guerrero por la noche. De más está decir que él no lo encontró por su cuenta. Incluso con sus numerosas caminatas y exploraciones, hay puertas del palacio que él sabe que no debe abrir. Pero una noche, no muchas lunas atrás, Penélope le dijo: ven, hay un lugar que me gustaría mostrarte.

Ella lo guio, con Eos a su lado, a este oasis de fragancia y silencio, lejos de los ojos del palacio, le señaló una banca de madera y le dijo "este es un lugar donde me gusta venir. Cuando necesito pensar. Si quieres, puedes venir, a veces".

"A veces" es una expresión de muchos significados, y de ningún significado en absoluto. Sin embargo, la invitación fue sincera. Había una deuda que ella sentía que debía pagarse, y como jamás podría ser pagada con cosas como un afecto honesto, una amistad abierta o el sagrado matrimonio, le ofreció una de las pocas cosas preciadas que tenía para darle.

"Ven", le había dicho. "Siéntate por un momento. Cuéntame sobre Egipto. Cuéntame sobre ti".

Ahora, en la oscuridad, ambos se miran mutuamente y Eos duerme arriba y están completamente solos.

—Lo lamento... —le dice ella y lo mira fijamente.

—¿Qué sucedió? —suelta él.

Se extiende hacia ella, le sujeta los brazos, ¡le está tocando los brazos con las manos! Levanto la mirada hacia los cielos para ver si hay otros mirando, algún dios o criatura de lo divino, pero no veo a nadie. Si mi hermano Ares se encuentra en estas islas se ha ocultado bien, y a él no le gusta ocultarse.

Medón quiso apoyarle las manos en los brazos de esta manera, Eos quiere abrazarla con fuerza; y hasta Autónoe a veces piensa que lo que realmente necesitan es entrelazar los dedos en secreto como hermanas, una intimidad inocente, una conexión que es más real que lo que pueden decir unas meras palabras. Ninguno de ellos lo hace. Él sí y sin siquiera pensarlo; es tan solo un gesto humano, lo correcto, lo que es necesario hacer, de una simpleza casi ingenua.

Ella se encoje, pero no se suelta.

—¿Qué sucedió? —repite él, y su voz es un susurro, pues él también ha aprendido que Ítaca es un lugar secreto.

—Nada. Llegó el momento, eso es todo. Llegó el momento.

—¿Es a causa de Telémaco? ¿Acaso dijo algo? ¿Vio algo? Si piensa luchar yo me uniré a él. Yo lucharé por él. Ya sé que jamás seré... Sé que él jamás permitiría que te cases, no puede permitir que te cases, pero de todas maneras si puedo servir, le serviré a él. ¿Lo sabe él? ¿Se lo dirás?

—Yo… yo no…

Ahora sí se suelta, mueve la cabeza, se frota el lugar de los brazos que le sujetaron las manos de él, siente el calor de él que aún permanece allí, siente el frío de ella donde los dedos de él no tocaron su piel. Él no parece ver, no parece entender y da un paso hacia ella, se acerca y levanta un poco la voz, aunque aún no es suficiente para romper con el silencio de la noche.

—Si este… asunto del arco es real… entonces tengo una esperanza. Pero tú misma dijiste que jamás podré ser rey, entonces ¿qué estás planeando? Yo mantendré el secreto y tú lo sabes; cualquier cosa que pidas, que necesites, yo serviré. Te serviré a ti, Penélope. A estas alturas, ya debes de saberlo.

—Yo… sí. Sí. Lo sé, pero…

Penélope rara vez se queda sin palabras. Siento que mis labios se curvan en una mueca. Aquí vamos de nuevo; los sentimientos, el cariño, tal vez incluso algo más. Todo eso le enturbia la boca, convierte sus palabras en tierra. Ella debería estar hablando con claridad, con fuerza, calma y precisión, las cosas necesarias, indispensables, pero no. No. Todo se enreda. Todo es inútil. ¿Y por qué? Por las cosas que yo misma me he vedado con el fin de no volverme tan estúpida en mi discurso.

Así como la amé cuando se convertía en hielo, la odio en este momento de fuego. Es un odio que nace de la envidia, y me avergüenzo de inmediato.

—No tomaré el arco si me dices que no lo haga —le susurra él—. Lo que sea que necesites, sea lo que fuere que esté sucediendo, estoy a tus órdenes.

—Lo sé.

Lo sabe y ese conocimiento la destruye por dentro.

Hubo una noche, hace muchas lunas, en que tomé a Kenamón de Menfis de la mano y lo conduje a la batalla, lo convertí en un recipiente de mi poder, de mi divina gloria. Hubo una noche en que los espartanos persiguieron a la reina de Ítaca por sus propias tierra, y él les quitó la vida a quienes pensaban convertirla en esclava, y no pidió nada a cambio, y cantó canciones de su tierra natal en los lugares secretos donde estaban las mujeres, y por un momento se olvidó de su dolor por su hogar lejano. No es un gran hombre. No proviene de un gran linaje, no es un hijo de Grecia. No hay lugar para él en esta historia, y sin embargo...

... y sin embargo, ¿de qué servimos los dioses si no pagamos ocasionalmente nuestras deudas mortales?

Le doy una palmada en el hombro, como lo haría un guerrero. Le apoyo la frente contra la suya. Él no sabe qué divinidad percibe, no puede nombrarla, jamás entenderá. Pero inhala una bocanada temblorosa de aire y en ese momento comprende lo imposible.

—¿Acaso... regresó?

El susurro queda resonando en el aire y Penélope mueve la cabeza, no puede mirarlo a los ojos, no puede responder. Suelto a mi guerrero, a mi sirviente leal, a este hombre tan extraño y distante. Me vuelvo hacia Penélope. Le rozo la barbilla con los dedos, se la levanto, la dejo mirarlo una vez más y entonces le giro la cabeza un poco hacia la puerta para que pueda ver.

No podía divisarlo con sus ojos mortales, pero mi contacto le da un muy leve destello de mi resplandor, y entonces vislumbra al mendigo (solo una sombra, un movimiento de negro sobre negro), justo cuando sumerge el rostro en la oscuridad.

Ella inhala una leve bocanada de aire y sus ojos regresan a los de Kenamón, buscan en sus facciones. No buscan nada en él sino una solución, una respuesta para sí misma.

"Sé valiente, mi guerrera", le susurro dentro de su alma. "No escapes a la batalla. Sé sabia".

La respiración de Kenamón es rápida y superficial, sus manos quieren sostenerla pero no lo hace.

—¿Penélope? —susurra, y allí están de nuevo esas palabras, en el límite de su aliento, la pregunta que no se atreve a pronunciar. "¿Es él?".

Su cuerpo se interpone entre ella y la puerta. Un pequeño paso, el menor de los movimientos, y su rostro oculta el de ella de cualquiera que intente ver; su pecho le oculta las manos, el movimiento de sus dedos. El menor movimiento, un pequeño paso... listo. Ahí está.

El mendigo observa desde la oscuridad, pero por un momento no ve más allá de Kenamón en su intento por contemplar a la reina de Ítaca.

Y finalmente, por fin, ella sonríe.

No le ha sonreído a un hombre de esa manera por... no sabe por cuánto tiempo.

Las lágrimas le arden en los ojos, le calientan las mejillas.

Le apoya las manos en el pecho y siente el latido de su corazón.

Él le toma los dedos y se los sostiene con fuerza. No sabe si el pulso acelerado que siente en ellos es el de ella o el suyo. Piensa que tal vez llegó el momento, quizás haya esperanzas, tal vez no aquí, tal vez no en Ítaca, pero quizás ellos dos, en un lugar donde las aguas del Nilo corren cristalinas...

Ella levanta la vista, lo mira a los ojos.

¿Qué diremos que ve él en esos ojos?

Cada criatura, sea mortal o divina, hila su propia historia, crea relatos a su propia imagen, enteteje su propia realidad. Por lo tanto, mi madre adoptiva Hera podría decir: "Ve a una reina que se ha extirpado todas las otras partes de sí misma, todos los fragmentos de una mujer y los deseos de una mujer, con el fin de ser solamente la monarca que debe ser".

O Afrodita: "Ve todas las cosas que ella no puede decir, brotándole todas juntas desde lo profundo del alma".

O tal vez incluso Artemisa: "Ve a una mujer mirándolo y eso le resulta confuso, como les sucede a todos los hombres".

Este es uno de los problemas con la divinidad, claro: los dioses tendemos a ser un tanto extremos en cuanto al modo en que nuestro aspecto afecta nuestra percepción de los acontecimientos.

Pero yo, que soy más sabia que todas las demás diosas combinadas, veo la verdad, y la verdad es que ninguna de ellas tiene razón. Los mortales son más capaces que los dioses de ser muchas cosas a la vez, de contener muchas grandes verdades en su pecho. Es por eso que arden con tanto fulgor, pero se desvanecen tan rápido.

Entonces digamos sencillamente que Penélope, reina de Ítaca, esposa de Ulises, viuda durante unos veinte años, hija de una náyade y un rey, madre de un príncipe que no puede mantener unido su propio reino, sonríe mirando a los ojos a un soldado proveniente del sur, le apoya la frente contra el pecho, como si fuera a caer dentro de él. Siente su calor. Respira su respiración. Percibe los latidos de su corazón. Permanece un momento así, luego se separa.

¿Es esto amor?

No lo sé.

Yo soy la más sabia de todos los seres vivientes y para mi vergüenza no lo sé.

Tened piedad de mí, pues no sé si esto es amor.

"Suficiente" susurro, entrecerrando los ojos para no tener que observar todo esto. "Es suficiente".

Ella lo mira, recuerda la pregunta sin respuesta que aún flota en el aire, asiente con la cabeza, solo una vez. Susurra:

—Está aquí.

Suficiente, es demasiado, es suficiente.

Kenamón entiende.

Considera llevar la mano a la espada por un momento, pero no la lleva. Una roca del jardín entonces, o alguna herramienta; debe de haber algo a mano. Considera volverse hacia la oscuridad donde ahora percibe al mendigo al acecho, sujetar la sombra que espera allí y estrangularlo con sus propias manos. Kenamón ya ha sentido esta furia, allá en Egipto, cuando cabalgó por las tierras del sur en persecución de los bandidos que habían incendiado su hogar, y de nuevo cuando su hermano se rio y dijo: *"¿Qué puedo decir? Papá siempre me quiso más a mí"*.

Él ha oído los rumores sobre Ulises. No se engaña pensando que será una pelea fácil. Pero quiere pelearla de todas maneras.

"¿Y entonces qué?", le susurro al oído. "¿Qué harás cuando termine la batalla?".

Y Kenamón, pese a que es un guerrero, también es sabio.

"Yo también te amaría a ti", le susurro, "si el amor no fuera algo tan insensato".

Cierra los ojos, exhala levemente y por fin ve un futuro; el futuro que debe ser, el futuro hacia donde han estado conduciendo todas las cosas durante mucho tiempo. Es muy corto, muy sangriento y no hay salida. No para él y no para ella. Esa es la verdad.

Ella también lo ve. Ve la comprensión en el rostro de él, en su respiración entrecortada, en el palpitar de su corazón.

Ella lamenta que no haya habido más tiempo. Tiempo para decir "lo siento", tal vez., o "gracias".

Para decir "Te valoré, reí contigo, disfruté el sonido de tu voz, las palabras que dijiste, las historias que contaste. Me agradó contemplarte y que tú me contemplaras a mí. En tus ojos yo era una mujer, completa y hermosa. Lo sentí. Y algunas veces hasta lo creí. Se sintió bien. Contigo me encontraba completa". O para decir tal vez mil otras cosas imposibles, dejadas de lado.

En cambio se aleja y los dedos se van desentrelazando de a uno a la vez.

Inhala una última vez, inhala el aroma de él, el calor de él.

Lo deja escapar.

Deja escapar la esperanza, el sentimiento, la confianza, la alegría, el compañerismo, los sueños y algo más.

Se convierte en lo que debe ser: una guerrera sabia.

Y al final, lo empuja y le hace una mueca:

—¿Cómo te atreves a acercárteme —le grita, y su voz resuena en la oscuridad—. ¿Cómo te atreves a venir a este lugar? ¿Qué clase de salvaje ignorante eres?

Él debería tartamudear, protestar, quedarse pasmado.

Tiene lágrimas en los ojos y no es bueno para fingir, así que no lo hace.

—¡Vete de aquí! —Ella levanta un poco más la voz, ahora más aguda, y le da tanto volumen como se atreve a darle. Es un equilibrio difícil: debe tener la potencia suficiente para que la oiga cualquier persona que esté escuchando oculta, pero no tanto que despierte a toda la casa—. Vete de aquí, este era el jardín de su madre, ¡¿cómo te atreves a pensar que puedes… estar aquí?! Me das asco. Pensé que había visto lo peor de entre todos los asquerosos hombres pestilentes que vienen a mi salón, pero tú… un extranjero. Un desconocido en estas tierras. ¿Qué eres? Ni siquiera eres un príncipe, eres el hijo de un mercader, el hermano menor de un hermano menor enviado a prostituirse a la puerta de una viuda, sin perspectivas de futuro en tu propio hogar. Ruego por que la mar te reclame: que no sea rápido, que no sea fácil sino como le sucedió a mi esposo, que quedes apartado para siempre de tus seres queridos, solo, sin tierra alguna a la vista.

Escupe.

No es una demostración muy impresionante; apenas si puede producir un poco de saliva y sin demasiado alcance, pero es suficiente. La humedad espumosa se desliza por la mejilla de él, va cayendo lentamente.

Él retrocede un paso.

Se limpia la saliva de la piel.

Asiente con la cabeza.

No necesito los ojos de Afrodita para identificar la expresión de su rostro. Oigo que Penélope contiene la respiración, siento su remordimiento como una lanza en el corazón. No por lo que debe hacerse... es una herida que se hunde más profundo y que es más sangrienta que lo que jamás lo podrán ser los remordimientos. Más bien es porque ve que él lo entiende, que sabe de qué se trata todo esto y, lo peor de todo: sabe que la perdona.

"Lo lamento", se asoma tembloroso al borde de sus labios.

"Lo lamento".

"Lo lamento muchísimo".

Quiere gritarlo, arrojarle encima las palabras.

No puede hacerlo y él parece ver eso también.

Kenamón asiente con la cabeza una vez más, sonríe, se toca el pecho con los dedos. Le está dando la espalda a la puerta, lo que oculta el saludo. Levanta los dedos de su corazón y se los apoya en los labios. Los besa, gira la calidez de la punta de sus dedos hacia ella, una promesa de algo que nunca será, un adiós que nunca podrá ser pronunciado. Tiene lágrimas en los ojos pero ella agradece a los dioses que aún no hayan caído, que puedan pasar sin ser vistas. Considera que las lágrimas que corren por su propio rostro son más útiles. Se concentra en eso. Lágrimas útiles, siempre hay que encontrar la utilidad. Estas pueden ser lágrimas de rabia, de indignación e incluso de duelo, pero no por él. Nunca por él.

Ella le sujeta los dedos, el movimiento queda oculto de la vista gracias al cuerpo de él; los estruja, se arrepiente de inmediato de haberlo hecho, de haber vuelto a sentir su calor, los presiona contra el pecho de él, los suelta.

Él le sonríe y piensa que nunca más volverá a sonreír.

Entonces Kenamón endereza la espalda, y en voz alta y firme proclama:

—Siempre dejaste claro que me desprecias, reina de Ítaca. Siempre dejaste claro dónde yace tu corazón. Si puedo hacer aunque sea una cosa buena con mi vida, será dejarte ahora. Adiós, majestad.

Ella considera que sería más fácil si él gritara. Si hiciera pucheros, si se enfurruñara, si se enfureciera. Él intentó encontrar esos sentimientos, añadirlos a su discurso, pero no pudo. Incluso ahora, en el fin, no pudo hacerlo.

La luz de la luna no puede ocultar las lágrimas de ella, que ahora ruedan relucientes por su rostro. Ordeno a las nubes tornarse un poco más gruesas por delante de aquel orbe resplandeciente, mando a la brisa a girar para que se lleve el sollozo a medias contenido de Penélope y lo aleje de los muros del palacio.

Tomo a Kenamón de la mano.

"Vete", digo a su corazón palpitante.

"Vete".

Sus pies rehúsan moverse salvo que sea con mi divinidad. Le presiono el tobillo, le empujo la rodilla para que se le doble. Casi cae al dar el primer paso y yo lo atajo.

"Ven, guerrero", le susurro, "ya es hora de ir a casa".

Lo guío hacia la puerta y, por un momento, él también llega a divisar al mendigo en la oscuridad, antes de que el hombre oculto se apresure a alejarse.

CAPÍTULO 15

Penélope en su jardín, llorando.

Kenamón, tambaleándose como un hombre completamente ebrio hacia el puerto, hacia el mar.

En viento le golpea en el rostro y le seca las lágrimas antes de que se le puedan formar. Envío sueños para despertar a una sirvienta de Ourania, que la conducirán a los muelles antes de la primera luz del alba. Ella lo encontrará allí, desdichado en los límites del puerto, lo levantará, lo cargará como a un anciano hasta el hogar de Ourania y allí la criada dirá:

—Tengo un primo que navega hasta Egipto por la ruta del ámbar, ¿sabes?

Kenamón fue criado para venerar al dios con cabeza de halcón, a los portadores de las inundaciones y del avance del sol. Siguió rezando cuando vino a esta tierra durante un tiempo, pero sus plegarias parecían vacías y frías sin la pompa del templo ni los golpes de los tambores. No ha rezado durante mucho tiempo, y yo no sé qué dios lo escucharía si volviera a invocarlos.

—Yo no recuerdo qué es el hogar —dice él por fin.

Ourania es amable, a su modo; le apoya una mano en el hombro pero no encuentra las palabras apropiadas.

—Debería regresar —dice él—. Debería protegerla.

148

—Mi querido —responde Ourania—. Lo único que puedes lograr ahora es que te maten y también a ella. Si no hoy, pues mañana; así iban a ser siempre las cosas.

Él sabe que es la verdad, lo confirman estas palabras, y jura en ese momento que jamás volverá a amar, y yo lo lamento.

Lo dejaré aquí. Los poetas lo borrarán de la existencia. Incluso en las tierras del sur, donde inscriben sus relatos en tinta cenicienta y piedra tallada, no se levantará ningún monumento en su memoria, no se rendirá honor a su nombre. Desaparecerá en la historia como un hombre común.

De todas maneras lo saludo al irme.

"Hermano", proclamo, "sabio de la guerra. Ve a tu tierra y suelta la espada. Te libero de mis dominios. Disminuye, sé un insensato y vuelve a amar".

Kenamón no me oye, inclina la cabeza hacia las piedras.

En su jardín, Penélope llora.

Apoya la cabeza contra su mano y solloza hasta que el aliento se le atora en el pecho.

No puede detener el agua de sus ojos. El cuerpo se le rebela, veinte años de quietud, de silencio, de manos entrelazadas y de labios apretados finalmente se quiebran desde adentro. "No ahora", piensa. "¡En el nombre de todo lo sagrado, no ahora!".

Su cuerpo no parece tener deseos de escuchar. Qué extraño, piensa, que pueda gobernar un reino y que no tenga dominio alguno sobre esto.

Me siento a su lado en la banca y le tomo la mano. La dejo llorar un poco más pero no mucho tiempo. Sería prudente preguntar: "¿Qué clase de lágrimas son estas?".

Por un rato no me oye, así que vuelvo a susurrarle.

"¿Son útiles estas lágrimas? ¿Serán vistas?".

Sus sollozos se van acallando. Toma varias bocanadas de aire largas, temblorosas.

Lo sabe, no puede estar derramando lágrimas por Kenamón.

Eso la convertiría en una puta, en una ramera, una cualquiera, una mujer débil dada al deseo y a las tonterías, exactamente igual a su prima Helena por quien ardió el mundo. Tal resultado sería por completo inaceptable y hasta peligroso.

Pero la realidad es que está llorando y aún hay un mendigo oculto en las sombras de la puerta, así que….

Resisto el impulso de tamborilear los dedos, oigo que el viento susurra ante mi impaciencia y, en cambio, con la poca compasión que puedo reunir, trato de dar un empujoncito a Penélope con el borde del pie.

"¿De qué sirve ahora la debilidad?", pregunto. "Ven. Ven. No seas estúpida cuando más importa que seas sabia".

Toma otra bocanada de aire lenta, temblorosa.

No mira en dirección a la puerta.

Entrelaza las manos en una plegaria.

—Ay, bendita Atenea —comienza, haciendo una pausa para tomar un poco más de aire entre los jadeos del duelo—. Señora de la guerra y de la sabiduría.

"Kenamón", se lamenta su corazón. "¡Kenamón! ¡Kenamón, perdóname, perdóname!".

No le doy importancia. Las palabras que dice en voz alta son el componente necesario de su plegaria, no el espíritu interior. Eso es lo que recordarán los poetas.

—Bendita Atenea —continúa diciendo—, que durante mucho tiempo custodiaste nuestra casa. Si mi esposo verdaderamente está muerto, si debo echar cenizas sobre su nombre, entonces te lo ruego…

"Perdóname", dice el latido de su corazón. "¡Perdóname!".

—… ¡quítame la vida!

Le doy un apretón en el hombro y otro brote de llanto le atraviesa el rostro, le chorrea por la nariz y se le mete en la boca. Traga una bocanada de aire entrecortada y continúa, como para asegurarse.

—Si mi esposo está muerto, ¡permíteme que vaya con él! Te lo ruego, diosa, ¡no me dejes más en este tormento!

Vuelvo a arremolinar el viento (qué cambiante que está el clima esta noche) para garantizar que sus palabras lleguen hasta la sombra agazapada en la puerta. El mendigo tiene la espalda apoyada contra la pared y jadea, con inhalaciones cortas y rápidas. En el poema, este será el momento que fortalezca su resolución. Es una estrofa necesaria, una parte vital de la canción que se cantará. No puedo convertir a Ulises en un héroe si se limita a asesinar a hombres desarmados en un banquete; esto irían en contra de todas las sagradas leyes de Grecia, lo pintarían como un monstruo o algo peor: como un hombre llevado por la venganza, el honor y el orgullo. No. Debe verse motivado por un poder mayor, debe recibir razones, tomarse su tiempo para pensar y alcanzar conclusiones fundamentadas, y los poetas dirán cuando ataque que su sangre estaba encendida por las plegarias de su esposa. De esa manera el monstruo podrá ser redimido. De esa manera podrá salvarse el nombre de Ulises y con el de él, el mío.

Penélope, cumplido su deber, vuelve a apoyar la cabeza en las manos, usa el contacto con su propia piel para disminuir la respiración, permite que el frío desplace el ardor de sus ojos, de su corazón, de su alma incandescente. Comienza a recomponerse.

"Vete", susurro al mendigo en la puerta, y él se pierde en la oscuridad con la sangre retumbándole en los oídos y los dedos temblorosos retorcidos como garras.

Entonces me siento con Penélope un rato más, apoyándole una mano en el hombro.

Lentamente se endereza.

Lentamente su respiración se calma, se regulariza.

Lentamente levanta los ojos a los cielos. Entonces en voz alta, sin mirarme a mí, espeta estas palabras:

—Dioses. Reyes. Héroes de Grecia. —Hay algo que quiere añadir a estas ideas, algo complejo, intenso, amargo. Busca las palabras correctas, y solo encuentra estas—: Idos todos a la mierda.

Entonces se levanta y la dejo marcharse.

CAPÍTULO 16

Estas son las grandes diosas del Olimpo.

Hera, quien alguna vez fue la madre-tierra, la madre-fuego. Su hermano Zeus la violó (después de haberse aburrido de todas sus hermanas) y la convirtió en su esposa. Incluso entonces, en esos primeros días, los dioses habían comenzado a dar forma al mundo con la idea de que la mujer que es violada no puede buscar castigo contra su atacante, sino que ella misma debe buscar redención por lo que se le hizo. Así es como disminuyó el poder de Hera, y en lugar de sangre caliente sobre una hoja de obsidiana, "resiste, resiste, resiste" se convirtió en el mantra de la diosa-madre. No podemos castigar a nuestros hombres por lo que debemos llevar nuestros castigos adonde podamos. Castigamos a las putas a las que forzaron o engañaron, a los niños que engendraron, a las hijas que violaron. "Aférrate a los pocos resquicios de poder que tienes, a las sobras amargas que caen de la mesa de tu esposo, y resiste. ¿Qué más se puede hacer?".

Así cayó la primera de nosotras, la madre de la llama.

Afrodita, a quien los dioses temían porque sabían que la deseaban (¡y mucho!) tenía poder sobre ellos. La menospreciaron para disminuir su fortaleza, se burlaron de su grandeza, la tildaron de puta, de ramera, de "tetas sin cerebro". Pues si el amor, el regocijo y la intimidad fueran tan poderosos, bueno, deben de ser cosas que *pertenezcan* a los poderosos, un indicador de su posición, tan sólido como las copas de oro y las relucientes espadas de bronce. El esclavo no debe regocijarse en el placer, la mujer no puede exultarse en su cuerpo; el éxtasis del deleite solo es para reyes y para héroes. ¿Y el amor? El amor siempre fue demasiado peligroso.

Deméter cumplió con su deber sin quejarse, como le corresponde a una mujer, hasta que su hija descendió al inframundo. Entonces rompió el mundo: mientras los mortales pasaban hambre y los niños morían, el hielo consumió al mundo. La relación de su hija no interesaba a los dioses: la maternidad como una posesión, como propiedad, como el derecho a romper el mundo a causa del dolor personal, era mucho más importante que los deseos de Perséfone.

"Pero claro que está un poco, ya sabes...", murmuró Zeus. "¡Es una madre! Las madres hacen cosas de lo más irracionales".

Artemisa se apartó de sus pares olímpicos y se quedó con sus ninfas y sus náyades en los bosques. No habría relaciones sexuales para ella, al menos con ningún hombre, y viviría distanciada, incólume, indiferente. Con el tiempo los dioses casi que se olvidaron de ella, salvo cuando algún imbécil derramó sangre en sus tierras sagradas, e incluso entonces la consintieron, como si fuera una niña que no llega a ser una mujer.

Mi padre violó a mi madre, su hermana Metis, y tras encontrar una profecía que advertía que la criatura engendrada por esa unión sería más sabia que él, se tragó a mi madre. Eso no evitó que yo surgiera, ya completamente formada, de su cráneo.

Después dijo haberse encariñado conmigo. El cariño era una herramienta con la que buscaba controlarme mientras afianzaba su dominio sobre mí diciendo cosas como "Cuánto quiero a mi queridita, ¿no es adorable? Me pregunto qué le estará pasando por esa graciosa cabecita". Naturalmente yo anhelaba su respeto, su amor, su admiración. ¿Qué hijo no anhelaría esas cosas? Pero con el tiempo aprendí que esas eran tan solo sus armas ocultas, tan potentes como la lanza, que dañaban hasta que el alma quedaba desgarrada con las heridas que él infligía. Yo era su queridita, su dulce búho, su bebé; cualquier cosa excepto la señora de la guerra, la señora de la sabiduría, la única otra divinidad que podía blandir el trueno y el rayo. Por un tiempo, la deferencia y la agudeza recatada me resultaron tácticas útiles para doblegarlo a mi voluntad, disminuyendo mi dignidad para consentir la suya. Era necesario, tanto por mi seguridad como por mis objetivos.

Inevitablemente comenzó a mirarme como una criatura sexual. Si podía tomar mi cuerpo por la fuerza, entonces ¿no podría también tomar mi mente, mi alma, reducirme por completo a un accesorio de su voluntad? Juré que permanecería virgen para adelantarme: me coloqué el casco sobre el rostro, me amarré el escudo al brazo, renuncié a todo indicio de deseo, anhelo o pasión. Cerré mi cuerpo, mi alma y, peor, mucho peor: castigué a mujeres por las cosas que les habían hecho unos hombres, diciéndoles que ellas también deberían haberse cubierto como lo había hecho yo, y ¿qué esperaban que les sucediera si se atrevían a reír en voz alta, a ser vistas, a deleitarse de alegría? No era culpa de ese hombre si no podía controlarse; así eran las cosas y ya. Me reí ante la muerte de miles de ignotos, me encogí de hombros al oír que algún barco era destrozado contra las piedras por mi tío Poseidón, y solo mostré interés por las pruebas de poder, fuerza y poderío de armas.

En pocas palabras, adopté la postura de un hombre del Olimpo.

Pensé que si lo hacía finalmente podría mostrar mi poder, podría brillar: no como una mujer estúpida sino como la encarnación de la sabiduría y de la guerra, brillante entre los dioses.

En cierta forma, funcionó. No se burlaron de mí como le sucede a Afrodita, no me descartan tan fácilmente como a Hera o a Deméter cuando hablan. Nunca llegó a ser suficiente pero era *algo*, y *algo* era todo lo que podía obtener.

Entonces no entendí qué otras consecuencias podría sufrir por convertirme en un hombre. Pues estas son las cosas que un hombre *no puede* tener: temor, vergüenza, culpa, duda, dolor, ignorancia, necesidad. La necesidad de ser vista, la necesidad de ser tocada, el anhelo de ser abrazada. La necesidad de pertenecer tanto cuando estoy mal como cuando estoy bien, en este mundo tan cambiante.

Entonces llegó Ulises.

CAPÍTULO 17

Cuatro pretendientes mueren durante la noche.

Todos tienen fama de ser buenos arqueros.

Solo uno de sus cuerpos será hallado por la mañana, los otros tres ya han desaparecido sigilosamente, y las noticias sobre sus muertes no le llegarán a Penélope sino hasta mucho, mucho después.

Otros trece pretendientes se dan a la fuga.

No pueden abrir ni disparar un arco ni aunque sus vidas dependieran de ello y hoy sus vidas dependen de ello. Entonces huyen, en un infrecuente atisbo de sabiduría. Serían juzgados como cobardes e insensatos, con su honor perdido, pero no llegarán a hacer mella en la mente de las personalidades que tal vez podrían contratar a un poeta, y por lo tanto se los contará únicamente entre los muertos anónimos. Además vivirán. Qué paradójico resulta que cantemos más sobre los muertos honorables que sobre los vivos silenciosos. Una vez consideré revertir este déficit de nuestras historias, pero aún no encontré el modo de hacerlo.

Dos pasan la noche practicando con arco y flecha, y, para cuando son convocados al palacio, se han quedado dormidos.

Esto nos deja con ochenta pretendientes, una vez que notamos la ausencia de un egipcio.

De estos ochenta, diecinueve están convencidos de que van a morir pero su honor no les permite darse a la fuga y así, temerosos e irresolutos, llegan al palacio de Ulises. Siete de esos diecinueve han hecho enojar a Anfínomo, y están seguros de que él ganará y los sentenciará a muerte. Los demás pretendientes han hecho enojar a Eurímaco o a Antínoo, y si bien ninguno de ellos dos es considerado gran cosa con un arco, sus padres tienen bajo su mando al mayor número de amigos y esclavos en las islas, y es poco factible que se tomen a bien su derrota por lo que, una vez más, lo más probable es que ocurra una masacre.

Once trajeron sus propios arcos, pues de algún modo han entendido mal la naturaleza de los eventos del día. Autónoe los recibe en la entrada y amablemente les solicita que dejen sus armas afuera. Peisenor, el viejo soldado, también se encuentra presente junto con algunos de los guardias del palacio. Observan sin decir palabra los arcos que se van amontonando en una pequeña pila cerca de los muros del palacio, junto con alguna que otra espada o alguna daga ocasional que un pretendiente olvidó ocultar.

Telémaco está esperando en el salón; sin armas. Trajo consigo seis compañeros de su travesía; unos muchachos que se están convirtiendo en hombres, parte de esa generación de jóvenes que eran apenas unos bebés cuando sus padres zarparon hacia Troya para no volver jamás. Se yerguen con las piernas separadas, alzando la barbilla. Los modismos de los hombres son cosas que estos muchachos han observado en sus viajes, que estudiaron y copiaron meticulosamente, y al igual que la mayoría de las imitaciones, carecen de todo posible matiz y elegancia natural. Otros seis esperan afuera de las puertas del palacio, con sus espadas ocultas en la capa. Pasan desapercibidos, hoy, al menos, la mayoría de los que se dirigen al palacio están demasiado preocupados como para prestarles atención.

Eumeo se encuentra cerca de la puerta que lleva al arsenal con cinco esclavos leales y un guardia bajo juramento a su lado. Él no debería estar aquí, ninguno de estos desconocidos debería estar aquí, pero las criadas de Penélope no los cuestionan, parecen pasar por delante de ellos como si fueran invisibles o tan solo pinturas colgadas en la pared. Además no tienen armas, entonces ¿qué problema hay?

Hablando de armas, el arco de Ulises yace sin encordar sobre un paño amarillo en el centro del salón. Delante de él, dispuestas en línea recta hasta el trono vacío, están las hachas. Sus mangos han sido clavados a las mesas, y allí se alzan (no será fácil ni rápido quitarlas de las mesas), lo que crea una línea recta de bronce que se eleva con la rigidez de la guardia de un rey. Este montaje ha alterado la disposición normal de las mesas del salón, lo que obliga a los pretendientes a amontonarse en grupos incómodos, con la espalda apoyada contra las paredes, mientras las criadas se pasean entre ellos sirviendo el más dulce vino en copas elegantes.

El mendigo se acurruca en el rincón más oscuro del lugar, con los hombros caídos y la barbilla contra el pecho. Euracleia insistió en intentar bañarlo y él, a modo de represalia, insistió en frotarse la piel con tierra y cenizas. Nadie se ha detenido a preguntar por qué, después de varios días en el palacio, este hombre sigue pareciendo un costal de trapos; Penélope jamás permitiría que un huésped pasara tanto tiempo desatendido, sin importar su situación. Pero es un hombre de tan baja posición que la gente elige no mirarlo y, si lo mira, los ojos pasan de largo como la brisa sobre la piedra.

Mientras los pretendientes pasan al salón y bloquean con sus espaldas la luz matutina que entra por las ventanas abiertas, sus alianzas se tornan más pronunciadas. Ahora se acaban todos los engaños y se oyen leves gritos ahogados, pues mira, mira, este hombre que durante tanto tiempo estuvo cerca de Eurímaco ahora se encuentra junto a Antínoo, y aquel que todos juraban era leal a Antínoo ahora se ha aliado con Anfínomo y está parado altivo junto al aspirante a rey. Algunos hombres se murmuran insultos entre sí, uno escupe el suelo. Las criadas se mueven por el salón sirviendo vino.

Anfínomo sorbe un poco de la copa ofrecida, pues es la cortesía obligatoria de un huésped, pero no más que eso. Eurímaco toma una copa sin pensarlo. Antínoo vacía la suya desafiante, mirando con ferocidad a los demás mientras la nuez de su garganta sube y baja con cada sorbo. Extiende la copa de inmediato para que le vuelvan a servir, se lame los labios manchados como un lobo hambriento y sonríe de oreja a oreja.

Muchos pretendientes han traído presentes, una última súplica desesperada. Son recibidos amablemente por Melanto y sus ofrendas son dispuestas a lo largo de una mesa ubicada contra la pared más cercana a la cocina, de tal manera que, cuando llegue Penélope, tal vez pase por delante de ellos y diga "vaya, qué cosa preciosa", o tal vez "ay, Nisas, no sabía que tenías tan buen ojo para las perlas" y así.

Dos de los consejeros de Ulises están presentes: Egiptius y Peisenor. Murmuran entre ellos, preguntan "¿has visto a Medón? Debería estar aquí". Melita se encuentra junto a ellos. Tiene órdenes de no irse hasta que ellos estén a salvo y este asunto haya terminado.

Los poetas no fueron invitados. Todos entienden el por qué. Más tarde se les informará del resultado del evento y con cuánta gloria y nobleza se comportó el ganador. Lo último que se necesita ahora es que un hombre astuto con un don para las palabras informe la realidad de lo que se vaya a desencadenar aquí.

Las criadas están dando su segunda vuelta con jarras

de vino para cuando aparece Penélope. Se ha limpiado sus cenizas de duelo y se ha puesto su atuendo más elegante. Su velo se mueve con suavidad sobre su frente, Eos le sostiene la mano como si se tratara de una delicada niña esquelética incapaz de caminar sin apoyo, la conduce hasta el pie de la silla de su esposo como quien se acerca a un trono sagrado. La suelta. Retrocede. Los pretendientes se vuelven para observarla. El mendigo es quien más fijamente la mira. Reina el silencio. Penélope se toma un momento para saborearlo. Es infrecuente, muy infrecuente, que los hombres del salón se aferren a cada una de sus palabras, que la escuchen con algo más que un mínimo de atención fingida.

—Caballeros —declara, y su voz es piedra gris pulida—. Honorables huéspedes. —Estas palabras son hielo en su boca; queman, le entumecen los labios, ella ya no sabe bien qué significan, piensa que tal vez se hayan vuelto blasfemas, pese a que ella no ha cometido sacrilegio alguno—. Gracias a todos por vuestra presencia y por los numerosos presentes que habéis traído a la casa de mi esposo. Pero no busco ser halagada y mi afecto no puede comprarse con baratijas. —Hace un movimiento rápido con la muñeca. Ha practicado este gesto, ha intentado imitar la forma en que su prima Helena podría doblar un dedo como diciendo "Ay, traedme un penacho de plumas pues soy delicada y pese a eso debo ser obedecida". A Penélope nunca le salió del todo bien.

Autónoe levanta el arco de Ulises, se lo muestra a todos los allí presentes.

—Mi esposo era un gran guerrero, un rey poderoso. Por lo tanto, la prueba es simple. El hombre que pueda encordar el arco de mi esposo y disparar una flecha a través de las cabezas de estas hachas… con ese hombre me casaré.

Se oye un murmullo de descontento, de insatisfacción. Todo esto es un sinsentido, un completo sinsentido. Las miradas se vuelven hacia Anfínomo, que ya está girando el cuello de lado a lado. Antínoo se lame los labios y avanza un paso. Su padre ha comenzado a reunir hombres para la inevitable lucha, pero aún no son suficientes para tomar el palacio, no aún. Después de tantos años a muchos de estos pretendientes les causa cierta sorpresa lo rápido que se han desencadenado las cosas, la descortesía con que deben apresurarse a tomar las armas. Antínoo abre la boca para hablar, para menospreciar a la vacilante masa de hombres, cuando otro lo interrumpe.

—Yo lo haré.

Telémaco avanza hasta el centro del recinto.

No ha contado a ningún hombre nada sobre sus intenciones, y de hecho el mendigo acurrucado en el rincón debe tragarse su propio chasquido de lengua, su propio siseo de desaprobación ante el ofrecimiento del joven príncipe. Los pretendientes mueven la cabeza, refunfuñan; este no era el plan, de ninguna manera. Pero la voz alzada de Telémaco se interpone.

—Esta es la casa de mi padre, el arco de mi padre. Yo lo encordaré y lo dispararé, y entonces no quedará más duda sobre si soy su digno heredero, igual en poder a cualquiera de los hombres aquí presentes. Cuando esté hecho, pues alguno de vosotros cásese con mi madre. —Sus labios se curvan en una mueca en torno a la palabra, sus ojos miran con desprecio a la rígida figura velada de Penélope, junto al trono de su esposo—. Que alguno se case con ella y listo. Ella no es el legado de mi padre.

Eurímaco intenta decir:

—Em, bueno, en realidad, eso no...

Pero Antínoo levanta la mano y espeta:

—¡Adelante, Telémaco! Si crees poder encordar y disparar el arco de tu padre ¡por favor, hazlo!

A Antínoo no le importa cómo dispare cada uno; sea

cual fuere el resultado, su padre vendrá con lanza y espada, incluso si esperan hasta el mismísimo banquete de bodas para llevar a cabo su plan.

Lanzo un suspiro. La furia en la mirada de Telémaco se intensifica. El muchacho camina hasta el arma. Toma la cuerda, sujeta el arco, fuerza y tuerce, fuerza y tuerce, fuerza y tuerce... y fracasa. Comienzan a oírse risas en el recinto, leves murmullos aquí y allí, risitas tontas que se intensifican hasta convertirse en un resoplido de desprecio que enciende las mejillas. No es que Ulises sea notablemente fuerte y tampoco su padre. Hay un truco con esa clase de armas. Por supuesto, con todas las cosas, siempre hay un truco.

Telémaco no deja de intentarlo hasta que oye un chasquido en su cuello, siente que se le van a romper los brazos, y cuando levanta la mirada logra ver, más allá de las risas, al mendigo en el rincón moviendo levemente la cabeza.

Pero ve algo más al dejar el arma sobre la mesa, al reprimir las lágrimas, al obligarse a creer que el ardor de sus ojos es ira, furia y no vergüenza ni remordimiento. Ve a Melanto, que custodia a Peisenor y a Egiptius, con expresión pétrea. Y ve que, sin querer, se le escapa una risita, solo una, cuando él se aparta del arco.

—¡No te preocupes, Telémaco! —le dice Antínoo como si fuera un niño—. ¡Cuando yo sea tu papá te enseñaré a encordar un arco!

El fracaso del hijo de Ulises en dominar el arma debería servir como advertencia a los pretendientes, un presagio de lo que está por acaecer. Eso no sucede. En cambio, les enciende la sangre, les acentúa la arrogancia, pues ahora avanza Antínoo para probar su suerte, riéndose aún a carcajadas ante la caída de su oposición. Antínoo no es un hombre particularmente fuerte y, sin duda se ha pasado menos tiempo manejando un remo que Telémaco. Cuando fracasa, hace una broma al respecto, señala a Penélope y vocifera:

—¡Esto no es un arco! ¡Nos ha dado una vara de madera sólida para que la curvemos! ¡Otra jugarreta de mujer!

Algunos de los pretendientes quizás habrían estado de acuerdo con Antínoo en otras circunstancias, pero ahora han quedado atrapados en el error del apostador y ven el fracaso de cada hombre como prueba irrefutable de que cuando ellos lo intenten, cuando *ellos* lo intenten, sin duda tendrán éxito. Esa es la locura bajo la cual muchos mortales se han condenado a sí mismos, bajo la cual muchos dioses engordan de tantas plegarias fervientes e inútiles.

El arco no se curva y los pretendientes forcejean.

De pronto comienzan a formarse y desbandarse alianzas improbables, cuando un pretendiente intenta ayudar a otro a curvar la madera. "Ven", dice uno, "si lo sostengo con las rodillas…". "¿Estamos seguros de que esta es la cuerda correcta?, ¿tal vez una más larga…?". "Un momento, creo que entendí el truco, ah, no, no es…".

Penélope observa, es como una estatua congelada en la cabecera del salón.

—¡Necesitamos grasa y cera! —vocifera uno—. ¡Tenemos que ablandar el arco junto al fuego!

Hasta el último de los imbéciles que ha fracasado en sus intentos con el arma se toma a pecho esta idea tan inverosímil y Fiobe va a buscar grasa. Eumeo y sus hombres se escabullen detrás de ella cuando sale por la puerta más cercana. El camino al arsenal no está custodiado, pues toda la atención está puesta en el salón. Tras empujar la pesada puerta, buscan las numerosas armas que Telémaco les ha prometido y encuentran…

Exactamente veinte lanzas, exactamente veinte espadas. Veinte cascos con penacho, veinte petos de bronce, todo preparado en juegos individuales, como esperando que estos hombres en particular entraran en el recinto con sus requerimientos particulares. Eumeo no es el más listo de los sirvientes de Ulises. Él no mencionará esta coincidencia ni se preguntará sobre ella en el futuro. Pensará que se trató tan solo de la buena voluntad de los dioses que el número de armas disponibles coincida a la perfección con el número de hombres que Ulises tiene dispuestos en el palacio. No será sino hasta después, cuando se esté lavando la sangre de las paredes, que alguien encontrará las demás armaduras cubiertas cuidadosamente con paños y paja en el fondo del lavadero más lejano.

Eumeo y sus muchachos comienzan a armarse, silenciándose unos a otros cada vez que el metal traquetea, pasando la mirada nerviosamente por los corredores vacíos que hay más allá de la puerta.

El arco no se curva en el salón.

Como filósofa, debería sentir compasión por los hombres sudorosos y atormentados.

Como guerrera, debo declarar que estos pretendientes, con su cera y sus murmullos sobre la cuerda, son unos completos imbéciles que no habrían durado un solo día en los campos de Troya.

Entonces el mendigo dice:

—Dejadme intentarlo señores.

Nadie le presta atención.

En voz un poco más alta.

—Buenos señores, dejadme intentarlo.

—¿Alguien oye un zumbido? —grita Antínoo sin levantar la mirada de su análisis ahora profundamente desconfiado de la recalcitrante arma.

—Mis viajes me han dado fuerzas. Tal vez yo pueda curvar el arco…

—¿Quién dejó entrar al salón a esta criatura mugrosa?

—¡Dejadle que lo intente! —vocifera Telémaco.

—¿Qué? ¿Deseas tener por padre a un mendigo apestoso? ¿Tan desesperado estás Telémaco?

—No pediré nada si puedo hacerlo —dice refunfuñando el mendigo—. Es para satisfacer mi curiosidad, para saber si estas viejas manos aún tienen lo suyo. Creo que una vez vi un arco de estos, tiene su truquito...

—Dejad que lo intente. —La voz de Penélope atraviesa todo el salón. Eos ya está avanzando, dejando al descubierto una caja de madera de entre las sombras de un rincón, revelando en su interior una afilada espada de bronce y una daga sobre la cual se ha grabado la imagen de un jabalí peludo—. Si tiene éxito puede quedarse con estas elegantes armas —hace un gesto hacia las hojas que Eos está llevando en dirección al mendigo—, y también una capa y una jabalina antes de que se marche. Y vosotros, pretendientes, podréis comparar vuestra fuerza apuntando y disparando con el arco de mi esposo. No veo qué problema pueda haber en esto.

—Yo tampoco —vuelve a intervenir Telémaco en voz un tanto alta, un tanto entusiasmado. Me cuesta no poner los ojos en blanco—. Así se hará. Ahora, madre, vete a tus aposentos.

—¿Disculpa?

—No se requiere tu presencia para esto. Ya se te informará el resultado.

—Esta es mi...

—Esta es *mi* casa. —La voz de él se eleva y los pretendientes se mueven incómodos al oírlo. No pensaron que podrían sentir vergüenza de Telémaco, pero verdaderamente en todo este asunto y tras su fracaso con el arco, tras su fracaso en encontrar a su padre, tras sus berrinches, hasta el más humilde de los pretendientes considera que ya es excesivo.

Telémaco debería ser lo bastante sensato como para percibir algo de esto, pero por desgracia está tan confundido como si estuviera ebrio. De una forma u otra, toda su vida ha conducido a este momento, y ahora las fantasías que ha tenido en su mente ocultan todas las realidades, todo el sentido común. Le apoyo una mano en el hombro a la vez que él abre la boca para espetar otra banalidad, otra declaración de pompa que aún no se ha ganado.

"Basta", le susurro. "Esta no es la forma".

Apenas si me oye; me quedo perpleja al notar que se encuentra demasiado alejado del contacto de mi poder y creo oler a alguien más sobre él.

—Madre —repite, con un tono un poco más suave, un poco menos absurdo—. Vete a tus aposentos. Ahora esto es un asunto de hombres.

Tan solo el leve aleteo del velo a causa de su respiración da algún indicio de vida en Penélope; por un instante más se queda allí de pie, como convertida en piedra. Entonces vuelve a exhalar, parpadea detrás del velo, gira sobre sus talones y marcha hacia la puerta.

CAPÍTULO 18

En el gran salón:

—Tiene un truquito, ¿veis? —dice el mendigo mientras sus manos sostienen el arco.

En el arsenal:

—Qué llamativo que haya exactamente...

En la cocina:

—Esto es lo último de la tintura de Helena. Pronto les hará efecto.

—Bien. Decid a las criadas que se retiren... discretamente. Cuando salga la última, bloquead las puertas y retiraos al muro que da al risco. Allí hay cuerdas, por si tuviéramos que huir.

Junto a Peisenor y Egiptius:

—Buenos señores, Medón requiere vuestra presencia en la cámara del consejo —susurra Melanto.

—¿En este momento? —vocifera enojado Peisenor—. ¿Puede esperar?

—Él debería estar aquí —agrega Egiptius con la mirada fija en el mendigo con el arco. Los ojos de Egiptius se están poniendo viejos y débiles, pero hay algo en aquel mendigo, en el modo en que gira la cabeza, en el modo en que se mueve. Algo se afirma en el corazón del viejo consejero, una certeza que no puede ser cierta.

—Os ruego que vayáis a... —vuelve a intentar Melanto.

—¡En absoluto! —replica Peisenor y siente la mano de Egiptius sobre el brazo.

—Peisenor —murmura el anciano, y es por demás inusual que use el nombre del guerrero, con esa extraña urgencia en la voz—. Deberíamos ir a ver a Medón.

—Pero yo...

—Deberíamos ir. Ya mismo.

Peisenor se dispone a farfullar, a exclamar "qué mierda, es una absoluta...", y entonces sigue la mirada de Egiptius y observa al mendigo, que comienza a encordar el arco. Ve quizás, y solo quizás, un atisbo de lo mismo que ve su colega. Un recuerdo de un momento pasado que le causa un picor en la mano que le falta; un recuerdo de cosas imposibles.

—Caballeros —susurra Melanto—. Seguidme por favor.

La siguen y nadie presta atención a estos ancianos de la corte de Ulises.

—Tiene un truquito —susurra el mendigo, mientras el arco comienza a curvarse—. Ved, ved, si lográis entender la madera, ved...

¿Y en el lugar donde la reina ha dormido a solas durante estos veinte años?

Penélope cierra con suavidad la puerta de sus aposentos mientras Eos se aleja corriendo por los corredores, reuniendo al resto de las criadas para ir rápidamente a un lugar seguro. La reina de Ítaca vacila al pensar en ello, luego arrastra su pequeña mesa, aún cargada con los frascos de polvos y de ungüentos de Helena, y la coloca contra la puerta. Añade un taburete para bloquear el camino y se aleja un momento para analizar su trabajo: es endeble; ella sabe que es endeble, pero la hace sentir un poco más tranquila.

—Traje cuerda —dice una voz detrás de ella.

Penélope se gira de inmediato y lleva una mano a la pequeña hoja que siempre lleva oculta entre la ropa. Priene, con la espada a su lado y sus cuchillos amarrados a cuanta extremidad tiene, yace apoyada sobre los codos en el lecho conyugal de Priene, con un tramo de cuerda a su lado.

—Para escapar por la ventana —agrega—. Para que te sea más fácil bajar, si vienen a golpear a tu puerta.

Penélope deja escapar un pequeño suspiro. Técnicamente, la postura tan informal de Priene sobre la cama es una especie de sacrilegio, pero hace mucho que Penélope ha dejado de intentar que la guerrera se adapte a ciertos modismos civilizados como el uso de escaleras o puertas, y ni hablar de los espacios privados. Por lo tanto se sienta del lado opuesto de la cama, se quita el velo, se afloja un poco el cabello y vuelve a suspirar.

—No esperaba verte aquí —dice—. Pensé que te estarías reuniendo con las mujeres en el tempo de Artemisa.

—Teodora tiene todo bajo control —responde Priene—. Y me pareció que a ti también te vendría bien un poco de protección, por si llegara a suceder lo peor.

Esto es lo más sentimental que Priene jamás ha dicho. A Penélope se le atora la voz en la garganta; por un momento se queda sin palabras. Priene no parece notarlo, está completamente relajada tanto en cuerpo como en porte.

—Está en las manos de mi esposo y ahora de mi hijo —suelta por fin Penélope—. Hemos hecho lo que podíamos.

—Deberías haberme permitido traer a las mujeres. Ellas podrían haber matado fácilmente a los pretendientes.

—¿Y luego qué? —Penélope mueve la cabeza, sube las piernas a la cama imitando la postura relajada de Priene—. Mi esposo descubre que el poder que tiene sobre esta isla no es suyo, sino mío; vuestro y mío, quiero decir. El poder de las mujeres. Lo verá como un golpe de estado, inaceptable, una vergüenza, un deshonor para su valor y para su nombre.

—Podríamos haberlo matado a él también, ¿sabes? —susurra Priene—. Nadie se habría enterado.

—¿Y luego? —dice Penélope suspirando—. Si algo hemos aprendido de Clitemnestra, es que a los reyes de Grecia no les cae muy en gracia que una mujer mate a un hombre. ¿Cuántos ejércitos podríamos haber rechazado? ¿Durante cuánto tiempo? ¿Y a qué costo?

Los labios de Priene se tuercen en una mueca pero no puede refutar el razonamiento.

"Podrías ser mía", le susurro. "Abandona a tus dioses, abandona tu corazón, me necesitarás en los días venideros".

—No —continúa diciendo Penélope, lanzando una leve bocanada de aire—. Necesitamos el nombre de Ulises y la protección que nos brinda su historia. Sin eso, hasta el rey más mezquino de Grecia nos consideraría un blanco. Y tanto Ulises como Telémaco necesitan sentir que están haciendo algo por cuenta propia. Al menos por ahora.

Priene chasquea la lengua, mueve la cabeza.

—Y yo que lo creía astuto.

Desde abajo se oye un clamor repentino de voces de hombres. Es un sonido extraño, una mezcla que cuesta desentrañar. Priene inclina la cabeza para escucharlo un poquito mejor; una mezcla de adulación y de pesar, un grito de emoción sobre emoción que tiene demasiadas capas para intentar discernirlas y afirmar con claridad que aquí está, esta simple verdad desenvolviéndose por el aire, entre los alientos.

El mendigo ha encordado el arco.

—Si mi esposo y mi hijo mueren, cosa que aún parece muy probable —dice pensativa Penélope mientras el clamor se acalla—, ¿me ayudarás a llegar al barco de Ourania?

—Por supuesto.

—Te lo agradezco. Muchísimo. Es... te lo agradezco.

Priene se encoje de hombros.

—Anaitis dice que a las mujeres no debería importarles demasiado quién gana; de todas maneras los hombres lo resolverán luchando entre ellos, niño contra niño, en la guerra civil que seguirá a esto.

—Sí, eso parece ser lo más probable.

—Pero si traen mercenarios, si tocan a las mujeres... Incluso si tú no sales viva de este palacio, quiero que sepas que lucharé para defenderlas. Lucharé por eso.

—Lo sé. Gracias. Y gracias también por estar aquí por mí.

—Tú eres... útil. Me refiero para las mujeres. No eres completamente inútil.

Esto es mentira. Priene conoce la verdad de los guerreros: que el afecto, el sentimiento, la confianza y la bondad son lo primero en morir cuando comienza la batalla. Ella pensaba que se había deshecho de esas cosas, que las había eliminado de su pecho, que las había quemado en la pira funeraria de su reina muerta, Pentesilea, pero no fue suficiente. A veces mira dentro de sí y se da cuenta de que su corazón la traiciona. Ella sabe que eso la convierte en una peor capitana, en una generala horrible y, sin embargo, aquí está.

"Aquí estoy", susurro. "Estoy esperándote, cuando sea el momento indicado".

Otro clamor desde abajo; este es más grave, más sonoro, resuena de consternación.

El mendigo ha disparado una flecha con el arco. La flecha pasó como un rayo a través de la línea de hachas y se clavó en la pared opuesta. Los pretendientes no imaginaron que llegaría a suceder algo así. Algunos se tambalean en dirección al mendigo para quitarle el arco de las manos, pero sus pies se mueven de forma extraña, como una maraña de extremidades ralentizadas... uno deja caer una copa de vino, otro intenta levantarse y se cae casi de inmediato y nadie se da cuenta porque todas las miradas están clavadas en el anciano con el arco.

Priene tiene la cabeza inclinada hacia un lado y escucha, pero su voz es clara y firme.

—Si tu esposo sobrevive, si todas sobrevivimos los días venideros, abandonaré esta isla. Vine aquí a luchar por las mujeres, no por él.

—Entiendo —responde Penélope—. La reputación de mi esposo, sobre todo si masacra con éxito a todos los pretendientes, nos servirá de escudo suficiente por ahora. Las mujeres pueden dejar de lado sus arcos y cuchillos. Nadie necesitará saber jamás lo que construimos aquí, nadie necesitará... Es para mejor, yo lo sé. Es para mejor.

Otro clamor: ¡el mendigo lo hizo de nuevo! No fue una coincidencia, no fue un tiro de suerte, ¡realmente es bueno con el arco! Además, hay algo en el modo en que se yergue ahora, ¿no es así? Un poco más derecho, un poco más erguido, con los hombros echados hacia atrás y la mirada encendida. Más ágil, esas son las palabras que vienen a la mente. *Más ágil.*

—Ha sido... Me he encontrado... apreciando... un poquito de lo que tiene este lugar —dice Priene pensativa, mientras siguen reverberando las oleadas de sonido que provienen del salón—. Cuando vine aquí, no creí que habría... Después de que mi reina murió y dejé atrás las cenizas del este, me pareció... No sé quién ser, si no estoy luchando, si no estoy matando griegos. Pero Teodora dice... —Su voz se acalla. Teodora dice cosas que al corazón de Priene le resultan tan extrañas como le resultan al mío.

—¿Sabes algo? Hay muy buena caza en Cefalonia —murmura Penélope—. Y si terminamos obteniendo un rey, sea quien fuere, seguirá habiendo lobos con los que lidiar y no habrá hombres suficientes para ello. Cabe destacar que mi esposo ha regresado sin la flor y nata de la virilidad de Ítaca, por lo que...

Un último clamor del salón interrumpe la oración de

Penélope. Este clamor no terminará hasta que los pulmones que le dieron voz queden silenciados, pues se trata del clamor que surge cuando el mendigo dispara su tercera flecha y da de lleno a Antínoo en la garganta.

Priene escucha, le parece oír la sangre que borbotea del cuello del pretendiente, su último gorjeo, sus últimos alientos desesperados, y asiente con la cabeza a nada en particular.

—… Lo que digo es que si tú y tal vez Teodora quisierais asumir un rol extraoficial en esa isla, siempre habrá mujeres que se sentirían honradas de contar con vuestra fuerza —termina Penélope. Abajo comienzan los alaridos.

—Gracias —dice Priene. Penélope piensa que esta es la primera vez que ha oído esa palabra de boca de esta mujer. —Mi gente es nómada, siempre viajando por la llanura. —Su gente está muerta o se ha dispersado con el viento, esta también es su verdad. Y así… —Me daría… curiosidad ver cómo se siente tener un hogar.

Desde abajo: aullidos de muerte, alaridos de dolor. Algunos pretendientes intentan correr hacia las puertas, escapar del hombre armado que ahora les arroja muerte, y se encuentran con que las puertas, misteriosamente, están trabadas. Otros, al ponerse de pie, se quedan perplejos al notar que se están tambaleando. Uno se ríe a carcajadas y no sabe por qué, otro grita por su padre. No hay ni una criada a la vista, ni los ancianos del consejo de Ulises, y mientras los pretendientes golpean la pesada madera, se encuentran con que otros hombres están desenvainando espadas. Eumeo y su banda entran desde el pasadizo que lleva al arsenal, ataviados con armaduras que apenas si se aferran a sus huesos delgaduchos, con lanzas en mano y espadas colgando de la cadera. Telémaco corre hacia ellos para tomar una espada, se vuelve y le clava una lanza en la espalda a Anfínomo, en el momento en que el pretendiente tropieza e intenta tomar una silla para usar como arma.

Anfínomo se vuelve y ve el rostro ensangrentado de Telémaco, sonriendo de oreja a oreja, alzándose sobre él. "Hay algo en el vino", intenta decir, pero la lanza le ha arrancado las palabras del corazón.

"Hay algo en el vino".

Los ojos de Anfínomo se llenan de lágrimas. No llora por su muerte, llora por la traición, por la traición descarada, por la crueldad que implica.

No puede entenderlo.

Y entonces se muere.

Las criadas esperan en los límites del palacio. Algunas lloran abiertamente pero Eos y Autónoe las hacen callar. Otras sostienen cuchillos de cocina y llevan dagas ocultas, y esperan con expresión lúgubre para ver qué sucede. Ya han colgado escaleras de cuerda del muro, listas para huir y darse a la fuga alguien saliera del salón con sed de sangre en la mirada. Huirán al templo de Artemisa donde están esperando las otras mujeres, arco en mano y con hachas colgando del costado. Huirán hasta que sean olvidadas, eso es todo lo que pueden hacer.

Priene escucha los sonidos de la masacre de hombres desesperados, suplicantes y drogados en los aposentos de Penélope. Los aullidos de dolor y los gritos de desesperación, las lágrimas de los moribundos y la resistencia vacía de los condenados. Pensó que disfrutaría más esta masacre de hombres grotescos, de monstruosos príncipes, que sería música para sus oídos, pero le sorprende notar que no es así: la deja vacía, fría y hasta con el estómago revuelto.

Una mano gélida envuelve la de ella. Penélope mira fijamente la puerta de sus aposentos y no dice una palabra; su rostro palidece ante la cacofonía que resuena desde el salón.

Priene no le aparta la mano, no aprieta los dedos de la reina. En cambio, sujeta con más fuerza la empuñadura de una espada envainada y esperan.

Cuando a los poetas se les dé oro para cantar sobre estos acontecimientos, hablarán de una batalla encarnizada que se resolvió por medio del filo de la espada mortal. Hablarán de ataques y contraataques, de traición y de la concentración de guerreros. Lo harán sonar como una matanza digna por parte de Ulises y su hijo.

Yo estaré allí, por supuesto. Intervendré solo lo suficiente para dejar bien claro que yo bendigo este acontecimiento y que deseo un resultado muy particular; no tanto para quitar mérito a las acciones honradas y viriles de Ulises. Es importante que esta batalla le pertenezca solo a él como dice Penélope. Debe cantarse por todas las islas, al son del tambor y de la lira en el palacio de cada uno de los mezquinos reyes de Grecia. Ulises, el rey guerrero, regresa a su hogar y en una lucha intensa y sanguinaria asesina a cien hombres armados y completamente en sus cabales. Que ni se os ocurra desafiar a Ítaca ahora, no os atreváis a invadir sus costas; su rey es un hombre de fuego y venganza infinitos, despiadado con arco y espada. Quedaos lejos, ¿oís? Dejad estas costas en paz, dejadme esta gente a mí.

Esta es la canción que se cantará y es sabio que sea así. Además será menos canibalesca que otras odas anteriores sobre, por ejemplo, Atreo y los suyos. Ulises tomará su venganza con todo en su contra y para proteger a sus adorados hijo y esposa, más que como una simple expresión de su poder real y de su derecho tiránico. Esto es lo que habré dicho sobre Ulises. Algún día tal vez hasta yo la crea si se la canta lo suficiente.

Lo que los poetas no dirán, lo que en ese momento los propios Ulises y Telémaco están demasiado empapados en sangre para percibir, es que a los pretendientes les cuesta ponerse de pie, les cuesta levantarse. Antínoo, con sus labios manchados de vino, vio a Ulises tensar la cuerda con la flecha que volaría hacia su garganta y pensó que todo era una broma hasta que esa flecha lo mató. Eurímaco estaba muy ocupado atendiendo su necesidad de vomitar en un rincón cuando comenzó la matanza.

—El vino —gritan los labios partidos del finado Anfínomo—. Hay algo en el vino.

Incluso los pocos pretendientes que logran derribar una puerta y correr hacia el arsenal se tambalean como hombres poseídos y se encuentran con que las armas que esperaban encontrar ya no están. Los poetas replantearán todo esto para agregar cierto repelús de tensión adicional a la experiencia, antes que decir que Telémaco apuñaló a cada hombre en la espalda a medida que iba avanzando por el salón.

Las criadas lloran y se apiñan al oír los sonidos de muerte en los muros del palacio y Eos ha dejado de decirles que oculten sus lágrimas.

Penélope toma de la mano a Priene en sus aposentos-

Su respiración es rápida y superficial, pero ese es su único movimiento.

Apenas si parpadea.

No dice nada.

No se levanta, no se pasea, no llora, no grita, no se arranca el cabello.

Tan solo espera y respira.

Respira.

Respira.

Respira.

Hasta que lenta, muy lentamente, los sonidos homicidas comienzan a acallarse.

Aquí: un grito atormentado, interrumpido.

Aquí: un gorjeo de dolor, convertido en el deslizarse de una hoja contra una garganta.

Aquí: el golpeteo contra una puerta, que se detiene.

Aquí: un cuerpo cae y no se levanta. Bum, hace.

Bum.

Y deja de caer.

Los pocos guardias leales que pudo hallar Telémaco trabaron las puertas del palacio cuando comenzó la matanza. Han quedado cerradas desde entonces, ocultando la imagen de la sangre, los sonidos de la masacre.

Afuera esperan los esclavos de los padres.

Los propios padres, Pólibus y Eupites y algunos ancianos más de las islas, que enviaron a sus hijos a mendigar una corona itacense, se encuentran ausentes. Están ocupados con la tarea más urgente de reunir lanzas y hombres para defender a sus hijos en su coronación predestinada, inevitable. Así, cuando les llegue la noticia a estos ancianos, llegará en fragmentos y rumores, medias verdades y contradicciones extrañas.

"Antínoo está muerto; no, en realidad, ¡murió Eurímaco! Anfínomo disparó una flecha que pasó por las hachas pero que mató a un hombre; en realidad es Anfínomo quien está muerto, asesinado por los hombres de su propia tribu".

Las novedades que surjan del palacio irán saliendo lentamente, en susurros a medias, lloriqueados sobre los muros ensangrentados. Es necesario que se transmitan algunos susurros antes que el absoluto silencio. El silencio transmite una certeza elocuente y mortal: las verdades a medias dan tiempo a los que están dentro del palacio. Pero, de todas maneras, la verdad saldrá. Saldrá.

Egiptius y Peisenor esperan en la cámara del consejo ahora vacía. Peisenor a veces marcha hasta la puerta, dice:

—¡Debo luchar!

Egiptius lo detiene, mueve la cabeza, lo retiene, no dice nada más.

Peisenor murmura y las palabras están muy cerca de quebrarlo:

—¿Era él? ¿Pudiste ver?

—Pasaron veinte años…

—¡¿Pero era él?!

Egiptius no lo sabe, piensa que no puede ser, Ulises está muerto, Ulises está muerto, esa es la verdad y, sin embargo, sus ojos vieron y él cree…

… No sabe qué es lo que cree. Lo único que sabe es que mientras unos jóvenes lanzan alaridos y mueren, estos dos ancianos están más seguros detrás de una puerta pesada y con la tranca puesta.

Y entonces, por fin, se hace el silencio en el palacio de Ulises.

CAPÍTULO 19

Telémaco está empapado de sangre.

Está orgulloso de ese carmesí.

Orgulloso de que llegue a ponerle la piel de gallina y provocarle comezón.

Orgulloso de que no hay una parte de él que no esté cubierta de sangre.

Quiere lamerse los labios, sentir en la lengua el sabor de la vida de los hombres asesinados.

Sabe que sería algo grotesco si lo hiciera.

Lo hace de todas maneras aunque accidentalmente, porque tiene los labios resecos y partidos.

Saborea: tal vez a Anfínomo, tal vez a otro hombre, el escarlata de sus corazones sobre su lengua.

Le causa repulsión.

Le causa fascinación.

Piensa que debería mostrarse serio, sombrío, con la cabeza gacha, un guerrero resuelto bañado en el sol de la tarde. Quiere aullar a carcajadas y se estremece, no entiende esta reacción, no sabe de dónde proviene. Sabe que es imposible, sabe que es para morirse de risa, algo extraño, típico de mujeres. Culpa a su madre por no haberlo criado bien, por no haberle enseñado cómo pararse como un hombre por sobre los cadáveres de sus enemigos. No reconoce el rostro de Eurímaco, que ahora está muerto, cuando casi pisa el cadáver del pretendiente. Tiene que detenerse y volver a mirarlo, entrecerrar bien los ojos e intentar ver las facciones del sujeto. Sin la vida para animarlo, el rostro parece una escultura de arcilla mal hecha: ojos saltones y la mandíbula colgando. Telémaco jamás consideró cuánta vida hay hasta en los más imbéciles de los hombre, hasta que los ve sin ella.

Alguien dice su nombre.

No responde. Toca con el pie ensangrentado a Eurímaco para ver si el cadáver es real y casi se sorprende al comprobar que sí. Que en el mundo, las cosas tienen su peso. Que el propio Telémaco tiene una masa que mover, piernas, brazos, aliento.

Alguien vuelve a decir su nombre y esta vez él levanta la mirada.

La voz le resulta extraña, desconocida, gastada por el tiempo. Le lleva un momento recordarla, ubicarla, darle una clase de categoría especial: "padre".

Ahí está. "Padre".

Su padre dando órdenes.

Telémaco casi reacciona mal al verlo por un momento. Alguien más, otro hombre, está dando órdenes en *su* casa. ¿Quién se cree que es este extraño arrojado por el mar, que puede entrar de lo más tranquilo a este lugar y luego actuar como si le perteneciera? Telémaco considera gritarle, decirle que se sitúe, pero entonces…

… entonces recuerda.

"Padre".

Él había pensado que ver a su padre en esta casa sería distinto. Se había imaginado hombres ataviados con bronce marchando desde el puerto al son del cuerno y el tambor. Había visto a su padre, resplandeciente en oro, sujetándolo de los brazos, abrazándolo y diciéndole "Mi muchacho, he regresado y qué orgulloso estoy de verte convertido en hombre". Entonces se habrían sentado juntos y hablado durante toda la noche y hasta ya comenzado el día siguiente, y su padre habría celebrado el consejo real y todo el pueblo de la isla habría venido a depositar ofrendas a sus pies y Telémaco habría estado allí, a su lado...

... a su lado.

Y ahí está el dilema.

Ahí está el dilema con el que Telémaco está teniendo problemas ahora que intenta recuperar la compostura y emerger de la turbera de sangre en la que se ha sumergido. Él estaba de pie junto a su padre en cada una de sus fantasías, pero nunca ha sido del todo suficiente. Porque en las más secretas de sus fantasías, en sus sueños más atesorados y ocultos, es el propio Telémaco quien marcha desde el puerto al palacio, flanqueado por hombres ataviados en bronce, con el cadáver de su padre envuelto, cargado detrás de él sobre unas andas de oro. Es Telémaco quien ha navegado por los mares, quien ha matado monstruos, rechazado grandes males y resistido tormentas terribles, y todo para recuperar el cuerpo de su padre. Telémaco es quien enciende la pira funeraria. Es la frente de Telémaco la coronada en metal mientras las cenizas del viejo mundo se esparcen al viento. No es que él haya deseado que su padre estuviera muerto, ¡en absoluto! Es tan solo que siempre le ha costado ver cómo es que el hijo pueda ser el más grande héroe de la tierra mientras el padre esté con vida.

Ahora baja la mirada, ve su propia túnica completamente mancillada; sus manos irreconocibles con tanta sangre, que ya se va secando, que ya se va oscureciendo. Y esto está bien, así es como debía ser. Esta es la batalla que luchó junto a su padre, lo necesario, lo indispensable, esto es... No sabe bien qué es esto... Ya no está seguro de nada. No sabe del todo qué significa siquiera la palabra "padre", o cómo se es un hijo.

—¡Telémaco!

La voz de su padre... no. Eso no está bien. La voz de Ulises. Telémaco jamás conoció a su padre, pero conoce la voz de Ulises, conoce el sonido de un héroe, el sonido de un rey, lo ha conocido toda la vida, desde las primeras historias que le susurraron en la cuna hasta las canciones de los poetas que resonaron en estos salones.

Ulises habla.

—Telémaco, ¿dónde están las criadas?

—Yo, eh... no lo sé.

—Huyeron hacia los muros. —Euracleia está en la puerta, junto a Eumeo. Le brillan los ojos de sangre en la carnicería que reflejan; se sujeta el pecho. Debería ser espanto femenino, piensa Telémaco, debería ser la debilidad del horror. No lo es. Una emoción que habría inquietado a las mismísimas Furias atraviesa a la vieja nodriza cuando observa la matanza. Telémaco ve que las fosas nasales se le inflaman al percibir el hedor de los pretendientes asesinados.

—Traedlas aquí —vocifera Ulises; ahí está de nuevo, Ulises. Telémaco mira al viejo mendigo y no ve a su padre, ni nada que él pueda relacionar con esa palabra, sino otra cosa. "Ulises". No se mueve.

Eumeo dice:

—Las traeremos de inmediato, mi rey.

El rey de Ítaca asiente una vez con la cabeza, con gesto firme; Eumeo y Euracleia salen a la calidez de la luz de la tarde. Él se queda allí, en el centro del recinto, tan sucio de sangre como Telémaco, con el arco a sus pies. Disparó cuanta flecha podía, y cuando no tuvo más lugar para moverse, desenvainó la espada y la daga de bronce que Penélope tan fortuita y accidentalmente colocó a su lado. Telémaco frunce el ceño al pensar en eso. Hay unas cuantas cosas acerca de todo este asunto que le resultan extrañamente fortuitas, pero no llega a...

—¿Ulises?

La voz que dice esta palabra no le da el peso que debería tener. Debería sonar así: "¡Oh, Ulises, gran héroe, guerrero, rey!" En cambio suena así: "¿Ulises? ¿De verdad eres tú?".

Telémaco se mueve en el lugar, aturdido, y casi resbala en un charco de sangre. Se tambalea para recuperar el equilibrio. El cuerpo de Anfínomo cayó de forma extraña, semierguido por la lanza que Telémaco le clavó por la espalda. El efecto lo hace parecer más un cangrejo que un hombre, con las extremidades formando unas líneas extrañas, la cabeza en un ángulo llamativo, como indagando: "¿Tú me hiciste esto?".

En la puerta, el hombre que habló: Egiptius, con el anciano Peisenor a su lado.

Ulises se vuelve, mira una vez a sus consejeros de arriba abajo y dice, sencillamente:

—Egiptius. Peisenor. ¿Y Medón…?

—Vivo —dice Egiptius—. Hasta donde sabemos.

Como respuesta un gesto con la cabeza. Esa es toda la información que Ulises necesita, después de pasar veinte años lejos de su hogar. Los saludos significativos, los gritos de "pero qué… pero cómo… ¡cuéntamelo todo!" tendrán que esperar a que los cuerpos sean quemados y son muchos, muchos cuerpos.

Un grito ahogado desde otra puerta.

Euracleia y Eumeo regresaron y, con ellos, las criadas.

Se amontonan en la puerta, alejando el rostro, la nariz. No reconocen este lugar, este gran salón del palacio. Han limpiado hasta la última piedra y fregado cada pared, barrido cenizas del hogar y tendido la mesa durante muchos años, y ahora… ahora su trabajo se ha convertido en un salón de los horrores. Fiobe lanza un alarido y presiona el rostro contra el hombro de una mujer para dar la espalda a la matanza. Melanto vomita y en sus labios se entremezclan las lágrimas y la bilis. Eos sostiene la mano de Autónoe y Autónoe sostiene a Eos. Melita llora en silencio, tiembla, pero está rígida. Las mujeres de la casa de Ulises, muchas mujeres, observan los cadáveres de los hombres que habrían sido sus tiranos, sus conquistadores, sus opresores, sus seres queridos, sus amantes, sus confidentes e incluso quizá, y tan solo quizá para unos pocos de estos hombres masacrados, sus amigos. Y si sus corazones no se alteran al ver muertos a unos hombres de tal calaña como estos, de todas formas lloran, de todas formas sollozan al presenciar la rotura sanguinaria del mundo tal como lo era, el nacimiento encarnizado del mundo venidero.

Entonces Ulises, aún cubierto de sangre, dice:

—Yo soy Ulises, rey de Ítaca. Llevaros estos cuerpos del salón y apiladlos junto al muro.

Es Eos quien intenta decir: "sus padres, sus padres necesitarán los cuerpos para…".

—¡Obedeceréis a vuestro rey! —brama Ulises, y algo en su voz es suficiente para despertar a Telémaco de su estupor, pues ahora marcha hacia Eos, con su espada ensangrentada en la mano, y por un momento pareciera que la fuera a atravesar por su osadía.

Este muchacho, este Telémaco: Eos lo conoce desde que él era un bebé. Sostuvo la mano de su madre mientras él nacía, ayudó a Ourania a envolverlo y a colocarlo sobre el pecho de Penélope. Le limpió las heridas de las rodillas cuando se cayó, le mostró cómo tejían las guirnaldas las mujeres cuando él aún era demasiado pequeño como para entender la diferencia entre las cosas de hombres y las cosas de mujeres. Y ahora aquí está, espada en mano, sangre en los ojos, cerniéndose ante ella y siseando como una serpiente sin palabras.

—Damas. —La voz de Autónoe tiembla pero se hace oír—. Obedezcamos al rey.

CAPÍTULO 20

Para cuando el sol se está hundiendo detrás del horizonte, se huele la sangre desde los aposentos de Penélope.

Ella se encuentra de pie junto a la ventana con Priene a su lado. Ve el mar, oye el llanto de las mujeres, el movimiento, el ajetreo. Pero nadie ha venido aún a su puerta.

Priene dice:

—Iré a revisar…

Pero Penélope la sujeta del brazo, mueve la cabeza y la retiene.

—No. Si mi esposo está muerto, creería que ya alguien habría derribado mi puerta con la intención de llevarme. Y si vive… entonces no debo ser vista desobedeciendo una palabra expresada por un hombre, aunque se trate de mi hijo. Mi supervivencia depende de ello.

Priene chasquea la lengua con desaprobación pero no se aleja del lado de Penélope.

Y sin embargo, otra pregunta palpita en silencio por detrás de sus corazones acelerados: ¿dónde están las criadas?

Para cuando las primeras estrellas comienzan a puntuar el horizonte, un grupo de hombres se está reuniendo en la entrada, exigiendo saber: "¿Qué ha sucedido? ¿Qué está sucediendo? ¿Quién es nuestro rey?". Aún no se muestran agresivos, aún no golpean los muros. Pero su impaciencia solo se intensificará a medida que avance la noche.

Las criadas apilan los cadáveres de los pretendientes junto al muro.

Es una escena grotesca. Me causa repulsión incluso a mí, que estoy impregnada de sangre y de batallas. Es la clase de desacato que hasta haría enarcar una de sus espesas cejas al mismísimo Ares. Los cuerpos de los hombres, incluso de hombres como estos, no deberían ser tendidos unos sobre otros al alcance de los cuervos, como si fueran unos ladrillos empapados de sangre. Su hedor pronto sobrepasará los muros del palacio; la pestilencia de la muerte flotando hacia el mar. Es una declaración burda del regreso de Ulises a su reino.

"Ulises, no hay sabiduría en esto", le susurro.

En el salón, Eumeo ha dado palas a las criadas para que limpien la sangre y los restos de vísceras. Es una capa demasiado gruesa, espesa y pegajosa para limpiar fregando. En cambio, al igual que el lodo, debe ser cargada con palas y arrojada en cubetas. No queda estómago alguno que no se haya vaciado, que no haya dejado un charco amargo a causa del trabajo, como ya no quedan lágrimas por llorar en ningún ojo. Ulises, aún sucio de sangre, se sienta en su trono y observa el trabajo de las mujeres con la espada cruzada sobre su regazo, mientras Telémaco vocifera y se pasea por el salón.

En poco tiempo ya no quedan cuerpos en el lugar, tan solo unos siniestros senderos escarlata en el suelo. Euracleia enciende un fuego y le arroja azufre para desplazar los vapores de muerte. Peisenor y Egiptius están sentados como estatuas heladas debajo de la silla de Ulises, con los ojos llorosos por el hedor y los huesos presionando contra su piel delgada y quebradiza.

"Mi Ulises", le murmuro al rey al oído, "hiciste lo que necesitabas hacer. Se cantarán los poemas. Los hombres te temerán. Tu reino estará a salvo".

No me hace caso.

Por un momento me causa una gran sorpresa y hasta rabia que su mente esté tan cerrada a mi insistencia. Le toco el hombro con suavidad y siento la tentación de sacudirlo (solo un poco, todo lo que puede tolerar un mortal del contacto de una diosa) para recordarle mi presencia y su deber. No se mueve. Respira intensamente, inflando las fosas nasales al inhalar y con la boca cerrada con fuerza. Los pulmones se le hinchan y se desinflan con cada inhalación, con cada jadeo. Así es como estaba al aferrarse a esa rama de olivo sobre el enorme remolino, mientras Escila siseaba y gritaba en lo alto, en su cueva. Sosteniéndose. Sosteniéndose y ya. Cuando el pasado carece de sentido y el futuro está más allá del control es lo que Ulises hace siempre. Se sostiene.

"Ulises", le susurro, y me atraviesa una sensación de algo... ¿cómo llamarlo? Cierta noción de apego, incluso de remordimiento, que me llena el pecho. Saber que está allí casi me causa más dolor que el sentimiento en sí. "Ulises, ya estás a salvo. Estás en tu hogar. Ulises...".

Aparta el rostro de mí. Me contengo de lanzar un grito ahogado de furia, de conjurar mi lanza ardiente.

—Euracleia —grita a la anciana, que observa desde el otro lado del salón—. Ven aquí.

Ella se abre camino por entre los regueros de sangre y las marcas de pala en el suelo para evitar que se le manche el dobladillo, y al llegar a su lado se inclina hacia él.

—Dime —dice él—. ¿Cuál de estas mujeres ha sido desleal a mi casa?

Los ojos de Euracleia recorren el salón. Se muerde el labio inferior, toma una bocanada de aire pensativa, prolongada.

"Ulises", susurro. "Esto no es necesario. Esto no es indispensable. Ya has hecho tu trabajo. Tu nombre le dará seguridad a tu reino, ningún hombre se atreverá…".

—Esa —murmura Euracleia, señalando por el salón—. Y esa. Esa. Esa es una puta.

Ulises asiente pensativo con la cabeza, siguiendo cada dedo en la dirección de la criada señalada.

"Ulises". Mi voz se eleva con un poco de urgencia. "Esto no es necesario, no es requerido, no es…".

—¡Telémaco! Ven aquí, por favor.

Telémaco atraviesa el salón y se coloca junto a su padre, asiente con la cabeza como si se tratara de un sabio mientras Euracleia señala sin nombrar, "esa, esa, esa…".

Vuelvo a extenderme hacia Ulises, hacia su mente, su corazón, "sosteniéndose", está aferrado siempre a esa rama de olivo y sosteniéndose…

Pienso que debería ver caos. Debería ver un alma que se está partiendo en dos. Debería ver un poco de la locura de Hércules, una demencia apoderándose de él.

No veo nada de eso.

En cambio, veo una certeza absoluta, firme en su interior, una calma tan calma como jamás se ha visto. Lo veo sentado junto al fuego en la isla de Circe, mientras la bruja le ordenaba viajar a las tierras grises y a los reinos de más allá. Lo veo gritando de éxtasis bajo el cuerpo de la ninfa Calipso, llorando sobre su piedra teñida de blanco mientras miraba el mar infinito que rodeaba la isla, besándole los dedos mientras ella murmuraba: "Yo podría convertirte en un dios". Lo veo desnudo ante una princesa de los feacios, arrastrándose humildemente en pos de su ayuda. Lo veo a él, un mendigo en su propio palacio, mientras los pretendientes lo insultan. El rostro que se aparta del de su esposa.

Y allí está. La verdad palpitante que rechaza con ardor incluso mi divinidad. El fuego que lo quema todo: las caricias de Circe, los besos de Calipso, el suave toque de aquella princesa feacia y las ruinas ardientes de Troya. Allí está: son cuatro palabras.

"Amo de mi casa".

Entonces levanto la mirada y lo veo.

Mi hermano Ares reclinado contra la puerta.

Se está quitando tierra del color de costras viejas de debajo de las uñas con la punta de una espada, sin prestarnos la menor atención ni a mí ni a los mortales que están haciendo lo suyo. Y sin embargo, es obvio que ha estado ocupado caminando por el salón, pues tiene los pies y los tobillos manchados con sangre coagulada e inhala con fuerza el aliento de la matanza. Me levanto para insultar su nombre, para gritarle "¿cómo te atreves a estar en este lugar?", pero me detengo.

Su poder no está influyendo la mente de Ulises.

Su divinidad no inflama el pecho de Telémaco.

Está aquí, con toda seguridad, poniendo el pie con toda su malicia en una isla sobre la cual todos los dioses han acordado sería *mi* dominio. Pero no influye sobre ella. Solo se limita a mirar y disfruta todo lo que ve.

No necesita hablar. Ulises es mío, por supuesto, pero los otros del Olimpo siempre están observando, siempre están esperando un indicio de debilidad. Esperan la menor señal de vulnerabilidad en la sabia Atenea, el más leve atisbo de sentimentalismo. No deben saberlo.

La guerra no se inmuta.

La sabiduría no es bondadosa.

Ares levanta la mirada, me ve y sonríe.

Es la sonrisa del lobo que huele la debilidad de una presa que titubea.

Entonces desaparece, tan rápido como llegó, y yo jadeo para quitarme el peso de su presencia a la vez que Ulises se levanta.

—Llevad a las criadas al patio —dice.

Telémaco asiente con la cabeza, ordena a Eumeo traer algo de cuerda.

Egiptius intenta farfullar algo, Peisenor parece estar a punto de vomitar.

—No seáis suaves con ninguna que se resista —añade Ulises—. Todas deben mirar.

Euracleia se yergue, se tambalea. Eufórica. Perpleja. Durante mucho tiempo ha anhelado tener poder, ser vista, recibir honores, volver a ser la más grande de las esclavas. Esa fue su única ambición en la vida. Ahora tiene lo que desea. Ahora hay consecuencias. Euracleia nunca pensó en las consecuencias.

"Amo de mi casa", ruge el corazón de Ulises, mientras las criadas son reunidas en el patio, bajo la luz de la luna.

"Amo de mi casa".

Telémaco arroja una cuerda por sobre una viga que sobresale de una columna de apoyo.

Prueba su resistencia.

Hace un nudo.

"Amo de mi casa", brama el corazón de Ulises mientras Circe canta, Calipso ríe y los pretendientes sangran y mueren gritando a sus pies. "Amo de mi casa".

¿Y yo? ¿Yo, la señora de la guerra y de la sabiduría? ¿La única criatura con vida que, además de Zeus, se atreve a blandir el rayo? ¿Qué hago yo?

No hago nada.

No hago nada, cuando Telémaco hace un nudo de horca.

No hago nada cuando los hombres de Eumeo y del hijo de Ulises, espada en mano, forman un círculo alrededor de las criadas.

No hago nada cuando Autónoe, luego Melita, Melanto, Eos y todas las demás caen al suelo llorando, rogando, rezando: "¡somos inocentes, somos inocentes!".

Yo, la gran diosa, la portadora del rayo y del escudo de oro, no desenvaino mi espada ni levanto mi lanza, pues mis hermanos están mirando, y esto también (sí, incluso esto) es parte de la historia de Ulises. Los poetas lo denominarán "purificación" en sus canciones, la purificación final de la casa. Se sumará a las baladas de las mujeres de Grecia: Helena la puta, Clitemnestra la asesina, Penélope la que esperó casta y sola. Será el estribillo final tan necesario, que anuncie el regreso del amo de la casa.

Y Atenea no llora por los inocentes, ni levanta las manos por los esclavos.

A veces la guerra la ganan los cobardes.

A veces la sabiduría es mirar para otro lado.

Me odio a mí misma en ese momento. Esa también es la verdad de estas cosas.

Telémaco sujeta a la primera criada del brazo y el resto comienza a dar alaridos.

CAPÍTULO 21

Los alaridos hacen que Priene desenvaine su espada.

—Mujeres —susurra— asustadas…

Penélope le sujeta el brazo, mueve la cabeza, no sabe qué hacer. ¿Cuánto tiempo han estado esperando ante la ventana? No lo sabe. Las estrellas están hermosas esta noche. El sonido de los alaridos de mujer de pronto parece dar a su luz un filo despiadado.

Más gemidos, aúllos, ruegos: "¡piedad, piedad!".

Priene se acerca a la ventana.

—Puede que no sea… —susurra Penélope y sus labios tropiezan con estas palabras—. Tal vez no es que…

Los labios de Priene se tuercen de repugnancia: mentiras cobardes y verdades a medias, ella espera más de la reina de Ítaca.

Entonces alguien golpea con fuerza a la puerta, una voz aguda y desesperada grita. Es Fiobe, una de las criadas más jóvenes; se escabulló cuando Euracleia reunió a las mujeres y voló por los corredores. Su cuerpo está cubierto por la sangre que estuvo moviendo con la pala: su voz está teñida por el horror y las lágrimas.

—¡Penélope! —chilla—. ¡Nos está matando!

Mi familia no está mirando a Penélope, todos tienen los ojos puestos en Ulises.

Ayudo a Penélope y a Priene a correr los muebles que bloquean la puerta de la habitación. Las cargo sobre alas plateadas por el palacio, las atajo cuando casi se resbalan con la sangre del salón, les desvío la mirada, la vista hacia adelante; no hay tiempo de quedarse pensando en esto, ¡hacia adelante, solo hacia adelante!

Les lleno los pulmones con aliento mientras las impulso hacia el patio, doy a sus ojos la claridad de los dioses, a sus voces la fuerza de los cielos. Pero es demasiado tarde para las criadas, para los poetas, para el amo de la casa, para las historias que deben cantarse: es demasiado tarde.

Tres cuerpos ya están colgando, con la lengua afuera y azulada, con los ojos abultándose en los rostros. Autónoe se encuentra debajo con Telémaco a su lado. Tiene un lazo en el cuello y está gritando, forcejeando, luchando contra su destino. Tiene la espada oculta que desenvaina y con la que casi saca un ojo al muchacho pero Ulises la ha atajado antes de que pudiera apuñalarlo y ahora un tirón de cuerda es todo lo que la separa de la muerte, y ella maldice sin lenguaje en un aullido salvaje de furia y desesperación.

Al ver esto Priene desenvaina su espada y, de inmediato, Ulises se vuelve y levanta la suya.

Penélope cae de rodillas.

La atajo, le corro el cabello del rostro y le apoyo una mano en la espalda mientras ella jadea, jadea, levanta la mirada, no puede mirar, jadea.

Ulises baja la espada al ver a su esposa.

Priene no baja la suya.

Penélope arquea la espalda y yo la sostengo calmándola, calma. No caigas. No llores.

Apoya las manos sobre la tierra ensangrentada para recuperar el equilibrio y se queda por un momento a gatas.

Le levanto la cabeza, la atajo antes de que pueda lanzar un alarido, vuelvo a infundirle fuerza en los pulmones.

Melanto, Melita, Eos.

Cuelgan suspendidas sobre el suelo con los brazos flojos a los costados. Ayudo a Penélope a levantarse, la sostengo cuando se tambalea, la ayudo a caer de rodillas a los pies de Eos. El cabello de la criada se ha soltado y enmarañado. Penélope quiere extender la mano, tocarlo, pasarle los dedos, pero que se ponga de pie ahora parece imposible, incluso con mi fuerza divina. Las plantas de los pies de Eos están manchadas de sangre a causa de sus labores, tras caminar entre la sangre y las vísceras, y cargar cuerpos hasta su destino. Penélope le besa los dedos de los pies, los empeines, las espinillas desnudas, frías. Envuelve los brazos en torno a las piernas de Eos, las sostiene con fuerza contra su pecho y, sin emitir sonido, llora hasta que sus lágrimas caen de los pies de Eos hasta la cruel tierra que las espera debajo.

Priene está de pie a su lado con fuego en la mirada, con la espada aún levantada, apuntando hacia el pecho cubierto de sangre de Ulises.

Los demás miran.

Miran los cuerpos meciéndose en la suave brisa nocturna.

Miran a Penélope llorando a los pies de su criada.

Miran a Ulises.

Miran a Telémaco.

Solo oyen los jadeos, el aliento interrumpido.

"Basta", digo a Ulises.

—Ulises —lo llama Peisenor desde el lateral del patio y al no saber qué agregar vuelve a decir—: Ulises.

"Amo de mi casa".

Corro el cabello del rostro de Penélope una última vez y luego me pongo de pie. Beso la frente de Eos, le aliso la túnica y me vuelvo hacia el rey itacense.

Dentro del pecho de Ulises el redoble incesante vacila.

Se vuelve y por fin parece ver: su hijo con un lazo en torno al cuello de una criada desarmada. Cuerpos apilados como arcilla contra el muro. Sus consejeros temblando pálidos junto a la puerta. Las mujeres colgadas, cubiertas de sangre. Su esposa, llorando. Él mismo pintado de muerte.

Es la imagen de Penélope lo que más se detiene a observar. Está acostumbrado a los llantos de las mujeres, claro. Aprendió a no hacerles caso, a aislarse de ellos pues no eran más que un acompañamiento melodioso para los vacíos tambores de guerra. Pero ahora mira las lágrimas de alguien que tiene… *significado* para él, y es como si las sombras de las criadas volvieran a la vida, las sombras de las mujeres de Troya, como si todo el esfuerzo que él había hecho por quitarles todo significado a sus vidas ahora quedara deshecho y ellas volvieran a ser criaturas con vida, a estar vivas, animadas, y gritaran su nombre horrorizadas.

Por fin Ulises ve todo esto.

Por fin Ulises entiende.

Tal vez no sea piedad por las mujeres lo que lo convence. Tan solo la comprensión de que, cuando los poetas canten esta parte, no será la canción que él había imaginado.

Envaina la espada.

Mueve la cabeza.

Se vuelve hacia su hijo.

—Basta —dice—. Es suficiente.

Telémaco se muestra reticente a soltar a Autónoe. A veces se ha preguntado cómo sería, sentir la carne de ella tan cerca de la de él, sentir su corazón, su aliento. De muchacho, ya en camino a convertirse en hombre, solía mirarla y sentía… algo… y él sabía que era algo bajo y grotesco, pero lo sentía de todas maneras. Jamás se degradaría a sí mismo con una de las criadas de su madre, por supuesto, pero igual… igual. Hay algo en este momento, en el pecho jadeante de ella, en su rostro tan cerca del suyo.

—Telémaco —le espeta Ulises, en voz un poco más alta—. Es suficiente.

Telémaco suelta a Autónoe.

Euracleia abre la boca para objetar, pero una mirada del rey la mantiene en silencio.

Él mira a su esposa que aún tiene el rostro presionado contra los pies de Eos. Pareciera dispuesto a decir algunas palabras. No lo hace.

Se vuelve y, finalmente, con pasos cortos y lentos, regresa a su palacio.

CAPÍTULO 22

Las mujeres lavan los cuerpos de las criadas con agua fresca del pequeño arroyo que atraviesa el palacio en dirección al acantilado.

Cantan las canciones que solo saben las mujeres.

Penélope coloca un collar de plata alrededor del cuello de Eos para que nadie pueda ver las marcas horribles de la horca.

El ambiente huele a incienso y flores.

Envuelven los cuerpos con cuidado, como si se tratara de bebés recién nacidos.

No hay ningún lugar conveniente para enterrarlas en el predio del palacio y las puertas siguen bloqueadas. La creciente multitud de hombres de afuera está aumentando, atraídos por el olor a muerte, por las canciones de luto que se oyen detrás de los muros del palacio.

Las mujeres se quedan despiertas toda la noche para despedir a sus hermanas cantando.

"Melanto", lloran, "la que siempre nos hacía reír".

"Melita", cantan, "veloz y astuta".

"Eos", proclaman, "quien solo decía cosas que eran ciertas".

Les peinan el cabello, les lavan la tierra de las plantas de los pies. Los cuidados que estas mujeres reciben en la muerte son más tiernos que los que tuvieron en vida.

Y cuando se hace presente la primera luz del alba, Priene levanta a las dolientes del suelo, una a la vez, susurra "vamos", y juntas van a las puertas del palacio.

Los guardias de Ulises recibieron órdenes de mantener estas puertas cerradas pero Penélope se encuentra a la cabeza de las mujeres y, técnicamente, sigue siendo reina. Además, Priene tiene algo en la mirada que no da lugar a desacuerdo alguno, por lo que, con reticencia, le quitan la tranca a las puertas, tan solo un poco.

Las mujeres salen, con carboncillo en la frente, cenizas y sangre en la túnica, y Priene entre ellas. Cargan a sus hermanas asesinadas sobre los hombros para llevarlas a un lugar de descanso sagrado. Las personas reunidas les abren camino, algunas gritan "¿qué sucedió? ¿Qué sucedió en el palacio? ¿De quién es esa sangre? ¿Quién es nuestro rey?".

Las mujeres no responden y, solo por esta vez, hay algo en sus modismos fúnebres que no da lugar a sacrilegio alguno.

Penélope se queda allí y las observa alejarse.

Autónoe es la última en partir. Mira una vez sobre su hombro en dirección a su reina antes de que las puertas se cierren detrás de ellas y el palacio vuelva a quedar aislado del exterior.

Ya sola, Penélope regresa a sus aposentos.

El lugar está vacío, la puerta está abierta, sin custodia.

No hay agua fresca en un cuenco, ni vino dulce para beber.

Se sienta junto al espejo distorsionado y ve un rostro que no ha dormido, manchado de cenizas.

No hay criadas caminando silenciosamente por los corredores del palacio.

No se alzan voces jocosas en medio de la alegría matutina.

Penélope toca el peine con el que Eos debería acariciarle el cabello.

Sabe que debería ponerse de pie. Ponerse en acción. Ser una reina.

No se mueve.

Entonces, él aparece en su puerta.

Se ha lavado la sangre de la piel, se ha puesto túnica y capa nuevas. A él y a Telémaco les costó encontrar estas cosas sin una criada que se las trajera, pues la organización del palacio viene a ser un misterio tanto para el padre como para el hijo. No fue sino con la ayuda de Euracleia que lograron conseguir lo mínimo indispensable de vestimenta real que no estuviera ensangrentada.

No lleva armas. Los hombres de Eumeo y de Telémaco están abajo, haciendo guardia con lanzas junto a los muros del palacio. A nadie se le permitirá volver a entrar a este lugar con espadas.

—Penélope —dice él.

Ella cierra los ojos, deja escapar una bocanada de aire, no lo mira.

—Penélope. Mírame.

Ella endereza la espalda. La imagen es espléndida y aborrecible; confieso que me fascina. La reina de Ítaca se quita las lágrimas, se quita la feminidad, se quita las penas, se quita la desesperación, se quita a la mujer llamada Penélope. Lo único que queda es una reina vacía.

—No te conozco señor —dice—. No es apropiado que te encuentres en este lugar.

—Tú me conoces —responde él—. Sabes quién soy.

Ella se levanta de la silla.

—Dijiste ser un marinero de Creta, perdido en el mar y ahora quieres que crea que eres... ¿quién? ¿Mi esposo? Han venido muchos hombres a este palacio durante los años, hombres que fingieron ser él o tener información sobre él con la esperanza de caerme en gracia. Ha sido algo de lo más burdo y despreciable.

Él da un paso hacia el interior del recinto y ella no se encoge, no parpadea, no le da permiso para entrar.

—Mírame —dice él—. Tú me conoces.

—¿Ah, sí? Tal vez te parezcas un poco a mi esposo pero no lo he visto en veinte años. Éramos jóvenes, yo más que él, y quién sabe cómo habrá cambiado o cómo se habrán modificado mis recuerdos sobre él. Podrías ser un hombre cualquiera que vino a mi palacio, no Ulises.

—Yo soy Ulises. Soy tu esposo.

Un resoplido de desprecio: ella aprendió ese sonido de Clitemnestra y ahora lo usa bien, ahora sabe por fin cómo se siente, saborea el veneno que le genera en el pecho. Jamás creyó entender a su prima hasta este momento.

—Si tú eres él, demuéstralo. Demuestra que no eres tan solo un mentiroso más que ha venido a romper mi corazón de viuda. Demuestra que eres Ulises.

Los ojos de Ulises recorren el lugar, la observan a ella. Hay cosas que son familiares, cosas que han cambiado. Se le ocurre que aún no ha mirado a Penélope como mujer. Es una reina, una esposa a la que reclamar pero también ha envejecido. Era apenas una muchacha la última vez que la vio y, de alguna manera, siempre imaginó que ella tendría la misma edad cuando él regresara a su hogar. No se le había ocurrido que el tiempo podría haber alterado esta figura respecto de la que él recordaba. En cierto modo es un alivio; le preocupaba que el gris de su propio cabello la llevara a despreciarlo, pero no, ella también tiene gris en el suyo. Tiene la piel desgastada por el sol, la barriga un poco más blanda que antes, las manos más curtidas, el rostro convertido en algo que parece tener más (mucho, mucho más) que la curiosidad inocente de una niña. Se da cuenta de que ella no es tan atractiva como la recordaba y esto le causa un alivio que casi lo hace caer de espaldas. Piensa que ambos pueden ser feos juntos. Las expectativas pueden disminuirse de manera acorde.

Ella se yergue, apoyando la punta de los dedos sobre la mesa, el mínimo resquicio de apoyo, y espera.

Él desvía la mirada, observa la habitación.

—Te conté sobre el prendedor, el que tú me diste… —comienza a decir, pero ella lo descarta de inmediato.

—Un marinero cretense podría haberlo visto, tal como tú mismo dijiste haberlo visto. Eso no significa nada.

—Nuestro día de bodas, los juramentos que hicimos…

—Había muchas personas presentes y muchas pueden haber escuchado. En los asuntos del matrimonio entre un príncipe y una princesa la discreción es una desventaja.

Los ojos de él recorren el lugar una vez más.

—La cama —dice—: yo tallé esa cama de un olivo. Crece en medio de la casa, fue mi regalo para ti, un monumento vivo. Lo hice sin ayuda de ningún otro hombre y tú juraste que lo mantendrías en secreto, solo para ti y para mí, para que siempre nos reconociéramos, para que siempre fuéramos honestos. Yo soy Ulises. Yo soy tu esposo.

Dirige estas palabras a la cama, como si no pudiera creer del todo que sigue allí. Entonces al terminar, levanta la vista, mira a Penélope y ve.

Ve que ella lo reconoce.

Ve que ella entiende.

Su rostro es una vasija demacrada pero, incluso si ella no fuera su esposa, él lo sabría. Ella lo sabe.

Él avanza hacia ella levantando los brazos pero ella retrocede de inmediato y extrae un cuchillo de entre los pliegues de su túnica y lo sostiene desafiante en dirección a él. Él se queda estupefacto, perplejo, afligido.

—Si tu fueras mi esposo —le dice ella mostrando los dientes—, *¡no habrías asesinado a mis criadas!*

El alarido hace eco por toda la casa, se desvanece.

Ulises se tambalea como si lo hubiera golpeado la furia del mar.

Entonces se yergue.

Mira a su esposa a los ojos.

—Hice lo que tenía que hacer para purificar mi casa —declara. El cuchillo se tambalea de atrás adelante en la mano de Penélope. No va a atacar pero tampoco lo suelta. Él también ve eso, ve lo inútil de todo, se endereza un poco más, enarcando las cejas. Tal vez su esposa también necesite purificación; esa idea le carcomió la imaginación durante todos estos años largos y vacíos. La tenía cada vez que le decía a Menelao: "mi Penélope es leal" y el espartano se reía. Lo tenía en la punta de la lengua cada vez que Circe o Calipso mencionaban a Penélope, antes de que supieran que él no quería que lo hicieran. Y aquí está ella ahora, llorando por putas y esclavas. Aquí está ella.

—Eran *buenas* —sisea Penélope—. ¡Eran buenas, me servían, eran mías! Todos los días, todos los días que tú no estuviste aquí, todos los días. ¿Cómo pudiste? ¿Cómo pudiste? Ella era... —Se le atoran las palabras, se le quiebran, el cuchillo vuelve a temblar, ella se apoya contra la mesa antes de llegar a perder el equilibrio. Me coloco detrás de ella, observo a Penélope, observo a Ulises.

Telémaco está sentado en una silla en el salón, debajo del trono de su padre.

Es la misma silla en la que siempre se sentó cuando su padre estaba ausente. De alguna manera, se imaginó que sería distinto cuando Ulises regresara.

La procesión de mujeres avanza en dirección al templo de Artemisa a la luz del amanecer. Otras mujeres han venido a sumárseles a lo largo del camino. Están armadas con dagas y con arcos de caza, con hachas de leñador y horquillas para llevar la cosecha al hogar. Cantan las canciones de la pérdida, las canciones de la traición mientras cargan los cuerpos de Eos, Melita y Melanto hasta su lugar de descanso debajo del ciprés.

Ulises no se mueve en los aposentos del rey y de la reina de Ítaca,.

Podría quitarle el cuchillo a Penélope en un momento, claro.

Hacer caer el arma de un manotazo, arrojar a su esposa sobre la cama.

Hacerle saber lo que siente.

No lo hace.

Una parte de él quiere hacerlo. Una parte fea, furiosa e hinchada que amenaza con atravesarle el pecho. Lo haría cualquier otro hombre, cualquier otro rey, y ese es el pensamiento principal que lo detiene, porque él cree una cosa sobre sí mismo, una cosa sobre las otras, y es que él no es como cualquier otro hombre.

Penélope lo ve, supone que es algo por lo que debería sentirse agradecida. En ese asunto en particular, su esposo ha sobrepasado sus expectativas, tales como eran.

Lentamente, baja el cuchillo.

Lo apoya sobre la mesa, a su lado.

Mira a su esposo a los ojos.

Dice:

—Los padres de los hombres que asesinaste se habrán enterado de lo que hiciste hacia el anochecer. Eupites y Pólibus pueden reunir cincuenta lanzas cada uno y tienen el oro para reunir al menos cincuenta más con mercenarios. Mercenarios a los que comenzaron a reclutar en el momento en que Telémaco regresó, pues sabían perfectamente que mi hijo se propondría asesinar a los de ellos. Mis criadas, Melanto, Melita y... —El nombre, el nombre, apenas si puede decirlo, se lo traga, pero se atora y lo vuelve a escupir—... Eos... estuvieron ofreciendo vino a sus hijos y a los criados de sus hijos, y acosándolos con halagos y conversación afable para enterarnos de todo esto. Tú tienes como mucho veinte hombres capaces de luchar junto con un puñado de guardias del palacio con los que tal vez puedas contar. Eso tal vez sea suficiente para matar a los pretendientes desarmados en el salón pero no será suficiente para rechazar a cien guerreros armados y organizados.

Ulises escucha, Ulises no se mueve. En Troya, en la tienda de Agamenón, se volvió extremadamente talentoso en este arte de quedarse tan quieto que parecía fundirse con la tienda. No se había imaginado que le serviría tanto en sus propios aposentos.

Penélope toma otra bocanada temblorosa de aire, se llena los pulmones por completo. Quita la mano de la mesa. Recupera el equilibrio. Continúa.

—Veinte hombres pueden defender la entrada del palacio, pero no son suficientes para cubrir los muros. La longitud de la fortificación es su debilidad y este lugar pronto se volverá indefendible. Yo voy a retirarme a la granja de mi suegro, en las colinas; su tamaño contrarresta toda ventaja numérica y tiene defensas sólidas. Tú puedes venir conmigo o quedarte aquí a morir, realmente me da lo mismo.

Toma su capa y se apresta a marchar hacia la puerta.

Cuando pasa junto a él la sujeta con fuerza del brazo.

Sus alientos se mezclan, ojo con ojo, piel contra piel, firmes, ligeros.

En todas sus figuraciones (sus fantasías sanguinarias, sus suposiciones sentimentales, sus sueños inocentes y sus pensamientos vengativos de sangre), no se había imaginado esto. Circe le habló con esa altivez una vez y, habiéndose roto su magia, él la sostuvo del cuello y sonrió. Calipso jamás necesitó hablarle así; su poder era tan inconscientemente intenso que apenas si parecía notar que lo tenía. Él se pregunta si debería sujetar del cuello también a Penélope, pero tan rápido como se le ocurre esa idea aparecen otros pensamientos más urgentes golpeando contra su cráneo embebido en sal.

Pensamientos como: "no podemos defender los muros del palacio".

Por un momento, ambos se quedan de pie allí, trabados juntos, ojo con ojo, pero la mente de él ya se está yendo a otro lugar.

"Tu esposa puede esperar", le susurro al oído. "Si ha esperado tanto tiempo, puede esperar un poquito más. El trono, sin embargo…".

Ulises suelta el brazo de Penélope.

—No abandonaré mi palacio —dice, y sabe de inmediato que esta es la clase de sinsentido obstinado que mató a la mitad de los reyes de Grecia. En resumen, palabras ordinarias. Las palabras de cualquier hombre ordinario.

—Entonces morirás en él —responde ella enérgicamente—. Mi esposo era lo bastante sabio para no intentar defender lo indefendible. Eupites y Pólibus estarán aquí con sus hombres antes de que salga la luna. Haz lo que quieras.

Se mueve de nuevo haca la puerta y esta vez él no la detiene, hasta que su voz resuena detrás de ella, cuando ella ya está casi llegando al corredor.

—Yo soy Ulises —dice él.

Lo dice tanto para sí mismo como para ella, a modo tranquilizador. Ulises: un hombre demasiado astuto para cometer un error, ¿no?

Ella lo mira, lo estudia por un momento y vuelve a darle la espalda.

—Deberías haber dado un entierro digno a los pretendientes —replica ella—. Eso habría sido sensato, además de justo. Aún tienes tiempo para tender los cuerpos en el patio y envolverlos como puedas; eso encenderá un poco menos a los padres, cuando echen abajo las puertas. Por supuesto, ahora que has matado a mis criadas y el resto huyó de tu carnicería, tendrás que hacerlo tú mismo.

Tras decirlo se aleja y él no intenta detenerla.

CAPÍTULO 23

CAE LA TARDE EN ÍTACA.

Penélope se deja caer por la cuerda colgada del muro del palacio. Hay demasiados padres de demasiados hombres muertos dispuestos en torno a la entrada como para que ese camino resulte atractivo.

Debajo, un sendero muy estrecho por sobre un acantilado escarpado.

Más allá el espacio abierto de la isla.

La esperan la vieja granjera Sémele y Teodora, teniente de Priene, mientras ella se aleja de los muros sin que nadie la vea, sin que nadie la detenga. Solo Ulises la observa irse desde una ventana alta del palacio y no intenta enviar hombres detrás de ella. En parte porque ella tiene razón sobre esta cuestión en particular: él no tiene hombres para enviar.

La multitud está siendo cada vez más ruidosa, inquieta y furiosa en la entrada del palacio.

Golpean la madera, hablan de echarla abajo para que su indignación sea visible.

Ya les han llegado novedades a los padres sobre los pretendientes, susurradas entre los muros del palacio, novedades sobre la muerte de sus hijos.

Pólibus cae al suelo aferrándose el pecho.

Eupites recibe la noticia como una piedra rebotando contra la pared de un acantilado y tan solo dice:

—Traedme mi lanza.

Ambos hombres han sido padres terribles. Sus hijos no eran hombres, no eran criaturas de carne y hueso que debieran ser nutridas y criadas para que vieran la luz. En cambio, fueron extensiones de la identidad de cada uno de los ancianos, extremidades para expresar las riquezas de Pólibus, la astucia de Eupites. Nunca se dijo de estos hombres que eran Eupites, padre de Antínoo, o Pólibus, padre de Eurímaco. La paternidad no era una noción dispuesta a servir. En cambio: Antínoo, hijo de Eupites; Eurímaco, hijo de Pólibus. Accesorios de la gloria de la persona que los creó.

¿Acaso estos padres amaban a sus hijos?

¿O acaso amaban un reflejo de su propia gloria imaginada?

Yo no soy la diosa del afecto pero sé que hasta la más simple de las criaturas con frecuencia ama ambas cosas.

Las moscas sobrevuelan los cadáveres hinchados de los pretendientes, cuya carne ya borbotea, cuya piel ya se va desprendiendo.

—Debemos envolverlos —dice Ulises.

—Padre... —comienza a decir Telémaco indignado, enfurecido.

—No tenemos tiempo para enterrarlos —vocifera Ulises—, pero tampoco podemos dejarlos en este estado lamentable. Fueron todos masacrados, hasta el último de ellos. Eso es suficiente. Es... es suficiente.

Esta palabra, "suficiente", está comenzando a introducírsele. Está comenzando a escabullirse por el mar bravío y la tempestad salada que colman su corazón furioso. Pensó en ella una sola vez, cuando Calipso lo envolvió entre sus sábanas. Pensó que tal vez conformarse en una isla, no ser un rey sino tan solo un amante, podría ser suficiente. Entonces se rebeló ante la idea. Para entonces él ya había comenzado a creer la historia de sí mismo que más adelante les contaría a otros, que solo podía llevar a la gloria.

"Amo de mi casa" piensa, mientras Eumeo y sus hombres, ahogándose en su propia bilis y con paños en la boca, buscan reacomodar los cadáveres apilados para que recuperen cierto resquicio de dignidad. Ulises los observa trabajar mientras el sol avanza hacia el horizonte, mientras unos puños golpean contra las puertas.

—Padre… —vuelve a intentar Telémaco, y hay algo en la voz de su hijo que a Ulises realmente le resulta irritante. El muchacho se las arregla para ser tanto dependiente como hacendoso, como un perro hambriento que gime cuando quiere morder.

—Tu madre tiene razón —le espeta, y de inmediato Telémaco se encoge. Ulises intenta suavizar la voz, recordar que este es un muchacho criado sin un padre, cuya casa fue invadida y que acaba de luchar salvajemente contra unos hombres que, mientras más lo piensa Ulises, no parecían capaces de defenderse—. Los padres de estos hombres no aceptarán lo que ha sucedido. Reunirán lanzas y marcharán sobre el palacio y no somos suficientes para defenderlo.

—Pero tú estás aquí. Tú eres…

—Yo peleo con la cabeza, muchacho. Estos muros son demasiado largos para defenderlos. Contra verdaderos guerreros bien armados y preparados, seremos abatidos.

—No puedes… tú eres Ulises… esto es….

—Penélope mencionó la granja de tu abuelo, dijo que tiene murallas. ¿Eso es correcto?

—¿Qué? O sea… cuando me fui la estaban reconstruyendo, sí, se hablaba de unas murallas y…

—¿Qué clase de murallas? ¿Con la altura suficiente para que sean difíciles de trepar? ¿Hay un portón?

—No lo sé. El abuelo quería un portón pero zarpé antes de que comenzaran las obras.

Ulises asiente con un gesto firme y recuerda esta sensación de autoridad, levemente, de años atrás, dando órdenes. Es un viejo hábito, un recuerdo que le vuelve a la punta de la lengua.

—Iremos allí. Mi padre puede sernos de utilidad para dividir a nuestros enemigos. Alguna vez fue amigo de los padres de algunos de los pretendientes, tal vez pueda persuadir a algunos de ellos; apenas estén listos los cuerpos, nos iremos en secreto por el sendero del acantilado por el que se fue tu madre.

—¿Mi madre se…?

—Se fue.

—¿Te dejó?

Telémaco no quiere decirlo, no se atreve a pronunciar las palabras, pero seguramente, seguramente, ¿esto significa que su madre es la puta mentirosa que él siempre temió? Él vio lo que Orestes le hizo a Clitemnestra, la valentía de Orestes al sostener la espada y, por supuesto, Telémaco es un buen hombre, no quiere tener que matar a su madre, pero si ella ha deshonrado a su padre… pues entonces… los hijos de Ulises no pueden ser más débiles que los hijos de Agamenón, ¿verdad?

Ulises ve a su hijo, la angustia en su rostro y aún no comprende del todo qué es lo que yace debajo. La última vez que sostuvo a Telémaco en sus brazos el muchacho era un bebé tendido delante de un arado en un intento por engañar al mensajero de Agamenón. Ulises solo tiene sus fantasías de una niñez, el concepto general de lo que él querría que fuera su hijo, sin una verdad concreta sobre la cual fundamentar sus opiniones. Ve el hijo que él quiere que su hijo sea, y por un tiempo más dará forma a la evidencia de sus ojos para que coincida con los deseos de su corazón. Sabe que tiene el derecho a denominarse padre, a exigir devoción, actuar con autoridad, abrazar a su hijo y decirle, "bueno, ahora escúchame". También sabe, en una parte más honesta de su corazón, que no se ha ganado estas cosas que ahora reclama.

Apoya una mano sobre el hombro de Telémaco.

El efecto debería ser conmovedor, una fuente de conexión vuelta a forjar entre padre e hijo. En cambio es algo llamativamente incómodo y una vez más me alegro de que estén ausentes los poetas que cantarán sobre esto.

—Penélope… Tu madre entendió que este lugar no puede ser defendido. Por mí… por nosotros… Ella y yo necesitamos tiempo. —Ulises se da cuenta de que ahora está viejo. Está viejo. No se atreve a permitir que su hijo lo vea—. Tal vez… por la forma en que se dieron las cosas…

Mueve la cabeza. Desvía la mirada de las hileras de cadáveres, de la expresión de dolor, confusión y traición que ve en el rostro de su hijo.

—Informadme cuando esto esté terminado. Nos retiraremos apenas caiga la noche.

Y así, cuando la última luz del día se desvanece…

Un golpeteo en las puertas, un estruendo, han traído escaleras, han traído un ariete… ¡Bum!

Las puertas del palacio de Ulises se abren de par en par y los hombres entran a los tropezones. Muchos están armados, los sirvientes y esclavos de los padres de los pretendientes y unos hombres cuyas espadas pueden comprarse. Retroceden de inmediato, no a causa de la resistencia de otros hombres, sino por el hedor a muerte que invade el patio. Los cuerpos de los pretendientes están tendidos en hileras ordenadas, con los brazos cruzados y los ojos cerrados. Se inspecciona cada rostro a la luz de los faroles de aceite, pero incluso a sus propios padres les cuesta reconocer a aquellos muchachos cerosos.

Algunos caen de rodillas y lloran al encontrar a su hijo asesinado.

Otros ruegan perdón. "¡Perdóname, mi niño, mi niño, perdóname! ¡Yo te hice venir aquí, te hice hacer esto, fui yo, mi orgullo, mi orgullo, mi ambición, perdóname!".

Es Eupites quien levanta a estos padres llorosos, sin siquiera molestarse en buscar por el patio a su Antínoo muerto.

—No fuimos nosotros —declara, con la mirada fija en otro lado—. Fue Ulises.

Los hombres corren por el palacio, atravesando puertas y gritando con la furia de la batalla.

No encuentran a nadie. No hay señales de vida, salvo por los regueros de sangre que las criadas no llegaron a quitar de las piedras.

Pronto su marcha pasa a ser una caminata y con curiosidad recorren estos corredores desconocidos bajo la luz de los faroles, examinando los frescos y echando un vistazo por entre las puertas abiertas. Algunos hablan de comenzar un incendio, de quemar por completo el lugar, pero nadie lo hace. El olor a muerte del patio es una advertencia, una declaración, una amenaza.

Puede que ahora no esté pero Ulises regresará.

—Solo es un hombre —vocifera Eupites, dándole la espalda a la luna como si hasta esa luz pudiera llegar a dejarlo ciego—. Solo es un asesino fugitivo.

Sus soldados y sus esclavos observan los cadáveres arruinados de sus camaradas, amigos, hermanos, primos,

tendidos sobre la tierra húmeda y escarlata, y no están seguros de creer.

"Creed", les susurro al oído. "Permitid que mis historias
os perforen el corazón".

—Habrá ido a lo de su padre —murmura Pólibus— o al
templo de Atenea.

Eupites asiente con la cabeza tan solo una vez.

—Esta noche enterramos a nuestros hijos —proclama,
aunque jamás volverá a mirar el rostro de su hijo, ni a decir
el nombre Antínoo durante todo el tiempo en posea control
sobre sí mismo—. Y mañana matamos a Ulises.

CAPÍTULO 24

Las mujeres se reúnen en el templo de Artemisa.

Penélope vino primero aquí, antes de acudir a Laertes.

Se dirige a las mujeres iluminada por las antorchas. Dice:

—Debéis quedaros aquí, no es seguro salir del santuario.

Sus criadas, las que quedaron con vida, se miran entre sí.

Fiobe no dejó de llorar hasta que Anaitis le puso algo en la bebida.

Eurínome olvida una y otra vez eso que iba a decir.

Algunas intentaron lavar la sangre de sus ropas, algunas recibieron túnicas toscas pero limpias de parte de las mujeres que se reunieron en este lugar. "El agua fría es lo mejor para quitar una mancha escarlata, pero de todas maneras, si se lo deja estar demasiado tiempo, el color se afianza".

Algunas de las criadas llevan cuchillos, arcos. No saben bien cómo usarlos, pero las otras mujeres, las mujeres secretas del bosque, las viudas y madres que no recibieron loas, les prestaron sus armas de todas maneras. Eso hace que las mujeres del palacio se sientan más seguras, más fuertes. La sola idea de tener un cuchillo en mano las tranquiliza, hace que sea más fácil pensar. "Es más fácil pensar", suele decir Priene, "cuando se reflexiona sobre cómo evitar una pelea que puede llevar a la muerte en lugar de pensar en cómo evitar la muerte en sí, sin otras opciones disponibles".

Autónoe se aparta de las mujeres acurrucadas.

—Yo iré contigo a la granja de Laertes —dice.

—No —responde Penélope—, no es necesario.

—Yo iré contigo —repite Autónoe—. Y si Ulises te mira, te habla, te toca, a ti o a cualquier otra mujer que haya en ese lugar, le cortaré la garganta mientras duerme. Lo juro.

Autónoe siempre quiso poder; el escaso poder que puede otorgársele a una mujer y a una esclava. Como reina de la cocina, como confidente de la señora de la casa, como la portadora de secretos, como la manipuladora de hombres y creadora de planes ocultos, lo tenía. Era mezquino y escaso, pero para una que nunca se atracó de carne, era un festín.

Ese poder ha desaparecido, se lo quitaron Ulises y Telémaco. Y mientras sostiene el cuchillo, se imagina clavando la punta en el cuello inconsciente de rey de Ítaca. No sabe si puede hacerlo. Ruega que sí.

Penélope ve todo esto, claro, y se le ocurre que no es la clase de mentalidad que debería llevar con ella a un lugar que probablemente quede restringido, que probablemente quede sitiado. También siente que se le aflojan las rodillas de la gratitud y ansía rodear con los brazos a Autónoe y hundir el rostro en su cabello y susurrarle, "gracias, gracias, gracias".

Anaitis dice:

—Las mujeres que se queden tendrán la protección del templo.

Y como la protección del templo no siempre es garantía contra la blasfemia, Priene agrega:

—Nosotras las mantendremos a salvo.

Hay muchos dioses que se ofenderían ante la idea de que las flechas mortales necesiten custodiar sus sitios sagrados.

Artemisa no se encuentra entre ellos. Miro a mi alrededor en busca de su divinidad, en busca de un atisbo de su presencia, pero no la veo. Sin embargo, a diferencia de mi hermano Ares, eso no significa que la cazadora no esté aquí. Mientras Penélope y Autónoe se preparan para la corta caminata por el valle hasta la granja de Laertes, Priene se acerca a la agotada reina.

—Las mujeres están listas para luchar —le dice—, pero aún no sé quién es nuestro enemigo. ¿Luchamos contra Eupites y Pólibus... o contra Ulises?

—No me cabe duda de que eso se hará evidente —dice Penélope suspirando— en poco tiempo.

—Podemos proteger las murallas, defender la granja, mejor que el templo...

—Aún no. Aún no. Le ordené a Ourania que envié un mensaje a Micenas, a Electra... Es posible. Si le llegó el mensaje, entonces tal vez... pero ya veremos.

—Yo os acompañaré hasta la granja —declara Priene, y en su voz hay algo que no da lugar a discusiones.

CAPÍTULO 25

La granja de Laertes, padre de Ulises, alguna vez fue modesta, situada en el interior de las colinas de la isla donde el anciano tenía algunos cerdos, un par de cabras de mal carácter y una magra cosecha de aceitunas un tanto desagradables. A Laertes le parecía completamente adecuado; le dedicaba el trabajo suficiente para sentir que tenía algo que hacer a su avanzada edad, pero que también le permitiera tomarse tantas siestas como deseara y hacer que otra persona hiciera el trabajo sucio. Fue perfecto para el viejo aventurero.

Cuando unos piratas atacaron su granja, en un intento de capturar al antiguo rey y pedir recompensa por él, Laertes y algunos esclavos de su casa se ocultaron en una zanja y observaron, en las nubes del cielo nocturno, el reflejo naranja de su hogar ardiendo. Cuando Penélope, su nuera, ofreció reconstruir su granja en la misma tierra llena de cenizas donde sus cerdos habían vivido, ambos estuvieron de acuerdo con que podrían resultar útiles ciertas mejoras.

—Murallas de este tamaño —proclamó él—. Con el ancho suficiente como para que requiera un gran esfuerzo echarlas abajo, pero no tan largos como para que puedan abatirnos. Es siempre un error tener murallas demasiado largas para defender; es demasiado ostentoso, demasiado estúpido. Y pinchos. Y una fosa. La fosa defensiva es muy importante.

—Por supuesto padre —había respondido Penélope, con la mirada baja y las manos entrelazadas en gesto de humildad—. Lo que tú desees.

Laertes está durmiendo. Se oyen unos golpes fuertes en su puerta.

Él ronca tan fuerte como su hijo y no se mueve.

De nuevo los golpeteos, más intensos.

Lo toco suavemente en las costillas y también a su sirvienta, Otonia, y con un sobresalto y una queja cargada de flema, el viejo rey abre los ojos.

—Es muy tarde para una condenada visita.,. —murmura para sí mientras se cubre con una túnica teñida con manchas de un amarillo descolorido y de tierra ennegrecida—. ¿Quién anda ahí? —le grita a la oscuridad, mientras camina hacia la pesada puerta que custodia su predio.

—Penélope —responde una voz desde las sombras—. Y Anaitis, sacerdotisa de Artemisa, mi criada Anaitis y mi amiga Priene. —Un momento de duda—. Además, vale la advertencia: tu hijo ha regresado.

Penélope duerme mientras el sol sale.

Hasta Autónoe se sorprendió por la profundidad con que la reina se durmió en la cama ofrecida, aún con su vestimenta de viaje, los pies sucios y el cabello despeinado. Nadie da señales de querer molestarla.

En otro lado, Laertes se encuentra junto a una fogata sin encender. Está sentado en su silla favorita, un mueble casi tan torcido y de extremidades casi tan cortas como él mismo, y observa a las mujeres sentadas frente a él.

Priene, con su espada en la cadera. Autónoe, con sus ojos

grises y sus ojeras marcadas. Anaitis, sacerdotisa de Artemisa, que reza en silencio a la gran cazadora que protege estas islas y que parece no notar nada más en sus devociones.

—Entonces —Laertes se dirige a Priene, pues parece ser la que más despierta está de las tres— mató a todos los pretendientes, ¿eh?

—Sí.

—Bueno. Tenía que suceder.

Priene aprieta los labios pero no muestra otra señal de sentimiento.

—Me imagino que vendrá aquí pronto, ¿verdad? ¿Para presentar su respeto?

—Estará huyendo de los padres furiosos de los hijos a los que ha masacrado —responder Priene, rígida como un hacha.

Laertes se encoge de hombros. Eso también era inevitable. Él no cree en eso de ponerse nervioso sobre las cosas sino hasta que están sucediendo, en cuyo momento tal vez se permita ponerse un poco gruñón, siempre y cuando eso no interfiera con el asunto. Inclina la cabeza hacia la habitación donde duerme Penélope.

—¿Ella está bien?

—Él mató a tres de sus criadas.

Laertes inhala con fuerza entre sus dientes partidos y amarillentos, chasquea la lengua. Autónoe no levanta la mirada de la copa que sostiene entre ambas manos, los hombros caídos, las rodillas juntas.

—¿Pelearás tú? —pregunta Laertes por fin.

Priene enarca las cejas. Le gustaría poder enarcar de a una, como le ha visto hacer a Penélope, pero no domina tan finamente esos músculos.

Laertes escupe en la fogata.

—Estoy viejo, no muerto niña. Yo sé quién mató a los invasores el año pasado y quién expulsó a Menelao de esta isla. Pero el regreso de mi hijo... eso altera las cosas. Nadie te culparía si tan solo... desaparecieras entre las colinas. Nadie sabría que existes como para culparte.

Priene lo piensa por un momento, luego dice:

—La reina dijo que podría matar griegos cuando me puse a su servicio. Yo pensé que exageraba pero cumplió con su palabra. Piratas griegos, soldados griegos, incluso tal vez príncipes y reyes griegos. Eso era lo único que yo quería, o único que me quedaba. No importaba si yo moría siempre y cuando muriera matando griegos. Estar a su servicio parecía la mejor forma de conseguirlo.

—¿Y ahora?

—Ahora... ahora es mi deber luchar por algo, en lugar de limitarme a luchar contra algo y ya. Eso es... me prometí a mí misma que no me permitiría volver a estar en ese estado.

—Pero aquí estamos —musita Laertes, en un tono que es parte risita y parte suspiro. El viejo rey llega a la conclusión de que es más fácil divertirse con los asuntos que están más allá de todo control que enfurecerse por ellos.

Priene asiente con la cabeza, solo una vez, un reconocimiento reacio de algo compartido. Se mira las manos, las rodillas, el suelo, mientras responde con calma y claridad.

—Pelearé por las mujeres. Pelearé por las criadas. Pelearé... de alguna manera... para mantenerlas a salvo. Incluso si eso significa —hace una mueca de asco con los labios— luchar para defender a un... *rey griego*. Si se necesita un hombre en el trono para mantenerlas a salvo, aunque sea un hombre como Ulises, pues... ellas son lo único que importa. Ellas... lo son todo.

Laertes chasquea la lengua contra el paladar, un sonido que significa muy poco, una señal de que escuchó sus palabras, nada más y nada menos. Hace mucho tiempo que abandonó el tedioso hábito de preocuparse por los detalles.

Priene señala la habitación donde duerme Penélope.

—Pelearé por ella —dice—. Haré eso.

Laertes asiente con la cabeza, no dice nada más.

Se quedan esperando.

El sol se arrastra, pálido y difuso, hacia lo alto del cielo.

Los padres preparan a sus hijos para el entierro en la ciudad que descansa a los pies del palacio.

No saben cómo preparar los cuerpos.

Cómo decir adiós.

Qué canciones cantar.

Qué lágrimas derramar.

No hay canción preparada para este momento.

Les parece una obscenidad, una blasfemia, algo profano que estas cosas deban hacerse tan burdamente, que tantos cuerpos deban tenderse juntos para que ningún padre pueda afirmar cuál es su hijo entre la hilera de cadáveres envueltos.

También hay algo tierno en todo esto, hasta hermoso. Una intimidad en el procedimiento que habría faltado si se hubieran llevado a cabo al pie de la letra todas las exequias, todos los rituales, si las manos de otra persona hubieran cubierto los cuerpos de los muchachos con túnicas pulcras e impersonales.

Saben que deben continuar.

Continuar.

Eso es lo que deben hacer los hombres.

Siempre deben continuar.

Ulises llega a la granja de su padre al frente de su ejército maltrecho de muchachos y ancianos justo después del amanecer. La puerta está abierta, el viejo se encuentra de brazos cruzados en el límite de la entrada, con la túnica colgando torcida por sobre las rodillas huesudas. Se ha puesto una de sus mejores túnicas, pero no se molestó en amansar su cabello ralo o en quitarse la tierra de las uñas o de sus pies nudosos. Ulises debería sentirse anonadado, tal vez, por la degradación de su padre, pero eso no sucede. Es una de las pocas cosas estables de la isla.

—Padre —comienza a decir, dando un paso para inclinar la cabeza, para dar un buen discurso, un discurso potente—, he regresado de mi...

—¿Qué hiciste, muchacho? —le espeta Laertes—. ¿Qué mierda hiciste?

CAPÍTULO 26

MÁS DE UNA VEZ SE HA COMENTADO LO PECULIAR QUE ES que haya dos dioses de la guerra merodeando por los palacios celestiales del Olimpo. Además de ciertas riñas menores sobre quién es la verdadera señora del hogar, o quién entre Apolo y Artemisa es mejor con el arco, en el panteón de las divinidades no hay otro aspecto de la creación tan bien atendido como el combate sanguinario.

Se considera que mi hermano Ares (en términos generales) es un dios de la carnicería salvaje, de las escaramuzas brutales y del clamor del campo de batalla, mientras es probable que a mí se me divise en la tienda de los generales, urdiendo estrategias y planificando, o caminando por un campo pantanoso antes de la batalla para estudiar el terreno por el que deberán marchar los guerreros con sus cargas.

Hay cierta verdad en esta dicotomía, sí, pero también deja de lado algunos detalles importantes. Ares también suele situarse junto a los generales para proclamar: "¡Enviadlos a todos! ¿Para qué es que vinieron, si no para morir?", y con frecuencia, con demasiada frecuencia, su voz sobrepasa la mía. Del mismo modo, yo suelo estar en el campo de batalla sujetando del brazo a un guerrero temeroso y susurrándole: "Mantente firme. Firme con tus hermanos. Mantén sus escudos a tu lado".

Yo poseo un aspecto que mi hermano no tiene: soy la señora de la sabiduría además de la guerra y, en mi opinión, la guerra casi nunca es sabia. Se puede luchar bien, con astucia y estrategia, y hay pocas cosas que yo disfrute más que la imagen de un ejército rechazando de manera inteligente a una tropa monstruosa, de gran tamaño. Pero, fundamentalmente, son pocas las batallas entabladas, pocos los cuernos que no hayan sonado por motivos insensatos: el orgullo, la avaricia, la venganza o el miedo.

Y así, por mi propia naturaleza me contrarresto a mí misma y mi hermano se ríe mientras reyes y príncipes entran en combate por el orgullo mezquino y el honor estúpido e insensato, pues hace mucho que la sabiduría ha abandonado sus corazones.

La simpleza de Ares es su poder, su violencia es absoluta. Y tanto a dioses como a mortales les resulta más fácil lidiar con cosas simples y absolutas. Una vez me rebelé ante mi padre e intenté fracturar los cielos pero perdí. Fui traicionada por otra mujer, una mujer favorecida por Zeus a quien le resultó más seguro vivir bajo su brazo que atreverse a ser libre. Ella sentía más miedo por la historia de Zeus, por su poder imparable y por su furia poderosa que inspiración por las historias que yo susurraba acerca de la libertad, el cambio, algo nuevo y desconocido. Y cuando fui derrotada, me arrodillé ante mi padre, esbocé una sonrisa afectada y dije "sí, padre", "por supuesto, padre" y todo lo que fuera necesario para sobrevivir.

La sabiduría no es vengativa pero la guerra, a menudo, sí lo es.

"¿Acaso nuestro padre te sigue queriendo?", preguntó Ares cuando fracasó la rebelión y Zeus lanzó su furia por todos los cielos. "¿Te sentaste sobre sus rodillas y le dijiste 'lo siento, padre'?"

Claro que hice esas cosas. Tanto a Ares como a Zeus les

encanta ver a un rival humillado, arrastrado entre cadenas; les resulta más dulce que cualquier néctar divino.

He disminuido mi luz desde entonces y mantengo mis facciones vacías, serenas. A veces me siento agradecida por las lecciones de mi fracaso, pues me mostraron los crueles límites de mi poder, la oposición a mi ambición. Aprendí que no podía valerme solo de fuerza para abatir a los dioses, para rasgar el cielo en dos y gritar por todo el mundo estremecido: "¡Rompamos con estas mentiras, cortemos estas cadenas!".

Mis ambiciones disminuidas deberían ser más silenciosas, más pequeñas y crueles.

Y así fijé la mirada en Ítaca.

Los hombres de Ulises custodian las murallas de la granja de Laertes.

Las murallas son altas pero sin llegar a ser excesivas, con una plataforma en torno al borde interior por la que se pueden disponer defensores, aunque solo una hilera. Había planes para levantar una barrera detrás de esta misma pasarela, pero los constructores no han tenido tiempo de terminarla, por lo que hay muchas herramientas y troncos gruesos apilados en un cobertizo bajo la muralla oriental, listos para ser colocados. Hay una puerta baja en la muralla norte a través de cuyas fauces cuadradas deben entrar los visitantes, y si bien no es gran cosa, al menos las murallas que la rodean y la plataforma que tiene por encima son robustas, y sus dimensiones pueden obligar a cualquier enemigo que desee pasar por allí a avanzar por una estrecha área de matanza.

Alrededor de las murallas hay un foso. La tierra del foso se convirtió en la base de la propia muralla, lo que le añadió altura a la barrera que de lo contrario no habría sido muy impresionante. Eso es lo que más enorgullece a Laertes; él considera que un buen foso defensivo es la mejor herramienta que un soldado o un rey podría requerir y, en términos generales, tiene razón. El foso tiene la profundidad suficiente para que, si un hombre cae en él sin tomar precauciones, corra el riesgo de torcerse un tobillo o de romperse una pierna y, una vez allí dentro, a ese mismo hombre le costará volver a salir por el otro lado, pues mientras su cabeza sobresaldrá lo suficiente como estar a una altura que lo convierta en un buen blanco.

"¡Me encantan los fosos!", proclamó Laertes en su momento, mientras las mujeres enviadas por Penélope para reconstruir su granja trabajaban bajo el sol abrasador para cavarla. "¡Dadme un foso y luego otro foso y tal vez un poco de empalizada y os garantizo que el otro desgraciado se habrá rendido antes de que yo haya terminado de correr!"

Laertes no tendrá un papel protagonista en el poema que compondré sobre la vida de su hijo. Eso no es porque no sea, a su propio modo extraño, uno de mis preferidos.

La tierra que rodea a la granja fue limpiada en todas direcciones para sembrar con granos, para ser labrada por Otonia y los dos antiguos esclavos que a veces funden estaño en el taller desvencijado ubicado en el linde de los pequeños dominios de Laertes. Más allá se encuentran los bosques de Ítaca, llenos de maleza y de mugre. Los bosques son más ralos hacia el este, donde la maleza y las espinas se aferran a los tobillos y luego se elevan entre piedras caídas y tierras amargas hasta llegar a un follaje difícil; y más espesos hacia el oeste, donde unas esteras negras de troncos y corteza ocultan la curvatura de la colina, que baja en dirección al valle oculto donde algún caminante desprevenido podría encontrar el templo de Artemisa. La granja se encuentra en la parte más alta de todo esto y durante los días bellos se puede vislumbrar un atisbo del mar tanto hacia el este como hacia el oeste desde lo alto de las murallas defensivas. A Laertes no le interesa particularmente la vista. Le gusta, sin embargo, cuando las personas que vienen a visitarlo llegan sin aliento a causa de la caminata; disfruta al ver que la gente se esfuerce por el privilegio de su compañía.

La casa está dentro de las murallas. Es excesiva para un solo hombre y su criada y demasiado humilde para un hombre que solía ser rey. Hay cuatro buenas habitaciones: "¡Una para mí, una para ti, una para el nieto, una para Ulises!" fue la explicación de Laertes para su nuera, quien al menos sintió cierto agradecimiento por el hecho de que el anciano supusiera que ella no compartiría sus aposentos con su esposo, en extremo ausente. La habitación más pequeña es en realidad la ocupada por Otonia, y aunque es exigua al menos está del lado sur de la casa, lejos de los chiqueros. La cocina es la estancia más impresionante de la granja, después de que Otonia diera a entender que le resultaría muy agradable un espacio mayor para trabajar y disfrutar del placer de la luz matutina, y que Laertes, que jamás admitiría su aprecio por nadie y mucho menos por una criada leal, se volviera hacia Penélope y vociferara: "¡Una cocina grande, espaciosa, con ventanas enormes de buenos postigos, colmada de hierbas y de buen, *buen* vino!". El pozo está justo fuera de la puerta de la cocina; después de todo, Otonia está envejeciendo y le cuesta cargar cosas más de unos pasos, sobre todo por su espalda. Nadie se atrevió a preguntar a Laertes si necesita la ayuda de una mujer más joven: esa pregunta sería una especie de blasfemia.

En pocas palabras, es una fortificación bastante baja pero moderadamente eficiente. Cien hombres con jabalinas y piedras ocuparían las murallas y se mantendrían firmes contra las expectativas más razonables de un ataque. Si bien deberían levantar tiendas por todo el patio para dormir y el lugar quedaría atestado, las reducidas dimensiones contrarrestarían toda ventaja numérica que pudiera traer un enemigo, por tanto digo cien, pero tal vez ochenta hombres podrían rechazar con éxito a casi cualquier atacante exceptuando quizás a los más astutos y hasta que las reservas de comida se acabaran.

Claro que Ulises cuenta, como mucho, con veinte.

Eumeo se las ha arreglado para encontrar otros tres hombres, todos tan viejos como él, dispuestos a involucrarse en el regreso de Ulises. Hace unos cuarenta años que estos ancianos no blanden espadas; ahora tendrán que servir arrastrando cuerpos y paleando tierra. Eumeo pensó que podría encontrar más, se imaginó que toda la isla se reuniría de inmediato ante el regreso de su famoso rey, y se indignó al descubrir que se le cerraban muchas puertas con alguna amable variante de: "Bueno, oí que los padres de los hombres que asesinó se están armando, y ya pasaron veinte años, ¿no es así? Pero si sobrevive a esta semana pues claro, claro, será todo un placer. Tiene todo mi apoyo. Haznos saber cómo termina todo".

Eumeo farfulla que estos cobardes deberían ser colgados como fueron colgadas las criadas, que cuando Ulises haya destruido a sus enemigos debería buscar venganza y sangre, arrastrando por los pelos a cada sujeto desleal.

Tras observar a los ancianos que encontró el porquero, Ulises responde que eso será suficiente por ahora. Que esto será suficiente. Sabe que, de alguna manera, los hombres de la ciudad tienen razón: él estuvo ausente en la isla más tiempo que el que la gobernó.

Seis guardias del palacio llegan por cuenta propia para servir al rey, cargados con lanzas, jabalinas y armadura. Ulises les agradece su lealtad, oye en sus voces acentos de otros lugares, Áulide y Pilos, la Cólquida y Atenas, pregunta durante cuánto tiempo sirvieron en Ítaca y cómo ingresaron en la guardia del palacio.

Se miran entre ellos, prudentes y el más valiente dice:

—Mi rey, estábamos pasando por Ítaca después de la guerra en busca de oro y gloria. Un primo de una mujer llamada Ourania se nos acercó y nos preguntó por nuestras historias, nos dio vino, riquezas. Entonces Ourania nos contrató para proteger unas embarcaciones mercantes que tenía a cargo y que debían atravesar unas aguas peligrosas en dirección al norte de los bárbaros, o aquellos mares donde los lobos hambrientos que no se alimentaron en Troya intentan saquear a sus compatriotas griegos. Al oír los informes de nuestro buen servicio, la reina Penélope nos invitó al palacio. Habló con cada uno de nosotros, nos ofreció condiciones por nuestro servicio, nos dio nuestros deberes.

—¿No Peisenor? —pregunta Ulises, manteniendo un tono de voz tranquilo, curioso—. ¿Ni Medón ni Egiptius o algún hombre de mi consejo?

—No —responden ellos—. Fue Penélope.

Ulises asiente con la cabeza y sujeta del hombro a cada uno y les da la bienvenida, y no mira en dirección a la casa donde espera Penélope.

Ulises tiene bajo su mando por la noche veintiséis hombres dispuestos a pelear además de los ancianos que ahora fastidian a Otonia en la cocina. Esto está bien. Él considera que se encontraba en sus mejores momentos cuando tenía la oportunidad de conocer a cada uno por su nombre, de saber sus debilidades y sus fortalezas. Comandar grupos enormes de infantería sin rostro requería depositar la confianza en unos subordinados en quienes confiaban sus compañías, y Ulises será el primero en admitir que los años no le han otorgado demasiada fe en los subordinados. Pero veintiséis hombres… incluso si la mitad de ellos son muchachos o si su mérito es cuestionable, resulta un número sólido.

Envía a tantos como se atreve a adentrarse en el bosque en busca de alimentos. Están un tanto perplejos. Para los guardias del palacio, para los amigos de Telémaco, esto es algo que esperan que hagan las mujeres. Algunos de los ancianos de Eumeo chasquean la lengua y dan un paso por delante de la hilera.

—Los jóvenes de hoy en día —murmuran, mientras salen a la luz del sol.

—Padre, ¿tienes jabalinas, arcos, flechas? — pregunta Ulises a Laertes.

El anciano inhala por entre los huecos de los dientes, se lo piensa más tiempo que el que necesita y luego le espeta:

—¡Claro que no, muchacho! ¿Quién los usaría?

Ulises logra no suspirar. Incluso antes de que Ulises partiera, su padre había sido una abundante fuente de exasperación. Darle una granja en las colinas donde solo pudiera ser exasperante parte del tiempo había sido una de las decisiones más sabias de la familia. A Laertes le brillan los ojos; observa el intento de su hijo de resistir el impulso de bufar, de resoplar, recuerda cuánto disfrutaba de hacer retorcerse a su prole, de hacer trabajar al muchacho.

—Pero te diré algo —añade pensativo—. Sí tengo muchas piedras grandes y escombros que quedaron de la reconstrucción. Los guardé especialmente por si se me ocurría levantar un baño o extender la casa.

A Ulises le brillan los ojos. Nunca arrojó piedras sobre cabezas, aunque tiene absoluta consciencia lo que se siente estar en la muchedumbre que las recibe. Se le ocurre que se trata de otra broma cruel de los dioses que se haya pasado tanto tiempo asediando un lugar y que ahora deba aprender lo que se siente estar bajo asedio.

Telémaco custodia la entrada a la granja de su abuelo mientras los recolectores hacen su trabajo.

Es la clase de asunto necesario del que él siente que puede encargarse. Además, el silencio de la custodia, la quietud del aire cálido del anochecer, parecieran tener un efecto purificador de alguna forma. Aquí no hay hedor a muerte y hasta el olor a excremento de los animales de Laertes es un alivio. Telémaco necesita lugar para pensar. Telémaco jamás ha apreciado realmente cómo se siente el espacio para pensar.

En la cocina Otonia y Autónoe intentan penosamente preparar una comida para casi treinta personas. La criada de Penélope trabaja sin decir palabra, no da instrucciones, no pide nada. Lleva un cuchillo en el cinturón y no hace el menor esfuerzo por ocultar la hoja.

Fuera de la granja, entre las sombras, Priene atraviesa la oscuridad. Aún no se considera del todo apropiado que Ulises conozca a la capitana de la guardia de Penélope; aún no. Su teniente, Teodora, ha venido del templo a unírsele, al igual que otras mujeres. La anciana madre Sémele se encuentra con su hija a su lado, hacha en mano. Cuando la gente le pregunta "¿Qué quieres hacer con un hacha, buena madre?", Sémele responde que es para cortar leña. Esto no es mentira. Un hacha es una herramienta para diversos propósitos.

Las mujeres no abandonan la cubierta de los árboles pero observan los caminos en silencio, los senderos secretos, las sendas serpenteantes que llevan a la granja del antiguo rey.

Teodora dice:

—¿Cómo es Ulises?

Priene responde:

—Asesinó a Eos, Melita, Melanto. Será rey de estas islas si sobrevive.

Teodora lo piensa por un rato y murmura:

—¿Y Penélope?

Priene no responde.

Unas mujeres armadas con arcos y cuchillos de caza, con el rostro cubierto de lodo y hojas entrelazadas en el cabello, observan la granja en silencio. Detrás de ellas, otra. La señora de la caza tiene enredaderas entre los dedos de los pies, carcaj en la cadera, arco en mano. Ella observa también. Siento su presencia porque ella desea que así sea, pero le extiendo la cortesía de no intentar buscar más señales de su paso.

Más tarde, junto al fuego nocturno: Ulises, Laertes, Penélope.

Autónoe despertó a Penélope en su habitación, le susurró:

—Tu hijo y esposo están aquí.

Penélope tomó a Autónoe de la mano, estudió el cuchillo que tenía la criada en la cadera, pensó en decirle algo al respecto y decidió no hacerlo. Tan solo respondió:

—Bueno. Bueno. Pues aquí están.

La casa en sí misma es puro ajetreo, en cada recinto ya se aprecia el sudor de los hombres. Pero este lugar, esta pequeña habitación en el rincón norte donde Laertes a veces se echa su siesta de la tarde, ahora es solo para la familia. Telémaco continúa custodiando la entrada. Considera que no es apropiado que se le vea haciendo otra cosa y agradece que la gente acepte su excusa.

Y así, los tres mayores se miran en silencio, picoteando la comida que les proveyó la cocina.

Penélope durmió, se aseó y peinó cabello. Pensó en pedir ayuda a Autónoe, pero llegó a la conclusión de que sería un gesto obsceno. El resultado es más digno de la hija de un granjero que de la esposa de un rey. Ella carece del poder divino de Circe, de la belleza de Calipso, ninfa de los mares;

tiene los ojos pesados, ojerosos, los hombros encorvados. Ulises se sorprende a sí mismo observándola y luego, cada vez que ella lo nota, desvía la vista como si no estuviera mirando nada en particular.

Laertes dice:

—Entonces, ¿dónde están, Medón, Peisenor, y esos?

—Envié a Peisenor y a Egiptius a Cefalonia para intentar reunir hombres —responde Ulises con los dedos manchados de grasa mientras mastica un poco con la boca abierta—. Creo que Medón se dio a la fuga.

—Yo envié a Medón a la casa de Ourania. —La voz de Penélope es calmada, suave, no hay en ella el menor atisbo de un grito, ni el menor indicio de las llamas que arden en su alma—. Por su seguridad.

—Ourania —dice Ulises pensativo—. ¿Quién es ella?

—Era mi criada y de la madre de mi esposo antes de eso. Yo la liberé muchos años después de la partida de Ulises, y ella ha seguido sirviéndome como mis ojos y oídos. Tiene informantes en todas las cortes y conoce a cada mercader desde el Nilo hasta el norte helado. Esa es Ourania.

Ulises vuelve a sorprenderse observando a su esposa. Ella no lo mira, se concentra en su comida. Tiene las manos curtidas; él se pregunta cómo llegaron a ese punto. Pues estuvo esquilando ovejas, sujetando cabras por los cuernos, inspeccionando las arboledas bajo el sol ardiente, cortando gargantas de cerdos, contando fanegas de granos, riéndose en secreto con sus criadas bajo el sol de la cosecha. Él intenta imaginar e imagina todas estas cosas pero no sabe si puede confiar en su imaginación o no. Todo el mundo le ha dicho que su esposa se pasó el tiempo sentada en sus aposentos durante los últimos veinte años, que eso fue todo lo que hizo y, aunque eso parecía absurdo, con el tiempo casi que comenzó a creerse ese relato.

Se da cuenta de que hay una clase de intimidad en todo

esto. La historia que Penélope se tejió de sí misma, extendiéndose por los mares, llegando en susurros hasta los muros mismos de Troya. En la ausencia de cada uno, las historias eran lo único que podían compartir.

Él se pregunta de un sobresalto qué historias escuchó ella de él y si se las cree.

Laertes habla con una gran bola de comida aún en la boca, con la barbilla salpicada.

—Entonces, ¿cuántas lanzas crees que reunirán Eupites y Pólibus?

—Al menos cien —responde Penélope, como si estuviera haciendo una declaración sobre cubetas de pescado.

Laertes considera este número sin dejar de masticar.

—Y entre ellos también habrá verdaderos guerreros. Eso sí que será un desastre.

Ulises picotea su comida, se queda perplejo por lo sabrosa que es pese a su simpleza, por lo mucho que extrañaba esta calidez familiar sobre la lengua; le parece que no sería apropiado decirlo. No está acostumbrado a quedarse sin palabras y se siente inadecuado, hasta pequeño, sentado allí, en la casa de su padre. Darse cuenta de eso lo enoja. El enojo no es útil y sin embargo ahí está, atorándosele en la garganta, asfixiándole la inteligencia.

Le doy una palmada en el hombro.

"Siéntelo", le susurro. "No puedes deshacerte de tu enojo con solo desearlo. Déjalo arder. Déjalo llamear. Es un fuego innegable que te da fuerzas. Entiende también que cuando más importe, te traicionará, te dejará frío, roto, en la oscuridad. Es lo que siempre hace el fuego".

Laertes, al parecer inconsciente tanto de los mortales como de las deidades que tiene en su presencia, suspira, chasquea la lengua.

—Tal vez pueda convencer a Pólibus. Siempre fue más razonable que lo que parecía. Pero Eupites... ya es más difícil.

Asesinar a su hijo. —Vuelve a inhalar—. Será difícil hacer las paces con eso.

Penélope no se mueve.

Ulises clava la vista en su plato.

—¡Bien! —La palmada que da Laertes al chocar las manos resuena sonoramente por el recinto y hace sobresaltar a sus dos interlocutores en sus sillas—. No me cabe duda de que podréis resolverlo, sí, ¡avisadme cuando todo termine!

Con una energía sorprendente para un sujeto tan envejecido, se pone de pie de un salto, atraviesa el lugar y desaparece en un miasma de sudor y entusiasmo por evitar más conversaciones. Ulises se queda perplejo. Había preparado muchas cosas que pensaba decir; historias de su valentía y sacrificio heroico, de aventuras osadas y de traiciones crueles. Lo practicó en la corte del rey Alcínoo y su esposa, y allí tuvo una gran respuesta. Lo mínimo que puede hacer su padre es esperar a oírlo...

Pero no. Laertes ya se alejó. Al parecer, a Laertes no le importa demasiado.

Una expresión atraviesa el rostro de Penélope, apenas por un momento, algo muy cercano a la traición, tal vez, un destello de miedo ante la partida de Laertes, pero desaparece tan rápido como surgió.

Penélope y Ulises se quedan.

—La madre de mi esposo está muerta —dice Penélope por fin—. Anticlea. Murió de dolor por la ausencia de su hijo.

—Lo sé —responde Ulises—. Me encontré con ella en el inframundo.

Penélope resopla.

Es un sonido desagradable, cruel.

Ulises se encoge pero nota que su respuesta instintiva (atacar, golpear, gritar con una sagacidad cortante que hiere casi tanto como la espada) se le antoja mezquina, vacía.

Clava la mirada en su comida.

Penélope ignora la de ella. De alguna manera comer delante de él le resulta despreciable, vulnerable, inhumano.

—Telémaco es... —intenta decir Ulises, y una vez más se queda sin palabras. Penélope espera. Ella tiene muchas palabras para definir a Telémaco, pero que la cuelguen si va a ofrecérselas a él a modo de regalo. —Me doy cuenta de que no he oído mucha información sobre ti durante todos estos años —dice Ulises por fin—. Salvo que estabas aquí, esperando.

—Pues eso lo resume todo, ¿no es así?

—Pues no lo sé. Las islas parecen... seguras. Hay buen comercio en el puerto, ajetreado como no lo he visto jamás. No me imagino que eso haya sido... —Un gesto. Un resumen vago de cosas demasiado grandes para nombrar. De cosas que cuelgan en el aire, húmedas de vergüenza.

—¿Que haya sido...? —sugiere Penélope—. ¿Fácil? ¿Sencillo? Mi esposo me dejó un consejo de tres ancianos para que administraran las islas en su ausencia. Tres ancianos demasiado viejos para luchar en Troya a cargo de un reino. Sin duda, puedes estar seguro de que cuando unos piratas saquearon nuestras costas, cuando unos invasores secuestraron a nuestra gente, cuando el propio Menelao prácticamente nos invadió, ellos estuvieron a la altura de las circunstancias en el momento de protegerme a mí y a mi hijo.

Este es el momento, me parece.

El momento en el que el corazón de Ulises pende sobre una hoja afilada.

El corazón de Penélope también.

Hubo un momento similar una vez, cuando Agamenón vio a Clitemnestra. Un momento en el que él podría haberla golpeado o podría haberse arrepentido. En que ella podría haber sentido pena o desesperación. La hoja se movió y se lanzaron los dados. Ahora ambos deambulan por campos de trigo ennegrecido, gritando palabras olvidadas a una neblina indiferente.

Ulises considera poner las manos alrededor de la garganta de Penélope.

Considera bramar: "¡No me hables así, no me hables así! ¡Puta de mierda, puta de mierda, yo lloré por ti! Navegué por el mundo por ti, diez años en guerra, diez años en la mar, no tienes idea de las cosas que hice, de las cosas que vi, ¡no te imaginas! ¡NO TE IMAGINAS!".

Considera poseerla ahora mismo, arrojarla al suelo, arrancarle la túnica, aullar, "Circe, Calipso, Circe, Calipso", arrojarle encima su humillación, su furia, su soledad, su desesperación. Introducírselas. Tal vez entonces habrá llegado a su hogar. Tal vez entonces los ojos muertos de los marineros que lo desobedecieron, las lenguas ahogadas de los hombres que hicieron caso omiso a sus consejos (no, aún peor, los muertos a los que *no pudo persuadir*), tal vez dejen de gritarle desde la furia del remolino. Tal vez por fin lo llamen rey. Amo de su casa.

Podría hacerlo, claro, y nadie se quejaría.

La primera vez que se acostó con Circe se dijo a sí mismo que era para cerrar un trato, para hacer un juramento con sus cuerpos.

Él sabía que eso no tenía el menor de los sentidos. Él la deseaba y ya y ella lo deseaba a él, y ambos tenían nociones de quiénes eran y de qué valoraban, lo que hizo que les viniera bien crear una clase de excusa.

La primera vez que se acostó con Calipso ella se colocó sobre él y gozó y se regocijó en el sexo, en su éxtasis, en lo que él le daba. Él nunca había vivido algo así. Su padre siempre le había dejado muy en claro que, si bien resultaba útil que una mujer no experimentara demasiado dolor durante la copulación y que, por lo tanto, permaneciera amistosa y de buen humor en el hogar, al fin y al cabo ella entendía que estaba allí más que nada al servicio de las esencias naturales del hombre y para asegurarse, con su cuerpo, de que él también permaneciera de buen humor en el hogar. Eso era el sexo: una estrategia general para mantener un acuerdo apropiado por medio de la satisfacción y la secreción frecuente de la esencia natural del hombre.

Y sin embargo, Calipso se rio cuando él intentó mostrarle lo que debería ser el sexo. Se rio cuando él la sostuvo del cuello y la penetró para probarse a sí mismo que era el hombre. Se dijo a sí mismo que tal vez había sido su naturaleza extraña y sobrenatural. Su divinidad, su cualidad misteriosa de ninfa. Después de eso, el interés de ella por el sexo no había disminuido en absoluto. De hecho, al día siguiente lo había montado dando todas las señales de su entusiasmo habitual, se colocó los dedos de él sobre los pezones, entre las piernas, lo usó. Lo usó a él para su propio placer.

Y Ulises se había preguntado: "¿acaso los poetas dirán que, de alguna manera, es culpa de él? ¿Acaso dirán que él, que dio placer a las mujeres, es menos que un hombre?".

(No lo harán. Al menos, no aún. No hasta que el mundo haya cambiado).

Ahora mira a su esposa y sabe que si él fuera Menelao, si él fuera Agamenón, la habría sujetado por el cuello, la habría arrojado al suelo y le habría quitado esa arrogancia con violencia. Ella sobreviviría. Si Helena pudo sobrevivir sabe que Penélope también puede.

"Amo de mi casa".

Mira a su esposa. A su esposa extraña, desconocida, vieja.

Y se da cuenta de un sobresalto: esto es lo que ella también se espera.

Ella ve todos los pensamientos que a él le pasaron por la mente, y ahora espera. Más que eso: ella quiere que sepa que cuando lo haga, si es que lo hace, lo hará sin su consentimiento. Quiere que él sepa precisamente en lo que se ha convertido.

"Amo de mi casa".

Le apoyo una mano en el hombro, le susurro:

"Telémaco".

Y finalmente entiende: esto es lo que su hijo también espera. Ese es el motivo por el que Telémaco no estás en este recinto, por el que se mantuvo ausente en este reencuentro. La idea le produce náuseas inesperadas, es vergüenza, es furia, es pavor. La comida se le convierte en polvo en la boca, se le revuelve el estómago a modo de protesta. Pero no ante la idea de lo que se espera de él, de lo que él pueda llegar a hacerle a ella, en absoluto.

Es más bien la noción que se le va instalando de que eso es lo que haría un hombre *ordinario*.

Aparta la vista. Le aprieto un poquito más.

"Y tú no eres ordinario, ¿verdad?".

Ulises levanta la cabeza.

Mira a Penélope.

"Suficiente", le susurro. "Es suficiente".

—Suficiente —susurra él. La palabra es inaudible, Penélope apenas si reacciona ante el sonido. Vuelve a intentarlo—. Suficiente.

Troya arde, los mares se embravecen, sus hombres se están ahogando una y otra y otra vez, del ojo del cíclope brota sangre negra y tinta, Escila se come entero al hombre que estaba junto a él, las sirenas cantan desde las ruinas de su isla, él se sostiene, se sostiene, se sostiene, y…

Ulises cierra los ojos.

Hace a un lado su plato.

Se pone de pie.

Dice:

—Esta noche dormiré fuera. No te molestaré más, mi señora.

Penélope no se mueve mientras Ulises se aleja, no se encoje, no respira.

Por un momento lo amo casi tanto como cuando toqué por primera vez la astucia de su mente activa. Pero el amor es una cosa peligrosa e imprudente, y no quiero saber nada de eso.

Así que basta.

CAPÍTULO 27

HA LLEGADO EL MOMENTO DE HABLAR CON LA SEÑORA DE la caza; a ella también le interesan estas islas.

Encuentro a Artemisa despellejando un ciervo sobre los escalones de su templo. Las criadas están acurrucadas dentro, fuera de la vista, en un sueño que con misericordia les provocó la dama del bosque. El ciervo murió en manos de mortales y fue dejado para que sacerdotisa lo despelleje y lo trocee, pero Artemisa no sabe estar quieta a menos que esté cazando (en cuyo caso puede permanecer inmóvil durante días), por lo que ahora ha tomado el cuchillo y un cuenco para la sangre y, con total naturalidad, trocea el animal en lonchas perfectas.

La luna se ha ocultado cuando me acerco, pero ni ella ni yo necesitamos luz mortal para vernos. Nuestras divinidades son fulgores que relucen en la oscuridad y nos llama a encontrarnos bajo la luz de las estrellas.

Avanzo hacia ella mostrando respeto por su tierra sagrada, sin armas en la mano ni casco en la cabeza. Apenas si levanta la vista de su labor mientras me acerco, con su cabello otoñal completamente despeinado y los dedos descalzos de los pies clavándose en la tierra suave.

—Pues bien —dice—. Así que regresó.

—Sí, regresó.

—Y aún no violó a su esposa. Supongo que eso lo convierte en lo que tu llamarías un héroe. —Ella corta en torno a una pezuña que cuelga, el sonido de la piel separándose de la carne es seco, suave—. Me imagino que ahora mostrarás más interés por este lugar, ahora que Ulises regresó —agrega—. Para no perder de vista a tu mortal favorito y todo eso.

—Hay trabajo que hacer —respondo—. Historias que deben contarse.

Artemisa resopla, un sonido húmedo y desagradable de desprecio.

—Historias —dice con un gruñido—. Historias de tu Ulises para mantener a salvo la isla que ya estaba perfectamente a salvo cuando la defendían las mujeres. Estábamos a salvo cuando atravesábamos el bosque y eliminábamos a los hombres que nos amenazaban. Y ahora quieres que estemos a salvo gracias a… a las palabras de tus poetas.

—Se pierden menos vidas con las canciones de los poetas.

—Si eso es cierto, ¿por qué tanto alboroto sobre Troya?

Inclino un poco la cabeza; aunque es algo inesperado, la cazadora tiene razón.

—Muy bien, el poder del poeta corta en ambos sentidos. De cualquier manera una historia bien cantada dura más que la cuerda de un arco. ¿Te importa?

Otra tira de carne; el roce de la hoja contra la piel, de cuando se la pasa contra el muslo para limpiar la sangre.

—No. Tú y los demás podéis jugar a dar forma al mundo si eso queréis. Héroes de hoy, héroes de mañana, hombres nuevos, hombres viejos, hombres gloriosos, hombres muertos. ¿Qué importa? Todos vosotros estaréis igual cuando lleguen el invierno y la oscuridad. No importa por qué historias deciden morir los mortales, de todos modos el bosque se llevará sus huesos. Esa es la verdad y es lo único que importa.

—Tal vez tengas razón —admito—. Ni siquiera los dioses pueden sobrevivir al paso del tiempo. Pero si todo lo que tenemos es esta vida, este mundo, entonces creo que deberíamos escoger vivirla bien. Vivirla sabiamente. ¿Qué más pueden hacer las criaturas?

Sin interrumpir su trabajo, sin hacer la menor pausa en su labor, me espeta:

—¿Te hace sentir mejor decirte eso? ¿Te hace sentir poderosa, hermana? ¿O acaso estás aquí porque la única historia de la que puedes formar parte es la historia de un *hombre?*

Me estremezco pero no lo ve. O, si lo ve, no lo menciona.

—Lo olí —añade, y el rostro se le ensombrece—. A nuestro hermano Ares. Lo percibí en el aire.

—Sí. Creo que pronto habrá batalla. Y creo que habrá otra después de esa. Por lo general no se molestaría con un asunto tan pequeño, pero con Ulises... me he pasado tanto tiempo forjándole una historia que tal vez los propios dioses han comenzado a creerla. ¿Te unirás a mi, hermana? No tengo nada para ofrecerte. No habrá alabanzas de los poetas, ni agradecimientos ni recompensa. ¿Te unirás a la lucha?

Artemisa se encoge de hombros pero no dice que no.

La gente de Ítaca duerme por la noche y sueña.

Priene: con el contacto de la mano de otra, de pie, frente al fuego; con algo que podría ser el hogar; con las llamas esparciéndose y consumiendo el bosque, la oscuridad, la ciudad. Le borro el recuerdo de ese sueño antes de que llegue a despertar, se lo reemplazo con la risa de Teodora con la tensión del arco abierto.

Laertes: con el Argo. No ha soñado con ese barco por mucho, mucho tiempo, con las olas del mar y la fuerza de su juventud. Ve a su esposa, Anticlea, esperando su regreso al hogar. La ve desaparecer, desvanecerse en una jarra de vino, con el rostro ondulándose en lágrimas escarlata antes de que él pueda alcanzarla, y la costa se va tornando más larga, más peligrosa, más escarpada, mientras él lucha por trepar hasta ella.

Telémaco: con la sensación que le causó clavarle la lanza en la espalda a Anfínomo. La cabeza del pretendiente intenta girar en su sueño. Si llega a girar del todo mirará a Telémaco con los ojos moribundos y Telémaco sabe que lanzará un alarido, que chillará, que mojará la cama. Por lo tanto, Telémaco no deja de moverse y permanece siempre detrás del pretendiente mientras le hunde cada vez más el asta de la lanza en la columna vertebral. Si no puede ver los ojos de Anfínomo lo único que está haciendo es empalar carne. Solo carne.

"El vino", aúlla desde abajo el fantasma del pretendiente muerto. "*¡Hay algo en el vino!*"

Busco el toque de Ares en la mente de Telémaco y me parece percibir un atisbo de él, pero desaparece antes de que pueda sujetarlo o expulsarlo.

Ulises duerme sin sueños.

Aprendió a dormir en toda clase de lugares, desde una siesta en la barriga de un caballo de madera mientras los troyanos cantaban y bailaban en torno a las patas, hasta una serie de siestas breves mientras se aferraba a un tronco que flotaba en los márgenes de la tormenta. Está al tanto de que debería soñar con su esposa, con sus viajes, con las grandes hazañas que ha llevado a cabo y que volverá a llevar a cabo en el futuro. Pero francamente, la paja sobre la que está durmiendo esta noche es una cama más adecuada que muchas de las que ha experimentado por un buen tiempo, y el sonido de sus ronquidos pueden oírse a través de las ventanas cerradas de la casa.

Penélope sueña con Melita y Melanto, con sus criadas sonrientes.

Penélope sueña con Eos.

Que le peina el cabello.

Que le cuelgan los pies.

Que, en la muerte, Eos no se parecía a la mujer a la que ella había conocido. Que, ya sin vida, solo era una máscara colgante, puro peso sin forma.

Y cuando se despierta, sudando, temblando, jadeando de dolor y de miedo, abre la boca para llamar a alguien, a algún protector, a algún amigo, y se muerde la lengua para contener un nombre que no es el nombre de su esposo.

"Kenamón".

Echo una mirada por sobre el mar embravecido en busca del egipcio.

Ourania ya lo ha hecho embarcar; ya se fue. No se ha enterado de lo que sucedió a los pretendientes, no sabe del destino del que ha escapado. Se sienta dando la espalda a Ítaca, con el rostro vuelto hacia el mar. Se encuentra pasando Zacinto, navegando hacia el sur en una embarcación que transporta ámbar y madera cuyo capitán es amigo de uno de los primos de Ourania.

Sabe que está regresando a su hogar, piensa que ya no tiene un hogar al cual regresar y no duerme ni sueña en absoluto.

CAPÍTULO 28

Se divisa un explorador a lo lejos por la mañana.

Es un esclavo de la casa de Pólibus enviado para encontrar al desaparecido Ulises.

Se detiene donde los árboles dan lugar al espacio abierto en torno a la granja de Laertes, ve personas sobre las murallas y a otras entrando por el portón abierto cargadas de agua y granos.

Telémaco está de guardia y grita una advertencia, quiere correr tras el explorador, perseguirlo, clavarle una lanza en la garganta.

—No, hijo, no —dice Ulises suspirando—. Está demasiado lejos y es inevitable que seamos descubiertos.

Telémaco se enfurece al oírlo pero obedece. Sabe que su padre tiene razón. Le sorprende cuánto anhela matar, lo pasma el hecho de que cuando está despierto y cierra los ojos, no ve los rostros muertos de los pretendientes, no oye sus voces maldiciéndolo, solo ve escarlata, pura en su belleza, tiñéndole toda la visión. Los muertos se levantan para condenarlo solo en sus sueños.

Suspiro y le limpio una perla de sudor de la frente mientras el sol se eleva cada vez más.

"Muchacho insensato" le susurro, "ya aprenderás".

Eupites y Pólibus llegan por la tarde con un grupo de ancianos cuyos hijos fueron masacrados, y que se sorprenden al descubrir que, en la ausencia de sus muchachos, sus corazones gritan con una pasión que nunca oyeron y que nunca entendieron cuando sus hijos aún vivían.

Estos potentados han reunido ciento once lanzas.

Es menos de lo que esperaban. El nombre de Ulises atemorizó a algunos y otros estaban demasiado inmersos en su dolor para pensar en venganzas. ¿Qué sentido tiene derramar sangre, dicen llorando, si eso no les devolverá a sus hijos?

Pólibus lleva una túnica rasgada debajo de una armadura que se apresuró a pedir prestada y que no es de su talla; se cubrió las manos con ceniza y porta una espada en la cadera que apenas si sabe cómo sostener. Él era el encargado de los graneros, un hombre capaz de negociar sobre el precio del grano con cualquiera y no un soldado. Le resulta extraño que ya se cuente a sí mismo entre los muertos, como si el tiempo anterior a la muerte de su hijo fuera cuando él también estaba vivo.

El fornido Eupites se ha pintado el rostro con la sangre seca de su hijo Antínoo y se ha tiznado con carbón las mejillas y los dedos; solo se ha puesto un casco de bronce a modo de protección y lleva el pecho desnudo debajo de su túnica rasgada y ensangrentada; porta una lanza y su vestimenta flamea detrás de él al caminar, como si los vientos de Hades ya estuvieran sujetándosela. Esta imagen, más que ninguna otra, convence a los últimos hombres que dudaban acerca de si seguirlo o no. Hay algo ligado a lo justo en el duelo de este anciano, algo ligado a la Furia. Es mi mano la que entrelazó estos conceptos de justicia y de furia, pero no pensé que arderían con tanta intensidad en Eupites.

Poco más de la mitad de los hombres que los siguen cuentan con arma y armadura. Los demás son esclavos, sirvientes, primos y amigos de la familia que han reunido cuanto instrumento de guerra pudieron. Mayormente se dedicarán a trajinar, a hacer el trabajo vital de la guerra que no llega a las canciones, mientras otros se atavían en placas de metal ante las delgadas murallas de la granja de Laertes. Cuentan con un capitán pues Eupites fue lo bastante sabio para saber que necesitaba un hombre así: su nombre es Gaios. A Gaios no le importa que unos padres hayan perdido a sus hijos, así es la vida, son cosas que pasan y ya. Solo le importa recibir una recompensa por su labor y que la lucha, tal como se la han descrito, sea ganable y, aunque no lo dirá en voz alta, le causa un poco de curiosidad. A Gaios le suena como si lo estuvieran invitando a matar a Ulises. Los poetas son capaces de convencer a los hombres de que eso es imposible y Gaios se pregunta qué cantarán sobre él los poetas si demuestra que se equivocan.

Estos hombres, a quienes llamaremos "rebeldes" por una cuestión de claridad, más que por una cuestión de precisión, son detectados en su avance; la entrada a la granja se cierra cuando se acercan.

Telémaco se sitúa en lo alto de la muralla, lanza en mano, mientras los pocos hombres que conforman el ejército del rey de Ítaca se arman. Su padre no está junto a él, lo que a Telémaco le resulta muy extraño. Sin duda este es el momento en que confrontan a sus enemigos, con orgullo e insolencia, desde lo alto de la muralla, ¿verdad?

A Telémaco le lleva un rato darse cuenta de su error, puesto que sus enemigos no tienen el menor apuro por presentarse a una conferencia que cargue con el heroísmo apropiado, en la que se vociferen insultos y advertencias. En cambio, rodean el terreno a una distancia segura; eligen el lugar donde instalarán las tiendas, en el límite norte de un campo apuntando hacia la entrada; colocan guardias en todos los senderos que llegan hasta allí; buscan agua;

comienzan a cavar las zanjas donde mearán los soldados; enciendenden algunas fogatas de cocina; envían gente a sus casas de la ciudad en busca de mantas o cualquier elemento que hayan olvidado; se instalan, en términos generales. Todo esto bajo la vista del ahora sudoroso Telémaco, que se cocina al bronce sobre la muralla.

Pasado un tiempo es Laertes quien sale de la casa y se sitúa a su lado.

—¿Estás bien muchacho? —pregunta.

—Sí, abuelo —responde Telémaco tambaleándose. Laertes asiente con la cabeza, escupe, estudia el campamento que se va agrandando del otro lado de su muralla, más allá del alcance de las flechas.

—Puede que no envíen un mensajero —dice por fin—. Tal vez decidan matarnos a todos y ya. Los padres pueden ser así, ¿sabes?

—Seguramente no estén tan iracundos como para querer matarte *a ti*.

Laertes se encoge de hombros.

—Os estoy protegiendo a vosotros, ¿no es así? Mi casa, mis murallas. Además, si mi hijo mata a sus hijos, ellos matan a mi hijo en venganza, imagino que se espera que los mate y así sucesivamente. Todo eso del interminable ciclo de sangre. Si uno va a masacrar a una familia más le vale ser meticuloso, todo el mundo lo sabe.

Al parecer todo el mundo excepto Telémaco.

Él no vio a los reyes griegos arrojando bebés desde los muros de Troya, aplastar cabezas de infantes, cortar la garganta de las muchachas solteras. Solo oyó las canciones que a los poetas se les ordenó cantar sobre unos hombres victoriosos, sanguinarios.

—¿Quieres tomarte un descanso? —pregunta Laertes con la mirada fija en los hombres ubicados en el linde de los árboles.

—Estoy bien, abuelo, gracias.

—Pues si estás seguro…

El anciano no volverá a ofrecérselo.

Ulises encuentra a Penélope cargando piedras hasta las murallas con Autónoe a su lado.

—¿Qué estás haciendo? —pregunta tomando la precaución de mantener un tono de voz bajo, amable.

—Buscando rocas para arrojar sobre la cabeza de los atacantes —contesta ella sin levantar la mirada de su trabajo—. Cuando Eupites y Pólibus ataquen intentarán abrir la puerta con un ariete o colocar cuanta escalera puedan alrededor de las murallas a la mayor distancia posible para que tus hombres queden demasiado dispersos. Por tanto necesitamos asegurarnos de que, cuando tus hombres deban entrar en acción, haya rocas para arrojar, ¿no?

Ulises no encuentra errores en su lógica, pero igual…

—Tu criada puede hacer eso. Tú eres una reina.

—¿Quién crees que pescó en estas aguas cuando Ulises zarpó? —Penélope continúa con su trabajo y ni ella ni Autónoe levantan la cabeza para mirarlo—. ¿Quién crees que recogió leña, reparó los techos, fabricó ladrillos, crio los animales, trabajó los campos, mantuvo los caminos…?

Él levanta las manos.

—Tu pregunta solo permite una respuesta posible aunque dudo que se hable de eso.

Esta es una de las cosas menos estúpidas que Ulises ha dicho hasta ahora a su esposa y, por un instante, la labor de ella se vuelve un tanto más lenta. Penélope se yergue, se quita el polvo de las manos, hace un gesto a Autónoe con la cabeza para que se aleje un poco. Autónoe es reacia a apartarse de su ama y sus dedos rozan la empuñadura de su cuchillo, pero finalmente obedece. Penélope se vuelve hacia

Ulises y lo mira de arriba abajo, como si volviera a observarlo y se preguntara "¿siempre fue tan viejo, tan peludo?, ¿siempre estuvo tan curtido por la sal y por el sol?". Quiere preguntarle: "¿quién eres desconocido? Háblame como si no nos hubiéramos conocido pues, francamente, después de tanto tiempo, es como si así fuera. Solo un imbécil pensaría que las personas no cambian en el transcurso de tantos años, pues solo los imbéciles se rehúsan a cambiar. Así que vamos desconocido impresióname".

En cambio mueve la cabeza.

—Yo no sé si eres tan bueno defendiéndote de un asedio como lo era Héctor, pero no sobreviviremos diez años en este lugar.

—Lo sé. Y mientras más tiempo me retengan aquí, en lugar de en mi palacio, mostrándome a mi pueblo, más fácil será difundir la historia que se les ocurra. Controlan los puertos y los graneros, podrán traer más grano y más hombres a menos que pueda poner fin rápido a todo esto.

Penélope aprieta los labios... un momento de consideración, una oportunidad para decir algo más. Entonces vuelve a ver a Autónoe por el rabillo del ojo; ha perdido el brillo de su mirada, la risa de sus labios. Es solo una mujer manteniéndose con vida y Penélope no dice nada más.

—Tu criada, tu... amiga Ourania... —Ulises no sabe bien cómo referirse a una mujer que no es ni esclava ni esposa ni viuda. La categoría que esta ocupa le resulta incómoda— dices que ella protege a Medón. ¿Acaso puede... acaso tiene...? —Hace un gesto vago en dirección a las murallas de la granja. Ya se están volviendo más pequeñas, más apretadas, se están cerrando más y más, ahora que la entrada está bloqueada.

—¿Quieres saber si Ourania puede ayudarnos? —pregunta Penélope—. ¿Acaso ya estás desesperado?

Nadie le dice "desesperado" a Ulises salvo él mismo y

porque esté recordando algún estado de pena, su propia desdicha, sus humildes necesidades y demás, con el fin de obtener lo que quiere.

Las viejas palabras se le instalan en los labios, en la lengua. "No tienes idea, tú no entiendes, las cosas que he visto, las cosas que he hecho...".

Pero las murallas también se cierran en torno a Ulises y su esposa ahora lo mira fijamente, desafiante. Ella nunca fue desafiante cuando apenas era una muchacha. Decía "sí, mi señor" y "gracias, mi señor" y se reía educadamente al oír sus chistes terribles, pero entonces él partió. No sabe a qué conclusión llegar sobre una esposa que lo mira con las manos en las caderas y los ojos encendidos con una llama que no es ni de sumisión ni de deseo.

"Qué extraordinario sería vivir" le murmuro al oído. "Qué singular les resultará a los poetas decir que regresaste a tu hogar después de veinte años, que volviste a cortejar a tu esposa y sobreviviste".

Por supuesto, si ha de hacer todas estas cosas extraordinarias, si ha de llegar ileso al final de su singular historia, tal vez le toque tomar algunas decisiones extraordinarias, aceptar ideas que ningún hombre aceptaría. Ideas que cualquier rey o guerrero honorable y orgulloso descartaría así sin más. Los conceptos como la humildad, la súplica e incluso hasta admitir esa característica tan poco digna de un rey: haber cometido un error.

"Entonces te amaré", susurro. "Nadie lo sabrá jamás, nadie debe saberlo jamás, pero te amaré".

Ulises no tiene el menor escrúpulo en fingir mansedumbre, humildad, siempre y cuando después su audiencia entienda cuán astuta fue su actuación. Hacer esas cosas de manera sincera, delante de su esposa...

—Tú eras... eres... reina de estas islas —dice con tono pensativo, sin llegar a mirarla a los ojos—. Mi hijo mencionó que había habido... invasores. Ataques. Y cuando hablaste de mi consejo dijiste algo que dio a entender que no estabas... completamente segura... en su custodia. Pensé que tal vez mi reina... mi esposa... habría tomado ciertas medidas para defenderse.

Ella no responde de inmediato y eso es suficiente para que él vuelva a mirarle el rostro; en ese momento ambos conocen la verdad del otro y él sabe que la próxima vez que ella hable estará mintiendo y no le importará que él lo perciba.

—¿Quién, yo? —pregunta—. ¿Una mera viuda rodeada de *putas* en un palacio que no puedo controlar? ¿Acosada por pretendientes a los que no me atrevo a expulsar y con un hijo que zarpó para buscar a su padre ausente? ¿Cómo podría pensar siquiera en protegerme a mí y a mis pobres criadas indefensas?

Por un momento vacilan juntos, mirándose a los ojos, con los hombros encuadrados, desafiando al otro hablar.

Entonces Ulises ve a Autónoe por el rabillo del ojo. Euracleia se la había señalado cuando llevaron a las criadas al patio, dijo que era una de las peores, la más puta del palacio. Ahora está allí cubierta de polvo, con el hombro apuntando hacia Ulises y los ojos entrecerrados contra el sol abrasador, y a él se le ocurre...

... se le ocurre que recuerda vagamente a Ourania o a un rostro visto a medias de una criada a quien su madre llamó alguna vez "Ourania". No está seguro de cómo era la criada o si alguna vez dijo algo útil y, sin embargo ahora, qué extraño le resulta que sea *él* quien pregunte si *ella* puede ayudar. No solo la ayuda de una mujer, la ayuda de una criada.

Es imposible, desconcertante, pero Ulises ya ha visto muchas cosas imposibles y desconcertantes.

Desvía la mirada de los ojos iracundos de su esposa, asiente con la cabeza y, sin darse cuenta, murmura:

—Te dejaré con tu trabajo. Por el cual… te agradezco.

Cuando se aleja y deja a las mujeres en su labor, yo no le toco el brazo ni le beso la mejilla ni le paso los dedos por la frente, pues yo soy Atenea y mi amor es mármol dentro de mi pecho.

CAPÍTULO 29

EL PRIMER ATAQUE LLEGA CON LA PUESTA DEL SOL.

Escuchan los preparativos antes de que suceda; el golpeteo de las hachas en uno de los pocos árboles de abundantes ramas de la isla, el desgarramiento de las fibras en la caída, el chasquido de las ramitas al partirse y el revoloteo de las hojas secas. Preparar el ariete les lleva un poco más de tiempo de lo que los sitiadores habrían querido, puesto que para cuando los soldados de Eupites y Pólibus han alisado el tronco de sus protuberancias más espinosas y le han adosado cuerdas gruesas para crear manijas con las cuales sostenerlo, ya se están encendiendo antorchas y el fuego se va pasando de hombre en hombre.

Telémaco pregunta si deberían salir y tratar de entorpecer la creación de este arma antes de que esté lista, pero Ulises se limita a mover la cabeza y amablemente pregunta a su padre si tiene otros bienes de la casa que esté dispuesto a apilar detrás de la puerta.

—¡¿Pues por qué no usas todo?! —exclama Laertes refunfuñando—. ¡Mi último hogar fue destruido por piratas! Fácil viene, fácil se va...

Ulises decide no escuchar más que la afirmación en la voz de su padre. A la mayoría de las personas les resulta más fácil tratar a Laertes de esa manera.

El sol es apenas una línea de rojo dorado desapareciendo por el oeste cuando los atacantes finalmente están listos, el cielo se va hundiendo detrás del horizonte, teñido con tiras de púrpura y un naranja opaco.

Los atacantes se forman en hileras que les resultan extrañas, obligados por su capitán a mostrar cierto atisbo de cooperación. La característica que más orgullo produce a Gaios es su barba que, en verdad, es poderosa; el efecto se acentúa por la cicatriz que le cruza la barbilla y que interrumpe el patrón de rizos en el cabello. Él responde con honestidad cuando se le pregunta que se la hizo una espada blandida por un guerrero troyano que murió poco después.

Gaios conocía a Ulises en Troya por reputación más que de vista, nunca supo bien qué pensar de él y decidió no perder demasiado tiempo en eso. Con los comandantes era más o menos lo mismo, al fin y al cabo, y lo único que podía hacer el soldado sin nombre era concentrarse en permanecer con vida. En los diez años que pasaron desde que partió de esa guerra, con las manos vacías y marcado por la lucha, ha olvidado bastante de lo mundano de su experiencia. Los poetas cantaron sus canciones y entretejieron sus historias e incluso él, un hombre que estuvo ahí, que vio esas cosas, que debería haber sabido la verdad, no es invulnerable contra su poder.

"Ulises, rey de Ítaca", piensa, mientras sus hombres se reúnen. "Me pregunto si es verdad que no puedes morir".

Un soldado debería saberlo: no hay hombre con vida que no pueda ser asesinado por la espada. Es solo el poder de los poetas lo que hace que Gaios dude de esa verdad y ni siquiera sabe cuánto se ha dejado influir su corazón.

"Tú podrías ser uno de los míos" le susurro al oído. "Podrías servir a Atenea".

No me detecta y creo percibir en la brisa el olor a hierro caliente de la presencia de Ares.

Ulises no conoce a Gaios, pero reconoce algo en el orden que el sujeto está imponiendo en los rebeldes, en el modo en que se mueve, cómo yergue la cabeza y vocifera órdenes. Le parece ver en él un poco de Agapénor, rey de los arcadios, tal vez un destello de Trasimedes, un príncipe que poseía la mitad de la inteligencia que su padre pero que portaba una voz y una confianza un tanto inmerecida que, de todas maneras, inspiraba a los soldados más influenciables. A Ulises no lo entristece, ni siquiera lo sorprende, encontrarse con que está a punto de ser atacado por otro veterano de Troya. La guerra es la guerra, la sangre es la sangre y, tal como el mundo parece decidido a recordarle constantemente, pasaron diez años desde la caída de Troya.

Mientras Gaios dispone a sus hombres, Ulises dispone a los suyos, los alinea en la muralla sobre la puerta con pilas de rocas a sus pies.

—¿Arrojaremos rocas? —pregunta su hijo—. ¿Es eso…? ¿No deberíamos…?

Telémaco quiere saber: ¿acaso su padre no tiene alguna maravillosa idea que requiera usar fuego líquido o alguna trampa secreta o… o alguna superchería astuta como…? Bueno, Telémaco no sabe bien qué podría ser, pero está seguro de que su padre la tendrá.

—Una roca en la cabeza es muy eficiente —dice Ulises—. El peor error de Héctor fue olvidarlo.

Ulises tiene su arco a su lado y un carcaj de dieciocho flechas. Estas no son las flechas con punta de bronce que Penélope dejó en el salón el día que él asesinó a los pretendientes. Fueron tomadas de un lugar secreto del palacio y sus puntas están hechas del metal más inusual y difícil de trabajar: el hierro. Si a los otros reyes griegos les hubiera sorprendido ver a Ulises entrar en batalla con un arco en lugar de con una lanza, cuán desconcertados se sentirían al ver el poder de ese metal gris y frío, duro y frágil, letal y raro.

Dieciocho flechas. Si cada disparo encuentra su blanco puede hacer un daño impresionante a sus enemigos. Pero no lo suficiente para detenerlos, no es suficiente.

Penélope y Autónoe están llevando cubetas de agua del pozo. Llenan cada ánfora y cada cuenco, y dejan su carga cerca del techo de paja del refugio de cerdos, cerca de los maderos secos de la entrada. Nadie les pidió que lo hicieran y sin embargo lo hacen, a la vez que Laertes conduce a sus preciados animales a la seguridad de la casa con más ternura y cuidado que la que jamás le ha expresado a su propio hijo o a su propio nieto.

Ulises observa a su esposa preparar el agua, arrojar una cubeta sobre los maderos de la entrada como si esperara que vayan a encenderse, la observa rehusar a mirarlo.

Desvía la mirada.

Los rebeldes no marchan ante el sonido de un cuerno o el golpeteo de un tambor. No encontraron nada de eso con tan poco tiempo. En cambio forman al oír la orden de Gaios y al oír "¡adelante!", comienzan a caminar.

Pólibus y Eupites se quedan atrás, flanqueados por unos muchachos esclavos y por algunas criadas de sus hogares que corretean a su alrededor y que han traído para que los sirvan en su campamento improvisado. Ulises intenta vincular el rostro distante de un padre visto a medias a la luz de las llamas con el rostro de su hijo; ¿acaso era Antínoo el hijo de Pólibus?, ¿o Eurímaco? ¿Y fue Ulises quien mató a Eurímaco?, ¿o este murió en manos de Telémaco? Sabe que ha matado a muchos hombres anónimos durante muchos largos años, pero le causa cierta inquietud que ahora, en su isla, no esté del todo seguro a cuáles de sus súbditos ha asesinado. Entiende, con un estremecimiento incómodo, que este es un pobre comienzo de la continuación de su reinado.

"No hay tiempo para pensar en eso ahora", le murmuro al oído. "No hay tiempo".

La hilera de rebeldes se acerca. No corren; eso sería malgastar energía en vano y cuesta mantener la formación en las grandes distancias. Lo de correr queda para el último momento, una carrera final de energía y entusiasmo para intentar engañar a los hombres asustados, paralizados de terror, a llevar a cabo una carga en la que nadie quiere participar. Se ven obligados a apretarse en una columna más estrecha que la que preferirían mientras se acercan a la entrada, con el ariete improvisado en el centro para evitar la fosa que rodea las murallas de la granja. Ulises coloca una flecha en el arco, tensa la cuerda hasta la oreja, detecta a Gaios y apunta. El veterano lleva un casco con penacho, nada menos que de Troya que tal vez haya robado a un cuerpo destrozado entre las cenizas de la ciudad. Se le ocurre a Ulises, como tantas veces se le ha ocurrido ya, que los reyes de Grecia deberían haber repartido mejor los bienes. Deberían haberse asegurado de que más de sus hombres recibieran una mayor parte del tesoro de la ciudad, lo que habría evitado una generación de invasores hambrientos y de soldados furiosos arrojados a la mar en cuyos corazones solo quedó hambruna y remordimientos.

Otro error; ya es muy tarde para corregirlo.

El casco de Gaios cuenta con una abertura estrecha en el rostro. Ulises podría atinar el tiro, podría llegar a clavarle una flecha por la nariz al capitán rebelde, echar por tierra la moral de sus hombres aquí y ahora. Eso sería ideal. Pero claro, la luz ya es tenue, las antorchas centellean y, a diferencia de la hilera de hachas, Gaios es un blanco en movimiento y no cabe duda de que ha detectado al arquero sobre la muralla, de que lo está contemplando con algo que casi llega a ser curiosidad, fascinado por ver qué irá a hacer el gran Ulises a continuación.

Busco a Artemisa pero no está aquí. Me siento un tanto decepcionada, pero no particularmente sorprendida.

Ulises baja el arco. Dieciocho flechas; hay que usarlas con sabiduría.

Los rebeldes se acercan a la entrada. Ulises coge una piedra pesada, picada toscamente de la ladera de la montaña, espera. Los ancianos y los muchachos hacen lo mismo y miran a su comandante. Telémaco quiere arrojar la suya hacia los soldados que avanzan (aunque solo lograría desperdiciar la roca) pero espera con reticencia hasta que su padre dé una orden. Sospecha que su padre tiene más respeto por la obediencia anónima de un grupo que el que tiene por la iniciativa individual.

Pero una piedra pasa volando junto a la cabeza de Telémaco, él acalla un chillido y casi suelta la roca que sostiene. Otra golpea contra la muralla a sus pies. Luego otra, contra el hombre que se encuentra a su lado, que lanza un aullido y casi cae de la muralla. Telémaco se agacha mientras las piedras pasan volando; al sujeto que tiene a su lado le mana sangre del hombro y el dolor le está llenando los ojos de lágrimas. El proyectil fue desviado de la clavícula gracias a la armadura, pero en su travesía igual desgarró carne y ahora la sangre brota libre del brazo izquierdo del soldado.

Debajo, detrás de la hilera de hombres que se acercan con su ariete, el pequeño grupo de honderos coloca más guijarros en sus armas. Telémaco jamás ha entrenado con la honda; no es considerada un arma apropiada para un hombre de la realeza. Ulises hace una mueca al ver las piedras que pasan, mantiene la cabeza baja y las rodillas juntas mientras espera. Los troyanos preferían usar arqueros sobre los muros, pero cuando los griegos salían a recorrer el campo en busca de comida (su labor prioritaria durante la mayor parte de la guerra), de entre los arbustos brotaban aluviones impetuosos de piedras arrojadas por niños descalzos y hombres semidesnudos, lo que generaba un constante reguero de huesos rotos que restaban soldados del campo de batalla con la misma presteza que una espada clavada en el pecho.

Ulises siente un resentimiento pasajero al comprender que incluso aquí, incluso en Ítaca, hay otros hombres con la sabiduría suficiente para haber reconocido su propia verdad: que las rocas son baratas.

Un movimiento a su lado y una presencia inesperada que lo distrae de sus pensamientos.

Penélope.

Ha subido a la muralla con la cabeza baja, avanzando casi a gatas hacia el soldado herido. Ulises abre la boca para objetar, para gritarle: "¡baja de aquí! ¡Aléjate!".

No lo hace.

Mientras vuelan piedras sobre su cabeza, avanza enérgicamente hasta el hombre herido, le quita la tela ensangrentada del brazo y del pecho, lo tantea en busca de fracturas, le echa vino en la boca, murmura unos consuelos genéricos, y coloca un paño limpio en la herida. Bajar de la estrecha pasarela es un movimiento incómodo, pues debe rodear cada figura allí oculta, golpeando rodilla contra rodilla, aliento contra aliento. La actual situación de Ulises, en la que presiona la espalda contra la muralla mientras su esposa pasa junto a él guiando al hombre herido, es lo más cerca que ha estado de tocar a Penélope desde que regresó a su hogar y ella ni siquiera lo mira.

Entonces el ariete llega a la puerta.

Ulises vocifera un grito sin palabras. Ha dado discursos inspiradores como líder, en verdad los ha dado, pero era muy difícil oír lo que decía desde el fondo y para cuando se había pasado la idea general por las filas, sus palabras habían perdido todo significado. Luego, llegó a la conclusión de que es mejor optar por un buen bramido de guerrero que practicó en secreto lejos de las líneas, cuando el viento soplaba con fuerza y el mar rompía sonoramente contra la orilla. Lograba dar el mensaje, expresaba una hombría brutal. Los poetas podían traducirlo a algo apropiadamente conmovedor.

Se levanta, toma una roca, la deja caer del otro lado sobre la masa de hombres, sin molestarse en arrojarla con fuerza ni apuntar demasiado; una roca en la cabeza es una roca en la cabeza. Los otros se levantan con él; Telémaco casi cae hacia el otro lado en sus entusiasmo por arrojar piedras. Abajo se oye un grito, un crujido, un aullido; una roca golpea contra un brazo, rebota del casco de otro soldado, rompe una mano. Bum, bum, bum hace el ariete contra la puerta, que se estremece y tiembla en el marco.

Gaios ordena que se arrojen antorchas. La mayoría vuela en un ángulo incorrecto y rebota de manera inofensiva contra las murallas. Un par pasan por arriba y caen en el lodo; una golpea contra el exterior de la puerta y queda encendida junto a la base que comienza a arder.

Algunos de los muchachos a ambos lados para quienes la guerra es un concepto ajeno, desconocido, consideran que todo este procedimiento es absurdo, casi irrisorio; obviamente no es así como se llevan a cabo las batallas. Los atacantes a la espera mientras les llueven rocas sobre la cabeza, formando hileras y rogando no ser asesinados. Los defensores intentando encontrar otra piedra para lanzarles, pisándose unos con otros, trabajando entre gruñidos y órdenes a medio susurrar. Las batallas deberían ser un choque de bronce contra bronce, duelos valerosos y miradas encontradas.

Gaios y Ulises saben que no es así. Buena parte de las luchas en las que se vieron involucrados fueron en pequeños grupos y escaramuzas en alguna granja a medio incendiar, o sobre algún carro de leños que iba en camino a alguna palizada. Eran grupos de hombres que se topaban unos con otros inesperadamente en un glorioso día de verano o en un incómodo punto muerto en algún puente estrecho que ninguno de los dos bandos quería ser el primero en cruzar, pero del cual ninguno de los dos podía huir. Esta es una clase de guerra familiar para estos hombres, es la clase de lucha donde no se pelea por ninguna causa más que la definitiva: permanecer con vida. Permanecer con vida.

Debajo, los honderos colocan guijarros en sus cuerdas; sobre la muralla una piedra abolla la armadura de un hombre que lanza un grito ahogado, pierde el equilibrio, comienza a caer hacia atrás y solo se salva de la caída porque un brazo lo sujeta. Los honderos están demasiado lejos de las murallas para que las rocas de los defensores los alcancen. Ulises tantea su arco una vez más y una vez más duda. Hay unos quince honderos; tal vez pueda matarlos a todos, tal vez erre uno o dos disparos y luego se le habrán acabado las flechas.

Bum, bum, bum hace la puerta, y allí abajo otro hombre cae sin emitir sonido cuando lo alcanza una roca arrojada desde las murallas, el casco se le hunde contra el cráneo y la boca se le llena de sangre tras morderse y cercenarse su propia lengua a causa del impacto.

Esta es meramente una batalla de desgaste. No hay sagacidad en ella, ninguna estrategia brillante. Los defensores de las murallas irán disminuyendo a causa de las piedras voladoras hasta que no haya los suficientes para arrojar piedras sobre la cabeza de los atacantes o hasta que se les acaben las rocas para arrojar. O los atacantes sufrirán el daño suficiente en la puerta como para perder la voluntad de pasar sobre sus camaradas heridos para seguir golpeando el ariete contra la madera, se echarán atrás y se darán a la fuga. Muy pocos hombres necesitan morir para que se dé cualquiera de las dos situaciones; solo necesitan perder la determinación de permanecer en la lucha. La valentía puede mantener una línea pese a las dificultades, pero un día el valiente se plantará contra un oponente que sencillamente será más poderoso que él y morirá, y al carajo todos aquellos que se plantaron con él. El coraje solo tiene valor en la guerra cuando cuenta con la sabiduría para saber cuándo no lo tiene.

Y allí está él.

Allí está.

Ares, haciendo nada junto al taburete donde está sentado Pólibus.

No tiene la espada desenvainada. No se mueve para meterse en la refriega. Por el contrario, come con los dedos un trozo de carne que chorrea sangre cuando la mastica y sorbe vino de una copa de oro. Levanta su cáliz para saludarme al verme sobre la muralla, y se queda adonde está para disfrutar la escena.

Hago una mueca bajo mi casco e inmediatamente tengo una sensación de vergüenza por haber mostrado ese leve sentimiento. Ni él ni yo desataremos nuestra divinidad contra el otro; aún no. Estas islas no sobrevivirían el choque entre dos dioses de la guerra.

Telémaco se yergue como un oso iracundo sobre la muralla, levantando una roca con ambas manos sobre su cabeza; la arroja con fuerza sobre los soldados de abajo. Un hondero divisa su blanco, arroja su piedra. Esta sale de la oscuridad como un mosquito, da a Telémaco en medio del pecho, lo hace girar sobre sus talones, lo hace caer. Telémaco ya ha sido herido en batalla y pensó que sobrevivir tal herida lo haría invulnerable al dolor, invencible. No puede creer cuánto le duele el golpe de una simple piedra contra el bronce, o la abolladura filosa que le ha quedado en la placa que le cubre el pecho.

Ulises lo ve, huele el humo contra la puerta y por fin toma su arco.

Apunta a un hombre anónimo que sostiene por la manija de cuerda la parte de atrás del ariete. El sujeto está tan concentrado en su labor, "¡sostener, golpear, sostener, golpear!", que no ve que el arquero lo está eligiendo. No hay quince pasos entre Ulises y su presa. Es un tiro fácil tenga armadura o no, y el sujeto cae con una flecha atravesándole la garganta. Otro hombre lo sostiene de inmediato y se lo lleva hacia atrás entre los soldados apretujados; "¡moveos, moveos, salid de en medio!", pero es demasiado tarde. No hay forma de salvarlo. Alguien más intenta sujetar la manija que quedó libre y es el siguiente en morir. El movimiento del ariete se ralentiza, se bambolea. Nadie corre para tomar el lugar del caído, mientras Ulises prepara su siguiente tiro. El soldado que estaba hombro con hombro con aquellos que acaban de morir es lo suficientemente listo para reconocer lo que está sucediendo; suelta la manija, sujeta el escudo de su vecino y casi derriba a su colega al ocultarse detrás de la superficie del escudo.

Ulises exhala, se para un instante antes de soltar la flecha y vuelve a ocultarse detrás de la muralla a la vez que los honderos, al ver su blanco, el blanco más importante, arrojan sus piedras en dirección a él, unas piedras que levantan tierra cuando golpean demasiado abajo, que silban por el aire cuando vuelan demasiado alto. Desvío con mi exhalación una que le habría dado en el costado, la hago caer con suavidad sobre la tierra, me acurruco junto al rey mientras él recupera el aliento, se sacude los hombros y avanza a gatas por la muralla para volver a asomarse lejos del lugar donde los honderos están mirando. Estas no son tácticas dignas de un poema heroico; en el mejor de los casos son un tanto básicas, desesperadas, tácticas que el quejoso de París tal vez habría usado. Y sin embargo, París disparó una flecha a Aquiles en el talón y así cayó el más grande guerrero de la era. Es importante recordar esos detalles.

El golpeteo del ariete ha aminorado; a los tropezones, los atacantes intentan volver a sujetar el tronco con firmeza. De las antorchas arrojadas contra la puerta brota humo, pero esta sigue estando demasiado mojada para arder; solo chisporrotea y comienza a mancharse de negro. Autónoe restaña la sangre que brota de un hombre que no deja de gemir detrás de la puerta, mientras Laertes y Penélope arrojan agua sobre los leños crujientes.

Ulises encontró un tramo de muralla que está lo bastante lejos del último lugar por donde se asomó. Mientras Telémaco recupera el aliento y vuelve a buscar una roca para arrojar, Ulises se levanta. Le afirmo el brazo mientras abre el arco, entrecierra los ojos, elige al hombre más fuerte en medio de los seis que quedan sujetando el ariete; le apoyo la mano en la base de la espalda para ayudarle a mantener el equilibrio mientras él contiene la respiración y dispara.

Yo no soy la diosa de la caza, pero esto sigue siendo una batalla. La flecha da en el blanco, corta vena y tendón. El soldado cae, el golpeteo del ariete vuelve a ralentizarse.

—¡Por Ítaca! —brama Telémaco al arrojar su roca. Está absolutamente convencido de que los discursos inspiradores son el camino por seguir, que cuando uno se encuentra en el campo de batalla debe pronunciarse a gritos sobre el honor, el coraje, la valentía. Ya aprenderá pero, al menos por ahora, los hombres que hay sobre la muralla son lo bastante pocos y se encuentran lo bastante juntos como para oír lo que él ha dicho y el resto entiende la idea, por lo que, con un aluvión de rocas, arrojan muerte sobre el grupo de hombres que hay ante la puerta; rompen hueso y desgarran carne, y con un aullido y los pies resbaladizos, los atacantes flaquean. Se estremecen, tiemblan. Gaios intenta animarlos:

—¡Continuad, ya casi entramos!

Pero una flecha elimina a otro soldado y el ariete cae. Los hombres resbalan y se deslizan por la estrecha calzada que lleva a la entrada, pero pierden el equilibrio y al tropezar caen en la fosa hacia ambos lados, ilesos pero conmocionados, y se arrastran a gatas para intentar volver a subir.

—¡Continuad, continuad! —brama Gaios, y esta vez Ulises dispara.

Incluso con la fuerza de mi brazo no llega a ser suficiente. Gaios aparta la cabeza, se esconde detrás de su escudo. La flecha atraviesa el bronce como si fuera de tela y no llega a la muñeca de Gaios por el ancho de un pulgar. Ulises hace una mueca de frustración y vuelve a agacharse detrás de la muralla para esquivar una andanada de piedras. Pero el astil que atraviesa el escudo de Gaios interrumpió su grito por un momento, silenció los bramidos con que exigía obediencia, dedicación, por lo que ahora, en un embrollo de bronce y madera, los atacantes se giran, interrumpen el ataque y huyen.

Telémaco aúlla, con el rostro lleno de saliva y furia; grita, brama y chilla al verlos correr. De pronto se le antoja que tiene la vejiga increíblemente llena, el estómago increíblemente vacío, le retumban los oídos, se pregunta si va a vomitar y aún continúa aullando a las figuras que se retiran en la oscuridad, grita blasfemias sin palabras, quiere bailar, quiere llorar, quiere pisotear los rostros destrozados de los muertos, hasta que una mano en el brazo lo hace detenerse.

Sin aliento, tambaleándose y jadeando, se vuelve y se encuentra con su padre.

Ulises sujeta a su hijo y tiene cierta expresión en la frente, una mueca que tal vez sea de calma, que tal vez sea una expresión de que esto también está bien, de que todo estará bien, una expresión de sobriedad compartida entre guerreros.

Tal vez sea otra cosa.

Tal vez sea la misma expresión del rostro de Penélope que mira desde el patio. Que contempla a Telémaco, hijo de Ulises, y se pregunta en qué clase de hombre se ha convertido.

CAPÍTULO 30

HE AQUÍ UN RECUENTO DE LOS HERIDOS Y DE LOS MUERTOS mientras la noche va cayendo sobre la granja de Laertes.

Del lado de los rebeldes hay seis extremidades rotas, cuatro laceraciones sin importancia y cinco muertos. Esto no es gran cosa en un ejército de más de cien hombres; pero en la estrecha senda que lleva a la puerta, esos cinco cadáveres constituyen una barrera en sí mismos, una pared acolchada de carne sangrienta y huesos rotos sobre la que sus camaradas ahora deben trepar hacia las murallas del rey de Ítaca. El ariete también ha caído con la cuerda que lo sostenía aún enredada en las manos de un hombre que ha muerto con una flecha en la garganta.

Del lado de los defensores hay dos huesos rotos y dos heridas menores, todo infligido por las piedras voladoras. Los huesos rotos son un problema que para Ulises es casi como la muerte, puesto que un brazo de lanza inútil hace que todo el hombre sea inútil, y la disminución de las fuerzas de Ulises pesan más sobre sus planes que sobre los de los rebeldes.

El fuego de la puerta no llegó a avivarse, más bien tiñó de negro la madera empapada. Penélope y algunos de los hombres de Telémaco abren la puerta bajo la luz de la luna y se escabullen al exterior, medio a ciegas y a gatas, para recuperar algunas piedras arrojadas (ahora pegajosas por la sangre) y para quitar a los cadáveres tantas armaduras y armas como puedan.

Telémaco se sienta en el suelo cerca del fuego, puesto que ya no quedan muebles sobre los que sentarse, y se estremece. Penélope intenta colocarle un chal y él se lo quita de un manotazo, casi le hace una mueca, casi escupe como un animal y mueve la cabeza. Laertes dice:

—Los soldados duermen para poder luchar muchacho. No seas idiota.

Le lleva un rato oír las palabras de su abuelo como si estuvieran resonando contra la ladera de una montaña lejana. Finalmente asiente, baja la cabeza y se tumba. Penélope no logra ver cuando su hijo cierra los ojos si está durmiendo o tan solo finge.

Ulises está en el patio mirando las murallas que lo rodean. "¿Así se sintieron los príncipes de Troya dentro de su ciudad?", se pregunta. "¿También les llevó unas pocas horas comenzar a anhelar la planicie abierta y el calor del sol?" Sigue pensando en eso, cierra los ojos imaginándoselo. Jamás se imaginó lo que sus enemigos podrían estar sintiendo, anhelando, creyendo cuando luchó en Troya. Hacer eso no habría resultado útil a su causa. Pero ahora que está aquí, con los brazos doloridos y las murallas cercándolo, es casi un privilegio, un gran alivio, imaginarse al fantasma de Héctor a su lado, imaginarse que conversa con él como corresponde a los príncipes... en otro tiempo, en un tiempo más civilizado.

De manera inconsciente, instintiva, sus dedos rozan el carcaj que cuelga de su costado. Le quedan trece flechas.

Entonces Penélope está allí, mirando por encima de las murallas la misma luz estelar que brilla sobre él, con una expresión de contemplación en la frente que al rey itacense casi le resulta familiar.

—Bueno —dice ella—. Yo diría que fue un empate.

Si Ulises se hubiera atrevido a decir eso en la tienda de Agamenón lo habrían insultado, le habrían gritado, lo habrían condenado. La palabra "empate" era como veneno en la boca de los griegos y se iba volviendo más tóxica a medida que iban pasando los años de incesante nada en las playas de Troya. Solo las historias podrían sostener a un hombre durante tanto tiempo, historias sobre victorias heroicas o trágica desesperación, sobre cosas que eran blancas o negras, extraordinarias u obscenas.

Y sin embargo...

—Yo diría que sí —dice Ulises, con cuidado de no acercarse demasiado a Penélope por temor a que ella rehúya de su presencia, que lo ataque ante la mínima posibilidad de contacto. Autónoe se encuentra a unos pasos de distancia, apretando con fuerza la empuñadura del cuchillo que lleva en el cinturón—. Pero puede ser difícil de juzgar.

—Claro —musita Penélope—. Pólibus y Eupites pueden llamar refuerzos. Supongo que tú no informaste a nadie significativo que regresabas a la isla, ¿no es así? ¿Alguien con apego sentimental a tu nombre y un ejército de hombres leales que tal vez vengan a buscarte si no reciben buenas noticias?

Ulises se ve obligado a admitir que eso habría sido bastante astuto.

—Consideré apropiado ser más bien discreto antes que osado al regresar.

—Ah. Bueno. Pues ahí va esa idea, entonces.

Ulises pasa el peso de un pie al otro, se sorprende cuán pesadas tiene las piernas, cuán cansados los ojos.

—Si pudiéramos enviar un mensaje a Menelao, estoy seguro de que vendría.

—Menelao intentó invadir y conquistar estas islas hace varias lunas —responde su esposa, fría y brillante como la plateada luz de la luna—. Lo hizo con el pretexto de que venía como huésped, portando la máscara de la amistad. Humilló a los pretendientes, me persiguió hasta el campo, intentó envenenar al rey de Micenas, amenazó a tu padre y finalmente fue la recuperación de Orestes y la imposición de la autoridad Micénica lo que lo convenció de abandonar su misión, por no mencionar que él mismo cayó víctima del mismo veneno con que había intentado imponer su reinado. —Ulises se queda boquiabierto pero está demasiado cansado para notarlo. Penélope sonríe, asiente con la cabeza—. Entonces, mejor Menelao no.

Este es el momento en el que un hombre ordinario pondría en duda hasta la última palabra de su esposa, la llamaría insensata, mentirosa, defendería a su hermano de sangre jurado, pero Ulises no hace eso. Está comenzando a aprender.

"Es por eso que eres mío", susurro. "Eso es lo que te hace alguien nuevo, alguien diferente. Eso es lo que te hace hermoso".

—Debes contarme más sobre eso cuando tengamos tiempo —farfulla Ulises—. ¿Néstor tal vez? Pilos solo queda a unos días de aquí.

—Ah, Néstor. Oí que en Troya uno de sus hijos azotó a mi esposo en un momento de cólera errónea.

—Los hijos no son tan sabios como el padre —admite Ulises.

—Pero Telémaco se lo pasó muy bien con ellos mientras intentaba hallar el cadáver de su padre.

—Espero que mi hijo haya estado intentando encontrarme con vida —responde él cautelosamente.

Ella se encoje de hombros.

—Una de dos. Lo mismo daba. Si Telémaco encontraba

con vida a Ulises, entonces habría tenido el derecho de preguntar por qué su padre no estaba en su hogar protegiendo a su esposa, a su hijo, a su reino. A menos que Ulises estuviera cruelmente encerrado, en cuyo caso habría sido otra clase de reencuentro. El hijo rescata al padre, afianza su valor como un gran héroe en el proceso, cosa que a Telémaco le habría encantado, pero si se corría la voz, eso habría sido por demás perjudicial para la seguridad de la isla. ¿Ulises, el gran rey, encerrado durante tantos años, necesitó que lo rescatara un cachorro criado por una mujer? Tal vez no sea el poderoso guerrero que todos dicen que es. Tal vez solo sea un anciano incapaz de defender su reino. Tal historia tendría consecuencias políticas a largo plazo con las que alguien tendría que haber lidiado. Era mejor para todos que encontrara el cadáver de mi esposo. El nombre heroico de Ulises habría permanecido intacto, Telémaco habría tenido una aventura, habría regresado a casa henchido de orgullo por sus hazañas, habría reunido un ejército por derecho propio como guerrero y como príncipe, habría luchado una guerra digna con un poco más de apoyo que un puñado de ancianos y muchachos, y todo lo demás.

"Como están las cosas en la situación actual, debe de sentirse terriblemente incómodo. —Ella mueve la cabeza, aunque su sonrisa débil y forzada no desaparece—. Un hombre que dice ser su padre regresa y toma el papel del héroe. Telémaco volvió a ser solo el hijo de Ulises, un príncipe solo por la fuerza del brazo de su padre, un guerrero en la sombra de un hombre envejecido. Mi hijo se pasó muchísimos años deseando conocer a su padre… no, permíteme replantear eso. Deseando *ser* su padre. Ser el hombre que él cree que es su padre. Nunca pensó demasiado en las consecuencias de ese deseo. Después de todo, solo puede haber un Ulises.

Ulises no ha tenido la oportunidad de conocer a su hijo

pero sí conoció a Neoptólemo, hijo de Aquiles. Era apenas más que un niño cuando llegó a Troya; un cachorro en bronce demasiado grande. Su pasión por la matanza no había tenido nada que ver con la guerra, nada que ver con la victoria; solo se debía a que era el hijo de un héroe, y jamás podría cortar las gargantas suficientes para demostrar que era más que eso.

Tal pensamiento es inquietante; Ulises entrecierra los ojos, se estremece, lo aleja de su mente.

—De todas maneras —murmura—. Si podemos enviar un mensaje a Pilos, pedir ayuda…

—¿Y cómo sugieres que hagamos eso?

—Tal vez tu criada podría…

—¡No hables de ella, ni siquiera la mires! —La voz de Penélope es el siseo sonoro de la cobra cuando se ensancha para atacar. Tiembla por un momento, mostrando los dientes con los dedos convertidos en garras, y Ulises se encoge. Hace mucho tiempo que sabe cómo empequeñecerse ante la ira de cosas más grandes, pero se queda pasmado ante la naturalidad con que le sale ante la mirada ardiente de su esposa. Tal pensamiento debería retorcerle el estómago pero eso no sucede.

Tal vez, piensa mientras Penélope se relaja de su furia contenida, sea porque en este caso en particular su esposa tiene razón.

—Autónoe se queda a mi lado —continúa diciendo Penélope y cada palabra es una vibración controlada en el aire—. Si ella se va, será porque su partida la mantendrá a salvo. Ella estará a salvo. ¿Lo entiendes?

—Lo entiendo. —Se le ocurre algo más, una noción extraña—. ¿Dónde enviaste al resto de las mujeres? ¿Las criadas de la casa?

—Al templo de Artemisa. Allí recibirán protección.

Ulises piensa que hay un significado aquí, algo que

debería averiguar, una pregunta que se le forma en la punta de la lengua, pero no logra distinguirla del todo. Algo que su esposa no está diciendo, una verdad fuera de su alcance. Intenta sujetarla pero ya desapareció.

Ulises piensa que ella está esperando que se disculpe.

Ulises nunca se ha disculpado ante nadie en su vida.

Nunca oyó a su padre ni a su madre decir "lo lamento". Lo más cercano que estuvieron ambos de una expresión de culpabilidad era si Anticlea murmuraba "Es lamentable que pienses eso" y eso era todo. Incluso cuando los hombres de Ulises se ahogaban a su alrededor, con los pulmones llenos de espuma, las palabras que él quería decir eran: "Os lo dije, ¿no es así? Os lo dije y no me escuchasteis...".

Ulises dice:

—Los pretendientes. Yo pensé... Se me dio a entender...

—Querías saber si me había acostado con los pretendientes. Goberné Ítaca por veinte años; en estas tierras mi nombre tiene legitimidad, mi conocimiento tiene poder. Por lo tanto, independientemente de si pensabas si yo era casta o no, matarme habría sido una estupidez absoluta. Pero tú querías matar, querías sentirte como el gran hombre, el hombre poderoso. Es una desdicha que el único modo que encontraste para eso fue matar criadas desarmadas, ¿no es así?

Ahora Penélope se queda en silencio.

Ahora Penélope contempla el cielo infinito.

Ulises considera golpearla.

Considera caer a sus pies.

Considera tal vez que si se queda allí el tiempo suficiente, en silencio, ella lo perdonará.

Pero ella no lo perdona.

Penélope espera.

Es muy buena esperando.

Así que es Ulises quien gira sobre sus talones y se aleja.

CAPÍTULO 31

Llega un mensajero del campamento de Eupites y Pólibus al amanecer; viene a pedir permiso para retirar a sus
muertos.

Telémaco sisea:

—¡Deberíamos dejar que se los coman los cuervos!

Ulises responde:

—El hedor de sus cuerpos nos envenenará si quedan allí.

Los cuerpos son retirados por hombres sin armas y trans-
portados al campamento, en los lindes del campo. Ulises
observa y al hacerlo le parece ver que algo más se mueve en
el borde de los árboles, alejándose de las líneas de Eupites y
Pólibus. Una figura a la carrera, el movimiento de una criatura que porta un arco. Cubre el sol con la mano y...

... la figura desapareció si es que estuvo allí.

—Padre — dice Ulises a Laertes, que está sentado en el
suelo de piernas cruzadas, succionando unas tiras secas de
carne—. ¿Alguna vez has visto...? ¿Será que hay otros...?,
¿tienes otros aliados en la isla? ¿otros hombres que tal vez
puedan venir en tu ayuda?

—¿Por qué lo preguntas muchacho? —pregunta el viejo rey.

—Estamos bajo asedio —señala Ulises con el tono calmado y suave de quien está acostumbrado a lidiar con una frustración interminable— y me pareció ver movimiento en los árboles.

—Tú te llevaste a Troya a todos los hombres aptos para luchar —responde Laertes encogiéndose de hombros—. Y solo tú regresaste; eso no deja demasiados hombres para hacer gran cosa, ¿no es así?

Y allí está de nuevo.

Una sospecha, reluciente en los lindes de los pensamientos de Ulises.

Una expresión en el rabillo del ojo de su padre.

El anciano, al igual que su esposa, oculta algo.

Es imposible, claro. Su padre jamás ocultaría nada de su hijo y, si lo hiciera, Ulises lo sabría. Lo sabría.

Y sin embargo, el modo en que Laertes inclina la cabeza, el modo en que está tan concentrado en su comida, el modo en que no llega a mirar a su hijo a los ojos, cierta mueca de sus labios.

Laertes tiene un secreto... no, va más allá de eso. Laertes está manteniendo el secreto de alguien más.

Ulises busca a su esposa y la encuentra de pie sobre las murallas con Autónoe a su lado. Las dos mujeres están tomadas de la mano, dándose fuerzas mutuamente. Miran hacia el bosque del este como si jamás hubieran visto verde en su vida.

Se oyen más cortes, más martillazos a lo largo de la mañana,

Telémaco mira en dirección al campamento de Pólibus y Eupites intentando descifrarlo.

—Están haciendo escaleras —explica Ulises.

—Pero eso… ¿Eso puede funcionar?

—Las escaleras son una herramienta desesperada —dice su padre, pensativo—. Son fáciles de desprender de una muralla. Pero si hacen muchas, dado que somos menos hombres no importa cuántas desprendamos, nos rodearán y nos pasarán por arriba.

—Debe de haber algo que podamos hacer.

—Por ahora lo único que podemos hacer es demorarlos. Tu madre… ¿acaso tiene…? … o tu abuelo. ¿Hay algo que no me estén diciendo?

—Si eso es cierto, yo se lo arrancaré.

—No lo sabes. —Ni siquiera Ulises puede evitar el leve suspiro, la sutil decepción de su voz. Telémaco oculta su estremecimiento endureciendo la columna y hundiéndose los dientes en el labio. Su padre le extiende la cortesía de fingir que no lo nota. En cambio se chupa el dedo, lo alza al viento y cierra los ojos para sentir la brisa.

—¿Padre?

—Si no me falla la memoria, el viento de Ítaca es… cambiante —reflexiona el viejo soldado—. Y ha pasado un tiempo desde la última lluvia, ¿no es así? Solo necesitamos un poco más de tiempo.

Al final es Laertes quien sale por la puerta.

Hubo bastantes discusiones acerca de quién debería hacerlo, sobre las ventajas y desventajas de cualquier elección en particular, hasta que Laertes gritó:

—¡En nombre de todos los dioses, o me matan o no me matan, pero al menos si me matan a mí yo solo soy un viejo gruñón!

Telémaco declamó algunas devociones al oírlo, pero Ulises no se apresuró a contradecir la aseveración de su padre, y ahí terminó el asunto.

Ahora Laertes, con los codos flojos y las quejas de sus rodillas nudosas, camina hacia el exterior de su granja y atraviesa el campo ensangrentado en dirección a las tiendas de Pólibus y Eupites. Se detiene poco antes de llegar a la mitad del camino entre las murallas y el campamento, y espera.

Los rebeldes lo observan, murmuran algo entre ellos, van de aquí para allá, mantienen una breve conferencia hasta que, finalmente, Eupites y Pólibus salen del campamento, también desarmados, con Gaios a una distancia prudente detrás de ellos.

Eupites, ataviado con una túnica negra como el cuervo, con huecos en el cuero cabelludo de donde se ha arrancado el cabello, se detiene a algunos pasos de Laertes como un glaciar que aminora su avance lentamente hasta frenarse. Pólibus se tambalea a su lado, como si la más leve brisa pudiera derribarlo. Por un momento estos tres ancianos se miran entre sí, y solo por esta vez Laertes no escupe, no revuelve flema en la boca, no los observa con desprecio, ni con malicia, ni con furia; se limita a erguirse casi como si alguna vez hubiera sido rey de estas tierras, amigo de estos hombres.

Por fin:

—Vuestros hijos. ¿Han sido enterrados como corresponde? —pregunta.

Pólibus contiene el aliento. Eupites no parpadea.

—Todos los honores que se debían a nuestros hijos fueron llevados a cabo —entona este último—. No podemos prometer lo mismo para tu familia.

Laertes asiente con la cabeza, digiriendo este pensamiento como si fuera una comida reconfortante y reconocible que no ha comido por un tiempo.

—En verdad hizo un desastre, ¿no es así? Pero si lo pensamos, no sé de qué otra manera podría haber terminado.

Incluso si Ulises hubiera regresado con trompetas y tambores, vuestros muchachos estuvieron demasiado tiempo acampando en su palacio, aferrados a las faldas de su esposa. Ningún hombre honorable podría haber dicho "bueno, gracias por intentarlo, adiosito" y ya está. No realmente. Cuchillos en la espalda. Lobos en su puerta. Un mensaje terrible que enviar. Pero vosotros ya lo sabéis, ¿no es así? Siempre lo supisteis. Si no hubiera sido mi Ulises quien matara a vuestros hijos, ellos se habrían matado entre sí. Eurímaco habría matado a Antínoo. Antínoo habría matado a Eurímaco. Algo tenía que ceder.

Los dos padres no se mueven, no responden. Pólibus quiere levantar las manos hacia los cielos, gritar "¡Eurímaco, Eurímaco, mi muchacho, perdóname, perdóname!". Pero, al igual que Ulises, no sabe lo que es disculparse, por lo que las únicas palabras que le quedan en su vocabulario son estas: "¡mi muchacho, venganza, venganza y sangre, venganza y honor, honor y sangre, mi Eurímaco!".

Eupites es el risco contra el cual golpea el mar infinito, mira a través de Laertes hacia un horizonte distante y gris.

—Alguna vez fuimos amigos —dice Laertes—. Ahora Ulises tiene la esperanza de que recordéis eso. Que recordéis que erais leales y todo lo demás. Pero yo no creo que eso suceda. Realmente no lo entiende, ¿verdad? No lo entiende. Él tiene un hijo, claro que sí, pero no llegó a conocerlo; tuvo veinte años para olvidarlo, aún piensa en él como si fuera un bebé estúpido cubierto de mocos, aunque tampoco es que eso haya cambiado demasiado. Al menos vuestros muchachos pudieron pasar tiempo con sus padres dadas las circunstancias. Eso es lindo, es bueno, un poco de tiempo, el tiempo que tuvisteis. En fin, mi hijo se está abrazando a la esperanza de que os convenza de retirarse y de que os quitéis un peso de encima. Tal vez uno de vosotros, tal vez tú, Pólibus; tú eres un mercader, no un hombre de guerra, ve a llorar por tu muchacho, ve a casa y llora por él. ¿Qué estás haciendo aquí?

Pólibus lloraría, se ahogaría con sus propias lágrimas, se sofocaría con su propio aliento pero no puede. Ese momento ha pasado y ya no le queda humedad alguna en el cuerpo.

Laertes suspira.

—Bien. No. No pensé que fuera a suceder. Supuse que no. No es que os culpe. Sin resentimientos. Haced lo que tengáis que hacer.

Los padres no se mueven.

Se quedan allí, tres ancianos desdichados que han conducido a sus hijos a la guerra, a la muerte.

Laertes entrecierra los ojos, inclina la barbilla hacia el cielo como si pudiera volver a oír el llanto del joven Ulises, el llanto del infante Telémaco. Como si pudiera retroceder los años para sostener a los bebés mientras lloran, para apoyárselos contra el pecho y susurrar: "Mis hermosos, estáis a salvo, estáis a salvo. Dejadme que os enseñe cómo ser fuertes cuando os sentís débiles, cómo ser valientes cuando tenéis miedo".

En cambio entregó el niño a las nodrizas. Euracleia, que lo idolatraba, "¡Agu-aguuu, ¿quién es brillante? sí, tú eres brillante, eres un pequeño héroe!". A las esclavas no se les permitía disciplinar a los príncipes, por supuesto. Tampoco le correspondía al padre, o eso pensaban estos ancianos, mostrar cualquier otra cosa que no fuera la cualidad de hombría necesaria para criar a sus hijos. Cualidades como la dignidad, la compostura, la fuerza, el honor. La resistencia al dolor sin quejarse. La violencia veloz ante la ofensa. La ira cuando, de otra manera, caerían las lágrimas. Estas son las cualidades pasadas de padre a hijo, de padre a hijo, y ahora aquí están ellos.

Aquí están ellos mientras sopla la brisa suave.

"Que este mundo arda", susurro al viento. "Que sea rehecho". La suave brisa se estremece ante mi contacto, se retuerce, disminuye, aumenta.

Se vuelve.

Laertes lo siente, se yergue de inmediato. Mira a Eupites a los ojos, luego a Pólibus. Apoya las puntas de los dedos entre sí delante de su pecho; es casi una plegaria, casi un gesto de respeto, de comprensión, de comunicación; no entre rey y súbditos, sino entre padre y padre.

—Mis amigos —dice, y después brota de sus labios una verdad extraña e inesperada—: rezaré por nuestros hijos.

Gira sobre sus talones y se aleja.

Camina con una energía que siempre ha tenido, que ha disfrutado ocultando, a través de la llanura hacia la entrada de su granja. Eupites y Pólibus lo observan y regresan a sus propias filas.

Ulises está esperando a Laertes en la puerta abierta.

—Necesito mear —espeta Laertes mientras pasa por delante de su familia, con los hombros caídos y la mirada gacha—. Y una copa de vino.

Ulises hace un gesto a Otonia para que atienda al rey, luego toma la antorcha encendida que Telémaco sostiene en la mano y sale al campo. No corre, pues correr podría levantar sospechas, sino que se aleja con calma de la granja, con una guardia de media docena de hombres a sus espaldas. Se detiene en medio del pastizal que, lleno de maleza, le llega casi hasta los muslos. Tras arrodillarse, pasa los dedos por los largos tallos en un modo que los poetas sin duda relacionarán con la reconexión de un rey errante con su tierra, se yergue y, con total calma, baja su fuego hasta la tierra.

CAPÍTULO 32

EL FUEGO ARDE DURANTE TODA LA MAÑANA Y YA COMEN-
zada la tarde. El viento lo arrastra desde la granja directamente hacia el campamento de Eupites. No se esparce
descontrolado ni genera nubes como de tormenta, sino que
escupe un humo asfixiante en espirales, rodea a los hombres que están construyendo las escaleras, les mancha el
rostro, las manos y los dedos de negro, envenena el cielo
con su fulgor reflejado y sofoca el aire con su calor.

Los hombres de Ítaca saben cuándo pueden y cuándo
no pueden luchar contra un fuego. Levantan campamento
y se alejan de la dirección del viento caluroso hasta situarse
al este de la granja de Laertes. Allí se pasarán el resto de
la tarde y ya llegada la noche reinstalando el campamento,
cavando nuevas letrinas, preparando nuevos lugares para
cocinar, mientras delante de la puerta de Laertes el fuego
sigue ardiendo.

Hacia el anochecer ya está rozando el bosque mismo; las
hojas están comenzando a carbonizarse y a abarquillarse,
y los bordes de los árboles relucen con gusanos naranjas.
No siento reparo alguno por detener el incendio. No hay
una ventaja táctica que se gane o se pierda por el hecho de
que ardan los árboles. Pero siento otra presencia moverse
detrás de mí y Artemisa se encuentra allí con las manos en

283

las caderas y una mueca en el rostro más encendida que las llamas mismas.

Chasquea la lengua; más molesta que enojada por estos acontecimientos. Entiende el uso del fuego en la naturaleza, en la propia caza, conoce el contacto del calor sobre el lomo de las criaturas obligadas a huir del bosque en llamas. Pero hoy hay algo más que unos conejos ocultándose por entre estos árboles, por lo que con un resoplido de sus mejillas y un latigazo de su cabello, vuelve a desviar el viento y hace girar las llamas sobre sí mismas de regreso al suelo ennegrecido donde se iniciaron, pero donde ya no les queda nada que consumir.

—Pensé que tal vez no vinieras —le digo, mientras nos quedamos contemplando el chisporrotear del torrente.

—No vendré por él —responde señalando con la barbilla la muralla sobre la que se yergue Ulises—. Aunque use un arco.

El bosque cruje un poco ante su desagrado, las ramas se doblan bajo una revuelta de hojas grisáceas, y ella desaparece en un suspiro.

Cae la noche, el fuego se está extinguiendo. Una llama se separó y se arrastró hacia la granja de Laertes, pero no pudo cruzar la fosa antes de que la brisa nocturna trajera un chubasco que la redujo a un tajo humeante en la tierra ennegrecida.

Ulises ordena que se apaguen todos los faroles del interior de la granja mientras las nubes se deslizan por el cielo.

Telémaco está dormido; se despertará sobresaltado con la esperanza de que nadie lo haya visto dormir, que nadie haya visto ninguna señal de cansancio o de debilidad. Su padre aún no lo ha podido convencer de lo valioso que es echarse una siesta antes de una gran hazaña.

Laertes ronca junto a sus cerdos favoritos. Autónoe encontró un rincón escondido junto a la cama de paja sobre la que a veces se echa a dormir su ama, y dormita a medias sujetando un cuchillo con una mano.

Ulises se encuentra sobre la muralla, mirando hacia el campamento de Eupites y Pólibus ya reubicado, donde se siguen moviendo algunas figuras. Por fin, Penélope se le suma, descalza, con una manta rústica sobre los hombros.

Observan la oscuridad mientras el búho ulula y las últimas nubes de humo mojado giran y se esparcen por la tierra.

—Los hemos demorado —dice Ulises por fin—. Pero atacarán antes del amanecer. Pueden descansar y luego escoger el momento. Nosotros no podemos dormir, debemos observar. Estaremos agotados cuando vengan, ese es el problema de ser quien defiende: no podemos controlar el cuándo ni el dónde de la batalla. Debemos esperar mientras nuestros enemigos duermen.

Penélope no dice nada. Tiene el rostro manchado por el humo que pasó sobre las murallas de la granja, con el cabello enmarañado y piel de gallina por el frío. Ulises ve todo esto, desvía la mirada, habla a la noche, al enemigo más allá, en la voz baja que solo es apropiada entre esposo y esposa.

—Te ofrecería abrazarte mi señora para que no sientas tanto el frío —le dice—. Pero creo que elevarías alguna objeción.

—Mi esposo era muy cálido —dice Penélope—. Espero que no me consideres muy indiscreta por mencionarlo, pero cuando compartíamos cama con frecuencia me encontraba con que el calor que manaba de su cuerpo resultaba sofocante durante los meses más calurosos del verano. Por no mencionar los ronquidos.

—Tal vez solo era… un joven lleno de vida.

—No era el más alto —continúa ella, como si él no

hubiera dicho nada—, pero de todas maneras se las arreglaba para ocupar casi todo el espacio de nuestra cama.

—La cama que tallé de un árbol como regalo de bodas para mi amada prometida —añade Ulises—, como señal de nuestro amor.

—Sí, esa. Un sentimiento hermoso, seguro. Hizo un daño terrible a las paredes.

—Hizo... ¿qué?

—Y sí. ¿Un árbol vivo creciendo en medio de un muro que sostiene el palacio? Un completo desastre.

—Yo... planeaba mantenerlo, había...

—Sin duda mi esposo tenía alguna clase de plan sobre lo que iba a hacer cuando a su romántico gesto comenzaran a brotarle ramas en ciertos lugares incómodos —dice Penélope suspirando—. Pero por desgracia zarpó y jamás regresó. Así que tuve que encargarme yo misma del asunto, con mis propias manos, por débiles que fueran.

Ulises exhala lentamente, se obliga a permanecer en ese momento, a ser solo un cuerpo que respira. Es algo que hacía cada vez que Agamenón estaba teniendo otro berrinche o Aquiles se enfurruñaba.

—Sobre este asunto de tus manos débiles, mi señora —musita él—. Me da la sensación de que hay algún... algún tema... sobre el que no me estás hablando.

—Hay muchísimas cosas sobre las que no te estoy hablando, señor. Cosas que solo le diré a mi esposo.

—Penélope. Basta. Es... Yo sé que me conoces. Lo sé. Este... juego. Esta noche volveremos a ser atacados. Podríamos morir. Lo más probable es que terminemos muriendo y tú sigues... obstinada... exasperante. —Intenta encontrar las palabras, en algún punto medio entre pragmáticas y tiernas, generosas e indignadas.

Penélope asiente con la cabeza pensativamente.

—Tienes razón, por supuesto. Bien podríamos morir

esta noche. Pero nuestras muertes se convirtieron en probabilidades cuando tú y mi hijo se metieron en el palacio de mi esposo y mataron a los hijos de las familias más poderosas de las islas. Si hubieras venido con un ejército, con el apoyo de algún gran rey, tal vez habríamos sobrevivido. Pero tú y mi hijo teníais que ser héroes, teníais que llevar a cabo la hazaña heroica. Así que claro que ahora es muy probable que muramos. Qué pena.

—Sabes que no podía dejarlos vivir. No podía...

—Mi esposo tenía que matar a los pretendientes —lo interrumpe ella con firmeza y frialdad—. Mi esposo no tenía que hacerlo tan estúpida y temerariamente, sin pensar en el delicado equilibrio político que yo me pasé veinte años, *veinte años*, luchando por mantener. Él no tenía que hacerlo de un modo que tal vez diera gloria a su nombre, a su *historia*, mientras sumía estas islas en la guerra. *No tenía por qué matar a mis criadas.*

—Penélope, yo... —Aquí está de nuevo.

La pausa en su voz, donde debería haber ciertas palabras.

"¿Lo lamentas, padre?", pregunta el fantasma de Antínoo sobre la figura cubierta de cenizas de Eupites.

"¿Lo lamentas, padre?", susurra el fantasma de Eurímaco a Pólibus, que no deja de temblar y estremecerse.

"¿Qué es esta sensación?", se pregunta Laertes mientras observa a su nieto retorcerse en unos sueños sanguinarios, mientras oye el leve susurro de su hijo hablándole a Penélope sobre las murallas. "¿Qué palabra es esta?".

—Yo... yo... —comienza a decir Ulises—. Yo pensé... me dieron a entender...

—Qué interesante —murmura Penélope al espacio muerto donde las palabras de Ulises fracasan—. Mi esposo, por supuesto, era muy bueno para formar sus propias opiniones. Lenta, cuidadosamente, analizaba la situación, reunía información y formaba una opinión fundamentada.

No habría escuchado a una nodriza vieja y amargada ni a un niño con la edad apenas suficiente para dejarse la barba, y no se habría basado en esos únicos testimonios para asesinar a unas mujeres inocentes. Tal vez habría preguntado a otros testigos sobre su conducta, tal vez habría buscado a Medón, a Egiptius o a Peisenor, quienes con total fidelidad le habrían informado sobre los asuntos necesarios para recuperar su reino. Habría hablado con su esposa… a menos que hubiera vuelto tan amargado por la guerra, tan abatido por la furia del mar, que hubiera perdido a los golpes todos los pensamientos de lo que significa ser un esposo. Tan empapado de sangre, tan ahogado por las penas y la desdicha que no hubiera podido concebir esas cualidades que son las más necesarias para ser no solo un hombre sino un esposo. Cualidades como la confianza, la honestidad, la fidelidad, el respeto. Eso es posible. Tal vez mi Ulises murió en Troya y ahora vienes tú en su lugar, un fantasma sanguinario y desdichado, para reemplazarlo. ¿Es un fantasma mi esposo? ¿Qué derecho tienen los muertos sobre los vivos, me pregunto? Pero claro, no importa demasiado si verdaderamente vamos a morir esta noche, ¿no es así?

Y aquí está de nuevo. Aquí está.

Ulises grita, enfurecido echa espuma por la boca, golpea a su esposa en el rostro, se arroja sobre ella, aúlla, "¡no tienes idea, no tienes NI PUTA IDEA!". Ulises llora, solloza, cae a los pies de ella, se aferra a sus piernas, gime, se lamenta, "por favor, por favor, no tienes idea, no tienes idea, no tienes idea".

Ambas son opciones que se despliegan ante nosotros como los pétalos del loto.

Ambas lo destruirán. Ambas lo dejarían convertido en algo menos que humano. En una, aún puede ser un héroe, un héroe que ha reclamado a su esposa y le hizo saber sus sentimientos, pero jamás será amado, jamás será bien recibido en su casa.

En la otra será un humano, un esposo, un hombre que llora la verdad. Pero jamás volverá a ser un héroe.

Ulises duda entre las dos por un instante.

Le tomo la mano y él cierra los ojos al sentir mi contacto, imagina por un momento que es Penélope, que son los dedos de su esposa los que rozan los suyos.

"Hay otra manera", murmuro. "Siempre hay otra manera".

Abre los ojos.

Se vuelve hacia donde debería encontrarse su esposa, abre la boca para decir...

... pero tardó demasiado.

Fue demasiado lento.

Penélope ya se está alejando, desciende de la muralla y se pierde en la oscuridad.

Autónoe dice:

—¿Llamarás a Priene?

Laertes encontró un peine; algo que pertenecía a su difunta esposa. Dijo que estaba tirado por ahí, una antigüedad inútil. Es un peine delicado, cálido, hecho de caparazón brillante. Laertes jamás dijo a su esposa cuánto la amaba y, con el correr de los años, su fracaso en expresar este sentimiento vital la condujo a ella a creer que él no lo poseía, por lo que se fueron apartando. Él se quedó el peine cuando ella murió. "Es una cosa ridícula", dice. "No me imagino qué está haciendo aquí".

Autónoe peina el cabello de Penélope.

—Permíteme —dice Penélope entonces y, con cierta dificultad, peina el cabello de Autónoe.

En un rincón del recinto arde un único farol de aceite. Los postigos están bien cerrados, las mujeres se sitúan sobre la luz y proyectan unas enormes sombras negras.

—¿Mandarás llamarla? —repite Autónoe, sentada con

las piernas cruzadas bajo el tenue brillo, pues todo el mobiliario se ha convertido en barricada, mientras la reina intenta aflojar un nudo particularmente enmarañado—. Sé que está observando en la linde del bosque.

—No estoy segura —responde Penélope—. A veces creo que sería más sencillo si desapareciéramos. Huir hacia las islas. Dejar que Ulises muera.

Autónoe se vuelve, sujeta a Penélope de la muñeca.

—Hazlo —le dice—. Sé que quieres proteger el reino... tal vez incluso proteger a Laertes y a tu hijo. Sé que por eso viniste aquí, que este lugar es... pero no se los puede salvar. Son animales. Los hombres son animales.

Ella debería estar escupiendo esas palabras, debería tener lágrimas en los ojos, fuego en la lengua. Pero no tiene nada de eso, habla como podría hablar Eos, con calma, con frialdad, el simple suministro de información, de algo que es absolutamente cierto y nada más.

Penélope sujeta el peine como si fuera un escudo sagrado, un artefacto bendito, sentada como está sobre el suelo frío, delante de su criada, sintiendo el calor de sus dedos curtidos contra la piel. El rostro de Autónoe parece extraño, desconocido, sin risa en los labios, sin mofa en los ojos. Ahora hay algo de la Furia en ella, que atraviesa ardiente incluso hasta el más cruel de los regocijos.

—No es demasiado tarde —responde la reina con suavidad, con mucha suavidad, por temor a romper la tenue luz que baña este momento—. Puedes irte. Anaitis y las mujeres están esperando en el templo, tú sabes dónde hay oro enterrado.

—¿Y Ulises? —espeta Autónoe—. ¿Qué hay de él?

—¿Quieres que muera?

—Sí. —Ni un momento de vacilación, ni un atisbo de duda. Penélope se encoge, pero si Autónoe lo ve, no le importa—. Él, Euracleia, Telémaco, todos ellos. Ítaca estaba bien sin un rey, estaba *bien* sin un rey. Si esta es la clase de hombres que debe gobernarla, prefiero que arda. Tú no tienes por qué morir con ellos. ¿De qué serviría?

A Autónoe la desconciertan las historias sobre sacrificios heroicos, sobre muertes valerosas en algún campo cubierto de sangre. ¿Cuánto más podría hacer un héroe, se pregunta, si viviera una buena vida, una vida larga, en lugar de morir joven y glorioso? Los poetas aún no han dominado el arte de elogiar a ese anciano que abandona la espada para concentrarse en desarrollar técnicas agrícolas nuevas e interesantes, o en cavar pozos donde el agua potable escasea. Si yo pudiera reformar el mundo esto cambiaría. No puedo.

Ahora contempla el rostro de Penélope, intenta imaginarse algo, lo que sea, que pueda reconocer en él.

—¿Es por Telémaco? —pregunta—. ¿Es por eso que estás aquí?

—No lo sé —responde Penélope—. Pensé que... venir aquí... era lo que debía hacer una reina. La granja de Laertes es una ubicación defendible, nos brinda la mejor probabilidad de victoria. Pensé que estaba haciendo lo correcto para Ítaca. Tal vez me esté engañando a mí misma, tal vez tengas razón. Tenía tantos planes, proyectos, estratagemas. Incluso pensé que estaba preparada para lo que haría si Ulises regresaba, pero no pensé que sería así.

Autónoe toma las manos de Penélope, las sujeta con fuerza entre las suyas.

—No le debes nada —le dice con firmeza—. Apenas si os habíais casado antes de que él se fuera. Esta es tu tierra, *Nuestra* tierra.

Hay cierta bondad aquí, en las palabras de Autónoe, si quien la oye les prestara atención.

—¿Por qué viniste tú? —pregunta la reina—. Podrías haberte quedado con Anaitis. ¿Por qué viniste? —El rostro de Autónoe se arruga en una mueca, su mano roza el cuchillo que tiene en el costado—. ¿Los matarás? —pregunta Penélope sin emitir juicio, sin malicia. Es solo un dato curioso, algo que debe incluir en sus consideraciones y nada más—. ¿Ese es tu plan?

—Quiero hacerlo, quiero a tu esposo y a tu hijo muertos. Rezo por ello. —Es el motivo por el que vino Autónoe, y esa es la verdad. Pero la criada no hace oídos sordos a los susurros de los dioses, ni cierra los ojos al poder y al modo en que funciona el poder, y allí hay otra verdad, la verdad más cruel de todas—. Pero pese a que... a que odio... lo sé. Lo sé. Vendrá algún rey nuevo. Menelao tal vez o Nicóstrato. Siempre hay otro rey. —Si la amargura pudiera envenenar la tierra, entonces todas las plantas en torno a la granja de Laertes comenzarían a marchitarse—. Les fallaste —añade, desviando la mirada de su reina, concentrada en algún otro lugar, el mismo lugar sobre el que ahora se suelen posar sus ojos cuando no mira el mundo en torno a ella—. Melanto, Melita, Eos. Les fallaste. Nos fallaste.

—Lo sé. Lo lamento.

Tres pares de pies, colgando en el aire. Penélope intenta imaginarse los rostros de las mujeres que murieron, mujeres a las que conocía hacía años, y hasta décadas... y no puede. Lo único que puede ver son unos pies suspendidos, una barrera asesina que le prohíbe el paso a todo recuerdo de sus vidas.

—Si tú mueres nosotras seremos exactamente lo que Telémaco dice que somos: esclavas y putas. Jamás te lo perdonaré, jamás. Eos diría que debería hacerlo, pero ella está muerta y no lo haré. Por las que quedamos con vida... necesitamos que tú permanezcas viva. ¿Lo entiendes?

Penélope cree que lo entiende pero no sabe qué decir, así que, en silencio, peina el cabello de su criada.

CAPÍTULO 33

El ataque comienza poco antes del amanecer.

Es exactamente como Ulises dijo que sería, exactamente lo que habría hecho él.

No hay ninguna estratagema astuta, ningún truco ingenioso. Cuando uno tiene la superioridad numérica de su lado, estas decisiones se vuelven fáciles.

Los soldados de Eupites y Pólibus se escabullen por la oscuridad hacia las murallas de la granja de Laertes. No tienen antorchas y se arrastran por la tierra llevando las escaleras con ellos con avances entrecortados, por debajo del movimiento de las nubes. Construyeron siete escaleras, cada una de ellas transportada por seis hombres. Ahora se apresuran a avanzar. Ahora les parece ver movimiento sobre la muralla. Ahora se detienen. Al suelo, rostro contra la tierra, esperan. Ahora el movimiento pasó, se vuelven a levantar. Ulises ha ordenado que se apagaran todas las luces para que sus hombres puedan escudriñar mejor la oscuridad sin ser detectados. Este primer enfrentamiento no es de espada y arco; depende de quién tiene la vista más aguda, los mejores oídos.

Cada sonido es una amenaza durante la noche. El desliz de un pie en un agujero no detectado; el chasquido que hace un tallo al partirse, de alguna planta resistente que de alguna manera se salvó del fuego de la tarde. El revoloteo de las aves en el borde del bosque, el suave correr de la brisa humeante por entre los árboles.

Ordeno al búho que ulule y lo hace, pero si bien los hombres de las murallas se mueven, no ven las figuras que avanzan por la oscuridad. Ordeno a la luz de las estrellas brillar con un poco más de intensidad entre las nubes que pasan, el zorro hambriento chilla, los cuervos adormilados levantan vuelo. No alcanza, y no me atrevo a hacer más; no con Ares en las islas. No puedo predecir lo que llegaría a hacer él a modo de represalia. Esa incertidumbre me asusta más que el conocimiento.

Busco a las mujeres del bosque, hay cuatro haciendo guardia entre los árboles. Aún no han visto las escaleras, pero la más joven, una mujer de extremidades largas y cabello como el cuervo, cuyo padre murió en las tempestades que Poseidón arrojó contra los hombres de Ulises, cree ver algo en la oscuridad. Se mueve. Toca a su hermana. Señala. No está segura de haber visto algo.

Artemisa debería estar aguzándole la vista, dándole la visión del halcón. La visión de la cazadora no es mi dominio, pero al menos puedo darle algo que a tantas otras personas les falta, un don que es uno de los más preciados que puedo otorgar.

"Cree en ti misma", le susurro al oído. "Confía en tus sentidos y cree".

—Vi algo —murmura mientras toma el arco que tiene a su lado—. Vi algo.

Las mujeres se tienden en el suelo en el límite del bosque y observan.

Hay un gris muy tenue sobre el horizonte del este. Es una buena luz para matar, aún no es lo suficientemente brillante para que se vea el peligro, pero parece prometer que no habrá lugar donde ocultarse para quienes queden con vida.

—Allí —susurra la niña del bosque, a la vez que la primera escalera llega a la fosa.

—¿Oíste algo? —pregunta un hombre con un brazo en un cabestrillo, sobre la muralla. Él y su compañero miran hacia la oscuridad de allí abajo y no ven nada, pero él podría haber jurado...

La fosa hace que a los rebeldes le resulte difícil posicionarse, pero aún no han sido detectados, aún no hay nada más que unas sombras difusas en la oscuridad. Intentan levantar la escalera, pero este hombre sujeta hacia abajo mientras este otro empuja hacia arriba, y este pensó que cuando dijiste izquierda te referías a la *otra* izquierda y no pueden gritar ni vociferarse cosas como podrían llegar a hacer en plena luz del día y así, por un momento reina la confusión mientras intentan manipular este objeto que tienen entre ellos. Algunos pasos más allá, otro pequeño grupo se está metiendo en la fosa, mientras un tercero más allá cree que encontró un buen lugar y...

—¡Allí! —casi grita la niña del bosque, casi vocifera la palabra, señala, y por la menguante oscuridad de la noche, allí están. Hay una escalera tambaleándose en la oscuridad mientras los hombres intentan equilibrarla, y ninguno de los de la muralla ha visto nada aún, los guardias son demasiado pocos y están demasiado adormilados, a la espera del alivio del día.

—¿Qué hacemos? —pregunta una mujer, pero la muchacha que sabe que debe creer en sí misma, que sabe que debe confiar en sus sentidos, se pone de pie, se rodea la boca con las manos y sin vacilar, brama hacia la noche.

—¡Atacan! *¡Atacan! ¡Atacan!*

Su voz no es particularmente sonora ni clara, pero es suficiente. Cuando los hombres están preparados para el peligro, se sobresaltan, se mueven, y este al menos es un sonido humano, ineludible y real. Sobre las murallas, los hombres desenvainan sus espadas, miran hacia abajo, hacia la oscuridad a lo largo de la muralla y uno por fin ve la amenaza.

Aún podría haber habido cierta incertidumbre salvo por el hecho de que uno de los grupos de rebeldes, al oír el grito de una mujer da por sentado que se ha perdido el factor sorpresa. Los hombres de ese grupo desenvainan sus espadas y lanzan un alarido de guerra.

—¡Alarma! —grita un guardia sobre la muralla.

—¡Alarma! —añade otro que en realidad no vio nada, pero que considera que lo mínimo que puede hacer es sumarse y dar un buen espectáculo.

Las puertas de la casa se abren. Unos hombres adormilados se mueven. Los insto a que se apresuren arrojándoles un soplo de brisa fría en sus ojos apagados, los empujo hacia la muralla. Ulises emerge a la carrera, sin armadura y descalzo. Arco en mano, mira las murallas, no alcanza a ver la amenaza y grita:

—¿Dónde está el enemigo?

Los guardias de las murallas no saben cómo responder de inmediato, pero los atacantes responderán por ellos, pues la primera escalera ahora está apoyada contra la fortificación y el primer penacho de un casco se eleva por sobre ella. Telémaco ve esto desde las murallas y lanza un grito, y ahora todos los hombres de la granja están corriendo, a medio vestir y apenas armados, a lidiar con la amenaza inminente.

Un ataque con escaleras siempre es un riesgo. Por lo general, para tener éxito se necesita cierta complacencia y hasta traición por parte de los defensores. Los guerreros solo pueden subir por la escalera de a uno a la vez, y tienen que luchar para poder subir por el borde mientras reciben ataques desde todas direcciones, sin perder el equilibrio sobre una colección precaria de palitos y de madera; una tarea peligrosa. A Ares no hay nada que le guste más que un ataque temerario hacia una muerte casi segura, el valor del hombre ensangrentado que debe resistir, resistir, resistir. Le encanta acunar a un guerrero entre sus brazos en el momento de su muerte, a alguien que ha hecho lo imposible. Pero en el instante en que la vida se ha desvanecido de los ojos del finado, Ares se pone de pie, se encoge de hombros y continúa con su vida sin la menor preocupación. "A la guerra no le interesa recordar los nombres de los muertos", dice; "ese es un problema de la paz. Jamás se llegará a hacer nada si nos detenemos, si nos rezagamos. Este momento, y solo este, es lo único que importa. Y es por eso que yo siempre seré el mejor guerrero, hermana", añade cuando los demás no están escuchando. "Es por eso que eres débil".

Está equivocado, pues si bien yo no me quedo rezagada por los cadáveres, las historias de los muertos pueden entretejerse en algo que vivirá, y al hacerlo, me servirán a mí.

Pues bien, un ataque con escaleras. De las siete escaleras que partieron para trepar las murallas de la granja, tres ya están ubicadas, con las patas atascadas en el lodo del fondo de la fosa, y la parte superior inclinada contra lo alto del parapeto. De estas tres, una está demasiado empinada, la parte de arriba sobresale demasiado sobre el borde de la muralla; una está demasiado separada de la base, en un ángulo que conduce a las caídas; una fue colocada de manera bastante óptima y ya tiene al primer hombre subiendo por sus peldaños con otro pisándole los talones.

De las otras cuatro una está en una fosa y cuesta levantarla; esta es la manipulada por el grupo que no sabe contener sus bramidos entusiastas, y las otras tres aún siguen rodeando el lugar. Estas últimas ahora abandonan toda pretensión de encontrar un lugar discreto de la muralla y sencillamente cargan directo hacia el sector más cercano de la granja para intentar escalar. Esto es una estupidez, pero la sangre arde y el amanecer está arrastrándose hacia la tierra. Que así sea: las decisiones apresuradas se toman en circunstancias como esta.

Telémaco llega a la primera escalera justo cuando la cabeza de un guerrero se asoma por sobre el borde. Ambos hombres se quedan perplejos al ver al otro por un momento. A Telémaco no se le enseñó qué debe hacer cuando un hombre está trepando por sus murallas, ni el sujeto que ataca sabe bien cómo se supone que debe subir y pelear al mismo tiempo. Allí va el entrenamiento de los nobles guerreros de Grecia. Por un momento se miran y parpadean como estúpidos, hasta que uno de los guardias leales, con un poco más de experiencia en estas cosas, se apresura a llegar junto a Telémaco, ve la escalera y de inmediato le da al sujeto que intenta subir un gran empujón en el pecho.

Este se tambalea pero no cae; se sujeta de lo que tiene más a mano en busca de apoyo, lo que resulta ser el brazo de Telémaco. Por un momento, los tres se tambalean y se mueven juntos mientras cada uno intenta sacarse de encima al otro, se aferra al otro en busca de equilibrio. Esta situación podría continuar durante un buen rato, lo cual sería vergonzoso, pero Ulises, que finalmente llegó a la muralla, ve el tumulto, toma la espada de Telémaco de su cinturón y con un movimiento amplio de la hoja tajea el brazo del atacante casi hasta el hueso.

El sujeto no grita.

Tiene la sangre demasiado encendida, el corazón retumbando demasiado fuerte, la piel demasiado caliente. Tampoco se da cuenta de que la separación de escalera y muralla puede dar lugar a una gran caída, de que ahora están empujando el extremo de la escalera y a él con ella. Siente que tiene el control hasta el momento en que golpea el suelo, cuando la conmoción del impacto le hace recobrar algo así como un destello de compostura y finalmente siente que algo anda mal, algo anda mal, algo anda terriblemente mal con su brazo.

Verlo le permite entender.

La comprensión engendra sentimientos que jamás había sentido.

Pensó que conocía el sabor de la muerte, el contacto del dolor, que había enfrentado sus miedos y se había reconciliado con ellos. Estaba equivocado.

—¡Escaleras! —brama Ulises—. ¡A las murallas!

Se encuentra la segunda escalera justo antes de que un soldado pueda llegar a lo alto, y comienza un forcejeo en el que los hombres de arriba intentan herir a los que trepan desde abajo con lanzas y sacudiendo espadas. Esta pelea distrae a otros hombres que deberían haberse dispersado para cubrir todo el perímetro de la granja, por lo que en este lugar se produce un pequeño amontonamiento, y un hombre finalmente toma un hacha y logra partir el primer peldaño de la escalera, luego el siguiente, hasta que una jabalina rebota de la muralla y casi se cobra su mano, y con un chillido el sujeto vuelve a ponerse a cubierto.

—¡Toda la muralla, toda la muralla! —grita Ulises, pero es demasiado tarde; la tercera escalera está colocada en un sector de oscuridad que no se encuentra defendido, con dos hombres ya en lo alto. Dos hombres son suficientes para reclamar este pequeño espacio, que es lo bastante largo para que sigan otros, y ahora Eumeo acaba de divisarlos desde el patio. El viejo porquero no puede hacer gran cosa en cuanto a velocidad, pero hace lo mejor que puede gritando, señalando y jadeando entre sus débiles inhalaciones.

—¡Están aquí! ¡Aquí!

En la revuelta de la sangre y la batalla, no cree que lo hayan oído. Entonces aparece otro anciano a su lado. Laertes, con su camisón atado a las rodillas y una espada astillada en mano, mira los guerreros sobre la muralla, asiente una vez con la cabeza y, en lugar de cargar contra ellos, grita con un bramido notablemente sonoro para alguien tan farfullero:

—¡MOVED EL CULO HASTA AQUÍ, CATERVA DE ESTÚPIDOS!

Tal es el hábito real del temperamento de Laertes que, por un momento, hasta los guerreros rebeldes que se encuentran sobre la muralla vacilan, sin saber si tal vez es a ellos a quienes se les está dando la orden de llevar el mencionado culo a la ubicación de Laertes. Ulises no ha oído bramar de esa forma a su padre hace más de veinte años, pero de niño lo oyó las suficientes veces que ahora la familiaridad que le genera le atraviesa el rugido de la sangre en sus oídos, por lo que se vuelve para mirar.

—Telémaco —vocifera—. Defiende este lado; habrá más escaleras, ¡no las dejes subir! ¡Tú, ve al lado sur; tú ven conmigo!

Telémaco no es un cobarde. Sencillamente se da cuenta de que, para su sorpresa, lo que más quiere en el mundo es vivir. Así que se queda donde le ordenan y lanza rocas contra los hombres de abajo, y continúa arrojándolas hasta que los rebeldes, aporreados, se vuelven y se echan a correr, con la armadura abollada, con huesos rotos, con sangre brotándoles de un montón de heridas. Esa, entonces, es la batalla por el lado occidental.

Ulises llega a la muralla oriental justo cuando un tercer guerrero sube por la escalera y aterriza sobre sus pies, listo para pelear. Aquellos que ya están sobre la muralla toman la sabia decisión de que no les interesa demasiado el combate mano a mano en un lugar tan estrecho, por lo que trotan hacia las escaleras que bajan al patio. Allí esperan los dos ancianos, Laertes y Eumeo, que se acercan el uno al otro. Laertes ahora sostiene su espada a dos manos, y no cede terreno ni se apresura a meterse en la refriega. Eumeo no tiene idea de cómo peleará; tiene un tridente con el que resulta de lo más competente a la hora de palear estiércol, y también tiene un poco de experiencia para lidiar con los cerdos de carácter difícil. No era considerado prudente que los reyes de Ítaca enseñaran a sus esclavos más que eso.

Laertes sabe exactamente cómo peleará. La velocidad y maniobrabilidad de su juventud han desaparecido, y no sobrevivirá más que unos segundos de combate intenso antes de que la fatiga del combate le drene la fuerza de los brazos. Pero de joven siempre notaba cuán sorprendidos se mostraban incluso hasta los más veteranos de los guerreros cuando uno se concentraba sencillamente en intentar cortarles los dedos; un método eficiente para un viejo rey.

Los rebeldes avanzan hacia el par de ancianos. Eumeo tiembla e intenta lanzar un grito feroz, pero tiene la garganta cerrada, la boca seca. Laertes hace una mueca. Eumeo estoca débilmente a uno, pero el sujeto hace a un lado el tridente sin darle importancia, pues es una amenaza demasiado insignificante para prestarle atención. Laertes mira la piel desnuda de una mano en medio de su ataque; se da cuenta de que no le importa demasiado que sea así como muera y levanta la espada.

Entonces Ulises está allí, cargando entre los dos ancianos como un toro, sujetando el astil de la lanza amenazante y arrancándola de las manos sorprendidas del hombre que la sujetaba. Le doy un poquito de fuerza en el momento en que él gira el arma y la levanta para golpear la barbilla del rebelde con el pomo, lo que arroja al sujeto hacia atrás con un crujido de dientes rotos. El otro rebelde lanza un espadazo hacia la cabeza de Ulises, y el itacense se ve obligado a inclinarse con desesperación para esquivarla. Casi resbala al volver a levantarse, pero recupera el equilibrio con la lanza robada que aún sostiene. Entonces Laertes está allí también, flanqueando con movimientos precisos al soldado, cuya atención ahora está centrada completamente en su hijo, y con toda calma le hunde la espada en la garganta. El hecho de que Laertes priorice cortar dedos no significa que no aprovechará para matar a un enemigo cuando surja la oportunidad. El rebelde cae, sorprendido. No por su muerte, pues hace ya muchos años que ha vaciado su corazón de todo pensamiento de vida, de todo sueño de esperanza, de familia, de futuro, y se convirtió en un muerto en vida, en un guerrero ubicado en la línea crepuscular entre la vida y las sombras. No le tiene miedo a la muerte. Tan solo lo sorprende que haya provenido de la espada de un anciano con huecos entre los dientes. Lo atajo cuando cae, lo llevo al suelo, guío la luz que escapa de sus ojos. Los poetas no lo iban a mencionar a él, pero a veces los dioses deben hacerse responsables incluso de hombres como este. Su compañero muere un momento después, sufriendo aún por el golpe debajo de la barbilla. Ulises se toma el tiempo para preparar el golpe de gracia, insertando la punta de la lanza robada por el hueco que se forma en el costado, entre las placas de adelante y de atrás de la abollada armadura del sujeto, y le atraviesa el pulmón. Si bien ahora yacen dos hombres muertos a los pies de Laertes, ha llevado su tiempo, y hay cuatro más sobre las murallas con las armas preparadas. El rebelde se enfrenta al rey y ninguno sabe bien qué irá a hacer el otro. Entonces Ulises descarta su lanza, vuelve a levantar el arco, coloca una flecha en la cuerda. Los guerreros rebeldes no esperan para ver hacia dónde volará la flecha, cargan contra él como si fueran uno solo.

CAPÍTULO 34

Consideremos la situación mientras el amanecer avanza sobre la granja de Laertes.

En el patio: cuatro rebeldes descienden sobre Ulises, Laertes, Eumeo y un guerrero de la guardia del palacio que acaba de sumárseles, pues más vale tarde que nunca. Cuán parejo sea este enfrentamiento dependerá de la predisposición de los rebeldes a trabajar juntos y cuán ágiles sean sus pies. Un guerrero sensato gira y vuelve a girar para asegurarse de que solo pueda ser atacado por una espada a la vez, y se posiciona de tal manera que, por ejemplo, para que Laertes lo ataque primero deberá empujar a Ulises. O para que Eumeo pueda asestarle un golpe, primero tendrá que rodear a Laertes. Un guerrero estúpido se limitará a elegir una única batalla y la peleará, sin tomar consciencia de la amenaza de la espada de Laertes, propensa a cortar dedos, o incluso del tridente de Eumeo. Regresaré a ellos en un momento.

En la muralla occidental Telémaco ha visto que se elevaba otra escalera y corre con su pequeño grupo de muchachos leales para arrojar piedras sobre la cabeza de los hombres que intentan subir por ella. Le está costando admitir lo eficientes que están resultando las piedras. "¿Acaso un héroe deja su espada para ponerse a arrojar una roca?",

303

se pregunta. Aquiles jamás lo hizo y tampoco Héctor, pero ellos tenían posiciones de cierta autoridad. De hecho Aquiles se quedaba de pie, espada en mano y con el escudo centelleando, mientras a su alrededor los hombres cavaban otra fosa en torno al campamento; y Héctor, con el penacho ondeando sobre la cabeza y la espada reluciente a la luz del sol, recorría los muros de Troya declarando: "¡Así me gusta! ¡Más rocas allí!".

En resumen: un gran guerrero como aquellos sobre los que cantan los poetas solo necesita dejar su espada y levantar una roca cuando ya han muerto suficientes de sus hombres y ya no le queda otra alternativa. Algún día Telémaco entenderá esto también.

Pero todavía nos faltan tres escaleras. Una está hundida en la fosa, debajo de las murallas; lo apresurado de su construcción ahora se nota, pues los peldaños comienzan a soltarse de sus amarres. Una fue detectada por los hombres de Ulises mientras era colocada contra la pared del sur, pero un poco tarde; para cuando los defensores llegaron hasta allí los hombres ya subían por la escalera, ya llegaban a lo alto y ahora las espadas desgarran carne, las voces gritan y la sangre se derrama en el caos de la batalla. Hay poco espacio sobre las murallas, por lo que en cada enfrentamiento se forma una especie de hilera en la que un guerrero reemplaza a otro guerrero mientras los hombres caen o son hechos a un lado sangrando. Uno tropieza, cae hacia la oscuridad y se oye el crujido de sus huesos. A otro se lo llevan a rastras mientras se sujeta una herida en el muslo que sangra profusamente, detrás de los pechos metálicos de sus compañeros. Un anciano yace borboteando su último aliento; un muchacho llora en la oscuridad. Los envuelvo en mis brazos, les susurro: "Es una buena muerte. Es una buena muerte. No estás muriendo en vano".

Solo una escalera permanece oculta. Los hombres que la

manejan tal vez sean los más sabios de los atacantes, pues no han emitido sonido alguno, no han lanzado un grito de guerra, se mantuvieron avanzando a gatas por la oscuridad, evitando la tentación de correr hacia las murallas incluso ya comenzada la batalla. Han encontrado un espacio cerca del bosque manchado por el humo, allí se resguardan y comienzan a subir.

No se los divisa en su ascenso.

No se los observa mientras el primero pasa por arriba de la muralla.

La niebla escarlata del combate se ha posado demasiado densa sobre los ojos de los combatientes. Miro hacia el este y veo el primer fulgor dorado del amanecer, lo veo centellear sobre el bronce ensangrentado. No es sino hasta que el último hombre se encuentra en la escalera que vuela una flecha.

No proviene de la granja. Por el contrario: surge de los árboles que los hombres tienen detrás, se hunde en un brazo extendido y casi lo clava contra la escalera que el rebelde lleva escalada hasta la mitad. El sujeto mira la flecha sorprendido, pues no puede comprender esto que ahora sobresale de su cuerpo. La siguiente flecha no llega a penetrarle el peto, pero su impacto lo devuelve a la realidad y le quita el aliento. Cae. No está demasiado alto, pero alcanza para devolverle el funcionamiento a alguna parte de su mente; a gatas se aleja de la escalera con la flecha aún clavada, casi llorando por la conmoción y hasta por la vergüenza de cuánto desea vivir.

Miro hacia el bosque y creo ver a Artemisa sosteniendo el brazo de la mujer que porta el arco. Entonces ambas se pierden de vista y dejan a los soldados perplejos sobre la muralla.

Un rebelde ataca a Ulises en el patio y su espada es rechazada, pero tiene la pericia suficiente para no permanecer trabado en el movimiento de su enemigo, sino que echa el brazo hacia atrás en busca de otro ataque. Ulises también está buscando su blanco. Al igual que a su padre, le encanta atacar dedos, lanzar pequeños cortes contra meñiques desnudos manteniendo la distancia, evitando que la defensa de su enemigo se convierta en un ataque. Todos se están cansando. Pasa más tiempo entre cada corte, la respiración sale en jadeos cada vez más intensos.

Es esto, tal vez, lo que exhorta a actuar a un rebelde que hasta ahora estaba demasiado rezagado como para hacer diferencia alguna en la pelea. Salta y se arroja de las escaleras desde una altura que es casi la de un hombre, aterriza torpemente en cuclillas cerca de Eumeo y, con un grito, envía su espada hacia la cabeza del porquero. Eumeo esquiva con torpeza, pierde el equilibrio, cae. El guerrero se sube sobre su pecho y levanta la espada para dar el golpe de gracia.

Ulises no se mueve para defenderlo.

No es que no sienta afecto por el anciano. Sí lo siente. Eumeo en particular hizo un buen trabajo al cuidar al viejo perro de Ulises, por el que el itacense sentía un gran cariño. Es solo que, en el análisis táctico del momento, de todas las personas que puede permitirse que mueran, Eumeo se encuentra entre los primeros nombres de la lista. Él no quiere que muera pero tampoco está dispuesto a arriesgarse a perder su propio brazo para salvarlo. Ulises necesita seguir luchando. Eumeo no.

El guardia de palacio que se encuentra junto a Ulises no sabe todo esto. Él piensa que su rey es un buen hombre, ha oído historias sobre el valor del noble Ulises. Piensa que será recompensado por hacer lo correcto. Es por eso que se arroja hacia el porquero, desvía el golpe destinado a Eumeo y, con su atención puesta en el hombre caído no ve el puñetazo que le arroja el guerrero que tiene delante, que le da de lleno en medio del rostro y le rompe la nariz.

La impresión que le causa la sangre, el pitido que oye dentro del cráneo y la rotura de las partes internas de su rostro son suficientes para cegarlo por un momento. Un momento es suficiente para que el rebelde que lo golpeó deje de apuntar con su espada al porquero, la lleve por debajo del peto del guardia y se la clave en el pecho.

A causa del peso de su caída, el hombre arrastra consigo la espada, que queda enterrada entre bronce y hueso. Su asesino forcejea un momento para liberarla. Ese forcejeo dura lo suficiente para que Laertes lleve a cabo su truco favorito de cortarle la mano y, mientras el rebelde cae gritando, Laertes, con total calma, le clava la espada en la garganta.

Y así mueren dos hombres, ninguno de ellos sabrá realmente por qué, permanecerán sin nombre, olvidados, y así la batalla continúa.

Cinco hombres avanzan por las murallas sin ser detectados.

Tienen tres opciones: unirse a sus camaradas en la batalla, tomar la puerta o tomar la casa.

Podrían abrir la puerta, pero aún hay una barricada delante de ella y mover todo eso llevará tiempo y llamará la atención. Incluso si tienen éxito, nada garantiza que Gaios y el resto de los hombres de Pólibus y Eupites puedan cruzar el terreno que hay entre el campamento y la granja con la velocidad suficiente para asaltar aquellas fauces abiertas antes de que Ulises recupere el control y bloquee el paso.

Podrían sumarse a sus camaradas. Este sería el acto de mayor compañerismo, escabullirse para, tal vez, atravesar a Laertes desde atrás o cortar la garganta a Telémaco cuando les dé la espalda. Sin embargo, no son suficientes en número para que incluso esa sorpresa pueda cambiar necesariamente el rumbo de la batalla. Son muy pocos los camaradas que han pasado por arriba de las murallas, por lo que sus fuerzas están dentro de todo equilibradas y si bien están luchando mayormente contra unos muchachos y unos ancianos, también están enfrentándose a Ulises.

"Ulises", susurro. "¡Ulises! Temed el nombre de Ulises, temed la astucia de Ulises, temedle, temedle a mi rey legendario, temed…".

Dos de los rebeldes merodean a lo largo de la muralla y, de hecho, se suman a la pelea contra Telémaco, eliminando antes de ser vistos a un muchacho de la tripulación del príncipe, sin hacer caso de su juventud; solo es un obstáculo más en su objetivo de esta lucha.

Los tres que quedan se meten a hurtadillas en la casa de Laertes.

No hay nadie custodiándola.

Pero sí hay alguien adentro.

Ulises por fin logra matar al hombre que tiene delante al pie de las escaleras. Le tiende una trampa: exagera sus jadeos, finge tropezarse, retrocede. El hombre se lanza en pos de esta oportunidad aparente con el brazo levantado para dar el golpe de gracia y el estoque de la espada de Ulises a su cuello es corto y firme. El rey itacense apenas si necesita levantar su hoja para llevarse esa muerte; la inercia de su enemigo hace casi todo el trabajo por él. Laertes se las arregla para cortar los tendones de la parte de atrás de la pierna de uno que aún se encuentra sobre la escalera. Su caída da la vuelta al hombre que tiene adelante, quien a su vez trastabilla y se tropieza. Ulises no vacila en hundirle la espada en el pecho al soldado en su caída, y en lugar de perder tiempo intentando extraer la espada del peso del cadáver que ahora la aplasta, le quita la espada de la mano a su padre y atraviesa la armadura del último hombre que queda con vida.

Telémaco no tiene dónde ir desde el otro lado del patio,. La llegada de dos nuevos enemigos le ha quitado todo espacio, toda oportunidad. Lo hostigan desde ambos flancos mientras sus amigos mueren a su alrededor. Se tensa, con los hombros encorvados, los pies encuadrados; se concentra en el poder pequeño y filoso de su espada, en girar las caderas, en intentar asestar un contraataque por donde pueda, en mover los pies y saltar hacia los lados para hacerse de cuanto espacio pueda, por pequeño que fuere. Hay un canto en sus oídos, un calor borrándole la visión, el corazón le retumba con tanta fuerza que parece que le va a explotar. Intenta conservar su energía, moverse solo lo suficiente para permanecer con vida, pero sabe que no bastará Se da cuenta, con una embestida de terror, de que ya no le queda nada. Se sorprende de no encontrarse pensando, en este momento, en su padre, que pronto lo verá morir, sino sobre otra persona completamente distinta. Kenamón.

Después de todo fue Kenamón quien enseñó a Telémaco a usar la espada, no Ulises.

"¡Muévete!", le grita Kenamón al oído.

"Muévete", le susurro.

"¡Cada defensa es un ataque! Si no puedes ser fuerte, sé impredecible!".

"Mantente con vida, muchacho", añado. "Hazlo".

Telémaco desea que Kenamón estuviera aquí ahora. Se queda perplejo al pensar eso. Le da vergüenza. Kenamón era un pretendiente, un desconocido, un hombre maldito. Y pese a todo, además le salvó la vida cuando vinieron unos piratas. Le preguntó si extrañaba a su padre, como si Telémaco supiera lo que era tener un padre al que extrañar.

"Mantente con vida", murmuro. "Aún me resultas de utilidad".

La punta de una espada roza el brazo de Telémaco. La estocada de una lanza casi le perfora el cuello, y el que la esgrime baja el peso y usa el astil del arma para golpearlo en el pecho y arrojarlo hacia atrás. Cuando Telémaco tropieza, ve tendido en la tierra el cuerpo de un muchacho que navegó con él hacia Pilos, uno de los pocos jóvenes de la isla a quien él consideraría un amigo. Desea que la imagen lo inspirara, que lo enfureciera en un ataque de rabia varonil, que le diera un segundo aliento y le llenara el pecho con gritos de "¡Venganza!". ¿Acaso Aquiles no se volvió loco ante la muerte de Patroclo? ¿No es así como deben ser las cosas?

En cambio siente tristeza, vacío y vergüenza por un momento.

Telémaco se ha avergonzado muchas veces en su vida, pero nunca supo, hasta ahora, que se trataba de eso.

Entonces levanta la mirada.

Ve un hacha descendiendo hacia su cráneo.

Sabe que no levantará la espada a tiempo para bloquearla.

Calculó mal el ángulo de ataque.

Calculó mal el modo en que vendría.

Morirá por ese error.

Cierra los ojos.

Oye la flecha que se clava en el hombre que lo habría matado y sabe que debe de haber provenido del arco de su padre, pues atraviesa la armadura del sujeto como si fuera luz surcando el aire. Abre los ojos, ve que el hombre se tambalea, sorprendido y perplejo ante el astil que sobresale de su costado. Lo empuja con todo su peso y echa a correr por la muralla.

Otra flecha se clava en el hombre que ahora está detrás de Telémaco y entonces Ulises se encuentra allí, junto a su hijo, los hombres que rechazaron la última escalera también se han agrupado y ahora se vuelven para atacar a los últimos soldados de Pólibus y Eupites que quedan entre estas murallas. No habrá misericordia. Telémaco hunde la espada a uno en el corazón y sigue presionando, presiona con todo su ser a través de ese pecho roto, aúlla, aúlla, aúlla, hasta que su padre lo aparta.

—Suficiente —susurra Ulises, mientras Telémaco tiembla y gruñe y gruñe y tiembla—. *Suficiente*.

Laertes se encuentra abajo, en el patio; mira a su hijo, a su nieto. Ahora parece recordar que es viejo.

Eumeo no se levantó del lugar donde cayó. No está muerto, ni siquiera está herido, es que no puede imaginar que vaya a moverse de nuevo. El cielo le parece el más hermoso que haya visto; quiere llorar por la belleza del amanecer incipiente. Nunca se preguntó lo que se sentiría al ser otra cosa que no fuera un esclavo, tampoco concebirá ahora tal idea y, sin embargo, en este momento único de su vida se pregunta si habrá algo… algo más… algo imposible de conocer y de nombrar… que se ha perdido en su larga y monótona existencia.

Telémaco siempre se preguntó cómo se sentiría ser sostenido por su padre. Nunca pensó que se sentiría así.

Entonces una voz grita en el patio:

—¡Ulises!

Los hombres de las murallas están cubiertos de sangre y sudor; están doloridos, cansados.

La luz del amanecer está lo suficientemente clara para divisar un mundo teñido de plata y salpicado de rosa.

—¡Ulises! —vuelve a gritar la voz, pues quien llama no sabe cuál de estos hombres bañados en escarlata y que aún quedan con vida es Ulises.

Y allí están.

Los tres que se metieron en la casa de Laertes ahora están saliendo. Uno sostiene a Autónoe por el brazo. Otro tiene una espada contra la garganta de Penélope y su otra mano entrelazada en su cabello.

La reina de Ítaca se mantiene rígida, erguida y gris; un peto de soldado le presiona la espalda.

—¡Rey de Ítaca! —grita el hombre que los lidera espada en mano, a un lado de la reina y de su captor.

Ulises suelta a su hijo.

Se yergue.

Mira a lo largo de las murallas. Murmura:

—Revisa que no haya más escaleras.

Telémaco intenta hablar pero las palabras no salen. Su padre confunde su silencio por obediencia. Ulises comienza a descender lentamente, aún con la espada ensangrentada en la mano. No sabe bien de quién es esa espada o de dónde salió. La recogió de alguien (amigo, enemigo) en medio de la batalla. Su peso le resulta un tanto incómodo, está balanceada de manera extraña. No le gusta luchar con armas que no conoce a la perfección.

Laertes se encuentra de pie a unos diez pasos de los hombres que ahora sostienen una espada contra la garganta de Penélope. Nadie toma en cuenta su presencia, solo es un anciano, así que nadie objeta cuando levanta la espada de un hombre muerto a sus pies. Ulises se detiene a más de una lanza de distancia de los hombres que sostienen por la garganta a su esposa. Los mira de arriba abajo.

—¿Y qué es precisamente lo que planeáis? —pregunta.

El líder del grupo mueve la punta de su arma en dirección al rey de Ítaca, pero no da un paso.

—Suelta tu arma.

—¿Y luego qué? —dice Ulises suspirando—. ¿Qué sucede entonces?

El sujeto se lame los labios. No consideró del todo esta tan pertinente interrogación.

—Nadie tiene por qué morir —dice por fin tartamudeando—. Tu esposa puede vivir. Puede vivir lejos de aquí, a salvo, solo te quieren a ti.

La frente de Ulises se estremece por un instante, pero la sorpresa que pueda haber sentido desaparece de inmediato.

—¿En serio? —dice pensativo—. ¿Y qué hay de mi padre? ¿De mi hijo? ¿No quedarán atados a todos los juramentos sagrados del Olimpo de vengarse por mi muerte? Sin duda ellos también deben morir.

La lógica es, por desgracia, irrefutable y estos rebeldes lo saben. El sujeto que sostiene a Penélope la sujeta con más fuerza. El que sostiene a Autónoe apenas si parece saber dónde se encuentra ella, hipnotizado como está por el rey itacense; o, más bien, sobre la idea que tiene del rey, pues la realidad apenas si les resulta relevante a sus sentimientos.

"Ulises, héroe de Troya", le susurro al oído. "Témele, témele, ay, habrás de temerle…".

—Tu esposa —tartamudea el líder—. Tu esposa. Ella puede… Todo el mundo sabe que amas a tu esposa.

La mirada de Ulises se cruza con la de Penélope.

No hay sonrisa.

No hay mueca.

No hay grito de angustia, ni labio tembloroso, ni un jadeo de desesperación. Él la mira mientras ella lo mira a él y hay algo allí que es casi una conversación. Una pregunta, como diciendo: "¿Eso es cierto?".

Es Penélope quien deja escapar un suspiro.

Entrecierra los ojos.

Inhala una fracción de bocanada, la retiene por un instante y:

—¡Ay mi esposo mi querido mi queridísimo no te preocupes por mí no arriesgues tu vida por mí ay mi Ulises! —Lo farfulla todo en una gran exhalación, con la esperanza de que la velocidad con que lo hace compensará al menos la falta de entusiasmo que tiene por tal sentimiento. Cuando termina ese aliento, inhala otro, eleva la voz casi hasta convertirla en un chillido, arruga la frente y cierra con fuerza

los párpados intentando sacar una lágrima, y dice lloriqueando—: *¡Huye, mi amor! ¡Sálvate tú! ¡Salva a nuestro
hijo!*

Y entonces, habiendo exasperado un tanto al hombre
que la sostiene y con bastante preocupación por la hoja
apoyada contra su cuello, se desvanece.

Es un desvanecimiento cuidadoso.

Ha aferrado con una mano el brazo que sostiene la espada contra su garganta por las dudas de que todo se salga
un poco de control. La otra mano se escabulle hacia su
espalda en su caída, hacia los pliegues de su túnica desa-
rreglada. Sus ojos pestañean pero no se cierran y mientras
Penélope cae, su cabeza se inclina hacia arriba retorciendo
el cuello.

La espada sostenida contra su cuello se desliza sobre su
piel, la rasguña. Le hace un pequeño corte en la barbilla y
una leve línea de sangre comienza a fluir, pero el hombre
que la sostiene no le corta la garganta. En cambio aparta la
espada sin saber bien qué hacer mientras la reina de Ítaca se
desliza en sus brazos. Le suelta el cabello para sujetarla de la
axila en su descenso, la sacude y la coloca en una especie de
posición erguida. En el movimiento los pies se le retuercen
flojos, lo que da la sensación de que ella estuviera rotando
en el lugar mientras se va volviendo hacia él en ese estado
de semi estupor de desesperanza femenina.

Cuando ella abre los ojos y mira al sujeto, estos se encuentran completamente despiertos y alerta.

Ahora él tiene la espada en su costado, ya no se la sostiene contra el cuello.

La hoja de ella, oculta cuidadosamente en su túnica, es
filosa y delgada. Él no nota de inmediato que lo ha pene-
trado, pero siente una sensación extraña cuando se la retira,
como de una presión que se le libera inesperadamente en el
pecho. Entonces se siente liviano. Entonces se siente pesado.

Entonces se siente muy lejos, pero de alguna manera, aún presente en su cuerpo. Es solo entonces que baja la mirada y ve el escarlata que mancha la túnica de ella en el lugar donde se apoya contra el cuerpo de él, y siente la sangre que le corre libremente por sobre el lateral de la pierna.

Solo entonces siente el dolor y entiende que va a morir.

Autónoe también había ocultado su hoja cuando llegaron los hombres; ahora la clava en el cuello del hombre que la sostiene antes de que él pueda entender lo que está sucediendo. Chilla, grita, se arrodilla sobre él mientras cae y lo apuñala una y otra vez, bramando, aullando, con su sangre rociándole la boca, los ojos, la piel, y sigue apuñalándolo hasta que por fin Laertes la aparta débilmente, mientras ella sigue chillando y pateando como un lobo herido.

El último hombre desvía la mirada de Ulises el tiempo suficiente para ver morir a sus amigos y cuando vuelve a mirarlo a él lo último que ve es la espada del rey de Ítaca penetrándolo.

CAPÍTULO 35

Se cuentan los muertos bajo la luz matutina.
Veintitrés muertos son arrojados a la fosa desde las murallas de la granja de Laertes. Es una mala táctica llenar la propia fosa defensiva con cadáveres, pero Ulises tiene la esperanza de que prevalezca la decencia y que alguien del otro lado pida una tregua y lleve a cabo los rituales funerarios que él no tiene ni el tiempo ni la energía para encarar.

Eupites dice:
—¡Que se los coman los cuervos! ¡Dejad que apesten y que maldigan la granja de Laertes!
Pólibus dice:
—Algunos de ellos conocían a mi hijo.
Gaios vocifera:
—¡Los enterraremos!
Y eso, notablemente, da por terminado el asunto.
Se envía un mensajero para solicitar la recuperación de los cuerpos.
Ulises simula pensárselo antes de aceptar porque es un hombre honrado. El hedor de la carne ya comenzaba a sentirse tras la salida del sol y él desea echarse una siesta mientras se llevan los cadáveres.

Ocho hombres están muertos dentro de la granja, otros tres están heridos. Se entierra a los muertos, los heridos son llevados a la casa donde puedan gemir y sacudirse donde los vivos no puedan verlos. Laertes arruga la nariz mientras se cavan los pozos. No es un hombre devoto, no cree en cosas ni sagradas ni profanas. Sin embargo, siente que su granja debería ser un lugar para cerdos que resoplan todo el día y para bebidas fuertes, para el aroma de la cocina por la tarde y las caricias de la primera luz primaveral, no un cementerio para los muertos olvidados.

La fuerza de combate de Ulises se compone ahora de doce hombres con varios grados de heridas.

Roza con los dedos las plumas de sus flechas con punta de hierro y descubre que le quedan once.

Telémaco lleva a los pocos que le quedan de sus muchachos para recoger las escaleras que se mantienen en pie contra las murallas y romperlas para usarlas como leña.

Ulises se sitúa sobre la muralla, encima la puerta y mira el campamento de Eupites y Pólibus. Considera que habrá unos sesenta hombres allí. Se pregunta cuánto tiempo les llevará conseguir refuerzos.

No cree que se vayan a tardar demasiado.

Laertes dice:

—Bueno, se nos acabó el vino.

Eumeo tartamudea:

—Estoy seguro de que encontraremos más hombres leales si logramos llegar al puerto...

Telémaco no dice una palabra.

Autónoe extrae agua del pozo en el patio. Se ha lavado un poco de la sangre del rostro, de las manos. Aún tiene un tono escarlata debajo de las uñas, en algunos lugares de la túnica y no muestra la menor intención de cambiarse la ropa, apenas si parece notarlo, aunque sí está comenzando a picarle de manera horrorosa.

Ulises busca a Penélope y la encuentra de pie junto a la puerta de la casa, de brazos cruzados, con el cuchillo que por lo general lleva oculto ahora colgado de un cordón que le rodea la cintura. Está mirando el trabajo del patio, el entierro de los muertos, las moscas que caminan por la sangre que lo cubre todo. Se le está formando una costra en el corte de la barbilla. A ella tampoco parece interesarle demasiado lavar la sangre de su túnica y nadie parece tener la inclinación de pedírselo.

Ulises observa a su esposa.

Ella lo observa a él.

Él deja el arco.

Las flechas.

La espada.

Desciende de la muralla; se acerca y se sitúa delante de ella.

La vuelve a mirar de arriba abajo, ve la sangre, el hielo, la frialdad de sus ojos.

Intenta encontrar las palabras.

Las palabras necesarias.

Las palabras que jamás ha pensado decir.

Mira a su padre pero no encuentra inspiración allí.

No mira a su hijo; tiene la completa certeza de que allí no encontrará nada útil.

Mira en dirección al patio, la sangre, el lodo y la muerte, ve a Autónoe. Ella encontró la mano que Laertes cercenó a uno de los rebeldes. La lleva hasta la fosa recién cavada, la arroja dentro y continúa con lo suyo. No mira a nadie ni a nada, como si en este momento el mundo no le interesara en absoluto.

Ulises se vuelve hacia su esposa. Dice:

—Yo...

Las palabras que deberían continuar se le atoran en la garganta.

Le apoyo una mano en el hombro.

"Este es el momento", le susurro. "Este es el momento".

Vuelve a intentarlo.

—Estás herida.

—¿Qué?

—Tu... —Se señala la barbilla. De alguna manera, parece demasiado invasivo señalar la de ella.

—Ah. Estoy bien.

—Tu muchacha debería atenderte.

—¿De qué serviría eso?

De nada, debe admitir. De nada en absoluto.

Por un momento se queda allí a su lado, observando la misma nada que observa ella. Cuando por fin habla las palabras son casi inaudibles, casi se las lleva la brisa.

—Yo... lo lamento.

El rostro de Penélope no se mueve, no se estremece, pero todo su cuerpo se tensa de repente.

Ulises obliga a sus labios a formar las palabras y en el segundo intento le resultan más fáciles y más difíciles.

—Lo lamento. Te... te he fallado.

—¿Porque tengo un tajo en la barbilla?

—Porque estás aquí. En este lugar donde es muy probable que muramos.

Ella se encoje de hombros.

—Después de que asesinaste a los pretendientes, no había muchos resultados probables. Si se me iba a perseguir y a asesinar, este parecía un lugar tan bueno como cualquier otro.

—De todas maneras lo... lamento. Por todo.

—¿Lo lamentas todo? —dice Penélope pensativa—. ¿Qué parte? Sé específico.

Esta no es para nada la respuesta que Ulises estaba esperando, pero claro, la sangre, las moscas, el cansancio, los hombres quebrados a su alrededor.

Once flechas, piensa. Una docena de hombres. En su momento sonrió, sincera y afectadamente, y jamás dio un puñetazo a Agamenón, ni una sola vez. Puede hacer esto; después de todo, él es extraordinario.

—Lamento… no haber sido honesto contigo cuando llegué a Ítaca —dice por fin pensándolo bien, y cada palabra es un paso en un camino difícil y lleno de espinas—. Lamento haber actuado precipitadamente, sin sensatez. Tienes razón, te estaba poniendo a prueba, quería saber si tú… Estaba enojado, furioso, pero ese tampoco es el motivo. Quería ser el amo de mi casa, el amo de algo, de lo que fuera, ser el amo. Un hombre debería ser el amo de su esposa y yo… veo que… que es probable que hayas mantenido una especie de paz aquí. Mantuviste la paz. Yo debería haber… No fue sensato romper con eso sin… Debería haber buscado otra manera. Estaba tan… Lo único que veía era traición, ha habido… Estos años han sido…

Se detiene.

Vuelve a mirar a su esposa.

Ve el desprecio en su rostro. ¿Qué son los años de él para ella? ¿Qué es su historia ahora?

Vuelve a intentarlo.

—Yo nos provoqué esto. A nuestra tierra, a mi padre, a nuestro hijo, a ti. En este lugar… tú podrías haber muerto y yo estaba… y lo lamento. Por eso. Profundamente. Como… como tu esposo. Como tu esposo.

—Mi esposo. —Penélope prueba las palabras, las degusta con la misma falta de familiaridad con que los labios de Ulises degustan una disculpa—. ¿Qué esposo es ese? El que zarpó hacia Troya jamás se disculpaba por nada. Las cosas que hacía eran necesarias. Yo lo entendía y él también. No tuvo opción al zarpar. Y de todas maneras yo quedé aquí. ¿Qué hizo el que regresó? Quebró mi paz. Mancilló mi palacio. Asesinó a hombres desarmados y a criadas inocentes.

Ocasionó la destrucción de mi familia y ahora dice que lo lamenta. Pues bien. Supongo que eso lo compensa todo, ¿no?

Delante de los ojos de Ulises pasa un destello de otras mujeres: Circe, con la espalda erguida, los ojos en un lugar distante mientras él se aleja por el mar; Calipso, henchida de furia ante las órdenes de los dioses. Él pensó que los sentimientos de ellas por su partida eran mezquinos de alguna manera, que eran unas mujeres solitarias y malhumoradas que no podían vivir sin él. Y sin embargo aquí está de nuevo, esa inclinación de la barbilla herida, ese desvío de su mirada. Penélope limpió la sangre del cuchillo que ahora lleva en el costado porque se trata de una herramienta y a las herramientas hay que cuidarlas. Esa ha sido su única admisión real del asesinato que le salpicó toda la piel.

—Las mujeres —dice él y le sorprende oír que es su propia voz la que lo dice—. Tus criadas. Lamento lo que hicimos… lo que hice. El único tema de conversación en Troya era Helena, la reina traidora que le abrió las piernas a un príncipe troyano y por lo que el mundo debe arder. Y Clitemnestra, que mató a mi hermano jurado, se acostó con otro hombre; todos dijeron… fue… Y tienes razón, desde ya. Yo apenas si conozco estas islas, tú sí las conoces. Debilitaría mi posición matar a la mujer que las gobernó durante veinte años, dañaría mi estado incluso más que lo que ya está dañado, pero estaba tan enojado, estaba tan… y al mismo tiempo pensé… pero me equivoqué. Me… equivoqué. Tus criadas. Las mujeres. Fue… imperdonable.

¿Acaso ella se estremece por el frío del viento?, ¿o por las grietas del hielo de su alma? Él no logra discernirlo.

Nadie me dirá a mí palabras de disculpas, de ternura, de compasión, y yo jamás las pediré.

—Cuando esto acabe, si sobrevivimos, si logramos sobrevivir, no pediré nada de ti. Nada. No haré preguntas, no… pediré explicaciones de nada de lo que haya sucedido antes. No pediré tu perdón ni tu amor. Ahora lo entiendo. Si deseas llevarte a tus mujeres y vivir lejos de mí, esposa solo en nombre, reina en... en lo que sea que sirva para mantener las tierras... lo entenderé. No te obligaré a fingir que me amas, me equivoqué y lo lamento.

Ulises no sabe si está mintiendo.

No está del todo seguro de cuándo se volvió incapaz de notar la diferencia en su corazón, pero sabe que ha sido así durante mucho, mucho tiempo.

Penélope odia a este hombre.

Lo sabe en su interior, con cada latido de su corazón.

Lo odia.

Pero también quiere llorar.

Quiere que él la sostenga con fuerza.

Quiere llorar contra su pecho.

No entiende cómo puede sentir tantas cosas al mismo tiempo. Pensó que tal vez había dominado el arte de no sentir ninguna de ellas. La decepciona un poco descubrir que eso no es cierto, que la sensación de un corazón vacío era tal vez un disfraz para la realidad de un corazón demasiado lleno como para comprenderlo.

No puedo mirarla en este momento. Duele demasiado, incluso para mí. No puedo. Me hará pedazos.

Penélope mira a través del patio.

Laertes la está observando y espera.

Telémaco le da la espalda sobre la muralla.

Autónoe entierra a los muertos.

Penélope se detiene a mirar más tiempo a Autónoe hasta que finalmente, con toda la fuerza de voluntad que le queda, se vuelve para mirar a su esposo a los ojos.

—Acompáñame —le dice.

CAPÍTULO 36

APARTAN LA BARRICADA DE LA ENTRADA A LA GRANJA LO suficiente para que dos personas puedan pasar apretadas por el hueco.

Se pegan a la pared.

Las miradas los siguen desde lo alto de las murallas, otros ojos los observan desde el campamento que hay del otro lado de la tierra quemada. Técnicamente este es un período de tregua, un período para enterrar a los muertos, para cantar canciones fúnebres. Pese a esto, si los hombres de Gaios no estuvieran heridos, reducidos en número y lamiéndose las heridas, atacarían. Claro que atacarían. Los perseguirían por este campo lleno de sangre y cenizas e intentarían despedazar a Ulises y a su esposa en este mismo instante. Pero no están preparados y aún si estuvieran listos, su campamento fue posicionado deliberadamente fuera del alcance de los arqueros. En el tiempo que les llevaría reunir hombres para atacar a estos dos seres errantes en su paseo alrededor de su pequeño fuerte, el ataque sería visto, se lanzaría la alarma y los seres errantes se apresurarían a regresar al interior de la granja.

Eso no evitará que Eupites y Pólibus se pongan furiosos, que exijan que haya más centinelas en torno a la granja, más hombres de guardia permanente.

—¿Y si Ulises en realidad intentara escapar? —vociferan—. ¿Y si intentan darse a la fuga?

—¿Adónde irían? —replica Gaios, mirando a sus empleadores con los ojos cansados y el rostro pétreo—. Vosotros controláis los puertos, los caminos, el mar. ¿Dónde creéis que pueda ir el rey de Ítaca exactamente?

Pues bien, en este momento de tregua y de canciones fúnebres en que no se está del todo listo para volver a luchar, Penélope y Ulises caminan por los límites de la granja.

Fuera de las murallas huele menos a sangre, menos a muerte. El viento lleva un leve aroma del mar, las aves cantan en el bosque, el cielo es un zafiro atravesado por unas delgadas nubes blancas. Es un día hermoso para caminar descalza en el agua fría, piensa Penélope, con sus criadas cantando, contando historias del pasado, hablando de sueños que normalmente una no se atrevería ni a insinuar entre susurros que pudieran hacerse realidad.

Penélope hace una pausa y mira a través de la tierra. Se inclina para sentir el suelo, seco y cargado de ceniza, y luego un poco más profundo: la vida que subyace debajo. De pronto siente la sangre que le mancha el vestido, el cuello. Dentro de la granja de Laertes era tan solo el uniforme. Aquí afuera, con el cielo encima y la isla extendiéndose ante ella, le resulta repugnante, obsceno.

Suspira, se yergue y camina con Ulises a su lado.

Él no interrumpe sus pensamientos.

Ella espera a estar lejos de la entrada, lejos de Telémaco y cerca del límite oriental del bosque, antes de detenerse a observar la hilera de árboles con las manos en las caderas.

Ulises se encuentra a una distancia prudente; lo bastante cerca para oírla, pero no tanto como para entrometerse en sus reflexiones.

Los ojos de ella miran la oscuridad del bosque, pero cuando habla su voz se dirige a él.

—Hubo piratas hace algunos años. ¿Te lo explicó Telémaco? No, probablemente no. Un pretendiente llamado Andremón se puso impaciente ante la espera, era un veterano de Troya; tenía amigos, soldados que no habían recibido lo que ellos consideraban su parte justa del saqueo de esa ciudad y que, por lo tanto, como hacen siempre tales hombres, habían comenzado a saquear. El temor al nombre de Ulises los mantuvo a raya por un tiempo ¿y si mi esposo regresaba y se encontraba con que unos compatriotas griegos habían estado haciendo estragos en sus tierras? Pero a medida que pasaron los años, su recuerdo se diluyó y los invasores se envalentonaron. Andremón y sus espías les dijeron dónde atacar; él tenía la idea de que capturando a mi pueblo e incendiando mi tierra podría obligarme a casarme con él. Peisenor intentó reunir una milicia para defender la isla; Telémaco se les unió, por supuesto, como el muchacho ridículo que es. Pero el grupo estaba compuesto solo por muchachos sin experiencia liderados por capitanes que no podían ponerse de acuerdo en si era de día o de noche. La milicia de Peisenor llegó a su fin cuando los invasores atacaron. Ese siempre sería su destino. Así que yo reuní a la mía.

Ulises está tenso como su arco. "Es esto", piensa. "Es esto. Es tan obvio. ¿Cómo es que no se me ocurrió?".

—Naturalmente no había suficientes hombres en la isla y sería una insensatez contratar mercenarios, así que me enfoqué en una opción menos ortodoxa. Una guerrera del este, una mujer llamada Priene, entró a mi servicio y entrenó a algunas de las mujeres que se sentían inclinadas, como lo estaba yo, a defender a los suyos. Se reunieron en el templo de Artemisa, aprendieron a colocar trampas, a disparar con arco, a luchar en la oscuridad, a atacar y a huir. La primera batalla que lucharon fue contra los invasores de Andremón, pero también lucharon contra los espartanos de Menelao llegado el momento. Cuando alguien preguntaba

"¿Cómo es que todos estos piratas están muriendo?", la sacerdotisa de Artemisa anunciaba que era una señal de intervención divina y por lo general era suficiente. La idea de que unas viudas e hijas de Ítaca se hubieran alzado en armas era, por fortuna, inconcebible. Tenía que ser inconcebible. Tus hermanos reyes se habrían reído ante tal idea. ¿Ítaca, defendida por mujeres? ¿Por debiluchas y por putas? ¡Claramente está lista para la cosecha! Imagina las batallas que habríamos tenido que luchar entonces, rechazando oleada tras oleada de mercenarios a los que no les entraba en la cabeza que pudieran morir en manos de mujeres. Era muchísimo mejor que nadie se imaginara nada y que jamás viviera ninguno para contarlo, era mejor que nosotras controláramos la historia.

Ella suspira, mueve la cabeza. Estas cosas que describe parecían tan tremendas en aquel momento, tan enormes y difíciles. Ahora las mira en retrospectiva y se ven pequeñas, distantes. Son los recuerdos de un mundo más simple.

—Entonces regresaste. Consideré matar a los pretendientes por ti y ya, y eso aconsejó mi capitana. Pero eso no resolvería nuestro problema. Si antes el nombre de Ulises había mantenido a raya a los invasores de las islas occidentales, entonces el nombre de Ulises debía volver a hacerlo. ¿Ulises, respaldado por un ejército de mujeres? Absurdo. El prestigio de ese nombre quedaría destruido ante la menor insinuación de estar respaldado por cualquiera que no sean unos guerreros vinculados por... algo varonil... —Hace un gesto vago con la mano; no logra concebir de qué sirve este honor ahora—. Y si el nombre de Ulises queda destruido, volvemos exactamente al lugar donde comenzamos. Unas islas defendidas por mujeres. Presa fácil. No. Cuando los poetas hablen del regreso de Ulises deben describir la maestría con que retomó el control de su dominio con la valerosa fuerza de las armas, lo terrorífico y despiadado que es, para que a ningún invasor ni pirata mezquino se le ocurra volver a amenazar las islas occidentales. Y si Telémaco puede estar involucrado también mejor aún. Ulises morirá algún día después de todo y sirve a la historia de las islas que su hijo esté apropiadamente curtido antes de que eso suceda. Y allí estabas. Después de todo este tiempo, allí estabas: un náufrago de Creta, mi trasero. Ni siquiera te sale bien el acento.

Ulises está teniendo que digerir demasiado en este momento como para alterarse, pero como su esposa ha hecho una pausa para recuperar el aliento, murmura:

—Si me reconociste, ¿por qué no dijiste algo?

—Porque estabas considerando asesinarme. —habla con la ligereza del aire veraniego, con los dedos extendidos a su costado como si estuviera dispuesta a capturar el viento. Él abre la boca para farfullar una negación, pero ella lo interrumpe sin siquiera pensarlo—. Si hubieras acudido a mí como mi esposo y hubieras confiado en mí, podríamos haber trabajado juntos. Pero llegaste a mi palacio como un mendigo y me mentiste en la cara. Eras por completo inconsciente de las realidades de la situación, y estabas tan obsesionado con escabullirte por allí para poner a prueba mi devoción sexual que era evidente que no estabas de humor para detenerte a considerar la posibilidad de que tal vez me había visto *forzada* a adoptar una postura de castidad, que se me había ordenado pasar veinte años en una cama vacía por la sencilla razón de que así era como permanecería con vida. Como si fuera a entregar mi vida, la seguridad de mi reino y de mi posición por cosas como la buena compañía, el compañerismo, la ternura, el placer, la intimidad, el deseo, el anhelo, la necesidad de ser vista, las ansias de ser conocida, la confianza en otra persona, los días de risa y las noches sin miedo; y encima, con algún muchachito idiota lo bastante joven como para ser mi hijo.

Me quedo junto a Penélope mientras sus palabras relucen en el aire; tengo los nudillos blancos en la mano que sujeta mi lanza, el tamborileo del corazón de ella resuena con el del mío.

"Mantente viva, mantente viva, mantente viva. Sé como el hielo y mantente viva".

—Y si tú llegabas a la conclusión de que me había acostado con otro hombre —continúa diciendo—, obviamente me habrías asesinado con la misma certeza con que Orestes mató a Clitemnestra, más allá de la estupidez de semejante acción. Supongo que habrías justificado tu propia brutalidad relacionándola con el honor, lo que habría enmascarado los celos y el orgullo mezquino. La casta Penélope, la amorosa Penélope; es mucho más seguro que la astuta Penélope, la poderosa Penélope, ¿no te parece? Así que no, no podía decirte la verdad de mi situación. Del poder que he acumulado, las guerreras, la inteligencia, las alianzas que forjé y rompí en nombre de la paz y en el nombre de Ulises, por supuesto. Todo fue siempre en el nombre de Ulises. Has de saber que he trabajado muchísimo para mantener fuerte ese nombre. No Penélope reina de Ítaca, señora de las islas occidentales, tan solo Penélope, esposa de Ulises. Ya ves de qué va.

Aparece una sonrisa en sus labios. No encuentra nada particularmente gracioso. Ulises se toma su tiempo, lo piensa detenidamente, siente que el corazón le retumba en el pecho. Por fin dice:

—En el jardín... te oí rezar. —Otro pensamiento, expresado tras la comprensión repentina—. Sabías que estaba allí.

—Oíste lo que necesitabas oír.

—¿Y el hombre con quien hablaste?

—Kenamón, un egipcio. Cuando los piratas de Andremón atacaron Ítaca, él salvó la vida a Telémaco poniendo en grave riesgo la suya. Y entonces, cuando Menelao ocupó la isla, él luchó contra los espartanos para protegernos a mí, a Electra y a Orestes. Obviamente él nunca podría haber sido rey y él lo sabía, pero sentía muchísimo afecto por tu hijo y nos sirvió con lealtad. Él tal vez habría podido matarte en el banquete, me atrevo a decir que de todos los hombres del salón él era quien más probabilidades tenía. Y yo no podía permitir que eso sucediera, ni que él te matara a ti ni que tú lo mataras a él, así que lo envié lejos y al menos pude salvar una vida.

—¿Lo amabas? —Ulises se sorprende de que pueda decir estas palabras sin gritar, sin echar espuma por la boca, sin caer de rodillas.

Penélope no responde de inmediato y, una vez más, Ulises no se enfurece, no se tambalea, no cae llorando sobre la tierra. En cambio, en el silencio de ella, él cierra los ojos y le parece ver...

Circe, cantando en su casa, lejos del mar.

Calipso, recogiendo frutas por el tallo, con jugo sobre los dedos, sobre los labios.

—Tal vez —responde Penélope—. Estos últimos veinte años me he pasado tanto tiempo enterrando hasta el último fragmento de mi alma que pudiera soñar con el deseo, que ya no lo sé. De niña me dije a mí misma que te amaba porque se supone que eso es lo que las niñas deben hacer, pero no tuve tiempo para averiguar en verdad lo que eso podría significar antes de que te fueras, por lo que esta cosa, eso que los poetas describen como algo fundamental, crucial para estar vivo... yo nunca tuve la oportunidad de explorar verdaderamente sus límites, de definir su significado. Me parece que, para amar, lo más probable es que una deba estar abierta a la posibilidad, que deba considerar que es factible. Yo no lo consideré factible. El amor te hace vulnerable y yo no puedo darme el lujo de tener un momento de debilidad, me destruiría a mí y a todo lo que he construido.

¿Acaso el amor golpea igual, pese a mi corazón cerrado y marchito? No estoy segura de que lo sabría si así fuera.

Yo debería tomar a Penélope de la mano.

Artemisa le daría una palmadita suave en el hombro, la mayor demostración de afecto que llega a mostrar la cazadora.

Afrodita la tomaría entre sus brazos, acariciaría con los labios el cuello ensangrentado de la reina.

Si hasta Hera, la vieja y rota Hera, entrelazaría los dedos con los de Penélope y le susurraría al oído: "Estoy contigo, mi preciosa. Estoy contigo, mi querida".

No lo hago.

Yo, que debería sentirme exultante con esta mujer, que debería traerla hacia mí y gritar "hermana, hermana, mi amada, mi más querida hermana", me quedo rígida como la piedra a su lado, y no lo hago. Quiero hacerlo; quiero hacerlo con cada fibra de mi ser, y creo que ese deseo me partirá en dos, y no me muevo.

¿Y Ulises?

Ulises vuelve a cerrar los ojos, ve a Circe, ve a Calipso de nuevo, ve las llamas de Troya, ve los mares abriéndose debajo de él mientras él se sostiene, se sostiene, se sostiene de la rama de olivo sobre el remolino, intenta borrarlo todo, pero no puede. Lo ha intentado muchísimo, durante mucho tiempo. Cree que nunca será libre de eso.

Exhala. Intenta pensar. Repasa las palabras de ella luchando por darles un sentido.

—Tú drogaste a los pretendientes —murmura, pues la revelación le llega con tanto fulgor que no puede evitar que le salga por la boca.

—Sí. Incluso con la mejor de tus preparaciones, ¿veinte hombres contra cien? Es una locura. Me enfureció que lo intentaras siquiera.

—Estaban desarmados, no estaban preparados...

—Era una estupidez absoluta y lo sabes. Te impulsaban el orgullo y la rabia, nada más. Incluso si no te avergüenzas de ti mismo por tu matanza sobre las sagradas piedras de nuestro palacio, deberías avergonzarte de ti mismo como soldado y estratega. Ulises el listo. El mar te pudrió los sesos. Podría haberme dado el lujo de dejar que mueras, tal vez, y con un poco de suerte, en el proceso tal vez eliminaras a unos cuantos de los hombres que amenazaron mi seguridad, pero también habías arrastrado a nuestro hijo en este asunto. Telémaco… pese a todo su… Necesitaba asegurarme de que él sobreviviera. Él debe sobrevivir.

"Tal vez tenga razón", piensa él. Tal vez tenga demasiada sal chapoteando dentro de su cráneo. Y sin embargo, aquí viene…

—Las *criadas* drogaron a los pretendientes.

—Por supuesto. No creíste que podría hacerlo yo, ¿verdad?

—Ellas sirvieron la bebida y luego abandonaron el salón. Trabaron las puertas.

—Mis criadas han estado recolectando información sobre los hombres de esta isla desde el momento que te hiciste a la mar —le espeta Penélope—. Es sorprendente todo lo que la gente es capaz de revelar a alguien a quien apenas si puede ver. Es notable la de confesiones que se le hacen a una sonrisa amable después de una copa de vino. Creo que podemos estar de acuerdo en que soy una reina competente, pero incluso contando con la mayor fuerza de voluntad del mundo, ¿realmente crees que podía mantenerme a la cabeza de cien hombres ambiciosos sin tener mis garras puestas en cada uno de ellos? Las mujeres que asesinaste eran las guardianas de tu casa, eran sus muros, sus lanzas, sus arcos. Eran los soldados que mantuvieron tu reino a salvo. Y Eos… —El nombre es una piedra en su garganta. Tiene que hacer fuerza para hacer pasar aire por allí, los pulmones se le han atorado con el sonido— … Eos era la mejor de todas. Era la mejor. Ella me tomó la mano cuando nació nuestro hijo. Me protegió. Compartió mis secretos. Me atajó cuando yo tropezaba. Era quien ponía en marcha todos los planes. Y tú la colgaste de las columnas de la casa como… carne salada… basándote en las palabras de un niño y de una criada vieja y amarga. No te haces idea de la mujer a quien mataste, del poder que ella tenía, del golpe que te asestaste a ti mismo ese día. Asesinaste a las protectoras de tu propio reino y ni siquiera sentiste las heridas que te produjiste al matarlas.

Ahora está llorando.

La voz no le tiembla y ella no lo mira, ni intenta limpiarse las lágrimas de las mejillas.

Debería abrazarla.

Intento extender una mano hacia ella pero no puedo.

Ya no me queda ternura ni compasión. Las quemé por completo en la guerra y en la sabiduría. Ya no queda nada y nadie sabrá jamás cuán profundamente me duele esa pérdida.

A Ulises se le retuerce el estómago. Tiene una necesidad imperiosa de dejarse caer de piernas cruzadas en el lodo hasta que se le pase. Pero Penélope está de pie, así que él también debe permanecer de pie. Así son las cosas.

—¿Qué deberíamos hacer ahora? —pregunta, y apenas las palabras salen de su boca, se detiene, se corrige y mueve la cabeza—. ¿Qué necesitas que haga?

Penélope se vuelve lentamente, se limpia las lágrimas y, por lo que parece ser la primera vez, mira a su esposo.

—¿Me estás pidiendo consejo?

—Tú eres la reina de las islas occidentales —responde él—. Yo solo goberné durante unos pocos años antes de zarpar. No imaginé Troya, pese a las profecías y las advertencias. Y cuando estaba allí, no podía imaginar Ítaca. Tú gobernaste durante veinte años, tú criaste a nuestro hijo; esta isla… estas tierras… tú eres su reina. Y yo… lo lamento. Lamento… lamento profundamente… todo lo que he hecho.

Ulises considera que estas son las palabras más extraordinarias que ha dicho en su vida.

Quiere abrazar a su esposa.

Quiere abrazar a su esposa y ser abrazado.

Pero permanecen a algunos pasos de distancia, sin tocarse, con la respiración agitada, los rostros manchados de sal y de sangre, mientras el sol se alza en lo alto en este día reluciente.

Penélope sonríe.

No es perdón, pero al verla, Ulises se traga un grito ahogado, contiene un estremecimiento que le atraviesa todo el cuerpo. No sabe qué sentimiento es este, se pregunta si será esperanza.

Penélope, reina de Ítaca, señora de las islas occidentales, se vuelve en dirección al bosque y levanta la mano.

Y aparece una mujer debajo de la cubierta de los árboles.

Lleva un arco en una mano, un cuchillo en la cadera. Tiene lodo en el rostro, en la ropa y se mueve como si hubiera nacido de la propia tierra.

Entonces se le suma otra con un hacha en la mano y una jabalina sujeta en la espalda.

Otra, que lleva espadas idénticas en las caderas, otra con una hoz y una guadaña. Aquí, un par que podrían ser hermanas, con arcos de caza. Allí, un grupo de mujeres con herramientas de carpintería, de niñas aprendieron a colocar trampas para conejos y ahora colocan trampas para algo más grande. Hay criadas del palacio (las que sobrevivieron) sujetando cuchillos con los nudillos blancos; viudas a las que no les quedan hijos que las ayuden a limpiar los peces que capturan en la costa ennegrecida, hijas que jamás harán partido.

Desde el bosque surgen las mujeres de Ítaca: Anaitis, sacerdotisa de Artemisa, aparece con sus flechas y su arco, con el cabello arreglado en trenzas bien apretadas; la vieja Sémele, cuyas manos son como la madera que ella corta, y su hija Mirene, cuyos hombros son como el árbol viejo y orgulloso, con un hacha en la espalda y un arco para osos en la mano; Priene aparece última, con Teodora a su lado y las mujeres se apartan para dejar pasar a su capitana.

—Bien —dice Penélope con tono pensativo mientras las mujeres avanzan hacia su reina—. Veamos qué podemos hacer.

CAPÍTULO 37

Telémaco no sabe qué hacer al ver acercarse a casi sesenta mujeres armadas con arcos y espadas.

Grita para que cierren la puerta, "¡cerrad la puerta!"; pero su padre y, ah, también su madre, están del otro lado de las murallas, y si estas criaturas mugrientas y hediondas del bosque ennegrecido aún no los han matado, él tiene que hacer todo lo posible por lograr que entren. Entonces ordena que se cierre la puerta y corre por las murallas para intentar divisar a sus padres, y los divisa hablando con una mujer que lleva cuchillos en el cinturón, en los muslos, en los brazos, en la espalda.

—¡Padre! —grita—. ¿Qué es esto?

La mujer ataviada de cuchillería levanta la mirada, ve a Telémaco y su labio inferior se curva del disgusto. Entonces su madre (que lo cuelguen, *su madre*) apoya una mano sobre el brazo de la mujer como si de alguna forma la conociera, murmura unas palabras que él no oye y, si bien su mueca apenas si disminuye, la mujer desvía la mirada.

—Dejadlas pasar —dice Ulises—. Dejadlas entrar a todas.

En el campamento de Eupites y Pólibus, Gaios convoca a todos de inmediato, una arremetida de hombres.

Debería haberlo hecho en el momento en que dos personas salieron de la puerta para pasear alrededor a la granja, pero no le pareció ninguna amenaza, ningún indicio de que estuvieran huyendo, sabía que no tenían adónde huir, así que se los permitió. Ahora se está arrepintiendo de esa decisión.

No hay forma de que los hombres de Eupites y Pólibus puedan armarse y atravesar la distancia carbonizada que hay entre el campamento y la granja de Laertes a tiempo para detener a este inesperado grupo de figuras cubiertas de lodo que ahora están saliendo del bosque para ingresar a la seguridad de las murallas. ¿Y qué son, de hecho, estas criaturas que salieron del bosque? Gaios no es ningún imbécil; apostó guardias en los caminos, en las colinas de la zona y lo único que informaron fue que vieron a las mujeres de la isla en su labor diaria, fuera lo que eso fuere.

—¿Quiénes son? ¿*Qué son?* —vocifera Eupites, estremeciéndose con una rabia que amenaza con abrirlo de cabo a rabo, temblando de pies a cabeza como la tierra que se parte.

Gaios tiene la terrible sensación de que sabe qué son pero no se atreve del todo a creerlo, a decirlo en voz alta.

—Necesitaremos más hombres —dice. Eupites se pone tenso, Pólibus parece casi avergonzado.

Ulises y Penélope son los últimos en regresar al interior de las murallas de la granja.

La puerta se cierra detrás de ellos.

Las mujeres ya se están instalando. Han traído comida, bebida, pescados aún relucientes y conejos recién cazados. Los hombres de la granja babean al verlo pero no se acercan, no saben qué decir ante tal cantidad repentina de mujeres con semejante cantidad de flechas en las caderas paseándose por el lugar.

Priene mira a su alrededor con expresión de disgusto. Cada vez que entraba con su reina (con su primera reina, Pentesilea, señora del carruaje y de la planicie) al interior de los muros de Troya le resultaban agobiantes, sofocantes. La asombraba que alguien en su sano juicio pudiera vivir así, lejos de la madre tierra y del padre cielo. Pese a que su gente había jurado lealtad a los reyes de esa ciudad, durante el transcurso de la guerra atacaban los lindes de los campamentos griegos y desaparecían entre las praderas o en las colinas amarillas que abundaban en la zona. Regresaban la mañana siguiente, con el sol a sus espaldas, para volver a atacar y desaparecer. Habían sido un pueblo del caballo, un pueblo del viento.

Priene llega a la conclusión de que la granja de Laertes es, de hecho, peor que los muros empalagosos de Troya.

El viejo rey, cuyo hogar ahora es una fortaleza repleta, ve a Priene y ella lo ve a él.

Él asiente con la cabeza una vez y a ella le sorprende ver lo que casi podría llegar a ser respeto en los ojos del anciano, un reconocimiento de ella como... ¿qué? ¿Como soldado? ¿Como capitana?

Responde el gesto y luego desvía la mirada porque no sabe bien cómo se debe mirar a un rey que viste con harapos, que necesita ayuda que, tal vez y solo tal vez, en su momento de mayor de necesidad diga "gracias".

Telémaco desciende casi a la carrera de la estrecha muralla con su espada en la mano y las mejillas de un rojo ardiente. Pasa empujando delante de su madre hasta situarse junto a su padre y, con los nudillos blancos de sostener la espada, suelta:

—¿Padre?

Le cuesta mucho no soltar todo lo demás que le gustaría gritar, aullar. Cosas como: "¿Pero qué absurdo? ¿Qué es esta locura? ¿Estas criaturas son amigas? ¿Enemigas? ¿Dónde las encontraste? ¿Qué se supone que hagamos con ellas? ¡No podemos protegernos a nosotros mismos, mucho menos a tantas mujeres! ¿Por qué están aquí? ¿Por qué portan armas? ¿Son esclavas que vinieron a traernos provisiones? ¿Cuál es tu brillante estratagema padre?, ¡y qué astuta debe de ser para incluir, de manera increíble, a mujeres!

Ulises mira a su hijo a los ojos y tal vez ve todas estas preguntas (y más) ardiendo en su interior.

—Deberías preguntar a tu madre —murmura con una mano sobre el codo de Telémaco para girarlo en dirección a Penélope.

La confusión parpadea momentáneamente en la frente de Telémaco, seguida por una creciente furia. Se enfrenta a la reina que aún tiene sangre en los bordes de su túnica y le dice:

—¿Qué has hecho?

Penélope está demasiado cansada para indignarse, demasiado agotada para alzar la voz, para una respuesta airada. Por eso, tan solo lanza un suspiro y susurra:

—Reuní un ejército de mujeres para defender esta isla, para defender mi reino, para defenderte a ti. Esta es Priene, su capitana. Priene, este es mi hijo, Telémaco.

Priene inclina la barbilla hacia el joven príncipe pero no dice nada.

Por un momento la mandíbula de Telémaco se mueve como la boca de un pez sofocándose.

—¿Qué quieres decir con... un ejército? —le pregunta indignado—. ¿Qué quieres decir con... mujeres?

—Como digo: un ejército de mujeres. Tal vez recuerdes a los invasores de Andremón hace algunas lunas, esos que casi te asesinaron; al final, murieron, murieron todos, ¿no es así?

Telémaco pasa la mirada de su madre a Priene, de Priene a Ulises, y al no ver nada que pueda comprender en sus miradas pétreas, vuelve a mirar a Penélope.

—Yo... las mujeres no pueden luchar. Las mujeres no pueden luchar. Esto es una locura. Díselo, padre, esto es...

—¡Por todos los dioses, niño! —Es Laertes quien habla, dando un pisotón que roza casi el berrinche—. ¿Acaso crees que los piratas de Andremón fueron rechazados con solo desearlo fuerte? ¿Crees que los espartanos de Menelao se dieron la vuelta porque se hartaron del pescado? ¡Madura, criatura estúpida! ¿O acaso sigues siendo un pequeño mocoso al que tu madre debe proteger?

A Telémaco lo golpearon de lleno con piedra y lanza contra el peto, sintió que perdía equilibrio y olió a la muerte a tan solo un momento de distancia. Nada de eso le dolió más que las palabras de su abuelo.

—Voy a organizar la guardia — dice Priene.

Todos están de acuerdo en que es una muy buena idea.

Ulises está observando a Laertes y hay una expresión en el rabillo de sus ojos, una sonrisa que quiere asomarse a sus labios.

"Anciano, tú lo sabías. Tú lo sabías".

Laertes se yergue un poco, hace un gesto con la barbilla, algo que podría ser un asentimiento. Sí, lo sabía, pero nadie pregunta nunca nada a Laertes, un viejo de mierda dicen, no lo tratan con el respeto que se merece, creen que ha perdido el toque. Pero él lo sabía, claro que sí.

Telémaco ve tal vez un atisbo de esto en los ojos de su abuelo, y desvía la mirada desesperado. Se ha pasado la mayor parte de sus años formativos previos a la adultez desviando la mirada, de una cosa a la otra.

—Padre —vuelve a intentar—. Lo que sea que... que sea esto. No puedes pensar que unas *mujeres*... Ni puedes pensar que podemos... ¡Se desmayarán apenas vean la primera gota de sangre, huirán, se quebrarán! Úsalas como... como una distracción, tal vez, claro, podemos escabullirnos y llegar a Cefalonia, reunir un ejército de hombres, un ejército de *hombres,* pero sin duda no puedes tener la intención de... de... — Hace un gesto débil en dirección a todo esto, en dirección a toda esta locura imposible.

—Derrotaron a los espartanos de Menelao —dice Ulises pensativo, con la mirada fija en un lugar por encima y a la izquierda de los ojos firmes de su esposa—. Rechazaron a unos invasores. Tienen arcos, flechas, todo bien mantenido. Se mantuvieron ocultas cuando se le ordenó, vinieron a este lugar sin temor, no vacilaron al ver sangre. Y su capitana... yo vi mujeres como ella una vez. Tenían una reina, y cada vez que yo oía su cuerno de guerra decía a mis hombres que era mejor retirarnos con las provisiones que teníamos que enfrentarnos con sus jinetes. La mató Aquiles al final. Nadie lo dijo, claro, pero todos estuvieron de acuerdo en que debía ser él quien lo hiciera. Los demás... siempre encontrábamos motivos para mantener la distancia.

Priene ayudó a cargar el cuerpo de Pentesilea hasta las llamas funerarias. Pese a que ella había visto caer a su reina, en la muerte no podía imaginarse que no se tratara de algún truco cruel, alguna ilusión. Tal vez ese cuerpo que ella cargaba era una copia hueca hecha de cera y de paja y su reina regresaría, saltaría entre los arbustos con la espada desenvainada, con la garganta y los brazos cubiertos de oro, relucientes al sol, y gritaría "¡Ajá, mis muchachas! ¡Os engañé! ¡Claro que sí! ¡Todo esto era una prueba! Esta guerra, esta vida, esta totalidad, solo es una prueba a la que los crueles dioses nos someten entre risas para divertirse".

Priene aún puede oír a Ulises pese a que le ha dado la espalda. Este ha modulado la voz, tal vez esté hablando un poco para ella. Sería falso decir más de Pentesilea que lo que ya ha dicho. No sería de ayuda, piensa él, decir menos.

La boca de Telémaco se abre y se cierra una vez más, hasta que por fin, con las manos extendidas por la desesperación, con la mirada puesta en cualquier parte menos en el rostro de su madre, suplica una última vez.

—Pero padre... si la gente se enterara. ¡Si la gente se enterara! Si Menelao, si Orestes, si ellos se enteraran... ¡Tú eres Ulises!

Ulises no lucha con mujeres y muchachas.

Apenas si lucha con sus propios hombres, por lo general estorban. Eso es lo que cantarán los poetas. Los reyes son más sabios, más grandiosos que los exiguos hombres mezquinos que mueren por ellos. Este es el veneno que los poetas verterán en los oídos de quienes los oigan.

—Los poemas son recitados por y para aquellos que quedaron con vida —responde Ulises—. Cuando los poetas cantan sobre los muertos es porque se lo ordenaron los que quedaron con vida. Lo primero que debemos hacer es permanecer vivos.

Allí termina la discusión.

Laertes escupe en la tierra; una especie de asentimiento, un perspicaz pegote de humedad y flema para complementar el momento. Camina de regreso a la casa.

—Disculpad, disculpad. ¡Ni siquiera puedo meterme en mi propia casa! ¡Disculpad! —murmura, mientras se va abriendo paso entre las mujeres reunidas.

Telémaco no mira a su madre.

No puede mirarla.

¿Y ella?

Ella se imagina a sí misma tomándole la mano.

Sosteniéndosela.

Diciendo:

"Telémaco, yo...".

(¿Y entonces?)

"Lo hice por ti".

"Todo esto, por ti".

"Pensé que mi esposo estaba muerto, ¿y el reino?".

"¿Este reino?".

"Nunca se me permitió ser su reina, no en verdad. Nadie se inclinó ante mi autoridad, nadie respetó mi nombre. Yo no era la reina Penélope, tan solo era Penélope, esposa de Ulises".

"Entonces, ¿qué es Ítaca para mí?".

"Nada. Todo esto, nada. Salvo por el hecho de que estabas tú. Mi hijo. Todo esto lo hice por ti, por tu reino, por tu hogar. Todo esto lo hice por el amor que te tengo. Quería mantenerte a salvo. Pensé que si te mantenía a salvo, entenderías cuánto te quiero. Lo intenté con todas mis fuerzas, pero nunca encontré la forma correcta de decirlo. La manera correcta de demostrarlo. Enseguida, demasiado rápido, fuiste el hombrecito de la casa. El pequeño príncipe, el pequeño rey. Tu padre ya no estaba y no quedaban hombres que te mostraran lo que era recibir afecto, que te mostraran cómo ser amado, solo unos hombres de bronce que sabían que el amor de una mujer era una debilidad, una maldición. No supe cómo enseñarte a ser amado. Yo misma no supe cómo ser amada como para poder enseñarlo. Lo lamento muchísimo Telémaco. Debería habértelo dicho. Debería haberte contado todo. Esperé hasta que fue demasiado tarde. Todo esto, demasiado tarde".

Estas son las palabras que ella debería decir.

No las dice.

Los pies de Eos oscilan ante sus ojos, el cabello le provoca picazón, enmarañado y salpicado de sangre como está.

Además, Telémaco ya se está alejando.

Ya se fue.

CAPÍTULO 38

Una vez, durante esa fatídica noche en que los troyanos tan imprudentemente incendiaron los barcos de los griegos que asediaban su ciudad, yo me encontraba sobre una colina mirando las ruinas ardientes en la costa. Entonces se me acercó mi hermano Ares. Su armadura relucía con el reflejo de las llamas y del amanecer escarlata. Tenía las manos, los brazaletes y los brazos, casi hasta la altura de los hombros, manchados con sangre y restos. La tierra se marchitaba por donde caminaba y se volvía amarga. No hay grano que pueda crecer en sus huellas, solo unas flores escarlata con un corazón del negro más oscuro que con el tiempo se marchitarán y dejarán unos tallos secos que se partirán durante el invierno y se irán volando, por fin, como huesos polvorientos. Solo entonces podrá comenzar a sanar la tierra, una cosecha con gusto a sangre.

No me aparté cuando él se acercó, aunque sí sostuve con fuerza mi lanza y mi escudo. Si bien algunas veces habíamos cruzado espadas en la refriega, ninguno de los dos desataría su furia sobre el otro delante de aquellos muros; hasta Ares era consciente de que no debía arriesgarse a partir la tierra con la combinación de nuestros poderíos.

Y así estuvimos allí juntos por un rato, observando los cuervos y las gaviotas lanzarse en picado para picar la carne blanda y los ojos abiertos de los muertos anónimos hasta que, finalmente, Ares se encogió de hombros y dijo:

—Ahora todo irá mejor.

Enarqué una ceja y esperé con tanta paciencia como pude reunir hacia mi hermano, para que explicara su pensamiento. Él lo consideró, hizo un gesto vago hacia el humo que se elevaba de la orilla del mar.

—Se podrían haber ido su casa, ahora les costará, ahora deben ganar o deben morir. Hasta tu favorito, el pequeño Ulises, incluso él ahora deberá luchar duro pues no tiene dónde ir.

—Fue una tontería —respondí moviendo la cabeza—. Precisamente por los motivos que mencionas.

La gran frente de Ares se arrugó pero él jamás me pide que explique o elabore mis pensamientos. No es un dios dado a los matices ni a la curiosidad.

Yo no tengo tales inhibiciones, la sabiduría debe combatir la ignorancia. En eso, al menos, mis dos naturalezas coinciden.

—A menudo me he preguntado, hermano, por qué, después de tantas vacilaciones, decidiste luchar por Troya en este asunto. No te ofrecen grandes sacrificios como hacen por Apolo y siempre han sido un pueblo inclinado a conquistar por medio de alianzas más que por la guerra. Habría creído que Agamenón te habría resultado más favorable.

Ares se encogió de hombros, no respondió.

—¿Tal vez por Afrodita? —planteé, mirándolo por el rabillo del ojo—. Sé que siente un poco de aprecio por ese niño idiota de París y también por ese príncipe mestizo suyo, Eneas. ¿Tal vez ella te... persuadió?

El grado de persuasión que puede tener una diosa como Afrodita me resulta una fuente de frustración inagotable.

Todavía nada.

—¿Quizá te tentaron los héroes de Grecia que vinieron a esta guerra? ¿Tal vez deseas equilibrar las cosas, ofrecer tu fuerza a los troyanos y así prolongar la batalla? Pero no, eso implicaría que las pequeñas acciones de unos mortales tendrían influencia sobre tu decisión.

Una leve mueca en sus labios: algo de esa narrativa le molestaba.

—De hecho, he considerado que hayas elegido Troya por el hecho de que yo elegí a los griegos —añadí suspirando—. Equilibrio. Es bueno que haya equilibrio y la guerra no es guerra si se trata de una masacre por el hecho de que un gran poder arrasa a uno menor. Pero tú y yo sabemos las consecuencias que traería que tú y yo lucháramos como los dioses que somos en lugar de atemperar nuestros ataques en este campo mortal. Entonces... —Me quedé en silencio. Dejé que el silencio se instalara entre nosotros. Esperé que mi hermano hablara.

Por fin un gruñido, un trueno proveniente de lo profundo de su pecho. Lentas como la marea llegando a la costa, unas palabras brotaron de sus labios.

—No tiene importancia.

Seguí esperando, consciente de que lo mejor era no interrumpir al dios de la guerra en su reflexión.

—No tiene importancia —repitió con un poco más de firmeza, afianzándose en su temática—. Griegos, troyanos. Victoria, derrota. El motivo de su lucha... no tiene importancia. Lo que importa es que peleen. A la batalla no le importa por qué viniste. A la muerte no le importa por qué moriste. A la guerra no le importa por qué sangraste. La sangre es verdadera. El fuego es verdadero. Todo lo demás es... —dio forma a la boca en torno a la palabra, la espetó con desagrado— historia. A la lanza no le importa eso. La espada no se detiene a preguntar por qué viniste antes de cortarte la garganta. Todas estas... historias... que cuentan dioses y hombres... para justificarse. A la guerra no le importan. Solo palabras. Todo eso. Solo palabras. A mí no me importan. Ya lo verás. Cuando tus amados estén muriendo.

Cuando estos "héroes" que tanto te importan estén gritando en el polvo, no les importará que haya sido la historia lo que los trajo aquí. No les importará lo que pensaron que eran, quienes pensaron que eran, cuando estén muriendo estarán igual de muertos, así es la guerra. La guerra es honesta. La honestidad es sabia. Deberías estar agradecida de que en este mundo pueda haber algo que sea verdadero.

Asentí con la cabeza sin mirarlo, sin señalar mi asentimiento. Podría sentir sus ojos en la nuca, podía sentir sus dedos en torno a la empuñadura de su espada. Yo sabía cuánto ansiaba él cruzar espadas conmigo. Ya lo había derrotado antes con trucos y astucia, pero incluso Ares puede aprender, estaba aprendiendo, no volvería a caer ante semejantes cosas. Él no sabía cuál de nosotros era más poderoso y eso lo emocionaba. Yo tampoco sabía cuál de los dos se impondría ante el otro si luchábamos hasta el fin. Esa verdad me aterrorizaba y aún me aterroriza.

—Un día crearé un mundo nuevo —me oí decir a mí misma, y me sorprendí ante mis propias palabras—. Construiré una ciudad de ideas y la gente que luche por esas ideas irá a la guerra sabiendo que no solo están matando y muriendo por algún tirano desquiciado empapado de sangre. Ni por el hombre más fuerte a quien ellos mismos temen, ni por una tosca interpretación del honor, del prestigio, de la necesidad de demostrar que son más violentos que sus vecinos. No. Irán a la guerra, sangrarán y llorarán por una historia de un mundo mejor, un mundo por el que valdrá la pena morir. Y esta idea se esparcirá a causa de sus historias, viajará a lo ancho y a lo largo, y cuando ellos maten y cuando ellos sangren estarán echando más combustible a la historia, no será sangre por la sangre en sí, sino sangre para humedecer las bocas de los poetas mientras cantan sobre cosas mejores. Y un día estas canciones habrían viajado tan lejos, tan lejos en verdad, que no habrá más necesidad de sangre, no habrá más necesidad de la espada; la tierra habrá sido regada con las vidas de aquellos que murieron para alimentarla, la canción se cantará y las llamas se encenderán en un nuevo templo, en templos de aprendizaje y sabiduría. No será la guerra por la guerra en sí, sino la guerra por la *historia*, por el sueño de un mundo recreado a nuevo. Me tomará siglos, tal vez miles de años, pero lo haré. Y si el propio Olimpo debe caer para que esto se haga realidad, pues que así sea.

Ares escuchó.

Ares asintió.

¡Ares pareció, por extraño que parezca, entender!

Y Ares dijo:

—Fracasarás. Tus hombres sabios, tus hombres astutos, tu… gente… con sus ideas, sus palabras, sus historias. Un hombre vendrá con una espada y los matará a todos, no porque le importe lo que tengan que decir, no porque le interese una… historia. Una… *filosofía*, sino porque puede, porque puede. Cuando suena la batalla y el escudo se rompe, a nadie importan las historias. Es solo la sangre, la muerte y la espada. Todos tus poetas, tus ideas, tus reyes-filósofos. Al final morirán meándose encima, rogando que un guerrero los salve. Y cuando el guerrero venga, él será grande, ellos pequeños y se lo agradecerán. Le agradecerán por la bota que les apoya contra el cuello, ese es el orden natural de las cosas. Siempre lo ha sido. Siempre lo será. Y tú lo sabes.

Tras decir eso partió y me dejó estremeciéndome sobre la orilla del mar moteado de sangre.

CAPÍTULO 39

Ulises invita a Priene a hablar de estrategia con él en la granja de Laertes.

—Yo respondo ante la reina.— Le dice Priene.

Él inclina la cabeza con amabilidad.

—Por supuesto.

Esto sorprende a Priene. Piensa que tal vez sea un truco (Ulises, famoso por sus mañas, es capaz de sonreír, hacer una reverencia y decir "sí, qué bueno" mientras busca con la mirada donde clavarte una daga por la espalda), pero no. Él se va a buscar a su esposa y no objeta nada cuando Priene insiste en que el resto del consejo de Penélope (la sacerdotisa Anaitis, la criada Autónoe, la teniente Teodora e incluso la anciana madre Sémele) también esté presente. Por el contrario, hace un gesto respetuoso con la cabeza a cada una de ellas, de una en una, y a Autónoe le mantiene la mirada por más tiempo con expresión más pensativa, hasta que por fin le hace una pequeña reverencia, algo que podría llegar casi a ser... Priene no está segura... ¿tal vez una especie de disculpa? Es insignificante, por supuesto. Una disculpa para Autónoe requeriría toda una vida de ofrendas, sería uno de los trabajos de Hércules y ella tiene la certeza de que Ulises solo está luchando esta lucha para no tener que volver a trabajar jamás. Pero igual.

Pero igual.

Los dedos de Autónoe se mueven en torno a la empuñadura del cuchillo que tiene en la cadera y desvía la mirada.

Pese a que estas mujeres han luchado batallas juntas, han gobernado un reino juntas, ahora que Ulises está presente entre ellas permanecen en silencio moviendo los pies, esperando a que él hable. Él se aclara la garganta y mira a Penélope.

—¿Mi reina?

Penélope por un momento parece tan sorprendida como las demás al escuchar la deferencia en su voz, el gesto amable de sus manos, cediéndole el lugar y el aliento a ella. Pero vacila solo un momento, luego gira la cabeza un poco para que él quede ubicado en el límite de su visión, y mira a las mujeres de su consejo.

—Muy bien —dice—. Pólibus y Eupites. ¿Qué vamos a hacer?

Priene desvía la mirada de Ulises. Le parece que es más fácil hablar sin él allí, pero que así sea. Pentesilea toleraba en su consejo a los estúpidos hombres troyanos que no dejaban de parlotear sobre batallas campales y hazañas heroicas; Priene puede hacer lo mismo.

—Podemos defender estas murallas —declara—. Contra nuestros arcos no tienen la cantidad de hombres suficientes, pero eso no servirá por mucho tiempo. Pueden decidir no atacar, esperar refuerzos. Sus números aumentarán.

—¿Podemos intentar una salida? —pregunta Ulises—. ¿Llevarles la pelea?

Priene está preparada para oír el tono burlón y condescendiente en su voz... pero no. Suena curioso, un soldado en el proceso de aprender sobre la naturaleza de la tropa con la que está sirviendo, un artista con una herramienta valiosa.

—No luchamos batallas directas —responde ella sin

poder creer del todo en la paciencia que tiene su voz al responderle—. Atraemos a los hombres hacia trampas, les disparamos de desde lejos, los abatimos con nuestra superioridad numérica. Podemos eliminarlos si los hacemos meterse en el bosque, pero eso significaría abandonar esta granja. Nos resultará mejor intentar traerlos al alcance de nuestros arcos que enfrentarlos en campo abierto.

—¿Ataques a la medianoche? —pregunta él, como si estuviera proponiendo cavar un pozo nuevo—. ¿Incendiar su campamento, ver a cuántos podemos matar mientras duermen?

—Tal vez. Pero han apostado guardias todas las noches y habrán apostado el doble al vernos entrar en la granja. Me encantaría, rey, que tus enemigos fueran insensatos y estúpidos; por desgracia no lo son.

—Los hombres suelen no tener miedo a las mujeres según mi experiencia. ¿Puede que ataquen de todas maneras? —comenta Anaitis.

—Ojalá sean tan estúpidos como para arrojarse contra nosotras —responde Priene—. He ordenado a las arqueras que esperen debajo de la muralla para ocultar nuestro número y nuestro poderío. Tal vez piensen que solo somos... ¿mujeres en plena huida? —Le cuesta asimilar ese concepto. ¿Quién podría mirar a una mujer que ya no tiene nada que perder, a quien ya no le importa su propia seguridad, y *no* considerarla peligrosa? Y sin embargo, cuando Troya cayó Priene también vio a madres, hijas, viudas tendiéndose a morir en la orilla, pues al perderlo todo se habían arrancado de su interior la parte del alma que vocifera "¡arriba, arriba, pelea! ¡Levántate y pelea!". Se le ocurre que es eso es lo más cruel que los hombres belicosos roban a las mujeres cuando se aprovechan de ellas.

Le rozo la mejilla con los dedos y, por un momento, ella casi parece sentir mi presencia y encresparse como un gato.

—Capitana. —Ulises está haciendo un gesto a Priene con la cabeza, casi una reverencia, con una mano extendida con la palma hacia arriba en dirección a ella—. Estas mujeres están bajo tu mando. ¿Qué quieres que hagamos?

Priene está tan sorprendida que por un momento no responde. Luego:

—Podemos esperar una noche. Atiende a tus heridos, ve si tal vez podemos provocar a tu enemigo para que nos ataque. Y si ellos no vienen hacia nosotros... entonces tendremos que reconsiderar eso de ir hacia ellos.

Ulises inclina la cabeza. Priene mira a Penélope y ve que su reina casi se encoge de hombros. Siente la misma incertidumbre que todas las presentes sobre qué conclusión sacar respecto de la deferencia de este rey. Priene mueve la cabeza: no es un problema para ella. Los esposos y los reyes son misterios para otra clase de mujer.

CAPÍTULO 40

La tarde comienza a bajar hasta que cae la noche.

Las mujeres están sentadas en torno a fogatas en el centro del patio de Laertes. Comen, cantan.

Al principio tardan en comenzar a cantar. Hay hombres sobre las murallas, ante las puertas de la casa; no solo hombres, sino hombres de la realeza, hombres de poder y de juicio. Ellos no están acostumbrados a oír voces de mujeres elevándose para algo que no sean las canciones del duelo, los gemidos por los muertos. Priene no lo entiende, hombres y mujeres cantaban juntos en su hogar y solía explicar que hay una gran armonía en esa clase de música. "Qué extraño que ustedes los griegos no lo intenten".

A Priene le gusta cuando sus mujeres cantan. Tiene la esperanza de que el sonido confundirá a los griegos acampados del otro lado del terreno incendiado. Tiene la esperanza de que les hará preguntarse qué clase de criaturas se han metido dentro de estas murallas, tal vez los haga subestimar la cualidad las criadas que ahora se refugian en la granja. Quiere que sus mujeres canten, y cuando se detengan ordenará que se apaguen los fuegos y dirá a las mujeres que se mantengan en silencio con la esperanza de que atraiga al enemigo y lo haga cometer una imprudencia.

Pero hay más que eso.

Hay más que eso y es un secreto.

A Priene le gusta la música de las mujeres. A veces, muy ocasionalmente, le gusta sumar su voz a las de ellas. Canta estas canciones extranjeras y las canta mal. Considera que suena como un lagarto estrangulado. Pero a nadie parece importarle y es… agradable… hacer algo con las otras que no sea pelear, matar, sangrar, caer.

A veces lo envidio. No es apropiado que una diosa envidie a una mortal, y sin embargo tengo la sabiduría suficiente para ser honesta acerca de los rincones amargos de mi alma furiosa.

Es Anaitis, sacerdotisa de Artemisa, quien canta primero. Ha vivido durante tanto tiempo lejos de las miradas de los hombres que casi no se da cuenta de que están allí. Además, cree que su diosa disfrutaría una melodía en su nombre y eso es más importante que la mirada boquiabierta de un aspirante a rey y sus magullados soldados. Así que eleva la voz en una canción sobre el bosque en alabanza al jabalí y a la flecha que lo mata. Las mujeres del grupo de Priene pasaron bastante tiempo ocultándose en el templo de Artemisa, de modo que todas conocen la melodía y lentamente se suman.

Miro a mí alrededor y allí está. A Artemisa le desagradan las murallas y las granjas que convirtieron sus tierras salvajes en campos para el grano. Pero ha venido por esta canción, entonada esta noche en particular; se coloca en cuclillas sobre el techo de la casa con sus largos brazos en torno a las rodillas, el arco plateado a su lado y escucha la melodía que se eleva en su honor. Me acomodo cerca de ella; no demasiado cerca como para interrumpir su ensueño, pero lo suficiente para no tener que elevar la voz para hacerme oír.

Telémaco está sobre la muralla, dando la espalda al patio, con el rostro en dirección al enemigo. Algunos de los que hacen guardia se están volviendo para mirar, comienzan a sonreír ante el extraño sonido de la música, pero él no. Él no se apartará de su deber para oír unas risitas femeninas. No se dignará a mirar a estas muchachas y a las criadas ancianas y macilentas que supuestamente son sus salvadoras. La realidad de su presencia es incompatible con la historia que él mismo se contó sobre en quién y en qué debe convertirse él.

La canción de Anaitis ha abierto la puerta a otra. Teodora canta una melodía más alegre, la canción que cantan las pescadoras cuando reparan sus redes, una tonada de pocos versos pero inagotables estribillos que se vuelven más sonoros y absurdos a medida que se van repitiendo. Artemisa se mece al ritmo de la melodía, con una alegría que parece casi calculada para fastidiar los gustos más refinados de su hermano Apolo. El dios de la música siempre ha entendido que las historias son armas, tan potentes para eliminar a las personas como para darles la bienvenida.

Yo no canto, yo no me mezo ni doy señales de placer o de desagrado ni de ningún término medio. Yo soy la montaña, soy el cielo de medianoche. Creo que estoy condenada, pese a lo que eso pueda significar para alguien que ya se encuentra totalmente sola.

Laertes ronca sobre una pila de paja. Ahora que las mujeres están aquí duerme como un perro gordo y malcriado sin la menor preocupación.

Autónoe está sentada cerca del fuego con los hombros presionados contra el cuerpo de otra y el brazo de una criada cruzándole la espalda. Dice poco y nada, y no se ríe. Solo esboza una única sonrisa siniestra ante una broma que solo ella oye y no canta.

Teodora toma la mano de Priene y le susurra al oído.

Priene sonríe y le murmura una respuesta. Durante muchos años después de Troya, cada sonrisa en sus labios era algo extraño, experimentado con la conmoción de quien recuerda que está respirando y, tras recordarlo, le resulta casi imposible experimentar otra cosa salvo la respiración lenta, consciente. Eso ha cambiado estos últimos años. Ahora, en ocasiones, Priene se sorprende a sí misma sonriendo sin siquiera haberlo notado antes.

Penélope se va a la cama mientras la luna se acerca al horizonte. Ya no tiene una cama a la que ir sino que, al igual que su suegro, dormirá acurrucada en el suelo, con un poco de paja a modo de almohada, una capa tosca de lana sin teñir para ponerse sobre los hombros. Ha hecho un leve esfuerzo por lavar la sangre de su túnica, pero no hay demasiada agua para extraer del pozo y debe ser compartida con las mujeres para beber no para lavar, y con esa resignación se echa con el dobladillo manchado de escarlata. Otras dormirán aquí esta noche; Teodora ya ha organizado la rotación de guardia que estipula quién esperará con arcos listos por debajo de las murallas de la granja y quién descansará acurrucada contra la espada de alguna otra criada. Pero no aún. Por ahora, la habitación está vacía, salvo por la reina, que ya está apoyando la cabeza.

Casi.

Ulises aparece en la puerta.

Al principio ella no lo nota, ocupada como está con tratar de acomodar esas delgadas ramitas que tiene, para darles forma de algo parecido a una almohada. Entonces él abre la boca para decir algo y no sabe qué, pero incluso esa leve inhalación de aire atrae la atención de ella, que se yergue con una mano en busca de un cuchillo.

Por un breve instante eso es todo lo que hay.

Él en la puerta, ella en la cama improvisada en la oscuridad de la pequeña habitación.

Ella no habla, no se mueve.

La última vez que se echó a dormir aquí, su descanso se

vio interrumpido por unos hombres violentos; pensó que tal vez moriría en este lugar. Le sorprendió notar cuán familiar le resultaba esa idea, lo poco que importaba.

Entonces Ulises dice:

—Deberías tener un guardia en la puerta.

—Gracias —responde ella—. Pero creo que hay suficientes guardias en torno a la granja esta noche.

—Pero en la puerta —declara él—, después de lo que pasó, para que te sientas a salvo. Deberías saberlo. Que hay un guardia. En la puerta.

—¿A salvo? —Ella saborea estas palabras extrañas, les da vueltas en la boca, pero Ulises ya está ocupado doblando una capa (robada a un muerto, pero nadie necesita saber eso) como apoyo para la cabeza, preocupándose por dónde debería colocarla, cuál sería la posición menos molesta para que un hombre duerma en el corredor, delante del puerta de su esposa, tan solo lo suficiente para poder ponerse en acción y defenderla ante el menos indicio de peligro, pero que tampoco ocupe tanto lugar que podría ocasionar que otras mujeres, al esquivarlo en camino a la cama, corran el riesgo de despertarlo.

Encuentra una posición que le parece adecuada, asiente una vez con la cabeza como felicitándose a sí mismo por la elección, vuelve a mirar a su esposa.

—Pues bien —dice por fin—, que tengas buenas noches.

—No necesito… —comienza a decir ella, pero él ya está cerrando la puerta que los separa y acomodándose para descansar en el corredor.

CAPÍTULO 41

Los hombres de Pólibus y Eupites no atacan esa noche.

Ni la mañana siguiente.

Ni a comienzos de la tarde.

Merodean en pequeños grupos alrededor de la granja, fuera del alcance de las flechas, envían a sirvientes y a esclavos sin armaduras a cazar, observan la entrada, custodian el camino. Los tomaron por sorpresa cuando una columna de mujeres osó marchar al interior; no los volverán a tomar por sorpresa.

Llega un mensajero para los padres rebeldes y es enviado de regreso.

Unas pocas horas después llega otro y se queda un poco más de tiempo, hasta que vuelve a partir por el camino que lleva al palacio. Priene, Penélope y Ulises observan desde las murallas el campamento de sus enemigos, observan los mensajes que van y vienen.

—Están esperando —dice Priene.

—¿Qué esperan? —pregunta Penélope.

Priene aprieta los labios pero no responde.

—Refuerzos —dice Ulises, y a su lado la capitana guerrera parece casi disgustada de descubrir que está de acuerdo con él—. Están esperando más hombres.

Se ha corrido la voz: los pretendientes están muertos.

Una madre cae al suelo en Cefalonia, aferrándose el dolor en el pecho.

Un padre no entiende en Zacinto. No entiende. "¿Te refieres al hijo de otra persona? ¿Al niño de otra persona?".

Un hermano jura venganza en Elis.

Una hermana dice en Calidón: "Pero si partió hace solo un mes. Yo le di su capa".

Lo que no está tan claro, lo que los mensajeros no saben bien, es el por qué de su muerte. Algunos dicen que ha regresado Ulises. Pues entonces, ¿eso lo justifica todo? Un rey haciendo lo que hacen los reyes. La gente susurra "bueno, bueno, si fue Ulises...".

... pero eso no altera el modo en que los padres lo oyen.

Priene observa el campamento de Pólibus y Eupites, y suspira.

—Allí va la batalla rápida.

—¿Qué sucede si reciben refuerzos? —pregunta Penélope.

—Depende del número de hombres, en este momento tenemos fuerzas similares. Pero si ellos duplicaran su contingente... saldríamos perdiendo.

—¿Entonces qué hacemos?

—Tenemos que ir a ellos. —A Priene no le agradan estas palabras, odia lo que implican, pero así están las cosas; no siempre se puede elegir el campo de batalla—. Antes de que puedan reunir suficientes hombres para aplastarnos.

—¿Por la noche? —pregunta Ulises, pero Priene ya está moviendo la cabeza.

—Los arqueros necesitan ver a qué le están disparando —responde ella—. Y se nos está acabando el tiempo.

Un susurro cerca del chiquero entre una reina y su capitana entre las sombras de un rincón:

—¿… noticias de Ourania?

—Aún nada.

—… su mensajero, Micenas…

—No llegó nada al templo antes de que viniéramos aquí. ¿Vendrá Electra?

—Sí. No lo sé. Tal vez.

—¿Lo sabe Ulises?

—¿Que puede que Micenas envíe refuerzos, como que puede que no? ¿Que puede que el mensajero de Ourania haya llegado hasta Electra, como que puede que no? No. No lo sabe. Le he contado prácticamente todo salvo eso. ¿De qué sirve decir esto que tal vez suceda, tal vez no? Hay demasiada incertidumbre para que sea cierto.

Priene chasquea la lengua contra el paladar pero no disiente. Hubo un tiempo en el que hizo un juramento, "¡Muerte a los griegos!", y no está del todo segura sobre cómo se siente acerca de que su propia seguridad dependa de la hija del mayor de sus rivales. Y sin embargo…

… sin embargo…

… mira a su alrededor, a su pequeño ejército de mujeres, y sabe que desea que ellas vivan. Lo sabe con una certeza tan intensa como el latido del corazón de un soldado justo antes del golpe de muerte.

—Pues bien —murmura—. Debemos suponer que estamos solos.

Las mujeres se reúnen en el patio.

No forman hileras ordenadas como Telémaco cree que deberían hacer.

Se reúnen en pequeños grupos con sus arcos en mano y hablan entre ellas.

Sus conversaciones no son heroicas, valientes.

Cuentan bromas tontas.

Se ríen de historias que ya han oído cientos de veces. Chismorrean.

Telémaco mueve la cabeza. Los mirmidones de Aquiles nunca *chismorreaban*. Se formaban en hileras ordenadas, silenciosos antes de la batalla, contemplando solamente el trabajo que debía hacerse, el valor con el que enfrentarían a la muerte. Más prueba, como si él la necesitara, de que todo este asunto es una tontería.

Ulises no se engaña. Él sabe que los mirmidones estaban entre los más sarcásticos, entre los soplones más chismosos de todos los ejércitos de Agamenón. Cada vez que se sentaba en su fogata, lo único que se oía era quién había dormido con quién, quién evitaba el trabajo de letrina, quién había engañado a quién en algún juego estúpido. Las bromas de pedos y los debates sobre heroicas hazañas sexuales (ninguna real, todas eran puras fantasías desenfrenadas y jactanciosas) definían buena parte de las conversaciones que oyó o que mantuvo ante los muros de Troya. Entre los temas que no se debatían: a quién decirle si moría un hombre; quién era amado y tal vez ahora quedara atrás; a quién se lloraba en la pérdida, a quién se extrañaba; lo que se sentiría al resultar herido, yacer allí, desangrándose lentamente… si un hombre prefería un final rápido, sin ver la espada que lo asesinaba, o si prefería saber lo que se venía, tener un poco más de tiempo, tan solo un poquito más, para despedirse.

No creyó que escucharía los mismos temas en la conversación de las mujeres del patio, pero escuchemos, escuchemos. Ahí está. Historias sobre la vez que alguien se rompió una pierna persiguiendo a sus propias cabras por la montaña; relatos de pescadoras que ni siquiera podían capturar peces, de aquel joven, ¿cómo se llamaba?, el del acento raro, que contaba esas bromas horribles. Ahora ya no está, por supuesto. Todos los jóvenes se fueron y jamás regresaron, pero ay, bueno. Ay, bueno. Hay que seguir viviendo, ¿verdad?

Ulises nota una presencia a su lado. Penélope. Ella no tiene un arco o una lanza en la mano y eso lo sorprende por un momento. Esperaba que apareciera ataviada con una armadura, lista para pelear. Pero no tiene ninguna habilidad, no está entrenada; solo sería una molestia que las otras se verían forzadas a defender y nadie necesita eso. Por el contrario, se sitúa a su lado de brazos cruzados y observa a las mujeres, que revisan por quinta o sexta vez sus flechas, la cuerda de su arco, el filo de la punta de sus lanzas.

Él la ha estado evitando tras dormir ante su puerta. Es difícil evitarse mutuamente en un lugar tan pequeño y atestado como este, pero él ha estado haciendo todo lo posible. Le pareció que, a su modo, era una cortesía. Por lo tanto, se sorprende al descubrir que ella lo buscó.

—¿Te resulta familiar? —pregunta ella por fin.

—En cierto modo. Estoy acostumbrado a ver todo esto desde el otro lado de la muralla, claro.

—¿Tuviste que luchar mucho durante el regreso? O sea, has de haber estado haciendo algo durante esos diez años.

—Así es… Hubo… Pasé mucho tiempo varado.

—Varado… ¿en algún lugar seguro?

—Sí. Parte del tiempo.

Ella asiente firme con la cabeza, sin mirarlo a los ojos.

—Bien. O sea, no digo que esté bien que hayas quedado varado. Pero al menos no quedaste varado teniendo que luchar todas las noches por sobrevivir. ¿Y tus hombres?, ¿acaso ellos…?

—Murieron. En la tormenta.

—Pero tú sobreviviste.

—Sí.

—¿Tal vez algunos de ellos también sobrevivieron?

—No. Ninguno.

—Pareces estar muy seguro al respecto.

—Lo estoy.

Las profundidades del mar se abren, de nuevo; Euríloco se está ahogando, de nuevo, desgarrándose en busca de aire, el mástil del barco se parte en dos y Polites aúlla. Ulises recuerda el olor a carne, a carne asada, recuerda el modo en que las vacas del sol ponían los ojos en blanco, aún con vida, pese a que tenían los huesos rotos, y lo miraban desde las llamas.

—Estoy seguro —repite—. Estoy seguro. Murieron. Yo sobreviví.

Penélope piensa que eso suena a conspiración, incluso a asesinato. Se pregunta cómo irán a expresarlo los poetas si alguna vez llegaran a cantarse sus baladas.

—¿Estuviste... solo, entonces, cuando te perdiste en la mar?

—Parte del tiempo. No todo.

—¿Y te volviste loco? —Le hace la pregunta como si estuviera preguntándole sobre un mal menor, sobre una uña que se le encarnó de manera extraña, o sobre un tajo casi demasiado estrecho como para verlo.

Ulises considera la pregunta con el silencio afable de aquel para quien tal pregunta no representa un pensamiento novedoso.

—No estoy seguro —responde por fin—. En cada etapa de mi travesía, parecía como si mirara al hombre que fui antes como si fuera un desconocido. ¿Quién fue el hombre que zarpó hacia Troya? No lo recuerdo. Veo sus acciones, las recuerdo como si se tratara de mí mismo. Y sin embargo, se han vuelto hechos distantes de alguna manera, una actuación en mi mente, algo ensayado una y otra vez, algo que no fue real. Cuando me encontró la hija del rey Alcínoo fue como si me convirtiera en otra persona más, en el hombre que necesitaba ser para salir airoso del siguiente enfrentamiento. Y cuando llegué a casa y maté a los pretendientes era de nuevo otro hombre y me repetía, una vez más, lo que creía necesario para sobrevivir. Tal vez eso es todo lo que queda ahora. Cuando el mar se ha llevado todo lo demás, lo único que queda es un hombre que se impulsa a vivir por pura voluntad. No hay un alma destacable. No hay carácter que valga la pena mencionar. Solo carne sosteniéndose.

Esta es la verdad más extensa que Ulises haya dicho en su vida. Le sorprende lo fácil que le sale. Sospecha que tiene algo que ver con la actitud de todas estas mujeres que se le contagia.

También hubo un tiempo, piensa Penélope, en que ella era una muchacha que reía, una esposa curiosa acerca de su esposo, una madre regocijándose de los gorjeos de su bebé. Esas cosas también han pasado, fueron dejadas de lado por necesidad.

—Sería de poca utilidad que murieras —dice ella por fin— después de todo esto. Arreglar los asuntos de la islas resultaría... aún más problemático. Puedes quedar mortalmente herido si en verdad no tienes otra opción, pero es necesario que permanezcas con vida para que los poetas digan que se restauró la paz en la tierra de Ítaca, que Telémaco luchó con valor y tomó su trono, y que entonces Ulises murió feliz, por fin, rodeado por una familia que lo amaba. Pero si hoy mueres en este campo de batalla sería de lo más inconveniente.

Ulises usa toda la fuerza que tiene para no mirarla, para no desviar la mirada en su contemplación del ejército de Priene, que ya se va reuniendo en la entrada.

—¿Y si no muero y no resulto mortalmente herido? ¿Si vivo, digamos... otras seis lunas, o diez, o tal vez incluso algunos años más?

—Eso también sería políticamente adecuado —responde

ella con la solemnidad del sacerdote que lleva a cabo los sacrificios, con la energía de la hoja que atraviesa el cuello del toro blanco—. El poder de tu nombre no puede defender a Ítaca para siempre. Pero si nos da unos años más de paz, nos permitiría aprovechar el tiempo para reconstruir un ejército de aspecto aceptable de hombres vestidos de bronce, para renovar nuestra flota, para aumentar nuestras conexiones con aliados y amigos que me tenían pena pero que te tratarán de manera justa a ti y todo lo demás. En resumen, si no puedes morir con valor de manera poética, te pediré que vivas lo suficiente para garantizarnos una verdadera estabilidad desde la cual podamos defender la isla cuando mueras de causas más naturales en algún futuro distante.

"¿Y significa esto que me amas?", brama el corazón de Ulises.

Y con más suavidad, por debajo:

"¿Significa esto que puedes perdonarme?".

—Te pediría tu bendición —musita él—. Pero tal vez no desees dármela.

—Acabo de hacerlo —responde ella—. Creo que te darás cuenta de que acabo de hacerlo.

Por fin, el esposo se vuelve hacia su esposa. Ella lo mira a los ojos y asiente con la cabeza una vez. Así es como se veía, piensa Ulises, cuando él zarpó hacia Troya, hace tantos años. No había lágrimas, no había sollozos sobre las murallas del puerto. Es una princesa de Esparta; entiende que hay ciertas cosas que deben hacerse.

—Mi señora —dice él.

—Ulises —responde ella.

Qué extraño escuchar su nombre dicho de esa manera, piensa él. No como un insulto: el hombre que mató a una ciudad. Ni como un grito de desesperación: el capitán que observó a sus hombres ahogarse. Ni con la más cruda desesperación, mientras él se aleja navegando de la isla de la bruja, ni en las bocas de unos reyes perplejos, anonadados de encontrarse con que apareció en sus playas envuelto en harapos.

"¡Ulises!", grita el fantasma de Agamenón. "¡Cuidado con todas las esposas!".

"Ulises", se lamenta el espíritu de Aquiles. "Preferiría vivir una vida humilde que caminar por estas costas vacías de la muerte".

Y sin embargo, ahora, en la boca de Penélope, es tan solo un nombre.

Qué extraño, piensa, es tener un nombre y nada más.

Recoge su arco, se despide con la cabeza de su esposa y toma su lugar entre las mujeres que se preparan para luchar.

CAPÍTULO 42

La puerta se abre un poco antes del amanecer.

Las mujeres salen.

Unas veinte se quedan ocultas detrás de las murallas, en la base de las escaleras, listas para subir a la carrera y disparar cuando se les ordene.

Otras treinta, con Ulises entre ellas, salen al campo ennegrecido que lleva hacia el ejército de Gaios. Priene y Teodora van a la cabeza. Anaitis y Penélope se sitúan sobre las murallas con Telémaco a su lado.

—Yo debería estar contigo, padre —exclama.

—No, hijo —responde Ulises—. Pase lo que pase, Ítaca necesitará un rey".

Y entonces, en un momento de consideración, algo que siente que no necesitaría ser dicho que sin embargo resulta esencial:

—Escucha a tu madre, ella sabe cómo gobernar esta tierra.

Telémaco farfulla, pero no puede discutir con su padre cuando la batalla es inminente, si es que puede en verdad discutir con él, por lo que regresa a su puesto sobre la muralla para observar y obedecer.

Eupites y Pólibus son convocados de sus tiendas en el momento en que se abre la puerta, e incluso antes de que las mujeres hayan salido por completo al campo, Gaios tiene a sus hombres formando una hilera. Han colocado sus escudos hacia el frente, en reconocimiento al poder de los arcos en manos de las mujeres, pero no avanzan pese a que la entrada a la granja permanece abierta detrás de Priene.

—¿Y bien? —vocifera Eupites, mientras los hombres esperan pacientemente la orden de su capitán—. Son... ¡son solo mujeres! ¡La puerta está abierta! ¿Qué estás esperando?

Gaios chasquea la lengua contra el paladar. Ha trabajado para numerosos empleadores por todos los mares de Grecia y, por lo general, prefiere a los hombres militares que entienden las cosas sin necesidad de que se les diga nada, o los civiles que saben reconocer su propia ignorancia lo suficiente para dejarlo ser. Pólibus y Eupites no corresponden a ninguno de estos casos, pero él está dispuesto a tratarlos con un poco más de condescendencia de lo habitual dado el modo en que acaban de morir sus hijos.

—Quieren que avancemos hasta el alcance de sus murallas —responde con los brazos cruzados sobre su pecho de bronce—. Tienen más arqueros esperando debajo y planean correr hacia la seguridad de su puerta una vez que estemos lo bastante cerca.

—Pero... ¡pero son mujeres! —A Eupites le está costando hacer entender este concepto a este capitán tan cabezota.

Gaios nunca vio pelear a Pentesilea porque su propio capitán, al igual que Ulises, consideraba sensato mantenerse alejado de la reina guerrera y de su tribu errante. Siempre apreció ese particular atisbo de sabiduría estratégica cuando solo era un simple soldado en Troya.

—Dispersaos —ordena a sus hombres—. Formación abierta, complicadles la posibilidad de concentrar sus disparos. No os amontonéis y no sucumbáis a la tentación de cargar, tarde o temprano se quedarán sin flechas. Mantened vuestra posición.

Sus hombres obedecen, formando una hilera larga en el límite del campo, con los escudos en alto y bajando la barbilla. Los más altos intentan bajar un poco su posición; los más corpulentos de pronto son conscientes de sus pantorrillas desnudas, de sus cuellos desprotegidos y se preguntan cuán certeros serán con sus arcos Ulises y este extraño ejército de cazadoras.

Priene observa todo esto y suspira del otro lado del campo.

—No son estúpidos. No son como los griegos normales.

—De todas maneras deberíamos ponerlos a prueba —murmura Ulises—. Si podemos eliminar aunque sea a unos pocos, tal vez provoquemos a los demás a cargar.

Priene se siente un poco enfadada consigo misma por estar de acuerdo con el rey itacense. Pero ya ha combatido antes junto a personas molestas, incluso de su propia tribu; sabe cómo dejar sus sentimientos para después.

—Encontrad vuestro alcance —grita a las mujeres—. Moveos cuando ellos se muevan. Si se lanzan a la carga, o incluso si parecieran dispuestos a hacerlo, retroceded; no os plantéis para pelear.

Las mujeres murmuran su aprobación (Ulises jamás ha oído que se dé consentimiento a una orden de esa manera) y lentamente comienzan a avanzar. Se dispersan en una curva amplia deteniéndose aquí y allí para colocar una flecha en un arco, levantarlo y disparar. Las primeras flechas caen bastante lejos de los pies de los hombres que las esperan así que de nuevo avanzan, levantan, disparan. La hija de Sémele, Mirene, es la primera en encontrar su distancia. La flecha no atina a un hombre pero pasa junto a su oreja y se clava detrás de él, bup, en la tierra muerta. Los hombres se encuentran en el límite absoluto donde las flechas pueden perforar, herir, matar. Las mujeres no llegan a divisar el blanco de sus ojos ni los oyen respirar, ni ven que los hombros les suben y bajan en exhalaciones rápidas con cada disparo que ellas lanzan. Eso es bueno en cierto modo. Hace que aquellos a quienes intentan matar parezcan de alguna manera distantes, abstractos, unos blancos rellenos de paja en lugar de unas criaturas de carne y hueso.

Ulises se encuentra entre Sémele y Priene. Coloca una flecha en el arco y apunta; le quedan once flechas. Elige a un hombre cuyo escudo es pequeño, redondo, casi de estilo ilirio, pensado para las estocadas cuerpo a cuerpo y para atacar con su borde duro y delgado. Su primer disparo sale certero, pero el hombre ha estado observando a Ulises mientras Ulises observaba al hombre y en el instante en que el astil se separa de la cuerda, el sujeto se hace a un lado como un cangrejo. Lo amplio de la formación le da suficiente lugar para deslizarse de un lado al otro. Ulises chasquea la lengua contra el paladar, coloca otra flecha en la cuerda y busca otro blanco menos alerta.

Detrás de los hombres con escudo se están reuniendo más hombres. Cargan bolsas con piedras y hondas de cuero. Se colocan detrás de sus compañeros con armadura como si fueran conejos ocultándose detrás de árboles, y solo salen a la vista cuando están listos para arrojar su piedra, por lo que aprestan el disparo para una soltada veloz.

Las piedras no alcanzan los pies de las mujeres, pero pese a que Priene no se encoje, su mueca se intensifica.

Ulises detecta a un hombre que no lo está mirando y cuya atención está puesta en una arquera que parece haberlo designado como su tronco de entrenamiento personal. Él levanta el arco, suelta la flecha. Pese a que el hombre no puede dejar de mirar a la mujer con muerte en los ojos, de pronto parece percibir la flecha del rey itacense volando hacia él, pues en el último momento gira la cabeza y levanta el escudo.

La punta de la flecha atraviesa la madera, avanza un palmo del otro lado y queda temblando delante del ojo del soldado.

A Ulises le quedan nueve flechas.

El viento se cuela entre los árboles y nadie lanza un gran grito de batalla, nadie aúlla, nadie brama insultos, nadie se lanza a la carga, nadie huye. Las olas rompen en una satisfacción pacífica en las costas de Ítaca. Ahora los honderos rebeldes se lanzan hacia adelante para arrojar sus piedras, pero meterse en el alcance de los arcos es algo que no están verdaderamente dispuestos a hacer, por lo que sus disparos siguen quedando cortos. Las arqueras lanzan sus flechas hacia la hilera de hombres de bronce y algunas dan contra un escudo, otras contra una placa, pero la mayoría erran al blanco o son evadidas con facilidad por los soldados.

Esto también es una parte de la batalla, la parte sobre la que rara vez cantan los poetas. Unos guerreros aguijoneándose entre sí en una escaramuza como abejas zumbadoras. Por lo general, son una cobertura para que un ejército mayor se forme, lo que da tiempo a una tropa más pesada para alinearse detrás de ellos, listos para el ataque. Pero con la granja detrás de Ulises y los lanceros de Gaios ubicados junto a los honderos, no habrá un gran ataque de ninguno de los dos bandos. No habrá carreras hacia la destrucción, ni el blandir de espada ni el grito de muerte. Por el contrario, las flechas vuelan y las piedras aterrizan en el suelo y cuando finalmente un hombre cae con una flecha clavada en la pierna, es tan sorprendente que el propio sujeto apenas si puede creerlo.

Siento cierta irritación en el borde del pecho, una exasperación de que los rebeldes se limiten a quedarse allí, se limiten a enfrentar a sus rivales sin cargar hacia la batalla. Es sensato, por supuesto, muy sensato que no se permitan ser atraídos hacia las murallas de la granja y por lo general yo lo respeto, hasta lo aplaudo. Pero hoy su terquedad se opone a mis objetivos y justo cuando sujeto mi lanza y considero la idea de participar en forma más directa, giro la cabeza y lo veo.

Solo por un momento, allí está.

Susurrando a Gaios al oído.

El casco le cubre la frente, tiene el hombro girado de tal manera que todo su cuerpo se aleja de mí, pero yo reconocería su presencia en cualquier lado. Le susurra a Gaios las cosas que él y sus hombres harán a estas mujeres cuando las venzan. Le susurra sobre el poder y la sangre, sobre propinar palizas, sobre rostros hundidos, sobre el momento en que capturen a Ulises y le hagan mirar lo que hacen a su esposa, lo que hacen a su hijo, a su padre, y cuando a toda su familia le hayan cortado la lengua, le hayan partido la nariz, le hayan hecho estragos en el cuerpo (pero seguirán con vida, ah, sí que seguirán con vida), colgarán al rey itacense, lo irán cortando pedazo a pedazo y se lo darán de comer a su propia familia.

Gaios escucha y no parpadea, apenas si parece ver las flechas que vuelan hacia él. Tal vez ese sea el gran truco de Ares; ni la estrategia, ni el ingenio, ni la astuta sabiduría del plan artero. Tal vez solo se limite a cegar a sus favoritos de la posibilidad de sus propias muertes y a mostrarles visiones de lo que harán cuando sean los únicos que queden con vida.

Sujeto mi lanza, siento el poder de los rayos corriéndome por las venas, la divinidad girando en torno a mí. Atenea y Ares jamás deberían enfrentarse, jamás deberían partir el mundo en dos, pero en ese momento siento el sabor de la sangre en la boca y siento la furia que me retumba en el pecho. Me da vergüenza. Me da vergüenza sujetar mi espada en la furia, considerar entrar en batalla por sentimiento, por pasión, por amor. Y sin embargo arde en mi interior, por un momento Ares levanta los ojos hacia mí y ve.

El ve, levanta la boca del oído de Gaios y sonríe de oreja a oreja.

"Débil", susurra. "Rota".

Abro la boca para replicar, para gritar furia, venganza,

negación, pero no puedo emitir sonido. No sale ninguna agudeza ingeniosa, ningún insulto sucinto, solo hay una pulsación caliente en mi cuello y una estupidez muda e ignorante en mi lengua.

Ares lo ve, se ríe, levanto mi lanza para desafiarlo pero él ya se ha ido, girando sobre sí mismo y convirtiéndose en una bandada de cuervos, y los hombres de Pólibus y Eupites no se encogen y no se lanzan a la carga.

—Suficiente —dice Priene, a la vez que un hondero lanza una piedra ineficiente hacia su cabeza—. No van a morder el anzuelo y estamos desperdiciando nuestros disparos.

Las mujeres dejan de disparar lentamente y bajan sus arcos.

Los honderos del otro bando, en lugar de aprovechar la oportunidad, también dejan de arrojar sus piedras como si esperaran a ver qué nueva amenaza puede traerles este cambio de las circunstancias.

—Si no podemos atraerlos a una batalla directa, nos harán pasar hambre —dice Ulises mientras Priene ordena a sus mujeres que vuelvan a meterse detrás de las murallas—. Buscarán refuerzos y nosotros pasaremos hambre.

—Tal vez —dice Priene con un gruñido. Entonces, con el dolor de quien se quita una esquirla de hueso de su propia carne rasgada—: Se supone que eres bueno para las estrategias. ¿Tienes alguna ahora?

Ulises mueve la cabeza. No es exactamente un "no", tal vez un simple "no aún".

Priene se chasquea la lengua. Ya no les queda tiempo para un "no aún".

CAPÍTULO 43

Ulises se despierta sobresaltado por la noche pero es demasiado tarde.

Ya tiene a Autónoe encima, cuchillo en mano, apoyándole la hoja contra la garganta. La granja se encuentra en silencio. Las mujeres duermen o hacen guardia en otra parte. Él es el único tendido en el corredor, custodiando la puerta de la habitación donde su esposa duerme, sueña.

No sabe si Penélope siquiera fingirá investigar cuando lo encuentren por la mañana, allí tendido y con la garganta cortada. Tampoco está del todo seguro de que pueda culparla.

Por un momento ambos se miran, rey y criada, en la oscuridad.

No hablan.

Autónoe no siente que haya alguna palabra necesaria para este momento.

Y a Ulises, casi por primera vez en toda su vida, no se le ocurre qué podría llegar a decir. Esto es casi un alivio, casi lanza un grito ahogado de asombro. ¿Es esto lo que se siente?, ¿así es como se siente cuando termina la lucha? ¿Es esta verdaderamente la muerte a la que le ha temido todo este tiempo?

Y sin embargo Autónoe, con el cuchillo listo contra la garganta del rey, no lo hiere.

Observa a Ulises por un momento.

Luego lenta, extraordinariamente, envaina su hoja.

Observa por un momento más, solo para asegurarse de que se entienden.

Parecería que sí.

Ella se levanta.

Le da la espalda.

Desaparece en la oscuridad.

La mañana siguiente llegan los refuerzos de Pólibus y Eupites.

Son casi ochenta hombres, entre ellos unos soldados con penacho que pertenecen a Niso, padre de Anfínomo. Con ellos viene un séquito de esclavos y mujeres que traen consigo unas mulas cargadas con armas y provisiones. Apenas llegan al campamento de los rebeldes estos comienzan a expandirlo: cavan nuevas zanjas y colocan tiendas que enseguida parecen rodear a toda la granja en una línea delgada e irregular de lanzas y tela.

Ulises y Penélope observan desde las murallas de la granja a las mujeres rebeldes, que ya van preparando sus fogatas de cocina y recogen agua del arroyo.

—Debo suponer que ninguna de esas mujeres es aliada tuya, ¿verdad? —murmura él.

—Tal vez —responde Penélope—. Pero tampoco puedo enviar a mis criadas a averiguarlo, ¿verdad?

Las mujeres de la granja ya no se molestan en fingir. Colocan guardias regulares sobre la muralla, no hacen ningún esfuerzo por ocultar su número y, cuando cae la noche, una de las más valientes se desliza por una cuerda del otro lado de la muralla y se aleja a gatas por la oscuridad en dirección al bosque para enviar un mensaje y buscar ayuda. Ella es la más pequeña, la más rápida de esta tropa; Priene duda mucho que más de una pueda salir sin ser descubierta incluso en la oscuridad.

—Ve con Ourania —le dice Penélope antes de su partida—. Encuéntrala y pregúntale si su primo llegó a Micenas o si Pilos responderá nuestra llamada. Cuéntale sobre nuestra situación. Dile... dile que es en el nombre de Ulises.

La mensajera asiente con la cabeza, se unta lodo en las mejillas, en las manos, en el cabello. Es un camuflaje salvaje hecho de palitos y tierra y Anaitis le da la bendición de la cazadora, pero no la necesita pues Artemisa ya está allí a su lado, corriendo con ella a través del bosque.

Ruidos de construcción y de aserrado durante el día. En el bosque caen árboles y las hojas se elevan mientras la madera desciende. Telémaco pregunta qué significa. Priene le responde y se sorprende por un momento que sea ella quien se encuentra a su lado y no su padre.

—Están construyendo otro ariete y más escaleras. Atacarán con todo lo que tienen.

Telémaco vuelve a buscar a su padre con la mirada pero Ulises no está allí; tal vez esté durmiendo dentro mientras espera el ataque. Entonces, como no tiene nadie mejor con quien hablar, se pregunta:

—¿Podemos rechazarlos?

Priene no responde.

El ariete es visible desde las murallas de la granja cuando cae la noche. Ahora le están construyendo un techo, una cubierta protectora para mantener a raya las piedras y las flechas de los defensores. Eso llevará tiempo; Ulises no cree que lo tengan listo hasta la mañana. Priene está de acuerdo.

—A vosotros los griegos siempre os gustó construir cosas grandes y hacerlo lentamente.

La única excepción que se le ocurre de esa regla es un

caballo, construido con las maderas de unos barcos enormes. Su tosquedad le daba cierto aire de belleza. Tal vez por eso los troyanos pensaron que era un regalo.

—Tú eras mi enemiga en Troya —dice Ulises pensativo, con un atisbo de pesar en los márgenes de su voz—. Si sobrevivimos a esto, ¿eso habrá cambiado?

—No —responde Priene, ligera como la luna plateada—. Incluso si no fueras un griego, te mataría por lo que hiciste a las criadas. Pero Penélope tiene razón: las islas necesitan tener un rey y tú eres la opción menos mala. El que tiene la mejor historia. Si mueres ahora será mucho más difícil mantenerlas a salvo. —Un gesto con la barbilla en dirección a las mujeres que pululan por el patio—. Ellas son mis soldados, yo soy su capitana y tengo el deber de cuidarlas.

Autónoe los observa desde el rincón donde apila piedras; Ulises evita meticulosamente devolverle la mirada.

Las mujeres no cantan esta noche.

Laertes pregunta si Anaitis va a hacer alguna adivinación, mirar unas entrañas o algo así. Anaitis responde que está bastante segura de que, en esa instancia, la adivinación les diría lo que ya saben: que habrá batalla, que será dura y que todos podrían morir por la mañana.

—¿De qué sirven los sacerdotes si rehúsan decirte lo que quieres oír? —vocifera el viejo rey.

Penélope se sienta con Ulises en las sombras, lejos del fuego que arde a lo largo de la noche. Su hijo está durmiendo, acurrucado, aunque si alguien lo despertara él negaría haber cerrado los ojos siquiera. Laertes lo cubrió con una capa cuando nadie miraba. Priene dormita con la cabeza apoyada sobre el regazo de Teodora. Teodora está sentada

con la espalda apoyada contra la pared, con los ojos entrecerrados y pasando los dedos ocasionalmente por el borde
del cabello corto de Priene.

Ulises dice:

—… Ni siquiera deberíamos haber tenido que dete-
nernos allí, pero mis hombres ya estaban furiosos por no
haber recibido su parte en Troya. Les pregunté qué parte
era esa, puesto que la ciudad había estado sitiada durante
diez años y todo lo de valor ya había sido vendido por los
reyes para conseguir armas y grano; no quedaba nada que
pudiéramos llevarnos, y la mayoría de lo que sí quedaba
se lo repartieron entre Agamenón y su hermano. Ítaca no
tiene el poder suficiente para ordenar a los micénicos que
nos den parte del botín, ¿qué esperabais que hiciera? Pero
ellos se habían imaginado que entre esos muros habría
maravillas y nosotros se los permitimos. Diez años; tienes
que dar una esperanza a la gente, algo por lo que todo valga
la pena. Cuando no obtuvieron lo que querían pensé que
se iban a amotinar antes que volver a casa con las manos
vacías… así que invadimos a los cicones de regreso a casa.
Habían sido aliados de Príamo y pensé… defensas magras,
la mayoría de sus hombres muertos en Troya, sería… Nos
equivocamos. Me equivoqué. Los hombres hicieron cosas y
yo… Si no podían encontrar oro, entonces querían mujeres,
querían… ¿Quieres oírme decir que los hice detenerse?
¿Acaso me creerías?

Penélope menea la cabeza.

Ulises habla a sus manos, a sus pies sucios, a la tierra
avasallada.

—No. Si no podían tener oro al menos podían tener carne.
Eso es lo que decidí. Eso es lo que hace un comandante. Pero
una fuerza de cicones había logrado salir antes de que Troya
cayera, partió antes de las celebraciones, antes de lo del caballo. Llegaron cuando mis hombres estaban… Tuvimos suerte

de que fuéramos tantos los que logramos escapar. Poseidón no nos odiaba en ese entonces.

—¿Acaso tú… hiciste cosas también? —pregunta Penélope. Ulises intenta oír en su voz el juicio que emite, la ira. Si están allí, se encuentran más allá de su discernimiento.

—Yo… Había una isla gobernada por una mujer, podría decirse que era una bruja, y otra donde había una ninfa y ella era… Verás, tenían poder. Fue todo muy extraño. El territorio era de ellas. Los cielos, la tierra. Medea tenía poder, por supuesto, pero lo abandonó por Jasón, hizo cosas terribles en su nombre y al final él la traicionó. Mi padre siempre dijo que se la consideraba una maldición en el Argo, que incomodaba a todos, pero mi padre nunca se sintió cómodo con… muchas cosas. Sin embargo, estas mujeres… Con solo una mirada ya sabías: las cosas que harías normalmente, el modo en que normalmente… mostrarías tu fuerza… nada tenía sentido. Nada de eso.

Circe: "Deberíamos acostarnos juntos, sellar nuestro pacto".

Calipso: "Querido, no podrías hacerme daño aunque lo intentaras. Pero inténtalo, si quieres. Ay, inténtalo".

Ulises ha hecho cosas terribles.

En ese entonces él no pensaba que fueran terribles.

Pensaba que era lo que hacían los hombres.

Las cosas que debían hacerse.

Ahora está comenzando a comprender.

Tiene miedo a la comprensión, la rehúye. Pero, claro, es un hombre curioso, un hombre extraordinario. Las sirenas, las sirenas ¡aún le cantan! Él nunca será libre de su canto de pesadilla y está orgulloso de ese tormento. Pero de todas maneras… semejante curiosidad, la clase de curiosidad que puede revelarle que es algo que él no desea descubrir que es. La clase de curiosidad que podría desafiarlo a contemplar el punto de vista de otra persona, de la mujer que lanza alaridos; no, no, por favor, no… le revuelve el estómago.

Lo aterroriza. Pero no puede evitar preguntarse: si el mero atisbo de esta imaginación amenaza con quebrarlo en dos, entonces ¿cuán cruel es la marca que su vida ha dejado en aquellos que se cruzaron en su camino?

No puede ni soñarlo.

No se atreve a imaginarlo.

Morirá sin haber logrado reunir el coraje para mirar como tantos otros héroes.

Penélope también está rehusando preguntar ciertas cosas.

Preguntas como: ¿puede estar cerca de un hombre que ha sustituido cofres de oro con carne de mujer?

¿Puede permitir que la toque un hombre que alguna vez envolvió los dedos en torno a la garganta de Calipso en sus acrobacias amorosas, con lágrimas en los ojos y horror en la garganta, preguntándose por qué la ninfa se reía cuando cualquier mortal debería haber muerto?

¿Acaso cree ella en la redención?

¿Acaso entiende él que necesita ser redimido?

¿Acaso cree ella siquiera una palabra que él dice?

Penélope no piensa en ninguna de estas preguntas. Las ignora deliberada, cuidadosamente, porque pensar en ellas no le sirve de nada en este momento. La realidad es que, si sobreviven, ella tendrá que hacer lo que tenga que hacer.

Por un momento entrecierra los ojos y piensa que entiende el dilema de su prima Helena; no emitió ningún sonido esa primera noche, después de que Menelao se la llevara de Troya, mientras la sujetaba en la cubierta del barco que ya había emprendido el regreso, con la piel desnuda aún manchada de sangre. Cuando él le dijo "Muéstrame lo que hiciste con París, muéstrame lo que le gustaba"; cuando él le gritó "¡Dime que te sientes agradecida de que te lo haga un verdadero griego! ¡Di gracias, di gracias!", ella dijo "gracias, gracias, gracias" y él siguió hasta hacerla sangrar. ¿Y al regresar a Esparta?

Al regresar a Esparta, ella se sentó junto al trono de él en el gran salón, sonrió y dijo "ay, qué hermoso es haber regresado a casa, qué maravilloso, qué bueno es haber regresado. ¿Tú recogiste estas flores? Ah, son hermosas, ¡sencillamente divinas!".

Y no pensó y no se detuvo a preguntarse, ni a ponderar sobre la vida de otros, ni a abrazar esperanzas por el futuro, ni a soñar sobre el pasado.

Porque ¿qué más podía hacer?

Penélope llega a la conclusión de que, a veces, llega un momento en que ya has hecho todo el esfuerzo que podías para adaptarte lo más posible. A veces se necesita que sea otra persona la que cambie, que otra persona se encuentre contigo a mitad de camino, para que se dé el siguiente suceso. Para hacer algo nuevo.

Ulises continúa diciendo:

—Tuvimos buenos vientos desde la isla de Eolo y él también nos dio un tesoro; creo que llegó a la conclusión de que era mucho mejor darnos algunos obsequios razonables y hacernos seguir viaje con el estómago lleno que no darnos nada y arriesgarse a que lo invadiéramos después. Lo midió a la perfección; el oro suficiente para satisfacernos a mí y a mis hombres, pero no tanto que diera la impresión de ser demasiado rico. Estábamos tan cerca, ya veía el extremo sur de Zacinto y pensé... ya llegamos. Ya llegamos. Ya estaba planeando qué ordenaría decir a los poetas, los elogios suficientes para mantener a raya los problemas, pero no tanto que Agamenón o Menelao llegaran a ofenderse por pensar que yo restaba valor a sus esfuerzos. Debes lograr un buen equilibrio, sonar lo bastante fuerte pero no demasiado. Nunca hay que decir que te comparas con Aquiles sino que dices... que le diste consejos. Adyacente a la genialidad, ni detrás ni por delante, tan solo... un complemento.

"Eso estaba pensando cuando comenzó la tormenta.

Nos llevó de regreso directo hasta Eolo, pero ahora él había tenido la oportunidad de reunir a sus propios hombres; sabía que era probable que pasaran los guerreros de Grecia, por lo que aseguró las puertas de su palacio y se sintió lo bastante seguro para decir "Hola de nuevo, lamento que tengáis problemas otra vez, pero no, no. No podéis esperar en mis puertos, de ninguna manera". Después de eso… mi tripulación… Un viento muerto puede ser tan malo como el vendaval, como la hambruna, como la sed… Yo había oído historias de lo que sucede cuando los hombres beben agua salada, pero nunca lo había visto. Se marchitan desde adentro, se arrugan como fruta vieja al sol. Uno habría creído que hacia el final la locura sería una bendición, pero locos y todo, sabían qué era lo que venía por ellos. Sabían qué iba a suceder. Invadimos cuanta isla encontramos, robamos comida y ganado, matamos… donde debimos hacerlo. Vi cosas que habría creído imposibles. Cuando la tormenta finalmente azotó el último de nuestros barcos casi sentí alivio, pensé que al menos sería rápido. Pero la voluntad de sobrevivir, tan solo… tan solo deseas sobrevivir. Debería decirte que pensé en ti, en nuestro hijo. ¿Me creerías?

—No —responde ella—. Creo que no.

—No —asiente él, moviendo levemente la cabeza—. Aunque después pensé que en verdad debería haber estado pensando en vosotros dos. Diez años de Troya, los años en el mar… esas cosas se vuelven distantes, se pierden en la niebla. Mi regreso a Ítaca, haber asesinado a esos hombres… Si sobrevivimos los poetas tendrán que decir que lo hice todo por vosotros.

—Por supuesto. —La voz de Penélope es suave, serena—. Tiene sentido.

Se quedan sentados uno al lado del otro mientras la noche se arrastra hacia el amanecer.

CAPÍTULO 44

El ataque comienza a primera luz del día.

No lo narraré como lo harán los poetas.

No hablaré de héroes ni de valerosos conflictos, ni de gritos trágicos recibiendo la rosada luz del día. Eso no da lugar a los seres anónimos, a los seres olvidados, los que pelearon uno junto a otro hasta que se les acabó el aliento, hasta que no les quedó más sangre que volcar sobre la tierra codiciosa.

Los hombres de Gaios construyen un ariete, esta vez con un techo tosco para proteger a sus portadores de las piedras y flechas que puedan caer desde lo alto. En apariencia está montado sobre ruedas, pero sacaron las ruedas de un carro desvencijado que apenas podía sostener su propio peso y no son aptas para la breña. Como resultado el avance hasta la puerta es atrozmente lento, una marea constante de hombres que se acercan y se alejan para reemplazar a un hombre que carga y empuja el pesado objeto en dirección a su destino.

Los hombres de Pólibus y Eupites han ensamblado unos tablones toscos de madera para protegerse de las arqueras de las murallas, y pueden ser llevados hacia adelante por tres hombres a la vez en pequeños movimientos rápidos, detrás de ellos se pueden cubrir seis o siete hombres en cualquier momento, apretujándose en el escaso refugio que provee. Detrás de estos ahora avanzan más grupos de hombres en sus pequeñas congregaciones, con la cabeza gacha y los brazos apretados contra el cuerpo para protegerse de los proyectiles de sus enemigos, y detrás de ellos vienen los honderos e incluso algunos arqueros que están allí para equilibrar las cosas. Ninguno de ellos tiene demasiadas posibilidades de dar a las mujeres que levantan y bajan la cabeza en las murallas de la granja de Laertes, pero ese no es su propósito. La amenaza es suficiente para que a las mujeres les resulte más difícil elevar la posición sobre las murallas y tomarse el tiempo para apuntar, para poder alinear el arco, antes de que una flecha o una piedra arrojada desde abajo vuele demasiado cerca de su cráneo.

Por ende, sus disparos salen demasiado rápido, demasiado pronto y las flechas se abren demasiado.

Por ende, desde todas direcciones, los rebeldes avanzan.

Pólibus está encogido como un cuervo avejentado detrás de los hombres que avanzan pero Eupites se yergue rígido, con la espalda recta. Siento el contacto de Ares sobre él, veo la sangre en sus ojos, la espada en su costado. Él quiere ser el que mate a Telémaco. No le importa si Telémaco fue subyugado y capturado, si lo ataron, lo desnudaron y lo trajeron sangrando ante él. De todas formas quiere dar el golpe de muerte mientras Ulises mira. Quiere ver si alguien más puede entender el dolor que lo atraviesa. Quiere saber que no está loco, que lo que siente también lo puede sentir otra persona, que no está solo.

Las mujeres comienzan lanzando flechas desde la muralla y, a medida que el ariete se acerca, piedras.

Priene se pasea por entre ellas vociferando, diciendo a cada arquera que recuerde lo que aprendió, que busque su blanco, que se relaje al soltar la flecha. Las mujeres arrojan antorchas encendidas mientras el ariete se acerca a la puerta, intentando encender la madera bajo la cual se refugian sus atacantes.

Gaios predijo esto y ordenó colocar cueros mojados por encima, lo que extingue las llamas. Pero las mujeres siguen arrojando, exhortadas por Priene, mientras, a los costados, las mejores arqueras apuntan hacia los hombres que se acurrucan debajo del techo humeante del ariete y comienzan a moverlo de atrás adelante contra la puerta.

El primer hombre en morir es un mercenario de Patras. Solo se sumó a esta pelea porque Eupites prometió buen oro y parecía una victoria fácil. Lo mata una flecha disparada desde el arco de Sémele y su cuerpo es apartado de inmediato por un hombre con quien bebió agua y vino hace no más de tres horas, y a quien juró que era el mejor sujeto que había conocido, y que ahora toma su lugar en el ariete. El siguiente hombre en morir es un hondero, que conocía un poco a Eurímaco y le parecía un buen tipo teniendo en cuenta el bajísimo estándar de las islas, y ha venido a esta batalla más que nada por el hecho de que a sus colegas parecía importarles y sintió que no podía decepcionarlos. Cae antes de que pueda lanzar su primera piedra y tarda un tiempo en morir, desangrándose en un torrente escarlata que le brota de la barriga desgarrada.

Otras heridas aparecen, de espinas de la madera a raspones de las piedras. La primera de las mujeres en morir es Eunice, cuyo padre fue uno de los hombres que murieron por una espada cicónea tras rehusarse a soltar a la mujer a la que arrastraba semidesnuda hacia los barcos itacenses. Eunice no conoció a su padre y Ulises tampoco puede recordar su nombre. A ella la alcanza una flecha disparada por un hombre que amaba a Anfínomo, que lo consideraba un buen hombre, un hombre que habría sido un rey digno y que se habría horrorizado de estar luchando contra mujeres y muchachas; qué tiempos extraños son estos.

Las mujeres de la muralla no dejan de disparar cuando cae Eunice.

No miran su cuerpo, no dicen su nombre.

Hacerlo las quebraría y ahora no es el momento de quebrarse, así que no lo hacen.

En cambio, Autónoe y Anaitis se apresuran a llegar junto a la muchacha y, al ver el ángulo de la cabeza, la flecha que le atraviesa el pecho, retiran el astil, le cierran los ojos, cargan su cuerpo al interior de la casa, susurran una plegaria y regresan al patio para entregar más antorchas encendidas a las mujeres de la muralla.

El techo del ariete está comenzando a arder; los cueros mojados comienzan a retorcerse y a carbonizarse cuando por fin el fuego que se le arroja comienza a prender. Pero no es suficiente, no es suficiente. El ariete golpea una y otra y otra vez contra la puerta, rebota y parte maderas. Laertes pide ayuda y Telémaco y tres de sus hombres apoyan el hombro contra la barricada de muebles y escombros apilados del lado de adentro. Qué extraño, piensa Telémaco, encontrarse allí abajo intentando sostener la puerta en lugar de seguir sobre la muralla arrojando piedras. Decide que, en el caso de que sobreviva, él también aprenderá a usar el arco.

Ulises elige un blanco y dispara desde las murallas.

Cae otro hondero, luego otro, una tercera flecha se clava en un escudo levantado para bloquearla, una cuarta roza un tablón en movimiento y pasa por al lado del hombro que Ulises había querido atravesar; le quedan cinco flechas. Mira a las mujeres que tiene a su alrededor, algunas aún tienen una docena de astiles sobresaliendo de su carcaj, a otras solo les quedan tres o cuatro, y están intentando enfocarse en arrojar rocas y leños encendidos a medida que el enemigo se acerca. A su izquierda, Teodora arroja otra antorcha y se oculta en el momento en que una piedra enemiga pasa junto a su oreja. Debajo, Ulises ve a su esposa corriendo hacia la barricada cada vez más endeble, la ve apoyar el hombro contra ella junto a Laertes y sabe que, esta vez, la puerta no resistirá.

Priene también lo sabe, pues ya se encuentra en el patio reuniendo a las mujeres que no tienen arco o que ya usaron todas sus flechas, acomodándolas en formación de falange ante la madera astillada. Logra formar dos hileras de mujeres, siete en cada una, con lanzas de caza alzadas entre ellas.

—¡Si un hombre sujeta el astil de tu lanza, tu hermana apuñalará a ese hombre! —vocifera—. ¡No los dejéis sujetar! ¡No los dejéis acercarse!

No es el discurso más inspirador que Ulises haya oído pero es muy directo.

La puerta se estremece y algo se raja en su interior; un fragmento de mueble cae rodando y toda la estructura comienza a torcerse. Del ariete brotan humo y fuego; demasiado tarde. Ulises se desliza por detrás de Teodora mientras ella apunta con el arco, oye el jadeo de una mujer alcanzada por una piedra, que ahora se encuentra sentada al borde de la muralla con las piernas colgando y sangre en los labios. Baja al patio y se suma a la hilera de mujeres formadas junto a la puerta, se coloca a su lado con una flecha en la cuerda, grita:

—¡Penélope! ¡La puerta está al caer!

Se le ocurre que esta es la primera vez que dice el nombre de su esposa y que ella ha respondido como si eso fuera de alguna manera… natural. Penélope y Laertes se apresuran a apartarse de la barricada en el momento en que una embestida del ariete, ahora en llamas, la desparrama por el suelo. Telémaco corre hacia atrás y casi es aplastado por los maderos partidos de la puerta, que se abre de par en par en una lluvia de astillas y bisagras rotas, lo que revela unos rostros ennegrecidos por el humo y unas lanzas brillantes del otro lado.

Pese a que la barricada no logró mantener cerrada la puerta, al menos ralentiza a los hombres que intentan meterse en la granja. Ulises puede tomarse el tiempo con sus disparos; elige al guerrero que lleva la delantera y le lanza una flecha que atraviesa peto y hueso. Su cadáver es un obstáculo más que debe ser quitado, otra cosa más que debe hacerse a un lado antes de que los atacantes puedan llegar al patio. Ulises mata al hombre que toma su lugar y al siguiente, al siguiente, pero pese a los cuerpos que está añadiendo al bloqueo, el hueco creado por la puerta rota se va ensanchando, por lo que ahora más de un hombre, dos, tres, pueden comenzar a abrirse paso por entre la pila de madera rota que se interpone entre ellos y el patio.

Ulises tantea el carcaj que lleva en la cadera y sabe que ya no tiene más flechas. Por lo tanto, mientras las mujeres avanzan para llenar la boca de la entrada, estocando con sus lanzas para formar una nueva pared que obstruya a los atacantes, él se sitúa del lado izquierdo de la posición de ellas, espada en mano, con la intención de cortar cualquier mano, dedo o rodilla que se le acerque. Priene está del otro lado con una espada en cada mano. Las hileras de mujeres tienen el ancho suficiente para llenar el hueco y por un momento esta es toda la batalla que puede librarse: las lanzas de los atacantes se mueven con torpeza y rebotan contra las armas de las mujeres reunidas, mientras cada bando intenta alejarse algunos pasos del otro.

El ariete encendido ahora se está convirtiendo en un problema para los atacantes, un obstáculo que limita el número de soldados que pueden meterse por el boquete que ha abierto. Los hombres intentan retirarlo para crear una abertura un poco más ancha por donde puedan pasar los soldados, pero el humo acre les hace llorar los ojos y les atora los pulmones, llena la entrada con una masa irritante y sofocante que dificulta ver, pelear.

Otra mujer cae y otro hombre.

Ninguno de ellos había matado antes.

Vinieron aquí porque no vieron otra alternativa. Buscaron y buscaron, pero no tuvieron la sabiduría suficiente, el mundo en que vivían no tuvo la sabiduría suficiente y ahora aquí están, muriendo en combate.

Los atajo cuando caen y les susurro en el corazón:

"Peleaste bien. Tu muerte tuvo sentido".

Esto es todo lo que mi corazón helado puede darles.

Artemisa afirma la mano de arco de Mirene que apunta a un arquero situado en el campo de abajo y le susurra "Se lo llevarán los cuervos". La mujer suelta la flecha y otro hombre muere. Echo una mirada hacia el ariete en llamas, ahora completamente encendido, y por un momento diviso a Ares a su lado, con el rostro inclinado hacia arriba, bañado en fuego, con la lengua afuera como si quisiera beberse los fragmentos que caen y las chispas ardientes. No ha venido por Ítaca ni por las islas occidentales, ni por Ulises, ni por el futuro de ningún reino. No le importa que las mujeres peleen o que los hombre peleen, quién vive o quién muere. Está aquí solo porque algo arde y le encanta el fuego. Sujeto el brazo de una lancera que está a punto de vacilar, le separo un poco los pies, le bajo un poco el peso a las caderas, le grito "¡De pie!", pero cuando vuelvo a mirar, Ares ya desapareció con su copa llena de alaridos de los moribundos y el hedor de la llama.

Los rebeldes verdaderamente intentan sujetar las lanzas de las mujeres a las que se enfrentan. Las mujeres no están acostumbradas a luchar así, manteniendo una línea en un espacio reducido, resistiéndose en lugar de disparar y correr. Les lleva un momento recordar las enseñanzas que les impartió Priene, cuidar las armas de las demás, cortar a cualquier hombre que intente tocar el astil de una hermana. Teodora también bajó de la muralla, se encuentra apretujada entre los hombros de las mujeres con el arco abierto, buscando un blanco en este espacio reducido, sofocante.

—¡Manteneos juntas! —brama Priene alentándolas—. ¡Manteneos juntas!

Ahora Penélope está arrodillada sobre la muralla, junto a una mujer a la que le brota sangre de un tajo que le hizo una piedra en el cráneo. Autónoe y Anaitis se llevan a otra al refugio de la casa; Mirene mira a su alrededor en busca de más piedras que pueda soltar sobre los atacantes. Sémele tantea el carcaj en busca de flechas y descubre que las disparó todas salvo una, y por un momento eso parece paralizarla más que si no le quedara ninguna. Grito a Artemisa, sorprendida de oírme vociferar por sobre el clamor de la batalla y el crepitar de las llamas.

—¡Mata a su capitán!

Ella me mira desde lo alto de la muralla, asiente con la cabeza y otea el campo de batalla. Sus ojos agudos divisan de inmediato a Gaios y susurra a Sémele al oído. La anciana se vuelve, busca la figura distante, levanta su última flecha, la coloca en la cuerda, apunta.

No es la voluntad de Ares ni el capricho de ningún dios que la piedra encuentre a Sémele. Tampoco la golpea particularmente fuerte pero ella es vieja y debajo de los años de buscar agua y de cargar madera, hay partes de ella que se han vuelto enjutas, delgadas. Oigo el crujido del hueso por debajo de su piel arrugada por el sol, el leve grito ahogado que brota de sus labios. Artemisa la ataja antes de que pueda caer de la muralla, la baja con cuidado protegiéndole la cabeza de otro disparo. Mirene comienza a levantar la mirada pero se la desvío antes de que pueda ver a su madre jadeando sobre la muralla, en cambio, sujeto la muñeca de Autónoe y la envío hacia la viuda caída.

—¡Anaitis! —grita la criada y ambas se apresuran a llegar a Sémele. Sin embargo Artemisa ya está moviendo la cabeza. No le gusta que los animales sufran; cierra los ojos a Sémele, le besa la frente y le apoya el arco en el pecho, con la flecha aún colocada en la cuerda.

Debajo la entrada está casi envuelta por completo en llamas. Siento que mis labios se curvan en una mueca; una rabia indecorosa que jamás permitiría que mi hermano viera y me extiendo hacia mi campeona.

Priene.

Ulises me ha servido bien en muchas ocasiones, de muchas maneras, pero necesito que viva.

Quiero que viva.

Perdonadme.

En cambio, voy hacia la derecha de la línea de lanzas, me bajo el casco en la frente y levanto mi escudo.

—¡Tabiti, Tabiti, señora de la llama! —vocifero en la lengua del pueblo de Priene—. ¡*Hvarnah, vahagn*; gloria y guerra!

La línea de lanzas vacila. Los hombros se cansan, los brazos tiemblan y la línea comienza a quebrarse.

Y por primera y última vez, Priene me ve.

Me *ve*.

—¡Sangre y victoria! —bramo, y cuando lo hago, la propia Priene eleva la voz y ruge como un león. La empujo hacia la barricada rota, la llevo más allá de la hilera tambaleante de lanzas de sus mujeres, le abro el camino con un resoplido de mi aliento enfurecido, y cuando ella salta hacia la batalla, oigo a Teodora gritar por su capitana, oigo a sus mujeres gritar por su líder, pero lo hago todo a un lado.

—¡Por el fuego eterno! —vocifero, y coloco mi hombro junto al de Priene mientras ella aparta la primera lanza de su enemigo—. ¡Por la madre de la tierra! —exclamo mientras se mete dentro de la guardia de un rebelde y le introduce la espada por la mandíbula—. ¡Por nuestras hermanas! —Esquiva el golpe de un escudo pequeño y le hace un tajo en el dorso al brazo que se habría atrevido a propinarle una paliza—. *¡Por la reina!*

El grito de guerra de Priene es el rugido del lobo por la llanura infinita de la medianoche.

Es el chillido del águila al caer del cielo.

Es el crujido de Troya cuando se desmoronan sus grandes torres.

Siento que sus dioses se mueven a su alrededor; incluso aquí, tan lejos de su hogar, siento que sus corazones laten un poco más rápido ante el llamado de su hija, que sus llamas se estremecen en los extremos de mi dominio. Desvío una lanza sin mirar, retrocedo un paso para dejarlos entrar.

Vienen del este, la señora del río ardiente y el padre del caballo a la carrera, la madre de la tierra sagrada y el padre del rebaño; ahora giran en torno a Priene tal como alguna vez elevaron sus voces por otra guerrera de su clase, por Pentesilea cuando cruzó espadas con Aquiles. Giran el filo de su espada para bloquear un ataque que le habría partido el cráneo en dos; le afirman los pies cuando ella está a punto de caer; le hacen recuperar el aliento antes de que pueda perderlo todo en un jadeo; hacen tropezar al hombre que busca atravesarle la barriga con su lanza. Lucho con ellos, sumo mi espada a las suyas, grito a las mujeres que quedaron detrás:

—¡Avanzad! ¡Avanzad ahora!

—¡Avanzad! —brama Ulises—. ¡Avanzad!

Las mujeres avanzan con sus lanzas, un paso y luego otro. Priene ahora se mueve delante de ellas, casi atraviesa la puerta y las llamas del ariete mientras deja un sendero de sangre a su paso. No oye a Teodora que le grita que regrese. No oye a Anaitis que le grita que los hombres se han quebrado, que están huyendo de ella, que es suficiente, ¡suficiente, basta por favor! Sus dioses están hambrientos de la sangre que ella derrama y, por un momento, yo también.

El objetivo de Priene no es matar. Mata para que sus mujeres puedan vivir. Ares no tiene poder; está disminuido, es pequeñísimo ante el poderío de ella. Levanto mi espada a modo de saludo mientras otro hombre cae ante ella, uno mi voz a su grito de batalla a la vez que los rebeldes comienzan a vacilar, a quebrarse, a retroceder de este torbellino del este.

—¡Hermanas, mis hermanas! —grito, y "hermanas, mis hermanas" susurra el viento mientras Priene resplandece y los hombres caen, los hombres giran sobre sus talones, los hombres comienzan a huir.

Ella siente la espada perdida que la alcanza entre las costillas, pero piensa que solo es un rasguño.

Solo es un rasguño.

Continúa enfurecida un momento más, casi un minuto, hasta que se extiende para cercenar los tendones de un hombre que huye de ella, para cortarle la parte de atrás de las rodillas… y tropieza.

Se siente mareada.

Adolorida.

Siente algo líquido y extraño brotándole por los labios. Sus dioses la atajan antes de que pueda caer y un momento después Teodora está allí también, sosteniendo a Priene por debajo de los brazos mientras, a su alrededor, los rebeldes huyen. Las mujeres ya están saliendo por la puerta destrozada, tosiendo y escupiendo entre las llamas, apresurándose a recuperar las flechas que dispararon. Priene las entrenó bien, carroñeras entre los muertos; veo a Artemisa con ellas, señalando las flechas que no se rompieron de inmediato, señalando las armas que pueden llegar a reutilizarse, ordenando a aquellas que puedan oírla que recojan piedras que puedan volver a arrojar.

Laertes está en el interior de las ruinas de su puerta en llamas; tose, escupe y mueve la cabeza. Ulises observa al enemigo que retrocede. Teodora sostiene con fuerza a

Priene y no quiere llorar. Aquellas mujeres que están en el campo ahora han formado una ronda silenciosa alrededor de su capitana que jadea medio ciega, y sus mentes no están lo bastante tranquilas aún para entender, para ver. Penélope se arrodilla a su lado, le toma la mano ensangrentada. Priene no recuerda haber decidido acostarse en la tierra pero allí está.

—Madre tierra —susurra—. Padre cielo.

Los dioses del este ya se están retirando pero dejan detrás de ellos un sendero dorado en el cielo, un hilo que atraviesa las nubes. Si los miembros de mi familia lo detectan intentarán destruirlo, enfurecidos de que una deidad de otra tierra se atreva a marcar nuestro tapiz celestial. Yo los detendré. En esto no se atreverán a meterse conmigo.

—¿Priene? —susurra Teodora, apretándole con fuerza la mano. Está rodeada de los cuerpos de los muertos; Teodora tiene que arrodillarse sobre un brazo y vacila acerca de intentar quitarlo de allí para hacer más lugar para estar con su capitana—. ¿Priene?

La guerrera sonríe a su teniente, luego a su reina de pie detrás de ella. Piensa en algo importante que decir. Mira a los hombres asesinados a su alrededor. Sabe que fue ella quien lo hizo. Está satisfecha.

Siente por fin que unas palabras, extrañas y bienvenidas, se le introducen en el aliento.

"Estoy en casa".

Creman su cuerpo en las llamas del ariete arruinado que sigue ardiendo.

CAPÍTULO 45

No pueden reparar la entrada.

Llenan el hueco con cuanto escombro pueden, martillado todo junto hasta lograr una forma irregular y tosca. Soportará contra los hombros de los soldados. No durará más que un momento contra otro ariete.

Entonces cuentan sus muertos.

Entierran nueve mujeres, otras once están demasiado heridas para luchar.

Cuentan los cadáveres de los hombres que los asediaron y son más, muchos más pero no son suficientes ni de lejos.

En el campamento de Eupites y Pólibus, el primero brama:

—¡Están quebrados! ¡La puerta está destruida! ¡Vamos de nuevo!

Y Gaios le espeta:

—¡Atendemos a nuestros heridos y descansamos! ¡Mañana morirán con más facilidad que hoy!

Tiene toda la razón del mundo desde un punto de vista táctico. Eupites entiende entonces que Gaios no sabe lo que se siente haber perdido un hijo.

Ulises se encuentra ante los remanentes de la puerta. Su padre se sitúa a su lado.

—Muy bien —dice Laertes—. Ahora es el momento. Tu esposa, tu hijo. Tienen que bajar por la muralla de atrás y escabullirse en la oscuridad. Eupites y Pólibus tienen demasiados exploradores para sacar a todos, los detectarán y los perseguirán, pero si puedes montar una buena distracción, alguna vieja canción que desvíe la mirada, deberían poder escapar. Tu Penélope tiene una mujer, Ourania, que puede llevarlos hasta Cefalonia. Deja los suficientes de nosotros aquí para dar una buena imagen. Al menos nuestras muertes les brindarán algo de tiempo, la posibilidad de escapar.

—¿Tú no vas a huir? —pregunta Ulises.

Laertes resopla, un sonido húmedo y sonoro.

—¿A mi edad? No, gracias. Me cortaré las muñecas si considero que piensan darme una muerte lenta.

—Si estás seguro...

—¡Claro que estoy seguro! ¿Acaso crees que soy estúpido? Ahora bien, la distracción. ¿Alguna vez hiciste esa idiotez de hacer duelos uno contra uno cuando estabas en Troya? Sirve para dar un gran espectáculo delante de todos los otros *hé-ro-es*.

Laertes se toma su tiempo para decir "héroes". Conoció a varios; navegó con un grupo de ellos en el Argo. No tenía una gran opinión de ellos entonces. Su opinión ahora es aún peor.

—Me batí a duelo por la armadura de Aquiles tras su muerte —recuerda Ulises—. Pero fue, más que nada, una contienda intelectual contra Áyax.

—¿Áyax no es el muchacho que se volvió loco, mató unas cuantas ovejas y luego se suicidó?

—El mismo.

—No creo que ese sea el estándar de genialidad táctica con la que estamos lidiando ahora.

Ulises suspira.

—Iré a hablar con mi esposa.

Ulises habla con su esposa.

Penélope dice:

—Sí, creo que estoy de acuerdo con el análisis de tu padre. Yo, Anaitis, Telémaco...

Telémaco la interrumpe:

—Yo no me iré.

Penélope intenta decirle:

—Telémaco, es...

Poco importa lo que diga, su voz solo empeora las cosas.

—¡Yo me quedo aquí! No huiré como una especie de... perro cobarde.

—Tú necesitas vivir para vengarme a mí y a tu abuelo. —Ulises está pronunciando verdades tan sólidas como la montaña, tan necesarias como el aire—. No podrás hacerlo si estás muerto. Hay tres o cuatro mujeres que conocen bien el bosque. Te escabullirás con ellas antes del amanecer y...

—¡No os dejaré a ti y al abuelo a su muerte!

—¡Pues de nada nos sirves si estás muerto! —Ulises no grita, excepto cuando lo tienta la dulce canción de las sirenas. Es famoso por su carácter comedido y su paciencia estricta. Pero esta noche está tan cerca de la muerte como jamás lo ha estado, y de nuevo, *una vez más*, tiene que soportar a unos tercos obstinados que amenazan los pocos planes que tiene. Ha aprendido a esperar eso del soldado itacense promedio y, ciertamente, del rey griego promedio. Le resulta completamente intolerable tener que soportarlo de su propia familia.

—Yo iré de todas maneras. —Penélope es franca y terminante—. Si tú mueres, tendré que asegurarme que sea Orestes quien imparta justicia sobre estas islas. Es un rey joven y no es particularmente extraordinario, pero no elegirá a nadie demasiado salvaje para gobernar en su lugar.

—Dadas las circunstancias, que no sea demasiado salvaje parece ser lo máximo que se puede esperar—. Y me llevaré a Autónoe —agrega—. Puede que no abusen de una sacerdotisa de Artemisa, pero sin duda violarán a mi criada y a cualquier otra mujer que capturen con vida. Sé que no podrás defender la entrada durante mucho tiempo, pero por favor ten eso en mente cuando estés luchando.

Penélope ha llevado a sus mujeres a la muerte. Ahora lo sabe. No puede pensar en eso. Pensar en eso es demasiado doloroso, y jamás se lo perdonará.

"Eos, Melita, Melanto, Sémele, Priene...".

Se pregunta para qué fue todo esto y en verdad no tiene una respuesta concreta.

—No llegará eso. Padre, diles que no llegará eso —dice Telémaco.

—Sí, deberías llevarte a Autónoe —concuerda Ulises—. Por la mañana saldré al campo y me rendiré ante Pólibus y Eupites con la condición de que dejen ir a las mujeres.

—¿Qué? Padre, no puedes hacer eso, sería...

—¿Crees que puedes persuadirlos? —pregunta Penélope.

—Tal vez. Aquellas que sobrevivan deberían irse de Ítaca por un tiempo, buscar refugio en otro lado, y tampoco contaría con que el miedo a Artemisa proteja su templo una vez que Pólibus y Eupites hayan tenido un tiempo para reflexionar. Naturalmente matarán a mi padre y a mi hijo...

—Naturalmente —dice Laertes con voz cansada.

—... pero si Telémaco ya se fue, tal vez podamos engañarlos. Tal vez podríamos colocarle su armadura a uno de sus amigos y dejarlo a él y a mi padre junto a la puerta. Tal vez no presten demasiada atención, den por sentado que también los estoy entregando a ellos al rendirme.

—¡No me iré! —Telémaco chilla—. ¡No te abandonaré!

Todos los presentes se vuelven para mirarlo, parpadeando de perplejidad.

Nadie sabe muy bien cómo es que Telémaco llegó a ser así. ¿Realmente es tan imbécil el muchacho?

—No podéis obligarme —dice jadeando en voz más baja, con el aliento tembloroso—. Si tratáis de obligarme a irme, gritaré. Echaré abajo todo el bosque. Y moriré en la oscuridad junto con mi madre con la misma seguridad que si me hubiese quedado.

Laertes pone los ojos en blanco.

Ulises se pregunta si este es realmente el muchacho que él dejó atrás.

Penélope se pone de pie con las manos entrelazadas delante de ella. Ella no suele hablar cuando se encuentra en esta pose, pero ahora levanta la cabeza y mira a su hijo a los ojos.

—¿Es por esto que murió Priene? —pregunta—. ¿Eres *tú* realmente el motivo por el que han muerto tantas personas?

Telémaco se tambalea, intenta superar la expresión furibunda de su madre y desvía la mirada.

Ella mira a su hijo un momento más, un momento más que es el último, y luego le da la espalda.

—Buscaré refugio en Micenas. Si Orestes y Electra pueden traer a sus hombres a Ítaca antes que cualquier otro, las islas occidentales deberían estar a salvo. El pueblo no sufrirá demasiado. Padre... —Hace un gesto con la cabeza a Laertes, seguido de un momento para considerar una despedida apropiada. Mientras lo hace, Laertes se rasca un pequeño raspón de la muñeca, se quita la cascarita, la mastica, sonríe de oreja a oreja, espera. Penélope suspira—. Dadas las circunstancias, podrías haber resultado muchísimo peor.

Laertes le da una palmada en el hombro.

—Niña, no tienes ni puta idea de cómo celebrar una fiesta, pero estuviste muy bien como reina.

Ella se vuelve hacia Ulises.

—Cuando negocies por el salvoconducto para las mujeres no te preocupes porque no puedan quedarse con sus armas. Priene les enseñó a usar todas las hojas de la cocina, todos los cuchillos que se podrían usar para limpiar pescado. Se dispersarán, se volverán invisibles y tal vez algún día, si se las necesita, volverán a emerger.

—Lo tendré en mente.

Ella piensa por un momento más y luego agrega:

—Habría sido interesante volver a conocerte de nuevo esposo.

Él le hace una leve reverencia, quiere tomarle la mano pero no lo hace.

—Lo mismo digo, mi señora. Siento que... si las cosas hubieran sido diferentes... habría sido un honor escuchar tu historia.

Por fin, casi obligándose a hacerlo, Penélope se vuelve hacia Telémaco. Él no la mira. Tamborilea los dedos sobre la empuñadura de su espada, moviendo los labios hacia adentro y hacia afuera como si fuera a intentar masticarse el rostro.

—Telémaco. Te he fallado. Te mentí. Te decepcioné. Ódiame si quieres pero tú eres el hijo del rey y de la reina de Ítaca. Tienes un deber, no conmigo sino con estas islas: el deber de sobrevivir.

Quiere abrazarlo.

Apretarlo contra ella, gritarle y rogarle, caer de rodillas e implorarle, "vive, hijo mío, vive. Vive. Vive".

Lo considera por un momento, pero ¿de qué serviría? Tal vez cuando sea anciana pueda sentirse un poquito mejor por haber hecho todo lo que podía por salvar a su hijo, pero no es motivo suficiente dado que está condenado al fracaso. Solo sería una breve actuación que llevaría a cabo por su propio confort, por su propia autoestima, no sería algo verdadero. Así que Penélope se coloca una capa sucia de lodo en los hombros, se despide de su familia con un gesto de la cabeza, llama a Autónoe y a algunas mujeres del bosque a su lado, y en la hora más oscura de la noche sube a las murallas de la granja.

Ulises reúne a las mujeres que quedan junto a la puerta que conduce al campamento. Desprenden suficientes escombros como para abrir un pequeño pasadizo hacia el mundo exterior donde el ariete en llamas sigue lanzando chispas de calor, donde las cenizas de Priene aún arden sobre la tierra chamuscada. Portan antorchas para llamar la atención. Es Anaitis quien lidera las canciones. La sacerdotisa de Artemisa no aprendió ninguna de las canciones funerarias de la isla en su servicio a la divinidad (Artemisa no considera que la muerte sea nada extraordinario), pero sigue siendo una mujer de Ítaca. Las mujeres de Ítaca tienen una larga historia de dolor.

Elevan las voces y cantan.

Cantan sobre promesas rotas, sobre vidas perdidas.

Sobre viudas de luto.

Sobre esposas traicionadas.

Sobre hijas destinadas a morir a causa de un corazón roto.

Ulises y Telémaco no cantan. No conocen estas canciones. Los poetas de los reyes son todos hombres y cantan las canciones que les ordenan los hombres. No se considera apropiado que las mujeres y los esclavos compongan música. Eso podría dar la idea de que están llenas de alma, de dolor, de historia, como cualquier príncipe sentado en un trono de oro.

Los soldados escuchan en el campamento de Pólibus y Eupites.

Ellos tampoco han oído jamás estas canciones.

Qué extraño, piensan, que las mujeres tengan estos secretos en sus voces.

Artemisa está conmigo sobre la muralla. Tiene ceniza y sangre en el rostro, los nudillos blancos por la fuerza con que sujeta el arco. Echo un vistazo a los bosques que hay detrás de ella, veo la densa niebla en aumento y sé que es de ella.

—Gracias —le digo por fin, con la mirada puesta en las mujeres que cantan allí abajo.

—No estoy aquí por él —me espeta, mirando por un momento al silencioso Ulises—. Cuando esto termine me iré de estas islas.

—Lo entiendo.

—¿Valió la pena todo esto? —me pregunta con firmeza—. ¿Vale *él* la pena?

Pienso por un buen rato antes de responderle y, cuando lo hago, me vuelvo para mirar a mi hermana.

—No —le digo—. Él no vale la pena. Pero es la opción menos mala que pude ver hasta que este mundo cambie. Hasta que todo lo que hay en este mundo sea rehecho. La historia de él es todo lo que tengo.

Su mueca se intensifica pero ella no se aparta de mí, la niebla continúa intensificándose, rodeando las llamas, las murallas, las sombras huidizas de Autónoe y Penélope que se alejan en la oscuridad.

Siento la calidez de Artemisa a mi lado; respira lentamente, en silencio.

—He peleado... durante tanto tiempo —murmuro mientras la oscuridad nos rodea—. He hecho todo lo que podía para ser... *relevante*. Para lograr que el mundo se centre en los sabios, para lograr que la sabiduría sea más grande que la guerra. He fracasado. Los hombres luchan y mueren, ¿y por qué? Por la gloria, el poder, el desprecio y el orgullo, nada más. Dioses y reyes entretejen sus historias, y en sus historias es bueno morir por el orgullo de un hombre y agradecer por las cadenas que se colocan en torno al cuello de cada niño que nace siendo menos que un rey. Y pensé... si no podía ganar poder a través de la sabiduría, de la misericordia o de la justicia, entonces podía hacerme del poder de esta otra manera. Si me convertía en algo parecido a estos hombres de sangre y crueldad, tal vez eso fuera suficiente. Así que desterré de mi corazón toda esperanza de ternura, compasión, anhelo y bondad. Rechacé amistades por temor a ser herida, hice a un lado el amor por considerarlo un peligro, castigué a mujeres por las cosas que hacen los hombres, negué mi soledad y refuté mis miedos.

"Es veneno. Todo eso. Veneno. Y sigue sin ser suficiente. Soy demasiado cruel para que las mujeres me amen, demasiado sensible para que los hombres se dignen a respetarme. ¿Dónde me deja eso? Pues he caído tan bajo que para que los hombres rindan honor a mi nombre, a mi divinidad, debo convertirme en un complemento de la historia *de él*. —Señalo con mi lanza a Ulises, sin malicia ni elogio, sino como una simple verdad: un hombre en silencio entre las mujeres que cantan—. Mi poder debería haber roto el mundo, debería haber destruido los palacios, debería haberlos reconstruido a nuevo. No como una diosa con apariencia de hombre, sino como mujer, como fuerza de mujer, como arma de mujer, como sabiduría de mujer. Pero no pude hacerlo. En cambio, debo *intrigar*. Debo tomar otra forma, debo generar otra historia en la que los poetas lo alaben *a él*. Un simple hombre. Un pequeño mortal. Lo llamarán sabio. Cantarán *su* canción a lo largo de las eras. La historia de Ulises es el último gran poder que le queda a Atenea. Mencionarán el nombre de él y luego el mío. Ese es todo el poder que tengo.

Artemisa escucha.

Considera.

Mueve la cabeza.

—Si tu historia es más importante que ellas —señala con la barbilla a las mujeres que cantan debajo— entonces tu historia no vale una mierda.

Tras decir eso la señora del bosque parte hacia la noche que de inmediato la envuelve en su abrazo, mientras la niebla se eleva de la tierra huraña.

En la puerta de la granja: las mujeres cantan con las antorchas en alto.

En el campamento de Eupites y Pólibus: los hombres escuchan en silencio un sonido que jamás habían oído antes.

Los exploradores dispersos en torno a la granja también están escuchando, con la mente alejada de sus deberes, con la niebla fría contra la piel.

Penélope, Autónoe y tres damas del bosque se dejan caer por una cuerda de la granja de Laertes y en la negrura secreta se alejan a hurtadillas. No necesito molestarme con cubrirlas con mi divinidad pues Artemisa ya lo ha hecho con la suya, y la niebla aumenta hasta convertirse en un manto en la noche.

CAPÍTULO 46

Los hombres de Gaios ya están formados cuando amanece.

La puerta de la granja de Laertes está rota, apenas si se mantiene en pie. La tierra está desgarrada con sangre y flechas rotas. El humo de la pira funeraria sigue retorciéndose amargo por el aire de esta mañana gris. Las mujeres se encuentran sobre las murallas, con el carcaj en la cadera y el rostro manchado de ceniza.

Esta batalla será sangrienta pero no durará mucho.

Pólibus y Eupites se encuentran de brazos cruzados y con la cabeza erguida detrás de las filas irregulares de hombres. A Gaios le parece que Pólibus no ha comido por al menos tres días, y tampoco está seguro de haberlo visto beber algo. Puede que con Eupites sea lo mismo, pero a él lo alimenta algo más que el agua y la comida.

—Una última batalla —dice Gaios a sus soldados—. Una última…

Es interrumpido por un hombre de guardia que grita una advertencia.

Gaios se vuelve para ver el origen de tal distracción, lo que sea que motiva este grito.

Un hombre emerge por entre las ruinas de la entrada a la granja.

Es reconocible de inmediato. No es que Gaios conozca su rostro, ni la forma achaparrada de su figura peluda sino que, sencillamente, camina de un modo que es reconocible de inmediato, incluso a través de este condenado campo de batalla. Camina como un soldado, agotado ya desde antes del amanecer; de todas maneras, hay un orgullo en su andar del que no puede desprenderse.

Ulises, con la espada a su costado, sin casco sobre la cabeza, avanza arrastrando los pies hasta el límite de la distancia que un buen arquero alcanzaría desde la granja. Se encuentra solo. A sus espaldas, en la entrada, su padre y su hijo observan, ambos armados, fuera del alcance del oído de cualquier posible conferencia.

—Ese es Ulises —susurra Eupites—. ¡Es él! ¡Mátalo!

—¿Qué está haciendo? —pregunta Pólibus—. ¿Por qué se quedó parado allí?

—Quiere negociar —murmura Gaios, casi demasiado perplejo como para creerlo—. Quiere rendirse.

—¿Rendirse? Nada de eso —espeta Eupites—. ¡Sin piedad!

Gaios mira a los dos padres, luego a sus soldados formados. Se le ocurre que la mayoría de los hombres a los que mató cuando luchaba en Troya eran aquellos que ya habían soltado sus armas y se encontraban de rodillas en la tierra. Preguntó a su capitán, "¿qué hacemos con estos?". Y el capitán respondió: "mujeres y niños como esclavos. No podemos llevarnos al resto".

No era así como Gaios había pensado que se convertiría en héroe, pero después de todo lo vivido, ¿quién era él para decepcionar a sus camaradas?

—¡Mátalo! —Vocifera Eupites—. ¡Mátalo ahora!

—Tú y tú —ordena Gaios, señalando a dos de sus mejores soldados—. Venid conmigo. Los demás esperad mi orden.

—No puedes —dice Eupites furioso—. Te compramos, te compramos, él está… ¡Sin piedad!

Pero Gaios ya está atravesando la negra llanura en dirección a Ulises.

Hace un gesto a su escolta para que sus hombres se detengan a unos quince pasos de distancia. Se pregunta si puede hacer frente a la espada de Ulises durante el tiempo que les lleve a ellos llegar a él para salvarle la vida, en el caso de que esto salga mal. Su soldado interno no es tan idiota como para desear ponerlo a prueba, pero hay otra parte del alma de Gaios, la parte infectada por la poesía, la parte que ha oído las canciones entonadas por hombres de lengua sagaz, que se lo pregunta. Que ansía saber. ¿Cómo se sentiría ser el hombre que mató a Ulises?

En persona, sin la furia de la batalla sobre él, a Gaios le sorprende lo diminuto que se ve el viejo rey itacense. Tiene el cabello moteado de gris, los hombros caídos, la piel curtida por sal y arena. Su pose es un tanto encorvada, con los brazos flojos a los costados; parecen ser levemente más largos que lo normal, como si hubiesen crecido desproporcionadamente. No se ha lavado ni el humo ni la sangre, ni de su ropa ni de su piel. No porta oro sobre la cabeza ni en las muñecas. Hasta su espada parece de segunda mano, extraída del pecho de algún pobre sujeto.

Gaios se detiene fuera del alcance de una espada, pero a suficiente distancia para conversar.

—¿Cómo te llamas? —pregunta Ulises.

Como guerrero de Troya, Gaios se ha preguntado con frecuencia cómo se sentiría que un gran rey preguntara por él, que le prestara atención. Nunca sucedió, claro.

—Gaios.

—Gaios —repite Ulises, dándole vueltas al nombre en la boca, el hábito de un hombre proclive a olvidar el nombre de sus propios soldados y que sabe que no es una buena cualidad de un rey noble—. ¿Y he matado a tu hermano, Gaios? ¿A tu amigo?

A Gaios le lleva un momento entender, entonces menea la cabeza.

—No. No conocía en persona a ninguno de los pretendientes.

—Pero sirves a sus padres.

—He jurado hacerlo, sí.

—Y te tomas en serio ese juramento.

—Si te estás preguntando si soy una especie de pirata que puede ser comprado… sí, me lo tomo en serio. E incluso si yo fuera otra clase de hombre, no creo que cuentes con el oro para comprarme, rey de Ítaca.

—Tal vez sí, si fuera rey —responde Ulises con una sonrisa—. Honestamente, en medio de la conmoción no tuve oportunidad de revisar el tesoro.

—Yo sí —suelta Gaios con una leve llama de orgullo, la llama de algo que en las playas de Troya se mantuvo en silencio durante mucho tiempo—. Yo recorrí tu palacio una vez que te fuiste y revisé hasta el último rincón. No quedaba nada más que polvo y sangre.

—Mi esposa difícilmente oculte sus riquezas donde sean tan fáciles de encontrar, pero entiendo tu punto de vista. Este no es exactamente el regreso a casa que planeaba —admite el rey—. Tampoco me imaginé que tendría que defender a mi familia con un ejército de las elegidas de Artemisa desde las murallas sorpresivamente fortificadas de la granja de mi padre. Pero aquí estamos.

—Aquí estamos —concuerda Gaios—. ¿Tienes algo más para decir?

Ulises estira un poco el cuello y mira más allá de Gaios a los distantes Eupites, Pólibus.

—¿Debería estar hablando contigo o con tus amos? —pregunta.

—Lo único que quieren ellos es matarte —responde Gaios encogiéndose de hombros—. Esa es toda mi obligación. Si puedo matarte sin perder más hombres y tiempo, no veo por qué no debería hacerlo y considerar mi trabajo cumplido.

—¿Y tus hombres te obedecerán en caso de que lleguemos a algún acuerdo sobre eso? ¿Tienes esa clase de autoridad?

—¿Y tú? ¿Tus hombres siempre te obedecieron? ¿Te obedecen las mujeres? —pregunta Gaios inclinando la cabeza levemente hacia un lado, con las manos en las caderas, sorprendido de estar sintiendo curiosidad sobre este extraño, condenado rey.

Ulises considera la pregunta, se ríe. Es una risa más sonora que lo que Gaios considera que debería ser, carente por completo de humor.

—Por un tiempo confié en la autoridad que me conferían ser un capitán y un rey, pero cuando la guerra se extiende esas cosas pierden significado. Entonces dije a mis hombres que podían obedecerme y vivir, u oponérseme y morir. Dada la situación, tenía la esperanza de que eso alcanzara para obtener un grado de obediencia. Pero he tenido más sorpresas que las que estoy dispuesto a admitir. ¿Qué hay de ti? ¿Cuántos de tus hombres sobrevivirán si vuelves a arrojarte contra las murallas de mi padre?

—Suficientes —responde Gaios—. Suficientes para hacer una diferencia.

—Muy bien. Digamos, Gaios, que vuelves a atacar. La puerta de la granja de mi padre está destruida como puedes ver, pero las mujeres de las murallas matarán a más de la mitad de los tuyos antes de que capturéis la granja y yo personalmente me encargaré de buscarte a ti y solo a ti, y con mi último aliento te atravesaré la espalda con una espada. Creo que comprendes cuánta atención puedo poner a estas cosas. O podemos llegar a un acuerdo.

—Te escucho.

—Las mujeres se marchan de aquí y yo depongo la espada.

Gaios vuelve a mirar hacia la granja, hacia las cazadoras que esperan sobre las murallas, y vuelve a mirar a Ulises.

—¿Y tu familia?

—Mi padre ya ha prometido cortarse sus propias muñecas antes que soportar la indignidad de lo que sea que tus amos han planeado para él. Es una pena, solían ser amigos.

—¿Y tu hijo?

—Mi hijo… Creo que él se sentirá dispuesto a pelear. No puedo hacer nada al respecto. Hice lo que podía para persuadirlo de que huyera, de que salvara su propia vida y organizara una rebelión en mi nombre, pero parece oponerse por completo a la idea. Creo que ha sido criado siguiendo cierta clase de historia. Cierta clase de concepto de lo que supone ser un hombre. Tú lo entiendes, ¿verdad?

Gaios cree que tal vez sí lo entiende.

—Sin embargo —sigue diciendo Ulises— lo que pediría es que, cuando hayáis arrinconado a Telémaco y estéis a punto de capturarlo pese a sus más valerosos esfuerzos, lo matéis deprisa. Sin duda tus empleadores querrán llevar a cabo algo horroroso conmigo, entiendo que probablemente tengan ciertos sentimientos sobre eso, pero mi hijo… Mi hijo no ha… no merece, creo, ser parte de mi estupidez. Después de todo fui yo quien decidió matar a los pretendientes. Asumo toda la culpa. No puedo obligarte a hacer esto, pero te pediría, como una de las condiciones de mi rendición, que cuando tengas la oportunidad de dar una muerte rápida a mi hijo, que la aproveches como guerrero.

—Creo que lo entiendo. Estás pidiendo mucho para ser un hombre que ha perdido.

—Un hombre que, cuando pierda, hará que tus hombres lo paguen y que lo paguen muy caro.

—Estoy dispuesto a considerar tus términos.

—Te exigiría que lo jures.

—Las mujeres, si les permito que se vayan, sus armas…

—Las abandonarán. Les darás un poco de tiempo para dispersarse y jamás volverás a oír hablar de ellas. Ellas volverán a ser lo que son: viudas y criadas solteras que tejen telas, que cuidan sus rebaños, que trabajan la arcilla y recogen agua del arroyo. Nunca las buscarás, no conocerás sus nombres y ellas no te traerán problemas.

—¿Y tu esposa?

—Ella se retirará a un templo y jamás volverá a poner pie en Ítaca. Su nombre perderá todo significado cuando yo esté muerto, creo que ambos entendemos eso.

—Siempre quedan aquellos que quieren venganza.

—Vas a matar a un rey —responde Ulises simplemente—. Y a su padre, y a su hijo. ¿Acaso no es sangre suficiente?

Ares susurra que no.

No. No es suficiente, no es suficiente, ¡jamás es suficiente! ¡Toma y toma, brama y enfurécete porque quieres que todo tenga un sentido, todo debe significar algo, debe haber sido por algo y como no puede ser por nada bueno, que sea por poder, que sea por la furia, que sea por el dominio de los fuertes por sobre los débiles, poder, *poder*, *PODER*!

Lo veo en los ojos de Gaios. Las palabras de mi hermano calan hondo; muy hondo. No puedo chasquear los dedos y arrancárselas. Pero allí hay una cosa más; una cosa que se ha enterrado incluso más profundo que todo el poder de los dioses. Casi me río al verla, al oír su murmullo en el alma de Gaios.

Allí hay una *historia*.

Gaios no sabe bien dónde la oyó, qué poeta fue el que cantó sobre algo más que la espada del tirano y las infinitas mareas de sangre. Pero en algún lado se deslizó en su consciencia y desde entonces ha estado enterrándose cada vez más. Otra clase de héroe. Otra forma de ser un hombre.

—Muy bien —dice Gaios—. Las mujeres dejan sus armas y pueden retirarse. ¿Y los hombres?

—Apenas si queda alguno en pie —responde Ulises—. Solicitaría que trates bien a aquellos a los que captures.

—No puedo prometerlo pero creo que tú lo sabes.

Ulises sonríe.

—¿Bajo el mando de quién estabas, Gaios? En Troya. ¿Quién era tu capitán?

—Diomedes.

—Ah. Por supuesto.

—Él y tú a veces erais amigos, ¿no?

—Y a veces también éramos rivales. Con Diomedes un poco de ambas cosas solía ser la mezcla más productiva. ¿Recibiste una buena recompensa por el tiempo que estuviste en Troya?

—No.

—No. Me imagino que no. Si mi esposa estuviera aquí te preguntaría si volcaste tu rabia sobre las mujeres. Ella no entiende... algunas cosas. Por muy bien que contemos las historias, dudo que en verdad vayamos a contar la verdad a sus oyentes. Sabes de qué hablo, ¿no? Mi hijo no lo sabe.

—¿Has dicho a tus hombres que los mataremos si te rindes? —pregunta Gaios, y su mirada vuelve a posarse sobre la puerta abierta de la granja.

—No. ¿Crees que debería hacerlo?

—Sí.

—Si no te molesta esperar puedo ir ahora...

Gaios levanta una mano, casi como una disculpa, para detener al itacense.

—No puedo evitar preguntarme si esto no es una especie de trampa —dice pensativo—. Todos dicen que Ulises es el embustero más grande. Yo mismo he visto pruebas de ello.

—Me encantaría que esto fuera una jugarreta —dice Ulises suspirando—, en verdad me encantaría. Pero como puedes ver esto es todo lo que queda al final de mi travesía, qué decepción resultó ser.

Gaios mira la granja una vez más y luego al rey. En verdad parece todo muy simple y no sabe a qué conclusión llegar.

—Muy bien —dice por fin—. Dame tu espada y las mujeres quedan libres.

—¿Y mi hijo? Te agradecería ese juramento en nombre de la sagrada Atenea de que si ves la oportunidad de matarlo rápido, la aprovecharás. Me rehúso a que tenga que padecer vergüenza y sufrimiento en la venganza de Pólibus y Eupites.

—Lo juro. —La voz de Gaios es firme, honesta, verdadera—. En el nombre de Atenea y de todos los dioses del Olimpo.

—Gracias. —Ulises suspira y su aliento brota con una nota de alivio. Desenvaina la espada con su mano izquierda, con cierta torpeza, con la punta hacia el suelo. La sostiene por un momento, parece casi sorprendido por su peso, no recuerda bien a qué cadáver le quitó el arma. Gira la empuñadura hacia Gaios.

El capitán rebelde vacila por un momento, avanza un paso, vuelve a vacilar. Espera el ataque, la traición. No ve nada de eso. Pero de todas maneras, la historia... ¡la historia! Allí también está la historia de Ulises, ese otro gusano que se retuerce por su mente. Mira los ojos cansados del rey, su sonrisa paciente y vacía, y de todas maneras, antes de dar otro paso, hace un gesto a sus dos tenientes para que se acerquen y permanezcan a su lado y por fin sujeta la empuñadura ofrecida.

Se oye un aullido desde la granja de Laertes.

Es lo bastante leve desde donde se encuentran Gaios y Ulises, para que ambos puedan fingir que se lo imaginaron. Sin duda hacen todo lo posible por ignorarlo. Gaios ofrece a Ulises la deferencia de no mirar fijamente por el hombro del rey hacia el lugar donde su hijo ahora cae de rodillas, con la mano de Laertes apoyada en el hombro, reteniendo al joven príncipe en su horror y desesperación. Las mujeres ya están bajando de las murallas y se forman, listas para salir.

—Pues bien —murmura Ulises, mientras los gritos de su desdichado hijo se convierten en sollozos—, creo que nuestro asunto está concluido.

—Así es —coincide Gaios—. Si lo deseas podemos esperar aquí hasta que las mujeres hayan huido.

—Te lo agradecería. ¿Serías tan amable de ordenar a tus hombres que no avancen mientras ellas se meten en el bosque?

Gaios hace un gesto con la cabeza a uno de sus tenientes, que corre de regreso a la formación. A su vez, Ulises levanta la mano vacía en dirección a la granja. Teodora responde levantando su palma. Aún sostiene el arco, tiene uno de los cuchillos de Priene oculto debajo de la túnica, el otro en la cadera. Nadie le quitará esas armas, ni siquiera un rey.

Las mujeres no salen en ningún orden en particular. Más bien se abren camino en pequeños grupos; algunas corren hacia el bosque, otras caminan lenta, firmemente, con la cabeza erguida y los hombros echados hacia atrás, hacia el sol naciente. Mirene, con el cuerpo de su madre enterrado en la tierra que está dejando atrás. Anaitis, con la mirada fija en los hombres que la observan, como si no pudiera creerlo del todo. Otonia, con una chuchería de plata entre los brazos, un regalo de despedida de su amo. Para cuando ellas dejan atrás la puerta destruida de la granja, la mitad de las mujeres ya han desaparecido en el bosque, como el zorro por delante del perro de caza. Teodora espera junto a la puerta hasta que haya salido la última de las mujeres, luego deja su arco y camina hasta los árboles sin mirar atrás.

Solo quedan Telémaco, Laertes y sus hombres esperando el final. Telémaco jadea, de rodillas, con la espada en la mano. Laertes vuelve a darle palmaditas suaves en el hombro, levanta la cabeza, hace un gesto a su hijo, se vuelve para despedirse de su casa, de sus cerdos, pues les tiene mucho cariño a esas criaturas, resoplidos y todo.

Ulises deja escapar un suspiro tembloroso y da la espalda al lugar.

—Capitán —le dice—. Tu trabajo aquí ha terminado.

Gaios asiente con la cabeza, hace un gesto en dirección a la línea de hombres de bronce, a los padres de los hijos asesinados. Conduce a Ulises hacia ellos.

CAPÍTULO 47

Pólibus espeta:

—¿No lo has atado?

Ulises parece satisfecho de que su leyenda sea tan grande que incluso cuando está rodeado por más de cincuenta hombres armados hasta los dientes, aún evite unas ligaduras. Gaios suspira, ordena que se traiga cuerda, revisa él mismo los nudos mientras atan las manos a Ulises, lo empuja para que caiga de rodillas a los pies de los padres.

Eupites pasa la mirada del rey a la granja donde Telémaco aún se encuentra de rodillas sobre el suelo ensangrentado. Dice:

—¿Y el muchacho?

—Iremos a buscarlo —dice Gaios suspirando—. Y también al abuelo.

—Bien. Tráelos aquí.

Ulises mira a Gaios y Gaios asiente con la cabeza; recordará su juramento.

"Mi preciado", le susurro al oído. Ares te quiere para él pero eres mío". Gaios ya escogió treinta hombres para la tarea de capturar la granja. No necesita más contra tan pocos, sobre todo porque ya están quebrados. Él mismo irá a la cabeza. Hará todo lo posible por asegurarse de que Telémaco no sobreviva.

Mientras este pequeño grupo de conquistadores comienza a reunirse, Eupites se queda mirando a Ulises.

No sabe bien qué hacer ahora que llegó su momento. Jamás ha torturado a un hombre hasta la muerte; al menos no físicamente. Tenía la esperanza de que otros lo hicieran por él y eso había dado por sentado. Esperaba que eso lo hiciera sentir mejor. Cierra los ojos, intenta imaginarse el rostro de Antínoo, intenta oír la voz de su hijo.

Un momento; Antínoo, hecho un ovillo en el suelo delante del puño de su padre, llorando pese a que ya era un adulto.

Esa no es la imagen que quiere Eupites. La mueca se le intensifica, vuelve a intentarlo.

"Antínoo", reza. "Antínoo. Encontré a tu asesino. Lo puse de rodillas. Sin duda ahora estarás conmigo de algún modo que no me dé vergüenza. Que no sienta culpa. ¿Verdad?

—Eupites, Pólibus —dice Ulises, que está disminuido, aún se oye la voz de un rey en su tono firme—. Yo os recuerdo. Fuisteis amigos de mi padre alguna vez.

¿Lo fueron? Eupites se lo pregunta.

Claro que recuerda a un joven, al hombre que él solía ser, riéndose con un fantasma que era Laertes, pero ya están muertos todos ellos. Lentamente, a través de años de veneno y dolor, la juventud que tenían se marchitó, y también las esperanzas que mantenían y los sueños con los que volaban, hasta que lo único que quedó de sus vidas fue esto. Solo esto, para siempre, por toda la eternidad, atorado en un momento de remordimiento infinito.

Otro pensamiento. Si Eupites piensa en el dolor, recuerda un rostro en particular que fue la causa de que el dolor se fuera acumulando durante tantos años, un nombre que de otra manera podría olvidar...

—¿Dónde está Penélope? —vocifera—. ¿Dónde está la esposa de este hombre?

—Se fue con las mujeres —responde Gaios, con firmeza y claridad—. Ya se fue.

—¡Comenzará una rebelión! ¡Reunirá más… más de sus mujeres! ¡Es astuta, es…!

—Estáis a punto de matar a su esposo, a su suegro, a su hijo —responde Gaios con rigidez—. ¿Acaso piensas que seguirá siendo astuta después de eso?

Eupites abre la boca para chillar que sí, "sí, ¡tú no la conoces!", pero sus palabras mueren ante la mirada de Gaios. Eupites piensa que allí hay algo que no puede entender, que no quiere saber. Así que aparta la vista.

Para sorpresa de todos, es Pólibus quien intenta estrangular al rey itacense.

Se ha mantenido en silencio todo este tiempo, mientras los soldados se reúnen y los hombres hablan, temblando, con la boca como de cuero, los dedos como plumas. Ahora, como si la paciencia silenciosa de Ulises fuera intolerable, se arroja sobre el itacense e intenta aporrearlo, sofocarlo hasta dejarlo sin vida. Su ataque se ve beneficiado por la desesperación, por el corazón roto y el alma hecha pedazos pero es un anciano débil. Algunos de los hombres de Gaios lo apartan de Ulises antes de que pueda sujetarle la garganta, aunque ni ellos mismos saben bien por qué se molestan.

—¡Eurímaco! —aúlla Pólibus—. ¡Eurímaco! ¡Su nombre era Eurímaco!

Están esas palabras, esas palabras extrañas que Ulises aún no domina del todo ("lo lamento") que tal vez podría pronunciar. Pero no. Aún son demasiado nuevas y no quiere mancillarlas ahora, desperdiciarlas con unos hombres que son sus enemigos, con aquellos a los que no considera dignos del peso de esas palabras, por lo que no lo hará. En cambio, toma una bocanada de aire temblorosa, gira los hombros, el cuello, cambia un poco la posición sobre las rodillas buscando entre los dolores nuevos y viejos para ver si Pólibus ha añadido algo al conjunto, y fija la mirada sobre nada en particular.

Es extraño, piensa, estar por fin en silencio. Dejar descansar a su voz, liberar su mente de toda estratagema. Pero no es desagradable.

Se pregunta por qué no lo intentó un poco más cuando tuvo la oportunidad.

—Tráenos al muchacho —grita Eupites—. Tráenos a Telémaco.

Gaios asiente con la cabeza, llama a sus hombres.

—Detrás de mí, hacia la entrada, formación cerrada, sin tambores.

"Sin tambores" es la orden dada y sin embargo no termina de ser expresada ya que por el campo de batalla resuena el sonido de madera contra piel.

A Gaios se le enciende el rostro de irritación, busca el origen del sonido.

De nuevo: ¡bum!

Y esta vez se le ocurre que el sonido no proviene de su campamento, ni siquiera de la granja. Más bien resuena desde un poco más allá, traído por el viento que ha girado ante la agradable luz del amanecer.

¡Bum!

Es un tambor de marcha que golpea a un ritmo de la realeza. No es un llamado a la batalla ni una orden de retroceder. Es más que eso y al mismo tiempo, menos: es una declaración de presencia. Una enunciación que exige atención de todos los presentes en la zona.

¡Bum!

Gaios mira a Ulises, quien, pese a estar atado, casi se encoge de hombros. El sonido lo ha dejado tan perplejo como a todos los demás.

—¿Qué es esto? —espeta Eupites—. ¿Más trucos?

—Formaos de frente al camino —responde Gaios, y cuando nadie se apresura a moverse, añade—: ¡Ahora!

Sus hombres giran, y Ulises intenta moverse en la tierra para espiar por entre las piernas de los soldados.

El tambor golpea, el tambor se acerca. En la granja de Laertes Telémaco ahora está de pie, espada en mano. Hasta Laertes vuelve a salir de su casa con la curiosidad arrollando sus instintos más sedentarios.

¡Bum, bum, bum!

El sonido del tambor resuena por la curvatura de la tierra tosca y devastada, y también se oyen otros sonidos; pies sobre la tierra seca, tintineos metálicos, resoplidos de caballos, voces, el bramido solitario de un cuerno.

Ven el polvo antes de divisar a alguien; gris y seco, elevándose del disturbio que ahora golpea la tierra y sacude el cielo. Un par de soldados puestos a custodiar el camino llegan corriendo, con el rostro acalorado, y susurran a Gaios al oído. El veterano se estremece pero no se encoge, da la orden:

—¡Manteneos firmes! ¡No desenvainéis!

Cuando el estandarte aparece sobre el borde de la colina sobre la que serpentea suavemente el camino, por un momento resulta deslumbrante. Un círculo dorado, engalanado con crin teñida. Sobre el círculo hay un rostro de sonrisa pensativa y dos largos ojos ovalados, unas orejas enormes sobresalen de los lados del disco sobre el que ha sido grabada toda esa fisonomía. No se parece en nada al hombre cuya presencia se supone que representa, pero él está muerto y esa distinción no tiene importancia ahora. Gaios la reconoce primero, seguido de inmediato por todos los hombres de su compañía que lucharon en Troya.

Es el rostro de Agamenón, grabado en oro, portado por un soldado que lleva un casco con penacho, cuya armadura reluciente apenas si muestra marca alguna del polvo del camino. A continuación aparece una columna de hombres marchando de a tres en fondo, el cuerno de hueso y el tambor de piel de buey. Toda esa masa centelleante es precedida por seis figuras montadas en regios corceles.

Cuatro de estas seis figuras cabalgan por detrás de las otras dos, y podemos mencionar sus nombres: el anciano Medón, el hosco Egiptius, el orgulloso Peisenor, la astuta Ourania. Están ataviados con sus atuendos más elegantes, lo cual es una elección que sus criadas lamentarán cuando les toque limpiarlos tras todo este paseo por las colinas de Ítaca.

Delante de ellos cabalgan dos figuras cuyos atuendos son aún más elegantes. La túnica de Penélope fue un préstamo que provino de uno de los cofres de Ourania, le queda un poco suelta en el cuello y un tanto corta en las piernas, pero por ahora servirá. Junto a ella, la mujer que monta un caballo negro como la medianoche compensa esta característica con el oro y la plata que reluce con intensidad en sus dedos, en sus muñecas, en su cuello, en su cabeza. Su diadema es comedida, pero en Ítaca lo comedido sobrepasa la ornamentación de la más elegante de las multitudes. Suena el tambor, brama el cuerno. Ella es Electra, hija de Agamenón, hija de Clitemnestra, hermana de Orestes. Detrás de ella marchan doscientos hombres. Junto a ella cabalga la reina de Ítaca.

Micenas ha llegado.

Electra, de cabello negro como su madre y piel como la luna menguante, es menuda, con dedos y muñecas diminutos y delicados, que uno pensaría que podrían romperse si se los sujeta con demasiada fuerza. No se romperán. No lleva espada, aunque a veces se ha visto tentada de portar una en el costado, solo para ver lo que se siente. Tiene a su hermano para esas cosas y no necesita vestirse con los ornamentos de los hombres para saber cómo se siente el poder.

Los jinetes detienen sus caballos a unos cincuenta pasos de la línea de hombres de Gaios.

El tambor se queda en silencio.

El extremo puntiagudo del estandarte que lleva el rostro de Agamenón se clava en el suelo, de modo que su semblante aún puede mantenerse erguido, vigilándolo todo.

Electra espera sobre su caballo con Penélope a su lado y los hombres más sabios de Ítaca detrás de ella. No tiene prisa. Deja que sus hombres se sitúen detrás de ella, dos hileras que forman un extenso arco que de inmediato amenaza con rodear y aplastar a los hombres de Gaios. Cuando acaban ella desmonta con un leve gesto con la cabeza para sus acompañantes. Entrega las riendas de su caballo a un guerrero adornado con una capa escarlata, revisa brevemente que el oro que lleva en la frente no se haya corrido por el movimiento, se alisa el frente de la túnica y sostiene la mano de Penélope mientras la reina itacense desmonta.

Penélope sujeta los dedos ofrecidos.

Es una imagen fraternal por demás agradable, digna de ser pintada en un jarrón. Dos hermosas damas incorruptas que tal vez ahora podrían ponerse a recoger frutas o a servir vino, caminando juntas en perfecto compañerismo.

Mientras caminan, doscientos hombres armados avanzan detrás de ellas igualando su paso, una hilera de lanza y escudo como un risco reluciente a sus espaldas.

No hacen ningún reclamo, no lanzan ninguna advertencia ni gritos de batallas, ni se encogen al ver a los hombres harapientos dispuestos delante de ellas. Caminan serenas hacia Gaios como si no estuviera allí.

Gaios da la orden a sus hombres de que se aparten un momento antes de que ellos mismos se quebraran y echaran a correr por voluntad propia. Piensa que es mejor que lo vean ordenar la rendición que verse obligado porque sus propios soldados dejan caer sus lanzas.

—¡Guardia de honor! —logra vociferar en un momento de leve dominio de sí mismo.

Su voz resuena por el campo, y en el rostro de Electra se vislumbra el leve atisbo de una sonrisa. Los hombres se apresuran a formar dos nuevas líneas detrás de Pólibus y Eupites, adoptando una expresión que parece algo similar al respeto, con sus espadas categóricamente envainadas en sus caderas. El único fallo en este movimiento, que de lo contrario habría sido por demás excelente, es que revela aquello que sus cuerpos hasta entonces habían ocultado: el rey de Ítaca, atado y de rodillas.

Electra se detiene en el momento en que lo ve. Sujeta los dedos de su prima con fuerza, se vuelve levemente hacia Penélope y murmura:

—¿Ese es él?

—Sí —responde la reina, y una punzada de disgusto real le tuerce la comisura del labio—. Ese es Ulises.

La mano de Electra vuela de la de Penélope y un dedo se extiende en una línea furiosa hacia el rey, hacia sus captores.

—¡Liberadlo! ¡Ahora!

Nadie se apresura a obedecer. Si lo hicieran podría inferirse que eran cómplices en llevar a Ulises a ese lamentable estado. Electra no tiene demasiada altura para erguirse, pero de todas maneras lo intenta, y se hincha en su furia.

—¡Por todos los perros traidores! —brama—. ¡Si mi bendecido padre estuviera aquí, os dejaría colgados a todos como alimento para los cuervos! ¡Más os vale rezar que mi buena prima Penélope y me querido amigo Ulises sean siquiera la mitad de misericordioso que él!

Este discurso es suficiente para impulsar a algunos de los rebeldes más inteligentes, que ahora llegan a la conclusión de que la inacción puede llegar a resultarles potencialmente más costosa que el incómodo acto de liberar a Ulises de sus ligaduras. Tres corren hacia él de inmediato, casi se tropiezan entre sí, cortan las cuerdas, se empujan entre ellos en su entusiasmo por ayudarlo a ponerse de pie.

El rey itacense no conoce de vista a Electra pero conoce a la realeza, reconoce el estandarte de Agamenón y hace una conjetura fundamentada.

—Mi reina —murmura, haciéndole media reverencia a Penélope—. Mi señora. —Una reverencia aún más marcada a la princesa de Micenas.

—Mi señor Ulises —grita Electra como respuesta, y sus ojos apenas si se posan sobre su rostro mientras recorren todo el lugar—. Recibí noticias de mi querida prima, tu esposa, de tu regreso, pero no me había imaginado que sería en circunstancias tan vergonzosas como estas.

De hecho, el mensajero enviado por Penélope a través de Ourania había dado detalles muy explícitos acerca de cuán vergonzosas podrían llegar a ser estas circunstancias. Cuando se trata de intervenciones militares mayores con muy poco tiempo para preparativos, Penélope siempre considera que lo mejor es ser bien clara y precisa.

—¿Y dónde está mi querido primo Telémaco? Ah, allí, ya veo. Qué bonito.

—Mi querida prima Electra —añade Penélope con una sonrisa que es puro diente y nada de labio—, está aquí en nombre de su noble hermano Orestes, hijo de Agamenón, señor de Micenas, rey de reyes, el más grande de todos los griegos, para demostrar la gran amistad y afecto que existe entre la exaltada casa de su padre y la casa del amado Ulises. Por desgracia, su hermano tuvo que demorarse por asuntos importantísimos, pero no tenemos duda de que llegará en… ¿tres días?

—Cuatro, como mucho —concuerda Electra—. Apenas si podía contener su entusiasmo ante la posibilidad de conocer por fin al noble Ulises, tan querido por nuestro padre. También ha enviado mensajes a Esparta y Pilos, a Corinto y a Elis, convocando a una celebración y sacrificio en honor de este acontecimiento histórico. Tenéis suerte de que sea yo y no él, quien se haya topado con esta vil y traicionera concurrencia. No tenía idea de que el pueblo de Ítaca pudiera recibir a su rey de una manera tan despreciable. ¿Quiénes son vuestros líderes?

Al menos un hombre de entre los soldados de Gaios casi levanta el brazo para señalar directamente a Eupites y a Pólibus, pero le sujetan la muñeca antes de que el gesto pueda ser demasiado explícito. Ulises, por el contrario, se vuelve hacia los dos ancianos.

—Estos —murmura—. Estos son los hombres dispuestos a asesinarme antes de que pudiera recuperar mi trono.

—Ya veo. —Electra se acerca un poco más, los mira de arriba abajo, no ve nada en ninguno de ellos que la impresione—. Yo sugeriría encadenarlos a una roca para que unas aves les picoteen las tripas, al igual que a Prometeo. De no ser posible, supongo que podríamos quemarlos vivos.

—Mi señora —dice Pólibus—. Mi señora, nosotros...

—*¿Acaso te atreviste a pensar que podías decir algo?*—Su voz es el látigo, sus ojos el rayo. Si la madre de Electra pudiera verla ahora estaría orgullosa. Nadie, ni Gaios ni sus hombres, mueve un dedo en defensa de sus amos.

—Si hemos de ser justos, tenían motivos —musita Ulises—. Verás, resulta que maté a sus hijos.

—¿Y? —replica Electra—. Mi hermano mató a su madre y fue algo noble y correcto, aprobado por todos los dioses. Los guerreros matan hijos todo el tiempo, no llego a ver cuál es el problema.

—Los maté de un modo que... no fue del todo honorable, tal vez. Los ejecuté en el banquete, el día en que pensaron que se ganarían a mi esposa. Los masacré mientras tenían su copa en la mano y por un tiempo dejé los cadáveres en un estado indigno. No estaba pensando como un rey. Tan solo como un esposo.

Los ojos de Electra brillan cuando, por primera vez,

mira a los ojos a Ulises, lo estudia; no como un problema político que resolver o una historia que contar, sino como un hombre de carne y hueso, de pie ante ella.

—Claro —murmura—. Como un esposo. Por supuesto. Tales... nobles pasiones... pueden conducir a un hombre a una furia espantosa. Vaya, si hasta mi querido tío Menelao sospechaba que zarpar hacia Troya ocasionaría una guerra que sacudiría estas tierras por generaciones, pero ¿quién podía culparlo realmente? Él también era un esposo. Esas cosas pueden ser crueles, pero entendibles. No peleaste honorablemente contra los hijos de estos hombres porque ellos no habían tratado con honor a tu esposa. Eso es lo que dirán los poetas.

—Creo que eres tan sabia como tu padre —susurra Ulises—. Tal vez... un poco más.

Electra asiente una vez con la cabeza, luego vuelve a señalar a los ancianos.

—¿Y qué hay de estos? Es obvio que te han mancillado y deshonrado más allá de lo que dicta la piedad, pero también tenían motivos. Quemarlos vivos tal vez sea un poco excesivo dado todo lo que has dicho. ¿Prefieres que sean los hombres de mi hermano quienes los ejecuten?, ¿o prefieres blandir la espada tú mismo?

Detrás de ella se oye una tos suave, un leve carraspeo.

—Si me permitís. —Penélope avanza un paso—. Tal vez sea mi débil espíritu femenino, pero ¿no sería posible que en este caso reine la misericordia? El exilio tal vez. Hay templos, islas donde podrían ir. ¿Qué padre no buscaría vengar a su hijo? ¿Y qué mensaje, me pregunto, se enviaría a estas tierras si el rey de Ítaca responde a la sangre con sangre? ¿Qué clase de hombre, tal vez se pregunte el pueblo, ha regresado a nosotros después de tanta guerra?

Se oye un sonido como el de un niño tropezando con una piedra. Es el sonido que se atora en la garganta de Pólibus.

El anciano se tambalea. Gaios lo ataja antes de que llegue a caer. Pólibus no sabe qué es lo que siente; piensa que tal vez esté sintiendo todos los sentimientos habidos y por haber al mismo tiempo. Piensa que tal vez lo hagan arder. Tal vez todo ese fuego lo queme con tanto fulgor que cuando termine de ampollarle el alma, él jamás volverá a ser capaz de sentir algo.

—¿Misericordia? —Los labios de Electra se tuercen en una mueca alrededor de la palabra—. ¿En serio?

Penélope hace una reverencia en dirección a Ulises.

—¿Mi rey? Este es tu reino. Es tu justicia.

Ulises mira a los dos ancianos que alguna vez fueron amigos de su padre.

No le tomo la mano.

No introduzco mi presencia en su cráneo ni le susurro palabras de sabiduría al oído.

No necesito hacerlo. Mi trabajo aquí ya está cumplido.

"Amo de mi casa", piensa Ulises.

Es extraño que estas palabras cambien tan rápido de significado.

La sensación… no es tan aborrecible como se imaginó que sería. Hay diversos conceptos flotando en el aire: ideas de seguridad, de apoyo, de ser algo más. Él jamás había sentido esas cosas. Tendrá que seguir considerándolas una vez que haya dormido.

Ulises se siente más cansado que lo que ha estado jamás.

Piensa que tal vez eso signifique que por fin ha llegado a su casa.

—Pólibus, padre de Eurímaco. Eupites, padre de Antínoo. Abandonaréis mi reino y jamás regresaréis. Vuestras tierras, vuestros esclavos, vuestros bienes quedan todos confiscados. Vuestros nombres serán cantados como una maldición, vuestros hijos serán olvidados, vosotros…

Eupites desenvaina su espada y se arroja contra Ulises.

Es un anciano, encargado de los muelles.

Ni siquiera enseñó a pelear a su hijo.

Ulises se hace a un lado, deja que la inercia del anciano lo haga seguir de largo, le sujeta el brazo, se lo rota y se lo rompe con facilidad, le clava la espada.

Eupites lanza un grito ahogado cuando la hoja lo atraviesa.

Trastabilla.

Cae.

Mira por el campo con los ojos muy abiertos.

Está buscando a Antínoo.

No lo ve.

Entonces muere.

Pólibus agradece al rey itacense su misericordia; cuando se lo llevan no mira al padre caído. Los hombres de Gaios se dispersan. No recibirán recompensa alguna por lo que han hecho durante estos últimos días, pero tampoco serán masacrados allí mismo. Eso mejor que nada.

Gaios se queda allí. Él también podría huir pero no lo hará; no hasta que todos aquellos a los que trajo a este lugar se hayan ido. Considera que es una especie de deber; además, no le interesa lo más mínimo que lo cacen como a una rata por el resto de sus días, sean muchos o pocos.

Telémaco y Laertes atraviesan tropezando la corta distancia que hay desde la granja, pues resulta claro que a Electra no le interesa ir hasta donde están ellos.

—Ah —dice Laertes al ver a la princesa, coronada en oro—. ¿Apareciste entonces?

—Mi querido y noble tío —responde ella con cuidado—. Cuánto me alegro de verte bien.

Laertes expresa su sentimiento con un resoplido, pero le tiemblan las manos y sostiene un cuchillo entre sus dedos pálidos hasta que Penélope se lo quita con cuidado.

Telémaco ve el cuerpo de Eupites y el lugar donde no se encuentra el cadáver de Pólibus.

—¿Pólibus huyó? ¿Acaso…?

—No. Hemos hecho la paz.

—¿La paz? ¿Con traidores? ¿Con…?

—Hijo —lo interrumpe Ulises con firmeza—. Basta. Ya es suficiente.

Electra se aclara la garganta en el silencio.

—Pues bien —musita—. Me imagino que la granja de tu querido padre no será un lugar muy acogedor en este momento. ¿Podemos retirarnos al palacio? Penélope, hermana, debes permitir que mis criadas ayuden a las tuyas a restaurar un poco… de limpieza en el lugar.

Apoya un brazo delgado sobre los hombros de Penélope, y Penélope sonríe a la reina micénica.

—Pero qué encantadora idea —murmura—. Podríamos hablar sobre tejido y otras… cosas *femeninas*.

Los hombres se apartan en un mar de bronce mientras las mujeres se alejan.

—Tú. —El dedo de Ulises se extiende y señala directamente a Gaios, que permanece allí, esperando pacientemente su destino—. ¿Adónde irás?

—A la mar, supongo —dice Gaios con un gruñido—. A cualquier tierra que me reciba. Si me lo permites.

—Luchaste bien. No llevaste a tus hombres a la muerte por alguna… noción ridícula. Tal vez tenga trabajo para ti, Gaios, soldado de Diomedes, si lo aceptas. Como verás, estoy necesitando hombres.

Gaios lo piensa por un momento. Entonces:

—¿Acaso no intentaste una vez apuñalar a mi capitán por la espalda?

—Un malentendido. Diomedes y yo éramos verdaderamente amigos muy íntimos.

—Todos aquellos que te siguieron a Troya están muertos, rey de Ítaca. —Gaios es un hombre demasiado práctico como para infundir a este sentimiento algo más que un poco de pesar frívolo—. No sé si quiero servir a otro héroe como tú.

—Eso es... entendible. Considéralo por unos días. Si rehúsas tendrás la libertad de irte y debes saber que... Iba a decirte que te mataré si alguna vez regresas. Pero eso es absurdo, por supuesto.

—¿Lo es?

—Claro. Yo no te mataré si regresas, Gaios. Pero mi esposa sí.

Ulises da una palmada en la espalda al veterano, luego se vuelve para seguir a su esposa por el camino polvoriento y deja atrás el campo ensangrentado.

CAPÍTULO 48

POR LA NOCHE, ¡UN BANQUETE!

Aquí es donde comenzó todo, ¿no es así?

Un banquete en el palacio de Ulises.

Salvo que ahora Ulises está sentado en su trono, que durante tanto tiempo ha permanecido vacío. Y su padre ha venido desde su granja a sentarse a su lado, a la misma altura que él, y Electra tiene su silla situada en el mismo nivel, ya que ella está allí en representación de su hermano, rey de reyes, por lo que, en términos generales, el extremo más alto del salón está bastante concurrido. Al principio encontrar gente de estratos inferiores resulta un tanto problemático, pues muchos de los que podrían haber venido fueron asesinados. Pero Electra llena el salón con micénicos de su elección y Peisenor, Medón y Egiptius convocan a sus pocos amigos que pueden llegar a tiempo y que no están demasiado aterrorizados de estos acontecimientos actuales. Hay unos cuantos de los primos de Ourania y casi todas las criadas de Ourania, ya que las de Penélope, aquellas que aún están con vida, aún se sienten un poco reacias de pasearse por el salón en grupos muy numerosos por temor a que Ulises las note y recuerde su existencia, así sea por un momento.

Anaitis viene del templo junto con algunas de las mujeres

del bosque ataviadas con las vestimentas menos roñosas que pudieron encontrar. Teodora no viene; tiene que cantar rituales de duelo por su capitana, por Sémele, por aquellas que se han perdido, y ahora se eleva incienso de las colinas de Ítaca, con el canto funerario dedicado a las sombras de las finadas.

Euracleia asiste y consiente a Telémaco, que se sienta un poco por debajo de su padre. Telémaco siempre se sentará allí, un poco más abajo, y Euracleia no sabe aún que esta noche es su último banquete, que mañana Ulises le dirá exactamente las mismas palabras que Penélope siempre le quiso decir: "Querida nodriza, ha llegado el momento de que te retires a una pequeña granja lejana, en honor a tu servicio…".

Eumeo el porquero ha venido y esta vez se encuentra sentado junto a personas más elegantes que él, que están demasiado alegres por el vino más fuerte que Ourania pudo conseguir como para quejarse del hedor del anciano.

Autónoe mira desde la puerta de la cocina, su refugio habitual, el portal que ella siempre ha custodiado. Mañana solicitará su libertad y Penélope se la otorgará, y le preguntará qué le parece convertirse en una mujer del comercio, con muchos contactos útiles en muchos puertos lejanos, y Autónoe dirá que lo considerará; no ahora, pero cuando el momento sea propicio, realmente lo considerará. Lleva un cuchillo en la cadera. Lo llevará hasta el día de su muerte.

Las criadas de Electra han añadido su labor a las ya realizadas para quitar la peor parte del hedor a sangre de las paredes. Además ya se está pintando para cubrir las marcas más persistentes con trazos ocres y de noble negro, trazos que describan tal vez alguna nueva faceta de la historia de Ulises; alguna genialidad particularmente heroica que solo puede ser pensada por la clase de hombre que es absoluta y categóricamente capaz de defender a su reino de cualquiera.

Las viejas historias quedan descartadas, en líneas de escarlata y amarillo.

Los bardos ya están ensayando canciones nuevas tras haber extraído algunos de los detalles más pertinentes del regreso de Ulises de sus propios consejeros. Estas serán corregidas y mejoradas con el tiempo, se les añadirá algún verso, alguna hazaña heroica será sustituida aquí y allá. Yo guiaré sus bocas por esta travesía, para que con el tiempo las historias que canten sean los hechizos que yo entreteja, el poder que busco. Yo seré pertinente en esta narrativa, por supuesto. No tan grandiosa como debería ser la gran diosa, pero lo suficiente. A veces eso es todo lo que una puede ser, cuando caen los últimos dados.

Hablando de los dioses, algunos han asistido al banquete de esta noche. Hera ha escapado de la mirada vigilante de Zeus por una noche y está sentada orgullosa junto al fuego, ataviada de un lapislázuli absurdo y oro reluciente. Dice estar disfrazada de una mercader mortal, y sin embargo es tan ridículo que la ilusión de su magia apenas si llega a evitar que la gente mire boquiabierta su extraña presencia. Será castigada por haberse atrevido a disfrutar, por haberse atrevido a mostrar la cara así sea por una única noche de alegría. Pero eso sucederá después y por ahora, al menos, el palacio la acoge, reina de reinas, señora de los secretos, protectora de las esposas.

Afrodita asoma la cabeza por un momento, arruga la nariz.

—¿Acaso no pueden servir otra cosa que no sea pescado? —dice, y desaparece en una oleada de perfume fragante. Pero incluso eso es suficiente para que varios hombres corpulentos cerca de la puerta comiencen a estremecerse, a mirarse a los ojos entre sí y susurrar, "¿Sabes algo? Tú y yo hemos compartido experiencias... experiencias que nadie más entenderá jamás...".

Pongo los ojos en blanco ante la partida de Afrodita y sus consecuencias, y busco a los demás. A aquel a quien temía no se lo ve por ninguna parte. Ah, Ares volverá a golpear las puertas de este palacio, con sangre en la sonrisa y espada en mano; pero su atención es tan corta como su desagradable daga y no le interesan las canciones, la sabiduría ni las hazañas de las mujeres. En ese sentido, y tal vez solo en ese, yo siempre seré más fuerte que él.

Artemisa se encuentra en el fondo, incómoda, envolviéndose con los brazos el torso desnudo, con un carcaj en la cadera, un adorno habitual que olvidó quitarse, aunque no veo su arco por ningún lado. Me acerco a ella, a su desnudez, tan natural en el bosque, una imagen un tanto desconcertante en este lugar de civilización. Murmuro:

—¿Te quedarás un rato?

Mueve la cabeza.

—Las canciones de los hombres no son buenas, y aquí las mujeres… ahora hacen las cosas de otra manera.

—Aún hay poder aquí si lo buscas. Hasta los hombres podrían aprender a cantar tu nombre.

Me mira perpleja, parpadeando como mi preciado búho.

—¿De qué serviría eso?

Suspiro, tomo una copa que pasa en manos de una criada, la vuelvo dorada entre mis dedos, la lleno con un poco de dulce ambrosia.

—Un trago —le digo—. A veces hasta la cazadora debe descansar.

Ella lo olfatea, arruga la nariz, bebe un sorbo.

—De hecho —declara tras un momento de pausa—, no está tan mal.

Penélope se sienta por debajo de todos, por su puesto.

Debajo de Ulises, debajo de Electra, pese a las protestas

de esta. Debajo de Laertes y debajo incluso de su hijo. La posición de él ha mejorado ahora que regresó su padre. Ya no es el cachorro de un hombre desaparecido sino un príncipe, hijo de un rey que gobierna, el próximo en la línea sucesoria de un trono asegurado, a salvo. Está sentado por sobre su madre, ya no tiene necesidad de ella.

La reina de Ítaca pasa la mirada por el banquete y por un momento solo ve a los muertos, a los que ya no están.

Antínoo y Eurímaco, mirando lascivamente a las criadas con los dientes manchados de carne.

Anfínomo y sus secuaces de la realeza esperando su turno.

Kenamón sentado aparte, un extraño en esta tierra, perdido y lejos de su casa.

Penélope anhela brevemente su telar, volver a estar tejiendo. Es consciente de que, técnicamente, jamás llegó a terminar el sudario de Laertes. Todo el asunto se le fue de las manos, al igual que tantas otras cosas. Tiene que hacer el sudario, traer la ovejas, comprar madera, reparar la granja de Laertes; la cosecha otoñal está en camino, hay que hacer inventario de los almacenes, también habrá que atender los graneros ahora que Pólibus ya no los administra; y de hecho tendrá que enviar un mensaje a los sirvientes del anciano acerca de su castigo, asegurarse de que…

Abre la boca para dirigirse a Eos, para decirle todo esto a su criada y recordarle todas las cosas que hay que hacer, por si a ella llegara a fallarle la memoria.

Eos no está allí.

Lentamente vuelve a acomodarse en el asiento, con los dedos tanteando el aire en el lugar donde, si la historia hubiera sido otra, habría habido un telar.

Mañana, piensa.

Mañana se sentará con Ourania y hablarán sobre cómo administrar todos estos asuntos. Tal vez necesiten comprar algunas mujeres nuevas. Mujeres firmes, mujeres en quienes se pueda confiar, que guardarán un secreto, mujeres que sepan cómo se juegan estos juegos.

Aunque Penélope tampoco está segura de que entiende cómo jugar, ahora que su esposo está en la casa.

Mañana.

Mañana comenzará el trabajo.

¿Y yo?

Cuando se haya cantado la última canción y se hayan cerrado los postigos del salón, ¿cómo celebrará la gran y poderosa Atenea el final de todas estas labores, el último verso de la historia que tan cuidadosamente he entretejido, la canción que he cantado?

Me encuentro de pie sobre el punto más alto de Ítaca, habiéndome quitado el casco, con mi lanza y escudo a mis pies. Los dioses no están observándome ahora; creen que esta historia terminó, que la travesía llegó a su fin. No entienden, ignorantes como son, que esto es apenas el comienzo.

Me suelto el cabello dorado.

Abro los dedos, tan solo un poco, para que puedan sentir la brisa.

Dejo que me recorra la piel.

Que me sujete de la túnica, que reluzca sobre mis labios.

Cierro los ojos por un momento, tan solo un momento, y me permito gozar la gloria de vivir, la belleza del cielo infinito, la música que se va acallando, el contacto de la tierra bajo mis pies, el abrazo de la luz de las estrellas en torno a mi cuerpo. Pienso que tal vez podría reír. Pienso que tal vez me ponga a llorar. Espero un poco para ver si alguna de esas cosas termina brotando de mí, me pregunto cómo se sentirán. Entiendo que estoy desesperada por sentirlas y, sin embargo, anhelarlo nunca termina siendo suficiente.

Entonces se me pasa.

Entonces eso también queda atrás.

Me vuelvo a colocar el casco para que nadie me vea sonreír ni sepa que siento pesar.

Me sujeto el escudo al brazo, levanto la lanza para que ninguna criatura, mortal ni divina pueda jamás tocarme, ni siquiera acercarse.

Y entonces, como la última nota de una canción ya cantada, yo también desaparezco.

CAPÍTULO 49

Una cama hecha a partir de un olivo. Un farol de aceite brilla tenue junto a la ventana abierta.

Ulises dice:

—Obviamente, mi padre está en su habitación, Electra en la de mi madre y no puedo echar a Telémaco de la suya, después de todo lo que ha vivido, y si Orestes está en camino, necesitará... pero hay habitaciones disponibles por el corredor, ahora que los pretendientes han... ahora que ya no están. Puedo ordenar a esa criada... ordenar a Autónoe. Pedir a Autónoe. O a alguna otra de la casa. Que traiga algunas cosas aquí. Por esta noche. Por... tantas noches como tú... como tú desees. Mañana me reúno con el consejo: Medón, Peisenor y Egiptius me llevarán a recorrer Ítaca para informarme sobre la situación. Cuando Orestes ya se haya ido también navegaré por las islas, me llevaré a Telémaco conmigo y volveré a conocer de nuevo mi reino. Creo que será algo... muy minucioso. Entiendo que solo contará parte de la historia.

Penélope mira el mar desde la ventana.

Qué extraño se ve el mar, piensa, cuando una no está esperando ver a alguien navegándolo.

—Pues bien —susurra Ulises—. Bien. Que tengas buenas noches.

Se mueve para irse con una mano contra la puerta.

—Espera —dice Penélope.

Él espera y apenas si se atreve a respirar; un lado de su rostro está a oscuras; el otro, iluminado.

—Espera —repite ella y da la espalda al mar— Yo... no es apropiado que un rey duerma en una habitación que no sea la suya. La gente va a... Yo no sé qué es lo que seremos. No te conozco. Tú no me conoces a mí. Pero es... importante. Por Ítaca. Por nuestro hijo. Que las cosas parezcan... lo que los poetas deben decir que son. Así que, por ahora, puedes dormir en el extremo de la cama. Por todos los dioses, ¿aún roncas como antes? Me imagino que solo puede haber empeorado... ya lidiaremos con eso. Ya lidiaremos con eso. Es bueno que pases tiempo con Telémaco. Muchas cosas han cambiado desde que te fuiste. Ten cuidado con los comerciantes ganaderos de Cefalonia, no debes creer ni una palabra de lo que te digan, y prefieren matar a sus propios animales antes que llegar a un acuerdo de manera razonable. Y no juzgues la situación de Léucade con base en lo que diga Egiptius. Su industria no es bonita, pero es muy redituable. Se han vuelto muy habilidosos para trabajar el estaño, que luego comercian con los bárbaros del norte con unas ganancias extraordinarias. Ve, lo verás con tus propios ojos. Y cuando regreses... cuando regreses, yo te mostraré en qué se ha convertido este lugar. Y hablaremos un poco más.

—Eso me gustaría —murmura él—. Eso me parece... un plan excelente.

Por un momento más se observan mutuamente en busca de las palabras apropiadas.

Finalmente, un gesto con la cabeza, una palabra sencilla de los labios de ella, un reconocimiento de todas las demás palabras que aún no se han dicho.

—Ulises.

—Penélope.

NOVELAS HISTÓRICAS EN VIDIS

HISTÓRICAS ROMÁNTICA
Bajo el sol de Creta · Jenny Ashcroft
En 1936, Eleni y Otto se enamoran en Creta. En 1941, se reencuentran como enemigos bajo la ocupación nazi, enfrentando amor, guerra y lealtades divididas.

Los libreros de Coventry · Kristy Cambrom
Dos libreros enemistados por aquel sueño de amor que perdieron en la Gran Guerra, se reencuentran para salvar Coventry de los bombardeos de la Segunda Guerra Mundial.

HISTÓRICAS ÉPICAS
Escape de Viena • Weina Dai Randel
Viena, 1938. La conmovedora historia real del cónsul chino, Dr. Ho Fengshan, que junto a su esposa salvó del nazismo a miles de judíos.

Las brujas de Vardø • Anya Bergman
En una fortaleza noruega del siglo XVII, se encarcelaban a las mujeres y se las quemaba por brujas.

HISTÓRICAS DE AVENTURAS
Las cuarenta ladronas • Erin Bledsoe
Inspirada en la historia real de Alice Diamond, la reina de los ladrones de Londres en 1920.

Entre nosotras, la libertad • Chitra Banerjee Divakaruni
Tres hermanas sufren la muerte de su padre y la trágica partición de la India, mientras luchan por sus sueños, su libertad y la inquebrantable fuerza del amor.